AUN
AHORA

AUN
AHORA

KAREN
KINGSBURY

La misión de Editorial Vida es proporcionar los recursos necesarios a fin de alcanzar a las personas para Jesucristo y ayudarlas a crecer en su fe.

AUN AHORA
Edición en español publicada por
EDITORIAL VIDA —2008
Miami, Florida
© 2008 por Karen Kingsbury

Originally published in the U.S.A. under the title:
Even Now
Copyright © **2005 by Karen Kingsbury**
Published by permission of Zondervan, Grand Rapids, Michigan

Traducción: *Wendy Bello*
Edición: *Elizabeth Fraguela M.*
Diseño interior: *artserv*
Adaptación de la cubierta: *Grupo Nivel Uno, Inc.*

ISBN-10: 0-8297-5512-8
ISBN-13: 978-0-8297-5512-1

Categoría: Ficción / Cristiano / General

Impreso en Estados Unidos de América
Printed in the United States of America

08 09 10 11 12 13 ❖ 6 5 4 3 2 1

DEDICADO A...

Donald, mi mejor amigo, mi príncipe azul. Los años han pasado volando y me asombra que ya llevemos dieciocho años de matrimonio. Recuerdo nuestra luna de miel y cómo me mirabas a cada rato y me decías: «Nos tomó tanto tiempo llegar hasta aquí, ¡no puedo creer que finalmente estemos casados!» Eso nos enseñará a apurar el tiempo. Contigo, Donald, el baile es hermoso, a veces lento, a veces pulsando a un ritmo desaforado. Pero quisiera que la música durara para siempre porque cada día es mejor que el anterior. ¿Sientes tú la nueva fase de la vida a la que estamos entrando ahora con los adolescentes? ¡Quédate cerca y sigue orando! Creo que en los próximos años tú y yo nos vamos a necesitar más que nunca antes. Me encanta ser tu esposa.

Kelsey, mi hija preciosa. El otro día cuando te llevé a sacar tu licencia de conducir tuve un lapso repentino. Miré a la muchacha que estaba junto a mí, medio esperando ver a una niña de sexto grado con una cola de caballo. Porque se supone que esto sea así para siempre, ¿verdad? Me refiero a la parte en la que yo te llevo a los lugares y sostenemos conversaciones profundas y significativas sobre tus amistades y tu fe. Pero en cambio, ahí estabas tú sentada, una esbelta joven con el futuro brillando en tus ojos. ¿Alguna vez ha habido alguien más emocionado de usar el timón de un auto? ¡Hum! Cada minuto cuenta, cariño. Estoy agradecida por la relación que hemos compartido y la que nos llevará a esta nueva etapa de tu vida. Kels, no olvides nunca que eres única. Te quiero. ¡Replandece por Jesús!

Tyler, mi hijo mayor. Este ha sido un año increíble para ti, ¡mi muchacho de Broadway! ¿Un rol protagónico con una compañía local de teatro profesional? Contemplo con sobrecogimiento cómo Dios te ha llevado de aquel niño precoz de kindergarten que caminaba por la casa con una peluca cantando a todo pecho «Tomorrow» [Mañana], al joven sereno, que toma en serio modelar su voz y sus habilidades en la actuación para llegar a ser una luz todavía más brillante para el Señor. Ty, tu canción sigue siendo la banda sonora de nuestras vidas. Te quiero, ¡sigue cantando para él!

Sean, mi niño sonriente. Todo el que te ve o el que llega a conocerte dice lo mismo: «¡Ese niño siempre está tan feliz!» Ya llevas en casa más de cuatro años, pero parece como si hubieras estado aquí desde el principio. Me encanta tu sonrisa y tu energía, la manera en que escuchas las devociones cada mañana. ¡Has florecido de tantas maneras! Dios tiene grandes planes para ti, Sean. ¡Sigue dando lo mejor de ti y apunta a las estrellas! Te quiero, cariño.

Josh, mi estrella de fútbol. Cuando se trata de seleccionar equipos, todos te quieren y tú eres el primero en explicar el motivo: «Dios me hizo atleta». Lo mismo sucede con tus hermanos pero tengo la impresión de que Jesús utilizará tu condición de atleta de una manera muy especial. Me maravilla tu confianza, la manera fácil que tienes para sobresalir en todo, desde el arte hasta mantener limpio tu cuarto. Pero la razón que me alegra más de que estés en *nuestro* equipo es tu deseo de agradar al Señor. Puede que todos los demás estén dormidos, pero ahí estás tú, con una linterna bajo las sábanas leyendo tu Biblia. Mantén tu determinación, Josh. Te quiero. Déjale a Dios el primer lugar y todo lo demás llegará.

EJ, mi hijo escogido y resuelto. Hace mucho tiempo Dios pudo habernos llevado a cualquiera de un millón de niños pequeños que necesitan una familia. Pero él te escogió a ti y rápidamente nosotros hicimos lo mismo. Tú eres una prueba viviente de cómo el amor y la determinación, las fronteras y la alabanza pueden cambiar a alguien para Jesús. Tú no te rindes, EJ, y eso me admira. Me encanta cuando piensas que nadie te está mirando y te lanzas de repente a una canción o a un baile medio tonto. Mi corazón se deleita al saber que tus talentos van más allá de correr más rápido que cualquiera en la escuela. Tú nos haces reír y le pido a Dios que un día te use para producir una sonrisa en el rostro de muchas personas. Te quiero. Sigue sonriendo cuando nadie esté mirando.

Austin, mi hijo milagroso. Siempre serás mi pequeño Isaac, el hijo que se nos dio y que luego por poco perdemos. Pero mi querido niño, simplemente estás creciendo demasiado rápido, vienes a mí más a menudo que antes con los pantalones por encima del tobillo. Le doy gracias a Dios que todavía seas un pelirrubio, que todavía tengas esa sonrisa sin dientes. Ayer me encontré un dinosaurio en el piso de mi baño y me di cuenta de que hacía una hora habías estado ahí. Fui a quitarlo pero luego me detuve y lo dejé. Mis días de dinosaurios en el piso del baño están contados. Me encanta verte correr y lanzar en la cancha de baloncesto, me encanta escuchar a los demás entrenadores preguntar: «Oye, ¿ese niño rubio que le sobrepasa la cabeza a los demás, realmente está en primer grado?» Me siento tan orgullosa de tu ajetreo y de la manera en que escuchas a tu papá. Él es el mejor entrenador de todos, cariño. Ahora y en los años futuros, no importa si el deporte sea baloncesto, béisbol o andar con Dios, soy y seré feliz viéndote saludable y fuerte. Te quiero.

Y al Dios todopoderoso, quien por ahora, me ha bendecido con estos.

AGRADECIMIENTOS

No se hace ningún libro sin la ayuda de muchas personas. Gracias a mis grandes amigos de Zondervan Publishing, incluyendo a los que más apoyo me dan: Bruce Ryskamp, Doug Lockhart, Sue Brower, Chris Ornsdorff, Karen Campbell, a mis amigos en Inglaterra y a todos los que han hecho que mi lugar en Zondervan sea tan agradable. Estos libros están tocando y cambiando vidas, y ustedes desempeñan un rol significativo en eso. Es un honor trabajar con ustedes. Un agradecimiento especial a mi extraordinaria editora, Karen Ball. Sigues desafiándome y ayudándome a darle la gloria a Dios con el don que él me ha dado. ¡No dejes de hacerlo nunca!

Muchas gracias a mi agente, Rick Christian, presidente de Alive Communications. Cada día que pasa me asombran más tu integridad, tu talento y tu compromiso para que mis obras de ficción, que cambian vidas, lleguen a las personas de todo el mundo. Rick, eres un fuerte hombre de Dios. Te interesas por mi carrera como si personalmente fueras responsable de las almas que Dios toca mediante estos libros. Gracias por cuidar de mi crecimiento espiritual, mi tiempo personal y mis relaciones con mi esposo y mis hijos. Yo no podría hacer esto sin ti.

Como siempre, escribir los libros depende de la ayuda de mi esposo y de mis hijos, que son tan buenos cuando se trata de comer sándwiches de atún y quesadillas si estoy en una fecha tope. Gracias por comprender la vida un tanto loca que a veces llevo y por ser siempre mi mayor apoyo.

Gracias a mis amigos y a mi familia, especialmente a mis asistentes de cuando en cuando: Susan Kane y Tricia Kingsbury, y a todos ustedes que siguen rodeándome con amor, oraciones y apoyo. Yo no pudiera escribir si ustedes no me elevaran ante el Señor y cubrieran mi trabajo y mi familia con oraciones.

Un agradecimiento muy especial a mi madre y asistente, Anne Kingsbury, por sentir una gran sensibilidad y amor por mis lectores. Tu toque personal es tan preciado para mí, gracias de todo corazón. De la misma manera, gracias a mi padre, Ted Kingsbury, quien sigue siendo mi mayor admirador. Tu creíste en mí hace mucho, mucho tiempo, esto es una prueba de que los padres siempre deben alentar los sueños de sus hijos.

Gracias también a mi asistente de oficina, Katie Johnson, quien intervino este año y me ayudó mucho más de lo que yo hubiera podido imaginar. Oro pidiendo que seas parte de este ministerio durante muchos años. También a Nicole Chapman por ayudar durante los días en que las tareas eran abrumadoras, a Katy Head y Tim Head por su ayuda con algunos de los aspectos prácticos de mi día de trabajo.

Y gracias al Dios todopoderoso, el autor más grande de todos, el Autor de la vida. El don es tuyo. Yo oro por tener la increíble oportunidad y responsabilidad de usarlo para ti todos los días de mi vida.

AUN
AHORA

Prólogo

Navidad

Había llegado la hora.

Emily Anderson había esperado este momento durante toda su vida.

La caja que estaba en el piso frente a ella contenía la esperanza de toda una vida... su vida. Dentro podría haber una ventana, un vistazo, un camino al pasado, a un tiempo todavía plagado de signos de interrogación. Pero, ¿y si no? ¿Y si no había nada?

Durante un instante Emily solo pudo quedarse sentada, como una piedra, y contemplarla. A su alrededor se cernían las dudas como las nubes de una tormenta de verano. Esta era su última oportunidad. Si la caja solo tenía recuerdos de la secundaria, cuadros con fotografías y peluches viejos, entonces ella sabría que definitivamente había llegado a un callejón sin salida.

Y a menos que sucediera un milagro, su búsqueda de los padres habría acabado.

Puso las manos encima de la polvorienta caja de cartón y corrió sus dedos por las palabras: *Cosas de Lauren*. Ahora la caja tendría casi diecinueve años.

Se le hizo un nudo en la garganta y tragó, como para hacer que ese nudo bajara. «Mamá...» pensó mientras contemplaba el nombre de su madre. «¿Me dejaste una huella?» Cerró sus ojos y abrazó la caja. «Por favor, Dios, permite que aquí haya algo».

Abajo sus abuelos preparaban la cena. Ellos le habían dado este tiempo. Su tierno abuelo encontró la caja en el garaje, escondida en una esquina cubierta de telarañas con otro montón de cajas olvidadas. Él sabía cuánto significaría para ella, cuánto ella había esperado por un avance como este.

«Emily, cariño», le dijo su abuelo cuando ella regresó aquel día de la universidad. «Esto era de tu madre». Él tenía la caja en sus manos. A pesar de lo alta que ella era, se sentía pequeñita junto a él. Él tuvo que mirar por los bordes de la caja para verla. «La llevaré a tu habitación. Vas a necesitar algún tiempo».

¡Ya lo creo!

Abrió los ojos y contempló la caja durante mucho tiempo y con atención, barrenando huecos imaginarios a través del frágil cartón. Como si tal vez, antes de romperla, ella pudiera mirar dentro y saber a ciencia cierta lo que esta contenía. El pánico bailaba a su alrededor y ella respiró dos veces con rapidez. ¿Y si lo revisaba todo y no encontraba ninguna pista? Respiró dos veces más. *Vamos, Emily. Exhala.* Apretó la cintura, frunció los labios y sopló. *Dios, sácame de esto. Tiene que haber algo.*

¿Cuántas veces ella había orado por una pista o una señal? ¿Un rastro que la llevara a sus padres, aunque fuera durante un día? Entonces podría preguntarles por qué se fueron y cómo era posible que nunca les importara averiguar qué pasó con su niñita.

La emoción la embargaba, apretó su garganta y cerró sus ojos. Los recuerdos regresaban corriendo como los compañeros de aula olvidados, detestables, que solían reírse cuando no la elegían en el receso.

De repente se sintió de nuevo en el kindergarten, en el almuerzo por el Día de las Madres. Ella y los demás niños habían hecho tapetes individuales con impresiones de la mano en verde brillante y en la punta de cada dedo habían pintado lindas flores. Cantaron una canción y Emily podía escuchar sus voces jóvenes y desafinadas resonando: «¡Gracias por todo lo que haces… mami, te quiero!»

Como con todo lo que giraba alrededor del Día de las Madres, Emily dirigía las palabras a su abuela.

Incluso, en aquel entonces, ya lo sabía. Ella era la única niña en el kindergarten que no tenía mamá. La única cuya mamita se fue dejándola cuando solo tenía unas pocas semanas. Ahora se contemplaba en el kindergarten mientras recordaba lo sucedido con cada detalle doloroso intacto…

—Abuela, ¿dónde está mi mamita? ¿Tú sabes?

Su abuela se puso un poco nerviosa.

—No, cariño. Abu y yo tratamos de encontrarla, pero, bueno, no hemos tenido suerte.

De repente Emily se sintió perdida. Como el día en que estaba en el parque y no podía encontrar a su abuelo. Entonces se le ocurrió una idea. Alisó su elegante vestido y meció las piernas, dando movimiento a sus zapatos de charol.

—¡Quizá yo la pueda encontrar!

—Mi amor —la abuela le pasó la mano por el cabello—, no creo que ella quiere que la encuentren.

Y ahí quedó todo.

Emily respiró estremecida, aliviada de que terminara el recuerdo. Pero otro recuerdo le pisaba los talones. Esta vez ella tenía trece años y todo el octavo grado estaba teniendo «la conversación».

—Me siento rara hablando de cosas de muchacha en la escuela —le dijo aquel día a una de sus amigas durante el almuerzo—. Me parece que debiera ser algo privado.

—Entonces habla con tu mamá —sonrió la amiga—. Las mamás son perfectas para eso.

El vacío y la pérdida eran tan terribles, Emily sintió como que había un verdadero hueco en su corazón, un hueco tan absoluto que apostaba a que su amiga podía ver a través de ella. Esa tarde Emily fue a casa e hizo una promesa.

Algún día voy a encontrar a mis padres. A cualquier precio.

Emily se pasó la mano por la cara, como si pudiera liberar la mente de los agobiantes pensamientos. Abrió los ojos y contempló la caja.

Con el tiempo sus abuelos tuvieron acceso al Internet. Después de eso hubo días en que escribió el nombre de su madre: L-a-u-r-e-n A-n-d-e-r-s-o-n para buscar en las listas de maestras de escuelas y científicos, pero nunca, entre las miles de entradas que salían en la pantalla dejándola sin aliento ante la posibilidad, encontró a su madre. Lo mismo con su papá. Ella había pasado tardes desesperadas buscándolo de cualquier manera que se le ocurriera.

Y ahora, a los dieciocho años, no estaba más cerca de encontrarlos que cuando comenzó. Lo que ella quería, lo que *siempre* quiso, era la verdad. Porque los detalles imprecisos que conocía apenas formaban un puñado de puntos que distaban mucho para poderse conectar.

En la tapa de la caja había telarañas trabadas y Emily las sacudió con la mano. Dejó que sus manos descansaran en la vieja caja de cartón, pensando. ¿Sería posible? ¿Contendría esta caja secretos, secretos que responderían a las preguntas que habían perseguido a Emily durante toda su vida?

¿Por qué se marchó su mamá? ¿Dónde estaba? ¿Por qué no se volvió a comunicar con ellos desde que huyó? ¿Volvieron a comunicarse sus padres alguna vez?

Agarró la tapa de la caja. Quizá… quizá estuviera a punto de descubrir piezas suficientes como para armar un sendero.

Y quizá ese sendero la llevaría a la historia.

Creía no poder esperar ni un minuto más mientras abría las tapas de los lados. Estaba sucediendo realmente, estaba a punto de ver las cosas de su madre, tocarlas y leerlas, respirarlas. Su corazón latía tan fuerte y tan rápido que se preguntaba si sus abuelos podrían escucharlo desde allá abajo.

Miró adentro. Los primeros objetos eran fotos enmarcadas de sus padres. Emily metió la mano y los tomó con dedos cuidadosos. Debajo había anuarios y cartas dobladas, escritas a mano. El corazón de Emily dio un vuelco. Ante ella se tendían horas de exploración. A medida que sacaba el contenido de la caja, iba poniendo cada objeto en su cama contemplándolos mientras buscaba el próximo.

¿Contenían esas cartas las declaraciones de amor de su papá para su mamá, quizá palabras que explicaran lo que sentían el uno por el otro o sus planes para después de que el bebé naciera? Las leería después. Por ahora tenía que seguir escarbando, porque tenía que revisar toda la caja, por si acaso.

Por si acaso las respuestas estaban en algún lugar cerca del fondo.

De nuevo metió la mano en la caja y sacó otra capa de fotos y álbumes, y a dos tercios del fondo, un oso de peluche desarrapado. Solo después de quitar el oso vio algo que hizo que su corazón estrepitoso y exigente se detuviera en una pausa silenciosa.

Diarios. Ocho… quizá diez. Y debajo de estos, algo que parecían cuadernos de apuntes, montones de cuadernos.

Emily revolvió la caja, recogiendo los diarios y poniéndolos en la cama junto a las fotos, los álbumes, los anuarios y las cartas. Entonces sacó el primer cuaderno y lo abrió. Las páginas estaban un poco pandeadas y amarillentas, página tras página de narraciones y diálogos. Emily recorrió el texto con la mirada y se quedó sin respirar.

La había encontrado. Una pieza que faltaba.

¡Su mamá era escritora! Colocó aquel cuaderno en la sobrecama y buscó otro. Este era más grueso y en la cubierta alguien, probablemente su madre, había escrito: «Lauren ama a Shane». Emily contempló las palabras y sintió que las lágrimas le quemaban los ojos. Sus manos temblaban mientras recorría las palabras con su dedo.

Se deslizó por la cama hasta que quedó apoyada en la pared. Se puso una almohada detrás y se acomodó. Las pistas que había estado buscando toda su vida tenían que estar aquí, enterradas en alguna parte entre las cubiertas de papel de estas libretas encuadernadas en espiral. En las historias que su madre había escrito, las historias que dejó atrás.

Historias del amor de sus padres. Quizá la historia de su pérdida. Y quizá incluso la razón por la cual se marcharon y dejaron a su bebé para que viviera sin ellos.

Emily se mordió el labio y pasó la página.

Y luego, con cuidado de no perder ningún detalle, comenzó a leer.

UNO

12 de marzo de 1988

La muerte de una amistad era por lo general lenta e insidiosa, como el desgaste de una ladera luego de años de mucha lluvia. Un puñado de malos entendidos, una época de falta de comunicación, el paso del tiempo y donde una vez hubo dos mujeres con un montón de años de recuerdos y lágrimas, conversaciones y risas, donde una vez hubo dos mujeres más unidas que hermanas, ahora había dos extrañas.

Pero Ángela Anderson no tuvo tiempo de considerar esas cosas, no hubo advertencia de que se produciría una muerte semejante. Porque el 12 de marzo de 1988 su amistad con Sheila Galanter tuvo una muerte repentina, en el momento que le tomó a Ángela decir una sola oración:

«Lauren quiere quedarse con el bebé».

Eso bastó. La mirada en el rostro de Sheila lo decía todo.

Lauren, la hija adolescente de Ángela, había estado enamorada de Shane, el hijo de Sheila, desde que los niños tenían diez años. Ambas familias eran de la flor y nata de Chicago, con ingresos sustanciales de seis cifras, conocidas en todos los buenos círculos de la ciudad, miembros prominentes de la mayoría de los clubes élites. Sus esposos eran dueños de un banco y, según los pronósticos, el futuro de los muchachos estaba garantizado.

En las tardes en las que Ángela y Sheila abrían sus corazones, riéndose de las mujeres pomposas que conocían, planeando viajes a Londres y quejándose por las cinco libras que habían aumentado durante los días festivos, a veces soñaban con el futuro de sus hijos. El compromiso que probablemente se produciría después de la universidad, el anillo y, por supuesto, la boda.

Entonces, dejando espacio para que los muchachos tomaran sus propias decisiones, se reían de lo tontas que eran y dejaban pasar los sueños. Pero durante el transcurso de los años Shane se enamoró locamente de Lauren, y parecía que en esta posibilidad había más verdad que tontería. Cuando los muchachos comenzaron su penúltimo año de secundaria, Shane comenzó, entre juegos de pelota, a referirse a la inminente boda.

«Después de casarme con su hija, los cuatro podremos irnos de vacaciones a México», le decía a Ángela y a su esposo Bill. O miraba a sus propios padres y les decía: «¿Dónde celebraremos la recepción»?

Las pretensiosas declaraciones de Shane hacían que Lauren se sonrojara, lo cual divertía a los adultos, pero en lo más secreto de su ser cada uno de ellos creía que así sucedería. Que un día, en algún momento después de que los muchachos terminaran la universidad, probablemente en Wheaton Collage, después de que Shane encontrara su lugar en el banco First Chicago Trust, propiedad de la familia, él y Lauren se casarían. Y ellos cuatro, Ángela y Bill, Sheila y Samuel, terminarían sus años no solo como los mejores amigos y socios de negocios, sino como familia. Familia en todo el sentido de la palabra.

El bombazo se produjo el día antes de Navidad.

Lauren y Shane convocaron a una reunión después de la cena. La conversación tuvo lugar en la casa de los Galanter, y Sheila puso en el horno un pastel congelado que tenía para la ocasión. Cualquier que fuera la ocasión.

Lauren se veía delgada y pálida, su cabello rubio claro casi parecía blanco en contraste con su sweater negro con trenzas tejidas.

«Shane y yo…» se le quedó la boca abierta mientras miraba fijamente sus zapatos tenis, «tenemos algo que decirles».

Shane estaba sentado a su lado, sosteniendo su mano.

Tenían los nudillos apretados y estaban tensos. Solo entonces Ángela sintió que lo que venía, fuera lo que fuera, no podía ser bueno. Shane pasó su brazo alrededor de Lauren, escudándola. Él era alto y trigueño, de aspecto robusto, un producto de su herencia griega. Lauren, a su lado, parecía todavía más blanca de lo usual.

«Lo que Lauren está tratando de decir es…», Shane se pasó la lengua por el labio inferior, su voz temblaba «que está embarazada. Fue un accidente pero…» miró directo a su padre. «Fue un accidente».

Ángela nunca olvidaría el silencio que envolvió la habitación. Ella quería tocar la mano de Bill, pero no se atrevió a moverse, no podía pensar en respirar ni en tratar de procesar la noticia. Era imposible. Shane y Lauren eran buenos muchachos, muchachos que pasaban menos tiempo juntos que el tiempo que pasaban practicando sus deportes: Lauren en su carrera de velocidad y Shane en su lanzamiento y su bateo. ¡Se criaron en la iglesia! Quizá no asistían a la iglesia con regularidad, pero iban al grupo de jóvenes todos los miércoles. ¿No se suponía que eso contara para algo?

Al otro lado de los adultos, Shane atrajo más a Lauren hacia sí y le susurró algo en su oído. Sus rostros estaban cubiertos de miedo y vergüenza.

Ángela miró a su amiga cuando el primer soplo de aire se coló por entre los dientes. Sheila estaba sentaba con una inclinación poco natural, congelada. Samuel, a su lado, apoyó los codos en las rodillas y dejó caer la cabeza. Pero la mirada en el rostro de Sheila fue lo que produjo una oleada de agravio en el corazón de Ángela. Sheila miraba a Lauren, con sus ojos airados e intensos, como dos rayos láser que taladraban el ser de Lauren.

No era una mirada de shock ni de horror ni de pesar. Sino más bien una mirada acusatoria.

Sheila fue la primera en hablar.

—Bueno —se puso en pie y alisó las arrugas de sus pantalones—, ¿y cuándo nacerá el bebé?

Shane parpadeó.

—Eh... —miró a Lauren—. A mediados de julio, ¿verdad?

—Sí—.

Ella trató de sentarse un poco más derecha pero parecía que tenía náuseas. Cruzó los brazos y se apoyó en Shane una vez más.

Ángela quería ir hasta ella, tomarla en sus brazos y acurrucarla para alejar la herida, como solía hacer cuando Lauren era pequeña y regresaba a casa triste luego de un día difícil. Pero esto era mucho mayor. Y con todos mirando, ir hacia Lauren solo daría la impresión de que ella de alguna manera aprobaba la situación. *Cariño*. Ángela agarró el asiento de la silla y se quedó, con los ojos puestos en Lauren. *Cariño, lo siento mucho*.

Nuevamente Sheila tomó la iniciativa.

—No cabe duda que ustedes son demasiado jóvenes para tener un bebé.

Miró a Samuel, su esposo, pero los ojos de él todavía contemplaban el suelo. Sheila desvió su atención a Lauren.

—Vas a dar el niño en adopción, ¿verdad?

Ángela quería interrumpir. ¿Por qué Sheila actuaba con tanta aspereza? En este momento ella no tenía que asumir nada. Ángela contuvo la respiración. El shock debe haberse apoderado de su amiga. Eso tenía que ser. El shock se había apoderado de todos ellos. ¿Cómo podía alguien hablar de adopción cuando todavía estaba interiorizando la idea de un bebé?

Bill se aclaró la garganta.

—No nos apresuremos, Sheila—. Su tono era gentil, aunque Ángela escuchó el peso de la decepción en sus palabras—. Esto es duro para todos nosotros. Tenemos que escuchar a los muchachos.

—En realidad —Shane miró a Bill y luego a sus padres—, Lauren y yo... bueno, queremos quedarnos con el bebé. Terminaremos la secundaria y yo iré a la universidad como había planeado.

Él se mojó los labios, pero sus palabras sonaban como si estuvieran pegadas al cielo de su boca.

—No será fácil —dijo mirando a Lauren y pasándole la mano por el cabello—. Pero sabemos que podemos lograrlo. Estamos seguros.

La cólera que entonces se encendió en los ojos de Sheila era algo nuevo, algo que Ángela nunca antes había visto. Su amiga caminó hacia la ventana, se detuvo y dio una vuelta, enfocando toda su atención en Shane.

—Esta es la locura más grande que he escuchado jamás.

La cabeza de Ángela daba vueltas. A su alrededor la gente hacía declaraciones radicales que cambiarían el curso de sus vidas para siempre. ¿Lauren estaba embarazada a mitad de su penúltimo año de secundaria? ¿Estaba a punto de convertirse en madre con solo diecisiete años? Qué irresponsables y engañosos habían sido estos muchachos, y cuán poco le importó a Shane la virtud de Lauren. Como si el shock no fuera suficiente, ya Sheila había despedido al bebé para enviarlo a otra familia. ¿Y qué del deseo de Shane de criar al bebé y asistir a la universidad en un año?

Nada tenía sentido y al final, luego de muy poca discusión, solo pudieron acordar una cosa: cualquier decisión al respecto tendría que esperar. Al final, mientras el grupo se ponía en pie rodeados de un silencio incómodo, Ángela tomó la mano de Bill y fue hasta Lauren. Esta era su niñita, su única hija.

Ángela examinó el rostro de su hija. Ahora se habían escapado todos los sueños que ella tenía para Lauren, estaban demasiado lejos como para rescatarlos. Ángela quería sacudir a Lauren, regañarla por comprometer todo aquello que ella consideraba válido, gritarle por ser parte del desastre al que se enfrentaban. La noticia era la peor que Ángela hubiera imaginado jamás.

Pero por mala que fuera, tenía que ser peor para Lauren.

Rodeada por un silencio que pasó de incómodo a embarazoso, Ángela por fin extendió sus brazos y dejó que Lauren viniera a ella. Era la vida de Lauren la que más cambiaría ahora, entonces, ¿qué opción quedaba sino abrazarla y darle el amor y el apoyo que ella necesitaba? Después de unos pocos segundos, Bill rodeó a ambas con sus brazos y se unió a aquel círculo apretado. Ángela no estaba segura de cuánto tiempo se quedaron así, pero finalmente se separaron y se fueron.

Tomó menos de una semana para que Ángela y Bill de mala gana acordaran que Sheila, aunque apresuradamente, tal vez tenía la razón. La mejor opción era que los muchachos renunciaran al bebé. De esa manera, podrían recuperar algo de la secundaria y luego faltaría la universidad. En la víspera de año nuevo hicieron a un lado a Lauren y expresaron sus pensamientos.

—Nos gustaría ayudarte a encontrar una agencia de adopción —dijo Ángela poniendo su mano en el hombro de su hija—. Sería lo mejor para todos, especialmente para el bebé.

Lauren se sacudió.

—No depende de ustedes —sus ojos grandes se apartaron de Ángela y se dirigieron a Bill—. Ni tampoco de los padres de Shane.

Tenía la mano en el abdomen como si estuviera protegiendo a su bebé de una vida sobre la que ella tenía muy poco control.

—Shane tiene un plan. Él irá a la universidad a pesar de todo.

—No resultará, Lauren.

Bill cruzó los brazos, las líneas de su frente estaban más profundas que antes. Había pasado toda una vida adorando a su hija. Ahora sus ojos dejaban claro que estaba sufriendo, enterrado bajo la carga del problema en que estaba.

—Ustedes son demasiado jóvenes para criar a un hijo. ¿Dónde vivirán?

Ángela se obligó a permanecer calmada.

—Además, tú eres una chica brillante. Si decides criar un hijo ahora, te estarás defraudando a ti misma y a tu bebé. Debieras estar pensando en la universidad, y no en cambiar pañales.

—Yo soy escritora, mamá —hizo un esfuerzo con cada palabra, tenía rojas las mejillas—. Para eso no necesito la escuela.

—Sí la necesitas —Ángela miró a Bill—. Díselo.

—Tu mamá tiene razón —él puso el brazo por encima del hombro de Lauren—. Cariño, no es el momento adecuado. Piensa en el bebé.

Lauren se separó de él y corrió a su habitación. Su llanto llenó la casa toda esa semana, trayendo un sombrío final a las vacaciones de Navidad. El domingo Lauren llamó a Shane y hablaron durante horas. Cuando ella salió de su habitación, tenía los ojos hinchados de tanto llorar. Ángela y Bill trataron de hablarle, pero ella solo tuvo unas pocas palabras para ellos.

—No vamos a hacerlo —Lauren sollozó y se pasó los dedos por debajo de sus ojos—. No vamos a entregar a nuestro bebé.

Después de eso la discusión continuó cada día durante semanas, aunque Ángela y Bill evitaron contarle a Sheila y a Samuel la decisión de los muchachos. De nuevo comenzó la escuela y Lauren y Shane se las arreglaron para ocultar la noticia a sus compañeros. Al menos tres veces por semana Sheila Galanter llamaba y daba lo que parecía ser un ultimátum: «Hazla entrar en razones, Ángela. No quiero que estos muchachos lo pierdan todo por un error».

Ángela debió haber notado esas señales durante aquellos primeros meses del año nuevo, debió haberse dado cuenta de lo que venía. El tono cortado de Sheila cada vez que llamaba, la ausencia de invitaciones a cenar y de noches compartidas los fines de semana. Más que nada, cambiaron las cosas entre los hombres. Durante una década los inversionistas habían venido a Bill y a Samuel con ofertas para comprarles el banco. De vez en cuando los hombres hablaban de venderlo y de invertir las ganancias en algo nuevo, quizá mudando sus familias a los suburbios. Pero nunca consideraron la idea con seriedad.

No hasta después del anuncio de Lauren y Shane.

Cuando a finales de enero apareció una oferta para comprar el banco, los cuatro decidieron vender y seguir adelante. Aunque hablaban de irse a las afueras de Chicago, para marzo los Galanters tenían un plan diferente.

—Nos mudaremos para Los Ángeles.

Ángela, sin decir ni una palabra, miró a su amiga y luego a Samuel. Estos habían hecho una visita inesperada, diciendo que tenían que decirles algo a Ángela y a Bill. Solo a Ángela y a Bill.

No a los muchachos.

—Allá tenemos otras inversiones. Sé que está muy lejos, pero de todos modos nos veremos —la sonrisa de Sheila parecía forzada—. Y así los muchachos pueden tomarse un receso el uno del otro.

Ángela y Bill agonizaron durante largas horas pensando cómo contárselo a Lauren, pero al final se guardaron la noticia. Todavía faltaban muchos meses para la mudada y no había razón para alimentar la intensidad de los sentimientos que los muchachos tenían entre sí. A medida que los planes secretos de los Galanters cuajaban con rapidez, Sheila continuaba con sus llamadas telefónicas a Ángela.

—Ella es tu hija. Hazla razonar. Estos muchachos no necesitan ese tipo de responsabilidad. No por ahora.

En otra llamada ella fue todavía más lejos.

—Quizá debieras decirle a Lauren que estamos pensando mudarnos. Quizá eso la haga cambiar de opinión.

Ángela se quedó atónita.

—¿Quieres decir que la chantajee? ¿Decirle que se quedarán si ella renuncia al bebé?

—Solo estoy diciendo que podría marcar una diferencia. Necesitamos una respuesta, Ángela. Dinos lo que ella va a hacer.

Toda la situación parecía estar atada a una de esas pelotas que rebotan sin control y que tienen una forma rara. Dos veces más Ángela habló con Lauren con respecto a sus intenciones, pero su hija nunca titubeaba.

Ella y Shane querían quedarse con su bebé. Tan pronto como terminaran la secundaria se casarían y comenzarían su vida juntos.

Finalmente Ángela no pudo posponer ni un día más a

Sheila. El 12 de marzo Ángela invitó a su amiga para darle la noticia.

Sirvió café con crema y ocuparon sus lugares en el familiar jardín de invierno de los Anderson.

Ángela no perdió tiempo para ir al grano.

—Lauren quiere quedarse con el bebé.

Cruzó sus manos sobre el regazo. Estaban sentadas en muebles de mimbre blanco, el sol entraba por la ventana. Bill estaba en el nuevo banco en Wheaton, a una hora de Chicago, preparando las cosas. Lauren estaba en la escuela.

—Eso no tiene ni pies ni cabeza —Sheila agitó su mano en el aire, borrando la afirmación de Ángela—. Ella es demasiado joven para saber lo que quiere.

—Sheila, escucha —Ángela escudriñó los ojos de su amiga—, yo no puedo hacerla cambiar de idea. No lo haré.

Con eso, la expresión de Sheila se endureció y sus mejillas se enrojecieron.

—Por supuesto que puedes, Ángela. Tú eres su madre. Ella es menor de edad. Hará cualquier cosa que tú le digas que tiene que hacer.

—Tú sí que vas en serio, ¿no?

—Muy en serio —la voz de Sheila subió un poco.

—¿Tú crees que puedo obligar a mi hija a que entregue su bebé? —Ángela miró con ojos entornados a la mujer que estaba a su lado. ¿Cuándo se volvió Sheila tan despiadada?

—Será menor de edad, pero el bebé es suyo. Yo no puedo tomar esta decisión por ella.

—Por supuesto que puedes —dijo Sheila bajando su taza de café y deslizándose hasta el borde del sofá. A pesar de que había bajado su voz, el tono era tan áspero que cortaba la tensión creciente—. *Mi* hijo tiene un futuro. Él no va a quedarse aquí mientras su novia embarazada tiene un bebé —una leve capa de sudor apareció de un lado a otro de su ceja—. En lo absoluto.

—¿Su novia embarazada? —Ángela se rió pero sin un vestigio de humor—. ¿Eso es todo lo que Lauren es ahora? ¿La novia embarazada de Shane? Shane también tuvo algo que ver en eso.

—Shane es un adolescente —espetó Sheila—. Si una chica se regala, ¿qué adolescente no se va a aprovechar de ella?

Un escalofrío recorrió a Ángela.

—Mira lo que estás diciendo. —Se puso en pie y miró a la mujer que consideraba su amiga. ¿Realmente la conocía?— ¿Acaso estás hablando de *Lauren*?

—No. Estamos hablando del futuro de mi hijo —Sheila levantó su mano, los dedos le temblaban. Se echó unos centímetros hacia atrás y las líneas de su frente se suavizaron—. Sé sensata, Ángela. Lo último que estos muchachos necesitan es pasar más tiempo juntos. Nos mudaremos la primera semana de junio y Shane vendrá con nosotros. Eso es definitivo.

Su vacilación era fría, indiferente.

Ángela sentía como si le hubieran dado una patada en el estómago. ¿Cómo pudo equivocarse tanto con esa mujer, confiando en ella todos estos años?

—Somos amigas desde hace mucho tiempo, Sheila.

—Y el futuro de mi hijo durará más todavía —el tono de Sheila se aligeró un poco—. Lo siento, Ángela. Esto no es culpa tuya —ella frunció el ceño, con intensidad—, los muchachos necesitan estar separados.

Sus palabras pusieron la amistad en la línea de fuego. Ángela estaba enojaba por el tono de Sheila y por su acusación en la que el embarazo de Lauren convertía a Shane en una víctima y a Lauren en la villana. Pero de repente reconoció que había algo más, Ángela fue capaz de ver el porvenir.

En ese momento ella pudo vislumbrar el futuro y ver cómo sería la vida de su hija con Sheila Galanter de suegra.

Sería una vida destinada a la culpa y a la vergüenza y a nunca ser lo suficientemente buena. El pasado siempre saldría a relucir y lo examinaría, comentándolo con una serie de chasquidos de la lengua y miradas desdeñosas para Lauren. La idea hizo que a Ángela le doliera el corazón. Ella nunca desearía eso para su hija. ¿Cómo se atrevía Sheila a asumir esa actitud con relación a Lauren, como si Shane fuera el único afectado con lo sucedido?

—Está bien —Ángela se enderezó en la silla y puso su mirada al nivel de Sheila—. Estoy de acuerdo.

Sheila se echó bien para atrás, de repente la pelea había desaparecido.

—¿De veras?

—Sí, por completo.

La voz de Sheila era casi un murmullo.

—¿Y el bebé?

Ángela sabía la respuesta tan bien como su propio nombre. Lauren se quedaría con el bebé. Ella y Bill harían todo lo que pudieran para ayudarla a ser una exitosa mamá soltera. Durante tanto tiempo como Lauren los necesitara.

Se aclaró la garganta.

—Volveremos a hablar con Lauren. Creo que tienes razón. Podemos convencerla de esto. Especialmente si Shane desaparece de su vida.

Por supuesto, era una mentira. Lauren no renunciaría al bebé, pero decir las palabras era fácil ahora que ella estaba lista para cortar los vínculos con los Galanter. Ángela no pestañeó.

—Eso será lo mejor para todos.

El alivio inundó los rasgos de Sheila.

—Sí. Yo detestaría tener un nieto del otro lado del país y no saberlo.

Ángela quería ponerse en pie y gritarle a la mujer: *¡Ya tienes un nieto creciendo dentro de mi hija! Eres tan ciega, envanecida y vacía que harías cualquier cosa por proteger la reputación de tu hijo. Hasta esto.* En cambio, se puso en pie y se dirigió hacia la puerta.

—Ella entregará el bebé. No te preocupes —cruzó los brazos y bajó un escalón hacia el patio—. Ahora, si me disculpas, tengo cosas que hacer. Como dijiste, no tiene sentido que finjamos con respecto a nuestra amistad.

Sheila miró como si fuera a disculparse por dicha afirmación, pero la mirada pasó. Se puso en pie, recogió su cartera y las llaves de su auto y se encaminó a la puerta de entrada. Cuando Ángela escuchó la puerta cerrarse fue como un disparo, y algo muy dentro de su corazón respiró por última vez, se estremeció y murió. Ángela sabía exactamente qué era. Su amistad con Sheila Galanter.

DOS

Algo les sucedía a sus padres.

Lauren estaba sentada en el Camry de Shane, justo al frente de la casa de sus padres y ella podía sentirlo. Era casi como una fuerza, algo mayor que ellos dos y que sus familias o que cualquier cosa que jamás hubiera estado en su contra. Hacía media hora que en el parabrisas estaba cayendo una nieve constante y ahora ellos no podían ver para afuera. En realidad esa era una imagen de sus vidas. Vivir la vida por dentro sin salida para ver hacia afuera, sin que alguno de ellos tuviera la posibilidad de mirar adentro. Shane agarró el timón con ambas manos y miró adelante, a la nada de blanco. Se conocían desde que tenían memoria, y en cualquier lugar Shane siempre era el primero en sonreír o contar un chiste. Pero durante los últimos meses se había vuelto callado y ansioso, atrapado y en búsqueda de una salida.

—Quizá debiéramos salir manejando y nunca más mirar atrás —dijo mirándola, mirando directo a su alma.

—Quizá —ella se volvió y se apoyó en la puerta del pasajero.

Se suponía que esa noche fueran a ver una película, pero en cambio, manejaron alrededor de la ciudad, temerosos y callados. Nadie en la escuela sabía que ella estaba embarazada, pero lo sabrían pronto. Ya tenía cuatro meses. Apenas podía abotonarse sus pantalones vaqueros. La realidad los estaba cercando como un torno de mesa.

Hacía un año que ella había visto una película con su papá en la que el personaje principal estaba atrapado en un pasillo sin puertas ni ventanas. Una música espeluznante retumbaba en la pantalla mientras las paredes comenzaban a acercarse, sin dejarle escapatoria al hombre, sin salida. Justo cuando parecía que lo iban a aplastar, vio una trampilla y escapó.

Así estaba pasando ahora con ella y con Shane. Las paredes estaban acercándose, pero no había trampilla. No había escapatoria a la vista.

Ellos nunca tuvieron la intención de acostarse, pero sucedió. No una vez, sino unas pocas veces. Solo unas pocas veces. Lauren miró sus manos. Sus dedos temblaban. Una prueba de que cada día ella se desmoronaba más y más. Había batallado tanto para conseguir un poquito de libertad de sus padres. Para que ellos llegaran a confiar en ella. Conseguir que la dejaran ir sola con Shane al grupo de jóvenes había sido un gran lío, pero por fin cedieron. La dejaron tener un poco de libertad.

Tal vez demasiada.

Durante el verano, sus padres comenzaron a dejarlos solos en sus cuartos con las puertas cerradas. Al principio Lauren estaba emocionada, pero ahora… Movió la cabeza. ¿Qué imaginaban ellos que estaba sucediendo allí? Especialmente durante el año pasado, ya que Shane tenía su propio auto y no la llevaba a casa sino hasta horas después de que sus padres estuvieran dormidos.

—Confiamos en ti —le dijo su madre una vez—. Siempre y cuando estés con Shane.

Lauren sintió que una oleada de repulsión la invadía por dentro. ¿Por qué eso haría que las cosas fueran seguras entre ellos? Conocer a alguien como ella conocía a Shane lo hacía *más* peligroso, no menos. Ellos se sentían tan cómodos juntos que ceder, ir hasta el final, no parecía más que una extensión de los besos. Hasta que terminaba.

La primera vez, cuando terminaron y se vistieron, ambos estaban muertos de miedo.

—Dios nos va a castigar por esto —le dijo Lauren.

Shane no discutió. Esa semana no fueron al grupo de jóvenes, ni tampoco a la siguiente. Después de eso era más fácil no ir, no tener que mirar a los rostros de sus líderes y mentir con respecto a cuán bien les iba y cómo oraban o leían sus Biblias.

El castigo llegó. Una prueba positiva de embarazo que llegó seis semanas después. Desde entonces todo cambió entre ella y Shane.

Todo excepto esto: ellos se amaban. Y no era solo cosa de niños. Se amaban con una autenticidad y una añoranza que los consumía. Sí, lo habían echado todo a perder y lo lamentaban. Uno de los líderes del grupo de jóvenes conocía su situación y algunas veces este joven se había reunido con ellos y con sus familias para orar y pedirle a Dios sabiduría.

Pero el castigo permanecía. Ella tenía diecisiete años y estaba embarazada y la amistad de sus padres con los padres de Shane parecía haber desaparecido. Incluso sus padres estaban terminando sus relaciones de negocios. ¿Dónde trabajarían cuando vendieran el banco?

Cada vez que pensaba en eso, a Lauren se le hacía difícil respirar. Estudió a Shane una vez más.

Tenía la mandíbula rígida, los ojos distantes. Le dio al timón con la mano derecha.

—Detesto esto —dejó caer la cabeza contra el asiento—. Algo está pasando pero ninguno dice nada.

—Cuéntame otra vez lo del banco.

A Lauren le dolía el estómago. Se inclinó hacia delante y estudió el perfil de él. Shane cerró los ojos.

—Escuché a mi papá hablando por teléfono. Dijo algo acerca de la venta del banco, que se efectuaría en unas pocas semanas y que luego podría hacer la inversión. Alguna inversión nueva.

El pánico la hizo retorcerse.

—Si están vendiendo el banco, ¿por qué mis padres no me lo han dicho? Eso es lo que no entiendo.

Durante un largo rato él permaneció callado, luego se volvió y dejó caer las manos del timón.

—Lauren… —su expresión se ablandó—. Hay más.

Él le agarró los dedos y los resguardó con los suyos. Sus ojos decían más que lo que pudieran decir sus propias palabras, que la amaba y que quería que esto funcionara pero él solo era un muchacho y no sabía cómo. Con sus pulgares recorrió el borde de las manos de ella.

—¿Qué?

Esa palabra apenas se pudo escuchar. Tenía la garganta tan seca que apenas podía tragar bien. Era difícil creer que había algo más, ¿qué otra cosa podría estar mal?

Él dejó caer la cabeza durante un instante y luego la miró directo a los ojos.

—Creo que nos vamos a mudar.

El miedo se apoderó de su expresión y él parpadeó tratando de contenerlo.

—¿Mudarse?

Ella movió la cabeza lentamente, no quería darse cuenta de las palabras, no quería tener nada que ver con eso.

—En esa misma llamada —él tragó en seco—, mi papá dijo algo acerca de ir a Los Ángeles en junio, cuando se acabaran las clases.

—¿A Los Ángeles?

Lauren se quedó quieta y desde algún lugar dentro de sí sintió un revoloteo. ¿Por qué… por qué harían eso?

Su expresión era grave, más seria de lo que ella jamás había visto.

—Creo que están tratando de separarnos. —Él soltó las manos de ella y se pasó los dedos por el cabello—. No sé qué hacer, Lauren. No voy a dejar que nos separen, incluso si tengo que vivir en la calle, no se los voy a permitir.

Su corazón latía aceleradamente y la respiración se le volvió superficial. No era verdad, ¿cierto? Su familia no se lo llevaría al otro lado del país un poco más de un mes antes de que naciera el bebé, ¿o sí?

—¿En junio? —Ella tragó tratando de encontrar su voz—. ¿Es posible que se muden a Los Ángeles en junio?

Él escudriñó los ojos de ella.

—Estoy seguro de que tus padres lo saben. Todos lo saben.

Nosotros somos los únicos a quienes no nos lo han dicho —a él se le aguaron los ojos y apretó los dientes—. No pueden hacer esto. Necesitamos saber sus planes para poder luchar contra ellos, ¿está bien?

¿Luchar contra sus padres? ¿Después que ellos por fin habían aceptado el hecho de que ella se iba a quedar con el bebé? Si no tenían a sus padres o a los de él, ¿a quién tendrían? ¿Quién los apoyaría? Ella quería preguntarle a Shane, pero en cambio se mordió el labio. Llevó su mano hacia el rostro de él y con la punta de sus dedos le tocó la mejilla.

—Averiguaré lo que pueda.

Él asintió rápidamente y de nuevo miró el parabrisas cubierto de nieve. Sus ojos todavía estaban serios, como si estuvieran revisando una lista de opciones, tratando de encontrar alguna que tuviera sentido. Finalmente la miró y movió tristemente la cabeza.

—No puedo creerlo.

—Yo tampoco.

Ella miró su reloj. Era medianoche, hora de que entrara. Se apoyó en él y lo besó, suave y tiernamente. Desde que supieron que estaba embarazada no habían compartido más que algún que otro beso ocasional. Casi como si hubieran encontrado la manera de volver a los tiempos antes de que Shane tuviera un auto, cuando tomarse de las manos y compartir un beso de vez en cuando era el alcance de su relación física.

—Lauren —sus ojos tenían una dulce intensidad—, prométeme que nada cambiará, no importa lo que intenten hacernos.

Ella tenía que entrar, pero él seguía apretando sus manos fuertemente. Su corazón se derritió y ella se deslizó todavía más cerca a él, colocando sus manos alrededor de su cuello.

—Te amo, Shane. Nunca amaré a nadie más.

—Quisiera ser mayor —él se separó, sus ojos estaban bien abiertos e intensos—. Quisiera despertarme mañana y tener veinticinco años, con un diploma universitario, un trabajo y un anillo en mi dedo.

¿Un anillo?

—¿Un anillo de boda?

—Sí —él tomó el rostro de ella entre sus manos—. Quiero casarme contigo. Siempre lo he querido. Esta es nuestra situación, nuestro problema. Pero necesitamos solucionarlo, aunque seamos jóvenes.

Él respiraba con dificultad, casi frenético por la desesperación.

—No voy a perderte —la besó de nuevo—. Te amo, Lauren. No me importa la edad que tengo. Nunca amaré a nadie así. Nunca.

—Yo también te amo, Shane. No me vas a perder. Te lo prometo.

Ella dirigió las palabras directo a su corazón y cuando estuvo segura de que iba a empezar a llorar si no se iba, abrió la puerta y salió a la nieve. Agitó las manos una vez más mientras daba pasitos ligeros y cuidadosos por el camino que la llevaba a su casa.

Adentro, se apoyó en la puerta y esperó hasta que oyó que el auto se alejaba. Mientras más empeoraban las cosas, más lo amaba, más segura estaba de que de alguna manera podrían manejar los días que tenían por delante. Si tan solo sus padres les dieran la oportunidad.

La voz de su padre se escuchaba al final del pasillo y ella siguió el sonido. ¿Qué estaba diciendo? ¿Algo acerca del banco? Disminuyó la marcha. Él no debió haberla escuchado entrar. Caminó en puntillas hasta el borde de la puerta para poder oír mejor.

—¿Cuán lejos está de aquí?

Era la voz de su madre. Debe haber estado archivando papeles porque un sonido crujiente hacía difícil entenderla.

—Solo como a una hora. La ciudad es estupenda, escuelas maravillosas. Lauren puede tener el bebé este verano y comenzar su último año fresca, sin equipaje.

—No estoy segura —su madre parecía escéptica—. Si ella se queda con el bebé, tendremos que lidiar con algo más que un baile de fin de curso y solicitudes para escoger una universidad.

—Si lo hace o no, yo quiero que ella tenga un nuevo comienzo. Ángela, tú sabes cómo sería aquí. Ella siempre será la niña buena que quedó embarazada del pelotero de la escuela.

Lauren sentía la ira en sus venas, pero no se movió. Quizá ellos tendrían algo más que decir y ella no quería perdérselo.

—Vamos, Bill —la amabilidad inundaba el tono de su madre—, Shane es algo más que el pelotero de la escuela.

—Yo lo sé —las palabras de su padre eran rápidas y frustradas, como el granizo de una tormenta veraniega—. Pero ahora mismo ellos dos necesitan estar separados. Eso es lo mejor para ellos.

—¿Y Sheila y Samuel encontraron algo en Los Ángeles?

—Definitivamente —por primera vez en su conversación la voz de su padre se relajó un poco—. Se habrán ido para mediados de junio. Nunca me había dado cuenta de lo difícil que es trabajar con Samuel Galanter. El hombre es adicto al control, al igual que su esposa.

—Solían ser nuestros amigos —el tono de la voz de su madre era suave, de derrota—. Es como si no los conociéramos.

—En unos meses será así —sus palabras sonaban con amargura—. Qué audacia la de ese muchacho de aprovecharse de mi niña. Vamos a ver cuánto tiempo estará con ella una vez que se muden a California.

Lauren ya había escuchado lo suficiente. Entró de sopetón a la habitación, con las manos en sus caderas.

—¿Acaso no escucharon la puerta?

Ambos padres se quedaron con la boca abierta, tenían la sorpresa escrita en su expresión.

—¡Lauren! —Su madre se puso en pie. Trató de sonreír pero la sonrisa murió mucho antes de llegar a sus ojos—. No… no te oímos entrar.

—Está claro —ella caminaba de un lado a otro frente a ellos, mirando a su madre y luego a su padre y lo mismo otra vez, mientras sentía ardor en su rostro—. ¿Así que ustedes son parte de esto de mudarse a California?

—No somos parte de eso —su madre estaba a su lado, tocándola por el hombro—. Cariño, no tenemos nada que ver con que otra familia se esté mudando.

—Pero así es, ¿verdad? —su voz era más alta que antes. Miró ferozmente a su padre. —Tú y el señor Galanter vendieron el banco y ahora cada cual se va por su cuenta. Y si eso nos separa a mí y a Shane, pues que así sea, ¿verdad?

—Puede que los Galanter se muden, sí —la voz de su madre era calmada, y eso era malo. Mientras más enojada se ponía, más calmada era su voz—. Es obvio que eso constituye un factor en lo que estamos haciendo. Estamos vendiendo el banco así que…

—¡Claro! —ahora ella gritaba—. Eso es lo que quiero decir. ¿Cómo es posible que Shane tuviera que decírmelo? ¿Por qué no supe nada de esto antes?

—Cuidado con su tono, jovencita. —Su padre se puso en pie y se acercó, apuntándola con el dedo—. Hace años que hacemos negocios en esta familia sin consultarle a usted. Puede que tengas diecisiete años y que estés embarazada, pero eso no significa que seas adulta y mucho menos que tengas que saber todo lo que tu madre y yo hacemos.

Su tono la hirió, hirió las profundidades de su alma. Shane tenía razón. La venta del banco, la idea de que ambas familias se mudaran, todo era parte de un gran plan para separarlos. Ella acortó la distancia que los separaba y tomó la mano de su padre entre las de ella.

—¿Por qué, papá? ¿Por qué nos están haciendo esto?

Él frunció los labios y cambió la mirada. Cuando sus ojos se volvieron a encontrar con los de ella, la mirada era más suave.

—No hay *nosotros* cuando se trata de ti y de Shane. Ustedes son unos niños y nada más que niños. Lauren, vamos a salvarlos de ustedes mismos —su voz era ahogada—. Te amo demasiado como para hacer cualquier otra cosa.

El mundo de Lauren se inclinaba fuertemente hacia un lado, se inclinaba de una manera que le hacía preguntarse si alguna vez se volvería a enderezar. Miró a su madre, su aliada, pero no obtuvo ninguna respuesta. Su mamá ni siquiera la miraba. Lauren retrocedió, paso a paso. Su corazón latía tan fuerte que pensó que podría escucharse del otro lado de la habitación.

—¡Ustedes no van a ganar esto! —de nuevo ella alzó la voz, de una manera alta y aguda.

—No nos puedes hablar de esa manera, Lauren —la gentileza que su padre mostró unos instante antes, había desaparecido—. Vete a tu cuarto y piensa en tus acciones. Esta no es la forma en que una hija mía va a actuar.

Ella movió la cabeza atónita. Nada tenía sentido, ni sus palabras, ni su expresión ni el tono de su voz. Todo se mezclaba y ella bajó la voz dejando oír un poco más que un susurro.

—No van a ganar.

La humedad que llenaba sus ojos, nublaba su visión. A través de sus lágrimas ella no podía distinguir los detalles del rostro de su padre, pero lo miró de todas maneras.

—Papá, yo lo amo. Vender el banco, mudarse... —su garganta estaba demasiado hinchada como para hablar.

—Cariño —su expresión se suavizó—. Tú no sabes lo que es el amor.

El pecho de ella se llenó de dolor y no podía respirar. No con sus padres tan cerca, sabiendo muy bien que eran ellos los que habían hecho esto. Lo planearon todo en contra de ella y de Shane. Su tono todavía era quedo, grave por el dolor que sentía en su interior.

—No importa lo que tú y sus padres hagan, nosotros dos seguiremos juntos. Ustedes no pueden vivir nuestra vida por nosotros.

Dio la vuelta y corrió a su habitación. Estaba a punto de tirarse en la cama cuando recordó al bebé. El precioso bebé. No era su culpa, pero aquí estaban. Se sentó en la cama y se acostó de lado. Con ambas manos en la barriga, dejando salir las lágrimas.

Lo único que ella quería era amar a Shane. ¿Cómo las cosas se habían vuelto tan locas, tan enredadas? Sí, ella y Shane eran jóvenes. Y, ¿qué? ¿Significaba eso que no tenían el derecho de hacer que esto funcionara, de buscar una manera de criar a su hijo y buscar una vida juntos? Miró alrededor de su habitación, a los hermosos muebles y la lujosa sobrecama.

Sus padres tenían tanto dinero que no sabían qué hacer con él, al igual que los de Shane, pero de alguna manera todos habían dejado de comprender cómo amar. Mientras más pensaba en sus casas y en sus autos, los estilos de vida que llevaban, más enojada se ponía. Si fueran pobres o incluso promedio, como eran la mayoría de sus amigos, entonces este problema no sería tan grande. Sí, su embarazo sería una desilusión para ellos, pero ella se quedaría en casa y criaría a su bebé y Shane la visitaría tan a menudo como pudiera. Entonces, cuando se graduaran de la secundaria, se casarían y todo saldría bien.

Era el dinero, el poder y el prestigio que venían con este. Era por eso que estaban atascados en esta situación. Entonces, por primera vez, se le ocurrió una idea, una idea alocada. Ella tenía cinco mil dólares en una cuenta privada, dinero que podía usar si lo necesitaba para ropa o para un batido. ¿Y si ella y Shane huían juntos? ¿Si tomaban el dinero y partían por su cuenta? Eso podría funcionar, ¿no es cierto?

Pero esta idea murió, incluso mientras se arraigaba. Ella no podía huir con Shane. No ahora que estaba esperando un bebé. Ella necesitaba atención médica y la ayuda de sus padres si iba a aprender a ser madre. No obstante, la idea no desaparecía del todo. Y mientras estaba acostada allí, mientras contemplaba el techo y pensaba en Shane y en el futuro incierto que tenían, volvió a recordar la escena de la película. El hombre en el pasillo, con todas las paredes que se le venían encima, la escotilla que le permitió escapar.

Esos eran ellos, ¿verdad? Así mismo era su situación. Mientras se quedaba dormida pensó en el lugar donde estaban atascados y cómo las paredes se venían encima de sus planes y su tiempo juntos. Tenía que haber una salida, ¿verdad? Ella podía esperar a que el bebé naciera y luego llevarse el dinero. La idea volvió a cobrar y una sombra de paz llenó su corazón.

Sí, las paredes se estaban acercando, pero quizá, solo quizá, la prisión de ellos también tendría una escotilla.

TRES

Shane Galanter sentía como si se estuviera ahogando.

Su mente estaba fija en algo que había sucedido algunos veranos atrás, un recuerdo aterrador que, de hecho, se parecía mucho a su vida actual. Había estado saliendo con unos amigos a navegar en el lago Michigan, y los chicos se turnaban para lanzarse del velero y nadar cincuenta metros ida y vuelta. Uno de ellos tenía un cronómetro, por lo que aquello se convirtió en una competencia. Cuando un nadador superaba por unos segundos el mejor tiempo alcanzado, todo comenzaba de nuevo.

Era la tercera vez que Shane se lanzaba y, de repente, sopló un fuerte viento. Este lo golpeó en el mismo momento en que su energía se terminaba. Y de repente se vio allí, a casi dos mil metros de la costa, a cincuenta metros del velero, chapoteando hacia la embarcación pero sin lograr avanzar.

«¡Ayúdenme!»

Pero su grito se perdió en el aire. Sus amigos estaban de espaldas a él, todos excepto el que sostenía el cronómetro. Y ni siquiera él estaba mirando.

Shane pateaba cada vez más fuerte, pero no lograba acercarse al bote. En ese momento una ola golpeó su rostro y se hundió, tragando agua. Entonces se dio cuenta de lo que estaba sucediendo. Estaba comenzando a ahogarse, exactamente frente a sus amigos. Cada segundo que pasaba tragaba más agua y se hundía un poco más, empleando toda su energía sin lograr progreso alguno.

De repente, uno de sus amigos se levantó y lo señaló. «¡Hey! ¡Galanter tiene problemas!»

Otra ola lo golpeó y tragó mucha agua. Los chicos alistaron

las velas y cuatro de ellos comenzaron a remar. Luego de unos minutos llegaron hasta él y lo subieron al bote.

Todavía recordaba cómo se sintió. Recordaba cuánta agua había tragado, cómo sus fuerzas lo abandonaban y la seguridad que tenía de no poderlo lograr.

Tal como ahora.

Estaba completamente sumergido en aguas profundas, pero esta vez no había bote, ni orilla, ni ayuda a la vista. Sin embargo, una cosa era segura: si iba a ahogarse, quería saber los detalles. Cada uno de ellos. Cuando llegó a la casa, luego de una práctica de béisbol, buscó a su padre hasta que lo encontró en la oficina, en la planta alta de la casa. Shane entró y cerró la puerta, en ese momento su padre, que tenía la cabeza detrás de un montón de papeles, alzó la vista para mirarlo. Tenía un lápiz detrás de la oreja y una sonrisa en su rostro.

—¿Cómo estuvo la práctica?

Shane lo miró fijamente, en el colmo del asombro.

—¿Cómo estuvo la práctica? —sonrió con amargura—. Mi novia está embarazada y mis padres están enfrentando lo que podría ser una crisis de los cuarenta, y tú me preguntas *¿cómo estuvo la práctica?*

Se quitó la gorra de pelotero y pasó sus manos por el cabello.

—Me sirvió de distracción, ¿te parece bien? ¿Qué te parece como una respuesta honesta?

El padre enderezó la silla en dirección a su hijo y cruzó las piernas.

—Está bien, Shane —dijo señalando el sofá de cuero que estaba al lado de su escritorio—. Siéntate. Me parece que quieres conversar.

—En realidad no.

En ese punto el enojo hizo presa de él. Entonces se levantó y se inclinó hacia su padre.

—*Tengo* que conversar contigo. Hay una diferencia.

—Está bien —asintió su padre con un aire preocupado—. ¿Por qué no me dices lo que tienes en tu mente?

Shane se sentó en una esquina del sofá y enterró ambos codos en sus rodillas. Sus ojos se fijaron en los de su padre.

—¿Por qué no me cuentas *tú* acerca de California?

La sorpresa fue evidente en el rostro de su padre. Sin dudas lo tomó desprevenido y demoró unos segundos en recuperarse. Luego frunció el ceño de aquella manera tan familiar, la manera que Shane había visto adoptar con su mamá cuando las cosas no salían como él quería.

—Tenemos inversiones allá, hijo. Tú sabes eso.

—Hemos vivido aquí durante doce años y ni una vez te escuché hablar en serio acerca de la idea de mudarnos a California.

Shane mantenía el control de su voz. Perder los estribos no lo llevaría a ninguna parte, a pesar de que sentía que la sangre le hervía en su interior.

—Hijo, todavía eres un niño —su papá entrecerró los ojos, a punto de adoptar un aire condescendiente—. No te decimos todas las cosas.

Shane sentía que su corazón quería salírsele del pecho.

—¿Entonces es cierto? ¿Nos mudamos a Los Ángeles?

Durante un momento su padre vaciló, pensando que quizá podría negar esto o tratar de conseguir un poco más de tiempo. Pero por fin exhaló pesadamente y asintió muy despacio.

—Sí —apretó los labios y asintió más despacio aún—. En junio.

—¡No podemos! —Shane estaba de pie, listo para patear cualquier cosa—. Papá, eso es un mes antes de que nazca el niño.

—En mis tiempos esto habría hecho de junio el mes perfecto para mudarnos.

El arrepentimiento se dibujó en el rostro de su padre luego de pronunciar aquellas duras palabras. Abrió su boca y la cerró otra vez. Entonces se golpeó la frente con el puño y miró a Shane.

—Lo siento. No quise decirlo de esta manera.

Shane se sentó en el sofá.

—Sí, eso fue exactamente lo que quisiste decir. Se mudan para que yo no me quede con Lauren.

—No es así —su papá lucía cansado, desanimado—. Hace algún tiempo hemos estado hablando acerca de vender el banco, y ahora apareció una buena oferta. —Levantó las manos—. Ya era hora. ¿Qué más puedo decir?

—¿Por qué California, papá? —Shane sonrió con tristeza—. ¿Por qué no nos mudamos a los suburbios, como la familia de Lauren? ¿Podrías invertir aquí, cierto?

—Ya tenemos inversiones en California.

Su padre se levantó y caminó hacia el librero. Tomó en sus manos una foto enmarcada que estaba allí y se quedó mirándola: una foto de Shane cuando estaba en primer grado, vestido de pelotero. Se volteó y de nuevo fijó su mirada en los ojos de Shane.

—Hijo, no fue así que tu madre y yo imaginamos tu vida, esperando un hijo antes de terminar la secundaria. ¿Entiendes eso? —Regresó la foto a su lugar—. Solo queremos lo mejor para ti. Para ti, para Lauren y para el bebé. Para todos ustedes.

—Está bien —dijo Shane levantándose de nuevo. Su sangre hervía más que antes, y respiraba más fuerte—. Ayúdame a entender cómo el hecho de separarnos puede ser bueno para alguien.

Al ver que su papá no decía nada, Shane se dio vuelta y salió violentamente de la oficina. Tenía que encontrar a Lauren, tenía que verla y decirle la verdad. Sus padres querían llevárselo a California; tenían que encontrar alguna forma para poderse quedar aquí, cerca de ella. Si le pedía ahora que se casara con ella, quizá esa fuera la solución. Entonces podrían estar juntos durante el último año de la secundaria, él podría ir a la universidad y un día se convertiría en un piloto, como siempre había soñado.

Él no tenía mucho. Su carro, cualquier dinero que tuviera, todo pertenecía a su padre. Excepto el dinero recibido como regalo por sus cumpleaños, quizá unos cuatrocientos dólares que había ahorrado y guardado en una caja debajo de su cama.

Corrió a su dormitorio, sacó la caja y cogió el puñado de billetes. Un conteo rápido le mostró que no llegaba a esa cantidad, pero había suficiente.

Si estaban comprometidos, sus padres no los podrían separar, ¿verdad? Sus padres o los de ella, *alguien* tenía que entrar en razón y permitirles quedarse juntos. De esa forma podrían disfrutar los primeros días del bebé, y cuando se graduaran podrían celebrar la boda.

Su madre había ido de compras, de modo que solo él y su padre estaban en casa. Shane metió el dinero en su billetera y la guardó en el bolsillo de su pantalón. Después bajó corriendo las escaleras, entró de un salto a su carro y manejó hasta el centro comercial donde él pensaba que siempre tenían ofertas de anillos de matrimonio. Él sabía la medida del dedo de Lauren porque unos meses antes de que ella quedara embarazada fueron a ver una película en el centro comercial y antes de que empezara se detuvieron en una joyería. Solo estaban pasando el rato, pero recordaba la medida. Seis. La señorita había dicho que Lauren tenía unos hermosos dedos delgados. Parqueó el auto y corrió adentro. Entró en la primera joyería que vio y se acercó a la dependiente.

—Necesito un anillo.

Estaba sin aliento. Le parecía que tenía un millón de dólares en su bolsillo.

—Muy bien —la dependiente era una mujer mayor, con ligeras arrugas en sus mejillas y frente—. ¿Está buscando un anillo de promesa, joven?

Estaba a punto de decirle que no, que era un anillo de compromiso. Pero antes de que le salieran las palabras, se dio cuenta de cómo se escucharían. Ridículas, así se escucharían. Solo tenía diecisiete años y la mayoría de las personas decían que su cara de niño le hacía parecer más joven. Miró a los ojos de la señora.

—Oh, sí. Sí. Un anillo de compromiso —esbozó una sonrisa nerviosa—. ¿Tiene algo como eso?

La señora asintió y lo guió hasta la sección donde estaban

los anillos más pequeños. Algunos de ellos tenían pequeñas piedras blancas, y otros tenían rosadas o azules. Unos pocos tenían piedras que parecían diamantes. Levantó sus ojos para mirar a la señora.

—Quiero algo verdadero.

—Está bien —una vez más sonrió—. Entonces, ¿quiere un diamante?

—Sí.

Tenía que ser un diamante. Había amado a Lauren Anderson desde que estaba en cuarto grado. Ella le había hecho sentir cosas que nadie le había hecho sentir nunca antes. Era divertida e ingeniosa, y era su mejor amiga. Nada menos que un diamante.

—Muy bien, ¿ha pensado en el tamaño de la piedra? —la señora se cruzó de brazos y ladeó la cabeza—. Los diamantes vienen en muchos tamaños. De un quilate, de medio quilate, de un cuarto y así sucesivamente.

Los ojos de Shane se iluminaron.

—Veamos el de un quilate.

Su mamá tenía uno como esos. Un anillo de un quilate sería excelente para Lauren.

—Está bien.

La señora abrió la vitrina desde adentro y sacó una almohadilla de terciopelo con ocho anillos colgados en diferentes secciones. Cada uno centelleaba y sus colores atravesaban el mostrador de vidrio. El de menor precio costaba mil quinientos dólares.

De repente Shane se sintió mal. El olor de las palomitas de maíz y de los panecillos de canela llenaban el aire, haciendo que se sintiera mareado. Miró a la señora y negó suavemente con la cabeza.

—No tan grande —sus hombros se encogieron un poco. —Tengo trescientos ochenta dólares.

—Bien —la señora regresó la almohadilla a su lugar con los relucientes anillos—. Tenemos algo con ese precio. Tiene un círculo con algunos pequeños diamantes incrustados. En total representan más o menos un cuarto de quilate.

Los anillos que trajo esta vez eran mucho más pequeños, sin aquel resplandor. Shane se esforzó para no fruncir el ceño al mirarlos, pero no pudo evitarlo.

—Hmm.

Entonces se le ocurrió algo. Su voz transmitía la emoción que no podía esconder.

— ¿Puede grabarlos?

—Por supuesto. Le costará veinte dólares más.

Entonces la señora miró por encima de su hombro a un hombre que estaba sentado detrás de un cristal.

—Está de suerte. Mi esposo es el que hace los grabados. Puede hacerlo en unos minutos, si usted tiene tiempo para esperar.

—Perfecto —sus palmas estaban sudorosas y se las frotó en el pantalón—. Esperaré aquí mismo.

La señora lo ayudó a escoger un anillo talla seis que estuviera de acuerdo a su presupuesto, incluyendo el costo del grabado. El anillo era pequeño. Los diamantes formaban un pequeño corazón incrustado en el centro y el resto era oro blanco. Pero lucía hermoso y cumpliría su objetivo. Mientras esperaba comenzó a pensar en las charlas que había escuchado en el grupo juvenil desde que él y Lauren tuvieron relaciones sexuales. Justo el día anterior había asistido a una. Lauren no estaba allí, nunca más sus padres la dejaron ir. Pero el mensaje lo había golpeado en lo más profundo de su corazón. Uno de los pastores de los jóvenes tenía en sus manos dos pedazos de papel de colores, uno rojo y uno azul.

«Esto te representa a ti y a tu novia». Los sostuvo y caminó por el salón. Luego tomó un frasco de goma blanca y untó un poco en el reverso de uno de los papeles. Unió los dos pedazos, reverso contra reverso. «Esto es lo que sucede cuando tú y tu novia tienen relaciones sexuales».

Dejó los papeles pegados en el podio y durante los siguientes veinte minutos habló acerca del cuerpo, de cómo Dios le había pedido a su pueblo que guardaran sus cuerpos como templos del Espíritu Santo y cómo la inmoralidad sexual nunca era algo correcto dentro del pueblo de Dios.

«Básicamente...» sonrió el joven. Este pastor le caía muy bien a Shane. Era más joven que los ministros principales y hablaba como cualquiera de los chicos. «Básicamente el sexo es algo grandioso. Pero es así solo porque Dios lo creó así, y solo es así cuando las personas que tienen relaciones sexuales están casadas. Porque ese fue el plan de Dios desde el comienzo». Se puso serio. «Cualquier otro tipo de relación sexual es pecado porque Dios así lo dice. Y lo dice por nuestro propio bien. El sexo fuera del matrimonio nos daña. Siempre será así, ya sea que estemos de acuerdo con eso o no».

Regresó al podio y volvió a tomar en las manos los dos pedazos de papel pegados. Entonces sostuvo las esquinas de cada hoja y, muy despacio, las separó de modo que una cara de cada hoja quedara de frente a la audiencia. «¿Pueden ver esto?» Continuó despegándolos hasta que estuvieron separados por completo. «La parte de afuera se ve bien. Es por eso que muchos de ustedes piensan: "No es tan importante. Tengo relaciones sexuales con mi novia, ¿y qué? No estamos haciéndole daño a nadie"». El salón estaba en silencio, los chicos con la mirada fija en los dos pedazos de papel. Era como si todos los presentes supieran lo que venía después. El pastor enseñó la otra cara de los papeles. La hoja roja estaba pegajosa y rasgada, con pequeños pedazos de papel azul pegados en ella. En la hoja azul, pequeños pedazos de papel rojo se habían pegado en diferentes partes. Ambos papeles eran una fea mezcla de colores.

«Miren». Alzó un poco más los pedazos de papel. «Dios nos dice que esperemos hasta el matrimonio porque el sexo fuera del matrimonio nos daña. A veces nos daña en una forma que todos pueden observar. Y otras veces de maneras que solo Dios y nosotros sabremos jamás. En resumidas cuentas: el sexo fuera del matrimonio nos dejará cicatrices y nunca jamás seremos los mismos».

Las palabras del hombre se desvanecieron en la memoria

de Shane. Pestañeó y miró a un grupo de muchachos de su edad que pasaban por la joyería. Eran de otra secundaria, los rivales que estaban a unos pocos kilómetros al este. Dos de las muchachas y tres de los muchachos llevaban chaquetas de ganadores. Todos parecían felices y sin preocupaciones.

Él quería gritarles: «¡No lo hagan! ¡No se queden a solas cuando estén juntos, no corran el riesgo, no hagan las cosas a su manera! ¡La Biblia tiene razón en cuanto al sexo!» Pero solo los vio pasar, riéndose y bromeando y disfrutando la vida de la secundaria como se suponía que la disfrutaran.

Shane se volvió y miró a la pareja mayor que trabajaba en su anillo. ¿Por qué no había escuchado? ¿Qué los hizo a él y a Lauren pensar que podrían ir contra todos los pronósticos o salirse con algo que estaba tan mal? El banco sobre el que se sentó estaba frío y era incómodo, tal y como él se sentía por dentro. Se puso en pie y caminó hacia el centro comercial. Si tan solo hubiera una manera de regresar, de decirle al Señor que lo lamentaban y que necesitaban una segunda oportunidad…

No es que él no quisiera el bebé. Sí lo quería. Él quería al bebé, a Lauren y la vida que tendrían juntos. Pero con todo su ser deseaba haber escuchado a Dios. Miró hacia arriba a través de una ventana de cristal en el techo del centro comercial. Dios… te necesitamos mucho. Por favor… Miró de nuevo a la tienda, a la pareja que trabajaba en su anillo. Por favor, permite que esto funcione.

Le vino a la mente un versículo, uno que el líder de jóvenes llevaba de vez en cuando en una camiseta. Estaba escrito con letras rosadas grandes sobre un fondo verde pálido muy original y decía: «Yo sé los planes que tengo para ustedes».

No hacía mucho tiempo que él iba a la iglesia, sus padres nunca fueron muy buenos asistentes al culto de los domingos, pero de todas maneras se sabía el versículo. Era uno de los favoritos entre los muchachos porque hablaba de lo que a ellos les preocupaba: el mañana. «Porque yo sé muy bien los planes que tengo para ustedes —afirma el Señor—, planes de bienestar y

no de calamidad, a fin de darles un futuro y una esperanza».
Era de Jeremías 29:11.

Suspiró y el suspiro llegó hasta sus rodillas. Justo entonces
la anciana le hizo una seña con la mano y asintió, indicándole
que el anillo estaba listo. Fue hasta el mostrador y lo estudió.
Las palabras que él les había pedido que grabaran eran las
palabras que resumían cómo él se sentía con respecto a esta
etapa de sus vidas.

Aun ahora.

Aun ahora, cuando Lauren tenía diecisiete años y estaba
embarazada, cuando su futuro y el futuro de su bebé colgaban
en una balanza, él la amaba. La amaba como siempre lo había
hecho, con determinación y enfoque. Incluso ahora, porque
no importaba cuándo ella viera el anillo o cuando leyera lo
que decía por dentro, siempre sería verdad. Aun ahora, cuando
estaban batallando; aun ahora, cuando no estaban seguros de
cómo pasar de hoy a mañana. Aun ahora… él la amaba.

No, no habían hecho las cosas bien. Pero él permanecería a
su lado. Él estaría a su lado mientras el sol saliera en las maña-
nas, mientras que la primavera siguiera al invierno. Pagó por el
anillo y la mujer lo colocó en una cajita de terciopelo gris.

«Creo que a su novia le encantará», le dijo la señora.

Allá en el fondo, el esposo de ella le guiñó el ojo. «El amor
joven es tan precioso».

Shane se mordió el labio. Si tan solo supieran. Les dio las
gracias, metió la bolsa bien apretada en el bolsillo de su abrigo
y salió del centro comercial. Desde que estaba en sexto grado
se había preguntado cómo sería pedirle a Lauren Anderson que
se casara con él. Él había planeado llevarla a la cima de una
hermosa montaña o a una playa arenisca mirando al océano.
Se pondría de rodillas y le diría cómo su vida no estaría completa a menos que ella fuera su esposa.

Pero ahora no había tiempo para algo así.

Era mediados de abril, y sus padres querían llevárselo a Los
Ángeles en dos meses. En ese mismo momento tenía que comenzar a llevar a cabo sus planes, para encontrar una forma de

permanecer juntos. Después de todo, él era el hombre. Era su responsabilidad cuidar de ella y del bebé, y no podría hacerlo a más de cuatro mil ochocientos kilómetros de distancia.

Manejó hasta su casa y tocó a la puerta. Eso también era algo nuevo. Solía dar un toque rápido y entrar. Pero durante esos días había sentido que no era… muy bienvenido. La madre de Lauren se asomó por una ventana lateral y él pudo escuchar cómo la llamaba. Luego de unos minutos Lauren vino a la puerta, con sus ojos muy abiertos.

—No sabía que vendrías.

Su puróver era de una talla más grande, y llegaba hasta sus jeans.

La idea de que el embarazo comenzaba a notarse le produjo a Shane una sensación de temor. Una prueba más de que en realidad se estaba ahogando. Miró hacia la ventana, pero la mamá ya no estaba allí.

—Hola.

—Hola.

Lauren salió al portal y se cruzó de brazos. Sus ojos estaban tristes, cómo solían estar últimamente, pero en los bordes de sus labios se dibujaba una sonrisa.

—Hoy sentí que el bebé se movió.

—¿De veras?

El corazón de Shane se llenó de asombro y lo sobrecogió una ola de admiración, de vida y de amor. No estaba seguro de qué decir. Esto debía ser algo para celebrar bajo el mismo techo, diez años más tarde, cuando estuvieran casados y lo suficientemente adultos como para tener hijos según lo tuvieran planificado. No obstante, la vida que latía dentro de ella era un hijo de *ambos*. Demasiado jóvenes o no, el bebé crecía cada vez más. Shane estiró su brazo y tocó el estómago de Lauren con sus dedos. Se sentía duro y tan solo un poco más redondo que antes. Alzó sus ojos y la miró.

—¿Cómo lo sentiste?

—Como alas de mariposa —balbuceó—. Creo que es una niña, Shane.

Se encogió de hombros, y de repente lució como la dulce y tonta niña de la que se había enamorado desde hacía muchos años.

—Puedo imaginarme sus dedos haciéndole cosquillas a mi barriga por dentro. Eso fue lo que sentí.

—¡Caramba! —Shane se volvió a cruzar de brazos y movió su cabeza—. No puedo imaginármelo.

—Eres la primera persona a quien se lo he dicho —bajó un poco su mentón, con los ojos muy abiertos y dijo un poco tímida— me gustaría que pudieras sentirlo. Es algo tan asombroso.

—A mí también.

Shane cambió de posición y metió una mano en su bolsillo, donde estaba la caja con el anillo. Hacía mucho frío para ir a dar un paseo, y dentro de la casa había mucha tensión. No estaban listos para tener una cita, pero en su interior podía sentir la presión. Si no le pedía ahora que fuera su esposa, dejaría pasar otro día, otro día en el que no pondría en marcha su plan para quedarse juntos, aunque su familia se mudara a Marte.

Tosió un poco y alzó los hombros hasta casi tocar su cuello.

—Hace frío aquí.

—Sí. —No lo invitó a pasar. Otra mala señal—. ¿Quieres hablar en tu auto?

Era la idea perfecta.

—Por supuesto. —Le sonrió, pero se detuvo justo antes de besarla. Su madre podría estar mirándolos desde algún lugar.

El sol se estaba ocultando y la nieve que se había derretido al final de la tarde se había convertido en hielo y estaba resbaladizo. Caminaron con mucho cuidado hasta el auto y se sentaron en los asientos del frente, él ante el volante y ella a su lado. Cuando estaban dentro, la sonrisa de Lauren se desvaneció.

— ¿Hay algo más? ¿Algo acerca de nuestros padres?

—No, no es eso.

A Shane se le hizo un nudo en la garganta. Hasta el embarazo de Lauren él no recordaba haber llorado. Pero durante los últimos meses sentía que sus ojos se le llenaban de lágrimas muy a menudo. Esta era una de ellas.

—Lauren… —¿Cómo debía hacer esto? No era como lo había soñado. No obstante, no lo habría sentido con más sinceridad aunque hubiera extendido una bandera desde lo alto del edificio Empire State.

Lauren tenía una rara expresión en su rostro, que era casi una sonrisa pero sin llegar a serlo.

—¿Qué pasa, Shane?

Shane tragó en seco. Luego sacó de su bolsillo la pequeña caja de terciopelo gris y se la dio. Ella alzó los cejas, apartó sus ojos de la caja para mirarlo a él, y otra vez a la caja. Shane abrió la tapa y le mostró el anillo que estaba dentro. Su voz tembló al hacerle la petición, revelando la emoción que sentía en cada palabra.

—Lauren, cásate conmigo. No hoy ni mañana, pero tan pronto como podamos, ¿sí? De todas maneras iré a la universidad y me haré un piloto.

Dejó salir una risa nerviosa.

—Siempre quise volar, ¿recuerdas?

—¡Shane! —Lauren miraba fijamente el anillo. Se llevó sus manos a la boca. Cuando iba a cogerlo, se detuvo—. ¿Quieres sacarlo tú para que me lo pongas en el dedo?

Shane sonrió, y su risa sonó nerviosa, incluso a sus propios oídos. Las cosas no estaban saliendo exactamente como las había planeado. Sus ojos se encontraron con los de Lauren.

— ¿Eso significa que tu respuesta es sí?

—Ay, perdóname —suspiró Lauren dejando salir una risita. De repente sus ojos se tornaron serios y se sentó más erguida, estirando las arrugas de su camiseta—. Sí, Shane. Me casaré contigo.

—¡Qué bueno!

Shane suspiró y se rió un poco también. Sacó el anillo de la caja y se le cayó.

—Ay.

El anillo rozó el freno de mano y fue a dar debajo del asiento.

—Creo que puedo alcanzarlo. —Lauren deslizó su mano por el estrecho espacio entre el asiento y el freno y buscó durante unos segundos—. Humm. ¿Tienes una linterna?

Shane estaba tratando de aguantarse, pero no pudo. Ni siquiera durante un segundo más. La risa primero llegó poco a poco, en cortos lapsos. Cuando Lauren se dio cuenta de que Shane había captado el lado gracioso de la situación, también se rió. Muy pronto estaban los dos riéndose a carcajadas, sus cabezas recostadas al asiento.

—¿Sabes algo? —Shane respiró y se secó los ojos.

—¿Qué? —Todavía ella seguía riéndose. Sus palabras no le salieron con facilidad.

—Así sería si nos casáramos —dijo Shane riéndose otra vez—. Cometeríamos muchos errores.

—Pero podemos —Lauren respiró profundamente y dejó de reír—, podemos aprender juntos. Eso es lo que hará posible que funcione.

—Eso y algo más que debimos haber tenido desde el principio. —Ahora Shane estaba más calmado, ya no se reía—. Dios en el centro de todo.

—Sí —el rostro de Lauren se ensombreció—. ¿Crees que él nos perdone? Es decir, ¿tú piensas que ya no nos castigará más?

—No sé si esto fue un castigo, Lauren.

Puso su mano izquierda en el volante e inclinó su cabeza en dirección a ella.

—El hecho de que tú quedaras embarazada fue una consecuencia. Está bien, quizá también haya sido un castigo. Pero fue algo que sucedió porque nosotros lo permitimos.

—¿Eso significa...? —su expresión tomó un aire de esperanza—. ¿Crees que todavía le importamos a Dios? ¿A pesar de lo que hicimos?

—Sí, creo que todavía le importamos. Escucha lo que oí ayer.

Durante la siguiente media hora le contó lo que había escuchado, la historia del papel azul y del papel rojo y cómo lucían después que los habían pegado. Luego le contó el resto de lo que había dicho el pastor. La idea estaba clara. Sí, era posible que lo hubieran echado todo a perder. Es probable que algunos de los presentes en aquella habitación ya hubieran echado a perder las cosas, decía el pastor. La cuestión es que hay que llevar esos errores a Dios, decirle que lo lamentas y luego avanzar en su camino con su fuerza y su luz.

—Mira —Shane puso la mano de Lauren en la suya—, tenemos que encontrar ese anillo porque quiero casarme contigo, Lauren. Entonces seremos uno otra vez y, bueno, nuestras espaldas no lucirán tan dañadas.

—Está bien —dijo riéndose de nuevo.

Ella trató de sonreír, pero no comentó nada acerca de la historia. Shane entendió lo que sucedía.

Lauren tenía sentimientos de culpa, y eso significaba que no se sentía muy cerca de Dios. En realidad nunca lo había estado. Justo se estaban acercando a él cuando todo sucedió. Shane reprimió su deseo de decir algo más. Con el tiempo ella se sentiría más cerca de Dios. Si se casaban, Shane estaba seguro de que así sería.

Porque cada día que pasaba él se sentía más seguro de que sin Dios no podría lograrlo.

—Lo intentaré una vez más.

Lauren metió sus dedos en el espacio al lado del asiento y buscó durante unos treinta segundos. De repente sus ojos se iluminaron, sacó el anillo y lo cogió en el aire.

—Aquí está —Lauren miró el anillo, luego a Shane—. Es hermoso. Ahora me lo puedes poner.

—Léelo *primero* —señaló Shane—. Aquí, en la parte de adentro.

Lauren lo sostuvo a la luz de las luces de la calle.

—¿Aun ahora?

Miró a Shane. Entonces alzó otra vez el anillo y lo leyó de nuevo. Mientras lo hacía, un destello de comprensión iluminó sus ojos. Vaciló un poco más, tratando de ocultar sus lágrimas mientras volvía a mirar a Shane.

—Aun ahora que tenemos esto, ¿verdad? ¿Lo que siempre hemos tenido juntos?

—Sí. Te amo, Lauren Anderson. Aun ahora, cuando parece que todo está al revés. Te amo, no importa lo que suceda.

Shane tomó el anillo de entre sus manos, y mientras lo deslizaba en su dedo, ambos sonrieron. Era una buena señal, un destello de esperanza de que tal vez encontraran su camino juntos y resolvieran la situación. Quizá alguno de sus padres les permitiría casarse después de terminar la secundaria y les prestarían una habitación. Y es cierto, el comienzo sería difícil. De seguro habría equivocaciones y risas y momentos embarazosos. Pero se tendrían el uno al otro. Los diamantes incrustados en el anillo, a pesar de ser tan pequeños, brillaban en la tenue luz y Shane tomó la mano de Lauren, pasando su dedo pulgar sobre el oro blanco. Este no era el anillo de compromiso, sino que durante un breve lapso sería un salvavidas muy pequeño. Algo de donde se podría agarrar durante un momento para mantener su cabeza fuera del agua. Así podrían liberarse de la sensación de estarse ahogando y podrían estar seguros de que Dios ciertamente los amaba y los perdonaba. Seguro de que juntos tenían un futuro y una esperanza que les aguardaba.

Aun ahora.

CUATRO

Á ngela Anderson estaba muy preocupada.

Todos los días, desde ya hacía un mes, los chicos habían estado hablando acerca de preparativos de casamiento y nada les hacía cambiar de idea. Estaba claro que tenían un plan para convencer a ambas parejas de padres, y habían comenzado con ella y con Bill.

—Queremos casarnos. —Shane estaba de pie, muy estirado, Lauren a su lado, cuando anunciaron la noticia—. Estamos comprometidos. Necesitamos estar juntos —y vaciló durante un momento—. Si mis padres se mudan, me gustaría preguntarles si pudiera vivir aquí, en la habitación para huéspedes, hasta que cumpla los dieciocho este otoño. Tragó con dificultad—. Entonces podremos casarnos.

Bill respiró muy profundamente y arremetió contra el muchacho.

—En primer lugar no están comprometidos, y no están…

—¡Sí, lo estamos, papi! —Lauren dio un paso al frente y alzó su mano izquierda. Era la primera vez que veían el anillo, y tanto Ángela como Bill permanecieron en silencio durante un momento—. Estamos comprometidos y tenemos que estar juntos. Shane tiene razón.

—¡No me interrumpas, jovencita! —continuó Bill—. No están comprometidos porque son muy jóvenes. No van a vivir juntos y no se van a casar en el verano antes de su último año en la secundaria.

Entonces bajó el tono de su voz.

—Nada de eso va a funcionar. Tienen que entenderlo lo más pronto posible.

La discusión seguía y Ángela sentía que su corazón se le

rompía en mil pedazos. La expresión de su esposo iba más allá del enojo, pero ella podía ver su temor. Ya le había confesado su temor de estar perdiendo a Lauren.

—Solíamos ser tan... unidos —su mirada estaba fija en el paisaje que observaba desde la ventana del dormitorio—. A veces me pregunto si la he perdido para siempre.

Ahora sus palabras se hacían realidad, mientras discutía con su hija. Pero el dolor no terminaba allí. La decepción se dibujaba en el rostro de Shane y una profunda desesperación llenaba los ojos de Lauren. Estaba muy claro que su hija apoyaba la idea tanto como Shane. Entonces, ¿estaban haciendo lo correcto al forzar a su hija y al joven a quien amaba a separarse? ¿Sería correcto no ofrecerles ni una sola alternativa para que pudieran cumplir su deseo?

Por fin Shane y Lauren se marcharon, pero Lauren insistió un par de veces más durante esa semana. Con cada conversación las dudas de Ángela crecían y durante el siguiente mes agrietaron su fachada de seguridad. Shane también habló con sus padres pero, como era de imaginar, ellos no querían tener nada que ver con su plan. Por nada del mundo Lauren se mudaría con ellos al oeste. De modo que, sin la ayuda de alguno de sus padres, era imposible llevar a cabo su plan.

Shane no tenía un auto propio, ni dinero, ni un lugar donde quedarse. Durante una semana estuvo hablando acerca de abandonar los estudios y obtener un empleo en un restaurante cerca de su casa que se dedicaba a la venta de pollos. Pero, según contaba Lauren, el papá de Shane le había ayudado a hacer los cálculos para demostrarle que, aunque trabajara sesenta horas semanales, no podría pagar un apartamento, un auto y la comida. Mucho menos sostener una esposa y un bebé. No, los chicos no tenían posibilidades de quedarse juntos sin recibir ayuda. Pero no fue ese el único motivo que hizo tensas y dolorosas las semanas de mediados de mayo. Sheila llamaba por teléfono casi todos los días. Si bien en el pasado siempre encontraban algún tema para charlar y reír un rato, ahora las conversaciones giraban alrededor de un solo asunto.

—¿Entonces? —Con cada conversación el tono de Sheila se endurecía más—. ¿Ya se decidió a entregar el niño en adopción? Ángela, eso es lo que Lauren debe hacer. Tú dijiste que lo haría. Puedes obligarla a que lo haga, ¿entiendes?

Ángela respiró profundo y explicó, una vez más, que la decisión tenía que ser de Lauren y de Shane. Por supuesto que les había sugerido que dieran el niño en adopción. Eso era lo mejor para todos y lo más sensato que podían hacer.

—Pero estás olvidando algo —le dijo por fin a Sheila.

—¿Qué cosa?

—Nuestros hijos se aman. Se han amado durante mucho tiempo.

Sheila emitió un sonido que mostraba su total desacuerdo con esa idea.

—Ellos no saben lo que es el amor.

Ustedes no saben lo que es el amor. Esa era la frase que manejaban todos los adultos. Hasta Ángela quería aceptarla. Era muy clara y limpia y les daba una razón para controlar a sus hijos, para resolver las cosas por ellos. No sabían lo que era el amor. Pero, ¿y si estaban equivocados?

Ese temor se clavaba como una espina en la conciencia de Ángela y, por más que trataba de esquivarlo u olvidarlo, no podía deshacerse de esta idea. A mediados de mayo ya Lauren tenía siete meses y su embarazo era muy obvio. Ángela quería que su hija dejara la escuela para evitar comentarios. Lauren le explicó que los chicos hablarían de todas formas y tenía razón. Para ese entonces ya todos sus allegados sabían que estaba embarazada.

Perder la amistad de Sheila hizo que todo aquello fuera aún más doloroso para Ángela. Sheila había sido como una hermana para ella, con quien había compartido sus inseguridades más profundas, sus mayores alegrías y temores. Ahora Sheila se volvía cada vez más desconsiderada, acusaba cada vez más a Lauren e incluso a Ángela, por lo que Ángela tomó una decisión. Tenía que librar a su hija de pasar el resto de su vida siendo víctima del odio de la familia de Shane. Ellos dos debían separarse, eso ya estaba decidido. Su relación se había terminado. Ahora el propósito de Ángela era convencer a su hija para que dejara de desear un lugar en una familia donde los padres no querían saber de ella. Sabía cuál era el siguiente paso, que era por el propio bien de Lauren, porque la amaba.

Esa semana, el sábado por la tarde, Ángela invitó a Sheila a su casa y las dos volvieron a sentarse en la solana. Durante unos minutos estudió a la otra mujer, para escoger sus palabras con cuidado.

—Sheila, yo sé lo que tú quieres. Quieres que Bill y yo convenzamos a Lauren para que entregue el niño en adopción.

—Sí.

Sheila cruzó las manos en su regazo. Apenas miraba a Ángela a los ojos.

—Ángela, es absurdo que una niña de su edad críe un bebé. Ya hemos hablado de esto —hizo una pausa—. Entonces, ¿es para esto que me llamaste aquí?

—No.

Ángela respiró profundo y se calmó. Durante muchos días había pensado en este momento y ahora estaba segura de que era la última oportunidad, la única posibilidad de llevar a cabo su plan.

—Quiero hablarte acerca de los chicos, acerca de nuestras mudanzas el mes que viene.

—¿Nuestras mudanzas?

Levantó la mirada y durante un segundo resurgió la antigua Sheila. La Sheila amable y de mentalidad abierta, la que escuchaba y brindaba su apoyo en cualquier asunto. Cualquier asunto menos este.

—Sí.

Ángela sirvió tazas de café para cada una. Tomó un poco del suyo y se recostó de nuevo en su asiento. Bill estaba fuera, supervisando un grupo de obreros que estaban podando algunos árboles cerca del nuevo edificio del banco en Wheaton. Lauren estaba arriba, escribiendo en su habitación, algo a lo que se había dedicado más que nunca antes. Ángela cerró los ojos y tomó fuerzas para seguir adelante con su plan.

—Creo que debemos esperar por lo menos un mes antes de intercambiar nuestros números de teléfono, quiero decir, después que nos mudemos.

Sheila se sorprendió, pero enseguida recobró la calma.

—¿Qué les diremos a los chicos? ¿Que no queremos que conversen?

—No, por supuesto que no.

Ángela bajó el tono de su voz. Lo menos que quería era que Lauren la escuchara.

—Podemos echarle la culpa a la compañía telefónica. El servicio telefónico puede demorar semanas en restablecerse. De esa forma Lauren podrá dar a luz al bebé y pensar en todo sin la presión que implicará hablar con Shane todos los días, intentando hacer las cosas como si todavía estuvieran juntos.

Sheila descansó ambos brazos en el asiento y su rostro casi adoptó un aire de complacencia.

—Me parece bien —miró a Ángela con una expresión de súplica en sus ojos—. Me alegra que me ayudes en esto. Quiero decir que, dejando a un lado nuestra amistad, tenemos que cuidar de nuestros hijos. Son muy jóvenes para estar juntos de esta forma.

—Tienes razón.

Ángela no estaba muy segura, pero esto era todo lo que ella y Sheila compartían en ese momento, una serie de acciones y reacciones, una habilidad para comportarse de acuerdo a las circunstancias.

—Veamos si podemos mantenerlos alejados durante un mes, un mes y medio.

—Entonces, cuando lleguemos a Los Ángeles, y Shane *va* con nosotros para Los Ángeles, no importa lo que piense, yo te doy mi nuevo número, pero no se lo darás a Lauren hasta cuarenta y cinco días después. Puedes darme tu número nuevo, pero yo demoro ese mismo tiempo en dárselo a Shane. ¿Esa es tu idea?

—Correcto.

—Me parece muy bien. Es un buen plan.

—Así es. Pienso lo mismo que tú. Ellos necesitan estar un tiempo separados.

Una mueca de dolor se dibujó en el rostro de Ángela al decir aquella mentira. De haber escuchado esa conversación Lauren y Shane las repudiarían de por vida. Ese encuentro no había sido para hacer feliz a Sheila ni para reafirmar la idea de que los chicos iban a estar mejor separados. Era para proteger a Lauren de la hostilidad de la familia de Shane. Por esa razón había mentido, aunque eso implicara perjudicar a Lauren a corto plazo. Miró a Sheila.

—Es solo durante un mes, quizá seis semanas. Luego de ese tiempo pueden conversar y ya veremos qué pasa.

Sheila ya se había levantado.

—Muy bien —dijo mirando su reloj—. No puedo quedarme. Esta noche tengo una cena en la iglesia.

Sus ojos se encontraron con los de Ángela por última vez. Se detuvo a punto de lucir aquella sonrisa falsa que Ángela había visto con demasiada frecuencia durante los últimos meses. En vez de esto, levantó un poco las comisuras de sus labios.

—Esto no es fácil para ninguno de nosotros, Ángela —hizo una pausa—. Por favor, nos mantienes al tanto si Lauren toma alguna decisión. Hay tantas familias maravillosas que desean adoptar un hijo. Sería un gran sacrificio si Lauren lo considerara.

Ángela deseaba escupirle el rostro. Sería un magnífico sacrificio, por supuesto, si Lauren lo considerara, y una gran victoria para Sheila. Ángela caminó hacia la puerta y la abrió para que Sheila se fuera lo más pronto posible. Entonces, ya que había empezado, siguió con otra mentira.

—Yo estoy de acuerdo con la adopción, Sheila. Cada día que pasa Lauren se convence más de que es lo correcto.

—¿De veras? —Los ojos de Sheila brillaron del modo que lo hacían cuando la tienda por departamentos Bloomingdale's anunciaba rebajas.

Ángela sentía asco. Se mordió el labio y asintió.

—Sí. Estoy casi segura.

Sheila salió, haciendo comentarios finales con una breve sonrisa, comentarios acerca de cómo debían ser las cosas y cómo la vida los había llevado a elegir lo mejor y cómo los cambios eran semejantes a las diferentes estaciones del año que debían saborearse y cómo la vida estaba en constante cambio.

Después que Sheila se marchó, el silencio le permitió a Ángela disfrutar del primer momento de paz en toda la mañana. Sentada en el sofá, se recostó y cerró los ojos. Lo había hecho. Había convencido a Sheila para que se alejara de su vida y de la vida de su hija. Al menos durante un mes o un mes y medio. Eso significaba que Lauren podría tener su bebé en paz, sin las constantes llamadas telefónicas y las órdenes de Sheila acerca de por qué debía entregar el niño en adopción y cuándo debía hacerlo.

Sentada allí, todo lo sucedido durante la conversación de la mañana le pareció bien excepto una cosa, lo mismo que la había preocupado durante la mayor parte del mes que terminaba: ¿Y si el amor de los chicos no se desvanecía? ¿Y si Sheila y todos los adultos estaban equivocados? ¿Y si la edad no era lo que determinaba si alguien podía o no comprender lo que era el amor y cuándo este era real?

Ángela cruzó los brazos y los apretó con sus manos. Son adolescentes; por supuesto que seguirán adelante. Estarán descorazonados durante un tiempo. Pero se recuperarán de su dolor y luego de un mes o dos de separados revaluarán la situación y decidirán que es mejor estar un tiempo separados. De hecho, si eso sucede, Lauren decidirá dar el bebé en adopción y entonces todos saldrán ganando.

Parpadeó, se levantó y caminó despacio hacia la habitación de Lauren. Tocó muy suave a la puerta.

—Entra.

Lauren sonaba cansada y distraída. Shane estaba en un

entrenamiento de béisbol, de modo que Lauren pasó casi toda la tarde escribiendo en su habitación.

—¿En qué estás trabajando?

Ángela se sentó en el borde de la cama de su hija. El recuerdo de su conversación con Sheila inquietaba su mente. Se sentía como una traidora.

—Un cuento —levantó un cuaderno azul—. He escrito muchos.

—¿De qué se trata este?

—Una pequeña niña que se llama Emily. Emily es una princesa en una tierra muy lejana, en la que el resto de los habitantes son un conejo, un oso y una zorra. Pasa toda su vida sin saber dónde encontrar a su príncipe hasta que se encuentra con una mujer muy especial al otro lado de la montaña.

—Hmm —asintió Ángela—. Me encanta tu imaginación.

—¿Aunque no tenga un título de secundaria? —le dijo sonriendo.

El anillo que Shane le había dado aún estaba en su dedo, pues ellos todavía creían que alguno de sus padres cedería y les permitiría estar juntos en la misma casa durante los próximos seis meses. Tal como había dicho Shane la semana anterior, podían incluso casarse *ahora* con el consentimiento de uno de sus padres. Pero ninguno de ellos estaba de acuerdo con la idea.

Ángela permaneció callada durante un rato y Lauren escribió unas cuantas líneas más. Luego cerró el cuaderno y miró a su mamá.

—¿Por qué estaba aquí la mamá de Shane?

Ángela forzó una sonrisa para esconder la culpa.

—Estábamos conversando acerca de su mudanza. Todavía no han decidido qué casa comprar en California.

—Shane se reunirá hoy con su papá. Puede que le permitan quedarse en casa de uno de sus amigos del equipo de béisbol.

Sonrió feliz. No quedaba la menor duda. Lauren realmente pensaba que encontrarían una solución y que no tendrían que separarse.

Ángela recordó el tono de Sheila. *Shane va con nosotros para Los Ángeles, no importa lo que piense.* Se aclaró la garganta y trató de sonreírle a su hija.

—No estoy tan segura de eso, querida.

—Yo sí. —Puso el cuaderno al lado de la cama y se sentó con las piernas cruzadas cerca de su almohada—. Dios encontrará una solución.

—¿Dios? —El corazón de Ángela dio un vuelco. Ella era la madre, ¿no? Hablar de Dios en un momento como este era algo que debían haber hecho ella o Bill. Por supuesto que lo harían algún día, cuando no estuvieran tan ocupados, cuando vivieran en los suburbios de Wheaton y la vida fuera más sencilla. Entonces irían a la iglesia todos los fines de semana y hallarían la manera de tomar más en cuenta a Dios en sus actividades diarias.

Lauren miró afuera con una mirada pensativa.

—Si hubiéramos pasado más tiempo hablando de Dios durante el verano pasado, tú sabes, si lo hubiéramos puesto en primer lugar, quizá no habríamos cometido tantos errores.

Permanecieron calladas durante un momento, mientras afuera comenzaba a caer una fina llovizna. Por fin Ángela encontró las palabras que estaba buscando.

—Dime qué sientes tú hacia Shane —su voz era suave, sin el tono amenazante que había predominado en muchas de sus conversaciones desde el comienzo del año—. ¿Qué sientes en realidad?

Lauren arrugó la nariz y bajó un poco las cejas.

—Tú sabes lo que yo siento, mamá.

—Yo sé lo que tú dices. Pero eso es lo que se supone que debes decir cuando estás embarazada. Por supuesto que se supone que digas que lo amas. Pero realmente, ¿qué significa eso para ti?

Lauren respiró muy despacio y miró otra vez afuera.

—Significa que sin importar lo que suceda, incluso si se lo llevan, una parte de mí se quedará para siempre con él

—miró a su mamá—. Y una parte de él se quedará para siempre conmigo.

Lauren tenía las manos debajo de sus rodillas, pero en ese momento sacó la mano izquierda.

—Siempre usaré este anillo, mamá —sonrió—. Shane Galanter me ama como nadie me amará jamás. Él está a mi lado cuando nadie más lo está e incluso cree en mí cuando ni yo misma creo. —Dejó escapar una breve risita—. Todos piensan que somos muy jóvenes para saber lo que es el amor. Pero yo veo la manera como se comportan tú y papi y los Galanter, la forma en que su amistad se ha terminado con todo esto y ¿sabes lo que pienso?

Ángela sentía su garganta seca, las emociones agolpadas en ella.

—¿Qué?

—El hecho de ser mayores tampoco les ha ayudado a saber qué es el amor.

Ángela no quería llorar, no mientras Lauren estuviera presente. Pero las lágrimas se asomaron de todas formas y ya que no podía hablar, se inclinó y abrazó a su hija. La abrazó durante un buen rato. Cuando salió de la habitación, luego de unos minutos, sus dudas acerca de lo que estaban haciendo con su hija ya no eran solo una pequeña espina clavada en su conciencia.

Eran una enorme daga.

ʘ

Lauren esperaba ansiosa la llegada de Shane. No les había dicho a sus padres que venía. Ya eran pasadas las once y su mamá y su papá estaban acostados. Estaba sentada al lado de la ventana mirando la lluvia. Había lloviznado durante todo el día pero ahora llovía más fuerte.

No obstante, era posible manejar. Shane llegaría en cualquier momento.

En su regazo tenía el cuento que había estado escribiendo durante todo el día, el último. Empezó a escribir cuentos desde que fue capaz de sostener un lápiz, en especial cuando su corazón estaba lleno de emociones que la perturbaban. Miró el cuaderno en sus manos y buscó el principio de la historia para leer la primera página: *Aun ahora: Nuestra historia*, por Lauren Gibbs.

Una sonrisa se dibujó en sus labios. *Lauren Gibbs* era el nombre que utilizaba cuando escribía. Hace mucho tiempo había leído ese nombre en un libro y algo acerca de él, se le quedó grabado por lo bien que le quedaba al personaje o la fuerza que inspiraba.

El día que lo encontró corrió hacia su papá y luchando por controlar su entusiasmo le dijo:

—Papá, este es el nombre perfecto.

Él estaba leyendo el periódico. Podía escuchar el ruido de las páginas mientras lo doblaba para bajarlo y mirarla.

—¿Qué pasa?

—El nombre que encontré en este libro —dijo mientras lo alzaba—. Es perfecto.

Muy despacio comenzó a abrir el periódico de nuevo. Sus ojos iban del artículo hacia su hija y luego al artículo otra vez.

—Muy bien, hija.

—¡Papi! —lo miró contrariada—. No estás escuchando.

—¿Qué? —bajó un poco el periódico y la miró—. Por supuesto que sí. ¿Te gusta el libro que estás leyendo?

—¡No! —refunfuñó otra vez—. Me gusta el nombre del personaje de la historia.

Su padre parpadeó.

—¿El nombre del personaje?

—Sí. *Lauren Gibbs* —una amplia sonrisa iluminó su rostro—. ¿No es acaso el mejor de los nombres?

Su papá dejó salir una risita.

—Creo que Lauren Anderson es más que suficiente.

Lauren guardó ese recuerdo. No era necesario que su papá encontrara algo de especial en el nombre. A ella le gustaba. Usarlo en sus cuentos era una forma de olvidarse de sí misma. En su mente, Lauren Gibbs no era una chica de diecisiete años, estudiante de secundaria. Era moderna e inteligente, con una vasta educación y una atracción por los asuntos internacionales. Había viajado por todo el mundo y conocido personas muy interesantes de docenas de diferentes culturas.

Desde esa perspectiva escribía, como si ella, cual su otro yo ficticio, viviera en realidad esa otra vida.

Echó un vistazo a la página. La primera línea de la historia decía: «Ella lo miró desde su puesto en la mesa. Recordaría ese día el resto de su vida: el día en que se enamoró de Shane Galanter».

Escuchó un auto que se acercaba y cerró el cuaderno. A veces compartía sus cuentos con Shane, pero no ahora. Tenían muchas otras cosas de las cuales hablar. Dejó a un lado el cuaderno y volvió a mirar por la ventana. Esta era la gran oportunidad que habían estado esperando. El padre de Shane le había dicho que consideraría la posibilidad de que el próximo año se quedara viviendo con uno de sus compañeros del equipo de béisbol. Eso sería perfecto. Significaba que los padres de Shane no estarían cerca. Por la manera en que su mamá lo estaba tratando últimamente, era preferible que se distanciaran un tiempo. Distinguió las luces de un carro que doblaba la esquina y se inclinó para ver bien en la noche oscura. Era él. Estacionó su Camry frente a la casa y apagó el motor. Lauren vio cómo se bajaba del auto, notó la forma en que sus hombros estaban inclinados hacia delante y sus pasos lentos.

Se sentó un poco más derecha y tuvo un mal pensamiento, el que había evitado durante el último mes. ¿Qué pasaría si los padres de Shane no le daban permiso? ¿Qué pasaría si insistían en que Shane se mudara con ellos? No harían eso, ¿verdad? Porque ella tenía el anillo. Estaban comprometidos.

Shane casi llega a la puerta cuando Lauren la abrió y le hizo señas para que entrara despacio. Luego de cerrar la puerta lo miró directo a los ojos.

—Te dejará, ¿cierto?

—Lauren —bajó la mirada y en ese momento la respuesta fue tan clara como el cielo de Chicago en agosto. Cuando alzó los ojos, las lágrimas brillaban en ellos—. Quiere que termine la secundaria en Los Ángeles. Solo que termine la secundaria. Después hará todo lo que pueda para ayudarnos.

Parecía que la habitación se tambaleaba y Lauren no se habría sorprendido de haberse caído el techo ante sus pies.

—¿Tú... te vas? ¿Dentro de un mes?

—¿Qué más puedo hacer? —Un rastro de enojo se advirtió en su voz—. No tengo nada, Lauren. No tengo carro, ni trabajo, ni estudios, ni siquiera un asqueroso billete de veinte dólares.

Acercó a Lauren hacia él. Luego de unos segundos se volvió a recostar sobre el asiento y la miró. El dolor en sus ojos era tan crudo que lastimaba.

—¿Dice mi mamá que estás pensando en dar al niño en adopción?

Lauren movió la cabeza, frustrada.

—Jamás, Shane. Jamás —lo agarró por la cintura, abrazándolo, y le dijo—: ¿Por qué insiste en decir eso?

—No es solo ella —su voz era suave y amable—. Tu mamá dijo lo mismo.

—¿Qué? —dio un paso atrás y movió la cabeza—. ¿Eso es lo que tú quieres?

—Por supuesto que no —intentó agarrar sus manos, pero ella se mantuvo lejos—. Solo es... durante el próximo año, no podemos decidir nada.

Lauren le dio la espalda y miró afuera. Un temblor recorrió sus brazos y llegó hasta las manos. Si Shane se iba, entonces quizá *debía* dar al niño en adopción. ¿Cómo lo criaría sin su ayuda? Sus padres habían prometido que la ayudarían, pero estaba claro que no lo aprobaban. El temblor bajó por sus muslos hasta las rodillas y muy pronto todo su cuerpo estaba temblando.

Shane se acercó y la abrazó, poniendo sus manos en la barriga de ella.

—Yo quiero a este niño, Lauren. Quisiera que hubiera llegado dentro de diez años, pero a pesar de todo lo quiero

—la volteó con suavidad para mirarla a los ojos—. No pienses nunca que no lo quiero.

—¿De veras te vas?

—No desistiré. Seguiré buscando una vía, insistiré con mi papá y trataré de buscar una solución hasta el último momento —él tomó las manos de ella—. Lo prometo.

—Yo sé pero… —Ahora sus labios temblaban—. Pero si no funciona, entonces solo nos queda un mes juntos.

—Ellos podrán sacarme de Chicago, pero no pueden sacarme de tu vida. Entonces terminaremos la escuela y luego estaremos juntos, Lauren. Mi papá lo prometió.

Lauren tenía deseos de llorar, de gritar o de agarrar a Shane y correr lo más lejos que pudieran. Pero estaban atascados. Las paredes se cerraban más cada día. Sintió moverse al bebé y sus ojos se llenaron de lágrimas.

—Busca una vía, Shane —un sollozo salió de sus labios y enterró su rostro en el hombro de Shane—. Por favor, no puedo hacerlo sin ti.

Shane la abrazó, prometiéndole que lo intentaría, que quizá habría una posibilidad que todavía no habían considerado. Pero al final, cuando Shane se marchó aquella noche, se quedó convencida de que no era la única que sabía la verdad acerca de su situación. Él también la sabía.

El amor no importaba. Faltaba un mes para la despedida.

CINCO

Los días pasaban como muchos minutos, cada uno coloreado con un grupo diferente de emociones nuevas y aterradoras. En algunas tardes Lauren manejaba hasta el lago para hablar con Shane, y caminaban por la orilla conversando sobre el porvenir. Apenas si notaban las extrañas miradas que producían en la gente que pasaba por su lado. Con su pelo rubio y lacio ella parecía más joven que los diecisiete años que tenía. Y las miradas venían acompañadas de rumores.

A ninguno de los dos les importaba. Estaban demasiado ensimismados en su propio mundo como para que les importara lo que pensaran los demás. Incluso sus padres.

—Estoy hablando con una de mis maestras sobre alquilar una habitación —le dijo Shane una tarde soleada mientras se sentaban uno junto al otro en la playa—. Tú la conoces, la señora Tilp.

—¿La señora Tilp, la maestra de cálculo? —Lauren entornó los ojos hacia el sol. Tenía el abdomen estirado, el bebé la apretaba.

—Sí, ella y su esposo tienen una habitación extra. La escuché el otro día hablando de eso con otra maestra. Le pregunté si podía alquilarla hasta el año que viene. Nos podríamos casar en el otoño y vivir juntos con el bebé.

La posibilidad sonaba dudosa.

—¿Le dijiste que sería solo tú? ¿O tú, el bebé y yo?

—Yo por ahora. —Se ajustó la gorra de pelotero—. Pensé preguntar con respecto a ustedes dos después de que ella dijera que sí.

Un día después, Shane tenía la respuesta. La maestra no quería un alumno de huésped. Y mucho menos un menor.

El próximo intento de Shane fue un vecino tres puertas más abajo, un hombre retirado que vivía solo.

Mientras que las posibilidades se cerraban una a la vez, Lauren se negaba a creer que no funcionaría de alguna manera. Por las noches, cuando el día escolar de Shane terminaba, casi siempre estaban juntos. Se sentían incómodos en sus casas respectivas, así que Shane la recogía y se estacionaban en algún lugar para hablar.

—¿Y los nombres? —le preguntó Shane una noche. Habían hablado de algunos pero no habían decidido nada—. Necesitamos un plan, por si acaso.

—¿Por si acaso? —Lauren buscó en sus ojos e instantáneamente entendió—. ¿Quieres decir si ellos te llevan para California?

Él apretó los labios y asintió. Bajó los ojos a la barriga de ella y luego los alzó de nuevo.

—Yo tengo uno.

Esto era maravilloso, estar sentada sola junto a él, actuando como si fueran cualquier otra pareja normal a punto de ser padres. Ella se recostó contra la puerta del auto y le sonrió.

—¿Para niño o niña?

—Niña.

—Está bien, ¿cuál?

El bebé se movió dentro de ella y ella se puso las manos encima.

—Mira. —Tomó la mano de él y la puso sobre su barriga—. Todavía no has sentido esto.

—¿De veras? —Su toque era ligero mientras esperaban. El bebé volvió a patear y el rostro de Shane se iluminó—. Caramba... Eso fue increíble.

Puso ambas manos sobre ella y acarició el lugar donde estaba el bebé. Entonces se inclinó y susurró:

—Oye, pequeñito, sentí lo que hiciste. Pateas duro.

El bebé se movió nuevamente y la felicidad en Lauren era tan grande que se preguntó si estaba resplandeciente. Este era el primer contacto de Shane con el bebé de ellos. Hacía que todo con respecto a su embarazo pareciera normal, real y maravilloso. Como se suponía que fuera.

Shane volvió a recorrer su barriga y luego se recostó a su puerta y sonrió.

—Aquí va: Emily. —Sus ojos brillaban—. ¿Qué te parece?

—Me gusta. —Ella se imaginó a su hija, estaba segura de que era una hija, vestida de rosado y encajes y con un dulce nombre femenino. Justina o Tabita habían estado en su lista; algo un tanto moderno. Pero le conmovió que Shane hubiera escogido un nombre.

—No sabía que estuvieras pensando en nombres de bebé.

—No puedo pensar en nada más. —Él se rió nervioso—. La escuela apenas capta mi atención, porque estoy soñando contigo y el bebé, cuando nazca y si… —Su sonrisa se desvaneció—. Y si estaremos juntos cuando eso suceda.

Ella ignoró esa última parte. Si sus padres los dejaban, ella estaba segura de que Shane sería el mejor padre que hubiera existido jamás. En otra ocasión en que estuvieron juntos ella preguntó.

—¿Y si es varón?

—No estoy seguro. —Hizo una mueca curiosa—. Quizá Josh o Jared. Algo así.

Las conversaciones siempre le parecían lo mismo a Lauren. Como si estuvieran jugando a las casitas en el umbral de un maremoto. No obstante, la normalidad de hablar de los nombres hacía que los días fueran llevaderos. Especialmente cuando cada uno de estos los acercaba más a la fecha de la mudada de los padres de él.

Cuando faltaba solo una semana, finalmente llegó la llamada que Lauren había esperado todo el tiempo.

—Me tengo que ir. —Shane parecía haber estado llorando—. Terminaré la escuela en California y luego vendré a encontrarte. Lo que sea necesario. Resolveremos algo desde allá.

Aun entonces ella no estaba lista para rendirse. Se pasó toda la semana tratando de hablar con sus padres. «¡Por favor, hagan algo!» Agarraba la mano de su madre, el hombro de su padre. «Nosotros nos amamos, no queremos estar separados. Por favor, ayúdennos».

Sus padres escuchaban y una que otra vez mostraban cierta tristeza por ella, pero nunca ofrecieron una salida. Un día Lauren arrinconó a su madre en la cocina, casi al final de esa semana.

—Llama a los Galanter. Hazlos venir. Diles que no podemos vivir tan separados. Por favor, mamá.

—Lauren, las cosas son diferentes. Los Galanter han dejado claro que no quieren ser parte de nuestra familia.

Era como el pasillo que se encogía. Sin puertas. Sin ventanas. Sin salida.

Finalmente llegó la noche del domingo. Shane y su familia se iban a la mañana siguiente y él iba de camino a despedirse. Lauren salió afuera a encontrarse con él.

—Quédate adentro, cariño —le dijo su madre desde la cocina—. Nosotros también queremos despedirnos.

—No, no es así. A ustedes poco les importa si él se va.

El tono de Lauren era cortante. Las cosas entre ella y sus padres nunca habían estado peor. Si no querían ayudar para que Shane se quedara, entonces, ¿para qué servían? Todo el mundo estaba en contra de ellos. Ella tiró la puerta tras sí y caminó hacia el final de la acera y esperó.

Llevaba una camiseta amarilla desteñida más grande de lo normal y los shorts azul marino que su padre usaba para correr. Su cintura era enorme, tanto que la asustaba y aunque el aire estaba pesado y caliente, empezó a temblar. ¿Cómo fue que las cosas se volvieron tan locas? ¿Por qué no escucharon antes al pastor de su grupo de jóvenes, cuando todavía tenían tiempo de terminar la secundaria como los demás muchachos?

Esa noche había luna llena y su luz se proyectaba sobre los árboles y producía sombras alrededor del sitio donde ella estaba parada. Ella escuchó un carro a lo lejos y entornó los ojos por las luces que se acercaban. Era él. Ella conocía el ruido de su auto. Cuando se detuvo y salió, ella no tuvo dudas. Él había estado llorando. Todavía lo estaba. Metió las manos en sus bolsillos, caminó por frente a su auto y vino hasta ella.

—Lauren… —La haló hacia sus brazos y trató de abrazarla, pero su barriga era tan grande que el momento fue torpe y él se separó—. Solo tengo diez minutos. Mi papá quiere que los de la mudanza enganchen el auto al camión.

—¡No! —exclamó Lauren.

—Ya hemos hablado de esto. —Él pasó sus dedos por la frente de ella, hasta llegar cerca de la sien. Un signo de interrogación danzaba en los ojos de Shane—. ¿Quieres dar el bebé en adopción?

—Por supuesto que no. —Ella trató de no llorar y un golpeteo inundó su pecho. Luego dio un paso atrás—. Pero no puedo tener al bebé yo sola, sin ti. Shane, mis padres no están de mi parte. No sé qué hacer.

Él palpó su mano y pasó el pulgar por la superficie del anillo de compromiso.

—Recuerda lo que dice.

Ella parpadeó tratando de verlo más claramente.

—Sí.

—Aun ahora, Lauren. Cuando todo se está desmoronando, yo te amo y todavía quiero casarme contigo.

Los minutos se acababan y finalmente lo que les quedó fue un abrazo desesperado y prolongado y un frenesí de promesas.

—Te llamaré.

Shane se separó suavemente de ella y comenzó a dirigirse a su auto.

—Estaré esperando —ella dio un paso más.

—El año pasará rápido. —Él se detuvo a unos pasos de su puerta—. Te visitaré, lo prometo.

—Nos encontraremos contigo enseguida que te gradúes.

—Lo sé. —Él achicó los ojos, viendo más allá del miedo y la incertidumbre de ella. Tenía húmedas las mejillas—. Tienes que cumplir esa promesa.

Otro paso más.

—Te avisaré en cuanto esté de parto.

Él estaba a punto de entrar en su auto, pero por un instante no hizo nada, solo fijar sus ojos en los de ella. Ella comprendió lo que él hacía. Esos pocos segundos tendrían que durarle a ella también. Entonces, con una voz más calmada que antes, él dijo:

—Nunca amaré a nadie como te amo a ti, Lauren. Nunca.

Ella se masajeó la garganta y trató de tragar, deseando que salieran las palabras.

—Yo tampoco, no mientras viva.

No había nada más que decir. Él se subió al auto y salió manejando. Solo entonces ella se percató de los dolores en su barriga. No eran dolores fuertes, nada serio. Solo una sensación de dolor.

Como si incluso el bebé dentro de ella estuviera afligido.

❧

Ángela trató de no mirar, pero no pudo evitarlo.

Se sentó en la sala oscura, mirando por la ventana mientras Lauren y Shane se despedían, mientras se abrazaban y lloraban y finalmente mientras él se alejaba y Lauren se dejaba caer en la hierba con la cabeza en las manos. Fue entonces que una culpa sofocante invadió a Ángela.

—Mi niña, todo va a estar bien. —Puso los dedos contra el frío cristal, su voz era un susurro—. Vamos a salir de esto.

Todavía estaba sentada allí cuando Bill se acercó y le puso la mano en el hombro.

—Estarán bien. —Su voz era queda, confiada. Ni una sola vez él había dejado espacio a ninguna otra posibilidad.

Ángela comprendía. Lauren era tan preciosa para Bill. Su instinto protector hacia ella era intenso. Esta era su manera de evitarle lo que él creía que era una dolorosa decisión. Si ella y Shane se quedaban juntos, sin dudas que ella se quedaría con el bebé, incluso si no era la mejor decisión. Si eso sucedía, nunca tendría la oportunidad de crecer realmente, de experimentar su último año de secundaria ni sus días universitarios después de eso. Aún más, si se casaba con Shane se quedaría atascada con suegros que ya no la querían.

Bill no tenía ninguna duda. Separar a Lauren y a Shane era la mejor decisión para todo el mundo. Ángela quería sentirse de la misma manera, pero estaba demasiado ocupada tratando de coger un solo respiro. Puso su mano sobre la de su esposo.

—¿Y si no? —Ella se volvió y lo miró y su corazón latía a un ritmo extraño—. ¿Y si no están bien? Quizá estamos equivocados, Bill. Todo esto es obra nuestra y de los Galanter.

Él frunció el entrecejo y miró por la ventana a su hija.

—Solo son niños. No saben lo que les conviene. —Levantó un poco el mentón—. Creo que todos sabemos que lo mejor para el bebé es que Lauren lo dé en adopción.

Ángela sintió indicios de cólera.

—Ya hemos hablado de eso. Ella quiere quedarse con él, tú lo sabes.

—Pero ahora que Shane no está... —Se encogió de hombros—. Con él fuera del escenario, creo que ella cambiará de opinión.

Se enderezó y le dio un último apretón al hombro de ella.

—Eso espero.

Entonces dio la vuelta y regresó a la sala. Ella escuchó encenderse el televisor y después de eso, el sonido de un anuncio que hablaba de los Rojos y los Medias Blancas y quién estaba esa noche en la alineación de jugadores.

Ángela lo vio irse y se le escapó un suave lamento. Movió la cabeza. A pesar de lo sinceros que fueran sus motivos, ¿realmente podía él ser cómplice de separar a los muchachos y nunca tener ni una sola duda? Entre ellos y los Galanter habían manipulado el futuro de sus hijos de todas las maneras posibles. Tenían más de una década de historia juntos, no obstante, los cuatro se habían quedado tranquilos mientras su amistad perecía. Luego acordaron mantener en secreto la transferencia de sus nuevos números de teléfono. Al menos durante un mes. Todo para que quizá Lauren cambiara de opinión y diera el bebé en adopción. Ángela miró a Lauren y

a pesar de la noche oscura podía ver lo evidente. Lauren sollozaba, lloraba sola sobre el húmedo césped de verano sin nadie
que la consolara. Ángela sintió un escalofrío en su espalda y
tembló. La idea no la dejaba en paz ni por un instante. Era el
mismo pensamiento que había tenido toda la semana. Sí, de
alguna manera distorsionada todos ellos estaban tratando de
hacer lo que fuera mejor para los muchachos.

¿Pero qué sucedería si estaban equivocados?

&

Shane no podía ver por las lágrimas.

Era el mejor jugador de su equipo de pelota, un muchacho
que nadie se atrevía a contrariar ni en el vestuario ni en ningún
otro lugar. Pero durante el último mes él sentía que su vida iba
desmoronándose día por día. Y no había nada que él pudiera
hacer al respecto. La luz roja de un semáforo lo hizo detenerse. Apretó los puños contra los ojos y se los restregó. Ellos no
tendrían la última palabra, no; no si él podía evitarlo. Podrían
llevárselo de Chicago, alejarlo de Lauren y del bebé y de todo lo
que él quería para el futuro de ellos. Pero no podrían cambiar
lo que él sentía por ella.

Toda la vida él se había imaginado que crecía y se convertía
en un hombre de negocios, un inversionista como su padre, un
hombre que obtendría su licencia de piloto y volaría a reuniones importantes. Pero en el último mes eso había cambiado.
Tenía una nueva perspectiva con respecto a sus padres, el mundo de ellos y todo con lo que se identificaban. En algún punto
en el camino el dinero se había apoderado de ellos, de quienes
eran. Ya no era un valor que se usaba como una herramienta.
La riqueza que habían acumulado los definían.

Era su riqueza lo que no permitía que el único hijo de la
familia Galanter se convirtiera en padre el verano antes de
su último año de secundaria. Esa era la razón de la mudada,
a pesar de lo que le dijeran. Si ellos podían llevárselo al otro
lado del país e inscribirlo en una escuela nueva donde nadie lo
conociera, entonces la vida podía seguir prácticamente como

siempre había sido. Sin preocupaciones, sin inquietudes y con un futuro tan bueno como el oro.

Como si al alejarlo de Lauren, de alguna manera desapareciera la verdad.

En cambio, la verdad se había vuelto más clara que nunca. La vida que él llevaría un día nunca sería la que sus padres llevaban. Él encontraría significado y valor en algo más que el dinero y lo encontraría con Lauren y su bebé, sus hijos. Recordó la sensación del bebé moviéndose debajo de sus manos. El niño que crecía dentro de Lauren era suyo, y él se pasaría toda la vida tratando de descubrir cómo ser papá.

El semáforo cambió a verde y él se paró en la intersección. Ahora tenía los ojos secos y no había lágrimas. En su lugar había una decisión lo suficientemente fuerte como para durar toda una vida. Porque la verdad que él podía ver con tanta claridad era esta: realmente él no amaría a nadie como amaba a Lauren Anderson. Un día, tan pronto como él pudiera hacerlo realidad, ellos se encontrarían nuevamente. Él añadiría un anillo de oro blanco al que ya le había dado. Y entonces nunca más se separarían.

SEIS

La determinación de Lauren aumentaba con cada lágrima que derramaba. Más tarde o más temprano ella y Shane estarían juntos para siempre. Al día siguiente de su partida, Shane la llamó desde una cabina telefónica en Oklahoma. No se oía muy bien pero pudo entender casi todo lo que dijo.

—Mi mamá me dijo que al principio no tendremos teléfono. —Sonaba lejano, nervioso y apurado—. Estamos en una gasolinera. Están llenando el tanque, no tengo mucho tiempo.

Lauren estaba confundida.

—¿Entonces no tendrás teléfono?

¿Por qué todo comienza a parecer una conspiración en contra de ellos?

—Todo mundo tiene teléfono, Shane. ¿Cómo es eso?

—Mis padres dijeron que va a demorar un poco. Tiene que ver con el lugar donde está la casa. Creo que todas las casas son nuevas y la instalación del servicio telefónico puede demorar unas semanas.

El pánico hizo presa de Lauren.

—Nosotros nos mudamos este viernes. —Se pasó la mano por la frente y trató de concentrarse—. También tendremos un número nuevo. ¿Cómo se supone que me comunique contigo si no tienes teléfono?

—Mi mamá hablará con tu mamá. No estoy seguro, pero quizá será por medio del trabajo de tu papá o algo así. —Su voz estaba ahora más calmada, y a lo lejos Lauren podía escuchar el motor de un carro—. Te llamé porque quiero recordarte algo, Lauren. Si no podemos hablar por teléfono, estaré pensando en ti de todas formas. Eso nunca cambiará. Resolveremos el asunto del teléfono a pesar de que pueda demorar unas semanas.

Lauren se sintió más tranquila.

—Está bien. Supongo que nuestras mamás lo arreglarán.

—Lo harán. Tienen que hacerlo. —Shane hizo una pausa—. Tengo que irme pero, ¿cómo te sientes?

—Bien. Los latidos del corazón del bebé son fuertes.

—No has cambiado de idea acerca de eso, ¿verdad?

¿Por qué seguía preguntándole? Apretó los dientes.

—Ya te lo dije. Estoy decidida, ¿está bien?

—Está bien. Oye… tengo que irme. Te quiero, Lauren. Llamaré tan pronto pueda.

—Yo también te quiero.

Colgaron y eso fue lo último que Lauren escuchó de Shane. Ahora ella y su familia se habían mudado a la nueva casa en los suburbios de Wheaton, a una hora de la ciudad. Tenían un nuevo número telefónico y, después de haber desempacado, se acercó a su mamá.

—¿Cómo se supone que Shane sepa nuestro número telefónico?

—Estoy esperando que su mamá se comunique con nosotros, cariño. Ella nos dirá su número cuando tengan habilitado el servicio telefónico.

—Está bien pero, ¿cómo se comunicará con nosotros si nuestro número también es nuevo? —Faltaban dos semanas para su fecha de parto y Lauren se sentía mal la mayor parte del tiempo—. Mami, necesito hablar con él.

—Bueno, cariño —su mamá no pestañeó—, la compañía tiene un servicio de transferencia de llamadas. Las personas pueden llamar a nuestro número anterior y durante los próximos tres meses ellos le darán el nuevo.

La mente de Lauren se iluminó. ¿Un servicio de transferencia de llamadas?

—¿De veras? —Ella no había pensado en eso—. Entonces Shane me llamará en cualquier momento.

—Así es. —Sonrió su mamá.

Después de esa conversación pasaron tres días, que completaron las tres semanas que hacía que no sabía de Shane. La espalda le dolía pero caminó hasta el buzón. ¿Dónde estaba él y que hacía? ¿Ya habían desempacado y se estaban adaptando al nuevo barrio? ¿Y a qué parte de Los Ángeles habían ido a vivir? ¿En un suburbio o cerca de la ciudad? ¿Y por qué ella no había preguntado eso antes?

Se sentía perpleja. Su papá estaba en el nuevo banco, que quedaba cerca de Town Square y su mamá estaba adentro, en el estudio, con una decoradora de interiores revisando muestras de cortinas. Fue a la cocina, se sentó en una silla cerca del teléfono y lo miró fijamente. ¿Por qué no suena? ¿Puede alguien estar tanto tiempo sin servicio telefónico?

Pero ese tiene que ser el motivo, que el teléfono no está habilitado; porque Shane llamará en la primera oportunidad que tenga. Se inclinó y golpeó suavemente el teléfono con el dedo. Al hacerlo, su abdomen se contrajo y se quedó así durante medio minuto. Contracciones falsas. Ya las había tenido durante algunos días. Exhaló brevemente varias veces seguidas y trató de recordar su última conversación.

¿Qué dijo él? Que llamaría tan pronto pudiera, ¿verdad? Pensó en sus palabras durante un rato. ¿Por qué no ha ido a otra cabina telefónica? Puede ir con sus padres al supermercado o a una gasolinera o a cualquier lugar en Los Ángeles. Hay cabinas telefónicas en todas partes. Llamará a nuestro número anterior y le darán el nuevo. Pero, entonces ¿por qué no ha llamado?

Deslizó su dedo por el auricular. Quizá la información del mensaje de transferencia no es correcta, quizá faltan uno o dos dígitos y entonces no puede saber nuestro nuevo número. Empezó a ocurrírsele una idea. Podía llamar al número anterior ¿verdad? Entonces ella misma escuchará la grabación para asegurarse de que la información es correcta. ¿Por qué no había pensado en eso antes?

A lo lejos se escuchó la alegre risa de su mamá que en los últimos días pasaba la mayor parte del tiempo con la decoradora y su papá casi nunca estaba en casa. Juntas con los nuevos accionistas, un programa de entrenamiento intensivo en los nuevos sistemas operacionales y reuniones con los empleados.

De modo que comunicarse con Shane era solo asunto de ella.

Levantó el auricular y marcó su antiguo número. Un uno, el código de área y los siete dígitos que conocía tan bien como su nombre. Luego esperó a que timbrara. Pero nunca timbró. En vez del timbre, escuchó un tono raro y una voz mecánica dijo: «El número que ha marcado está desconectado. No hay número nuevo disponible».

¿Qué? No hay número nuevo... Poco a poco, como el colapso lento de una fila de fichas de dominó, el piso comenzó a dar vueltas debajo de ella. Agarró fuerte el auricular. Todavía escuchaba la grabación «...que ha marcado está desconectado. No hay...»

Su mamá le mintió. No había otra explicación. Desconectaron el número anterior, el que Shane sabía, y no dejaron el número nuevo. La razón era tan obvia como chocante. Sus padres no querían que hablara con Shane. Se la llevaron a los suburbios y ahora estaban haciendo todo lo posible para impedir que hablara con él por teléfono.

Lauren se puso de pie y colgó el auricular con fuerza.

—¡Mamá! —Su voz resonó en toda la casa—. ¡Tengo que hablar contigo!

En el estudio, su mamá dejó de reír.

—Lauren... estoy ocupada. ¿No puede ser dentro de un rato?

Salió como un rayo de la cocina, bajó hasta el vestíbulo y entró al estudio. La decoradora estaba mirándola con los ojos muy abiertos. Lauren miró furiosamente a su mamá.

—Tengo que hablar contigo ahora mismo.

Su tono era exaltado y apenas lo podía controlar. Salió al vestíbulo rumbo a la cocina. Entonces dio media vuelta y esperó.

Su mamá susurró algo que ella no pudo entender al oído de la decoradora, para luego salir al vestíbulo y mirar a Lauren directo a los ojos. Su mamá debía estar molesta. A pesar de todo, la había interrumpido en medio de una reunión de negocios. Con un tono de voz que nunca le habrían permitido utilizar en el pasado. Pero mientras su mamá caminaba hacia ella, sus ojos no reflejaban enojo. Denotaban preocupación, ansiedad y temor. Sobre todo, temor. La mamá caminó hasta estar a unos pasos de ella, luego cruzó los brazos.

—¿Estás de parto?

—¿Te parece que esté de parto? —Lauren apuró las palabras. Su tono era un poco elevado todavía, pero no le importaba—. No se trata de mí, madre. Se trata de ti.

Señaló al teléfono que estaba en el escritorio detrás de ella.

—Llamé a nuestro número, el anterior.

Su mamá miró el teléfono y luego otra vez a ella. Aumentaba el temor en sus ojos.

—¿Y?

—Ay, no actúes como si te sorprendiera. —Quería gritar. Era todo lo que podía hacer para mantener su tono bajo control—. Tú sabes exactamente lo que voy a decir.

—Lauren, cuidado cómo me hablas.

—No suenas muy convincente.

Estudió los ojos de su mamá. ¿Quién era esta mujer que estaba de pie frente a ella? Toda la vida su mamá fue su amiga, su aliada. La primera en escucharla y darle un consejo cuando sus amigas se compinchaban contra ella en la escuela, o cuando un maestro le hacía la vida difícil. Pero desde que quedó embarazada, se volvía en su contra a la primera oportunidad. Su mamá y su papá, y también los padres de Shane.

Su madre se apoyó en la otra pierna.

—Quizá puedas decirme de qué estás hablando.

Lauren dejó salir un pequeño grito.

—¡No me hagas esto! Tú sabes de lo que estoy hablando. ¡Deja de mentirme! —Apretó los puños—. No dejaste el número nuevo en nuestro número anterior. Si Shane intentó llamarme desde que nos mudamos, no consiguió nada, ni número nuevo ni una pista para comunicarse conmigo.

—¿Qué? —Su madre la rodeó para llegar hasta el teléfono. Levantó el auricular, marcó unos números y esperó. Luego de unos minutos, miró a Lauren y colgó—. No hay número nuevo.

—Así es y tú lo sabías. —Su enojo aumentaba con cada palabra. Mientras hablaba, sintió las contracciones otra vez. Hizo una mueca de dolor y señaló a su madre—. Tú me mentiste.

—No, Lauren, lo juro. —Estaba boquiabierta y de repente se sentía indignada al ver las implicaciones de lo dicho—. Le dije a tu papá que diera el número nuevo cuando desconectara el…

Su voz se apagó y caminó despacio hasta el teléfono.

—Yo le dije…

Las contracciones eran más fuertes ahora, más que durante todo el día.

—¿Estás diciendo que es culpa de papá, que tú no tuviste nada que ver en esto? —¿Cómo podía confiar en ella? ¿Cómo podía creerle a alguno de los dos?— ¿Eso que importa? Ustedes dos están confabulados para separarnos. Tenía que haber escapado con Shane.

Para ese entonces ya estaba gritando, viendo cómo la verdad salía a la luz. Su madre movió la cabeza y su voz se escuchó más amable que antes.

—Te lo juro, Lauren, yo no lo hice. —Volvió a coger el auricular. Marcó menos números esta vez. Luego de un momento, dijo: «Sí, le habla la señora Anderson. Necesito hablar con mi esposo, por favor».

Ya Lauren había escuchado lo suficiente. ¿Qué importaba de quién era la culpa? Uno de sus padres no había dado el número nuevo en la grabación con la intención de separarla de Shane. Con la cabeza dando vueltas subió las escaleras y se dirigió a su habitación.

En ese momento sintió el primer dolor realmente fuerte. La dobló y la tumbó al borde de la cama. Se quedó doblada tratando de pasarlo. Cuando mejoró, se acomodó sobre el colchón y descansó la cabeza en la almohada. Era demasiado temprano para que naciera la criatura pero el dolor que acababa de sentir era una señal de que se estaba acercando el momento.

Miró fijo al techo, el enojo hervía en la sangre que corría por sus venas. ¿Cómo pudieron sus padres hacerle esto? La habían traicionado y ahora, ¿cómo podría comunicarse con Shane? A lo lejos podía escuchar algo de lo que su mamá estaba diciendo.

—Pero, Bill, yo pensé que tú habías dejado el número. Lauren está muy molesta y ahora cree que lo hice a propósito y…

Otro calambre la atacó, fuerte y certero. Se acurrucó y pegó las rodillas a la barriga. Respiró con trabajo hasta que el dolor disminuyó. Entonces lo supo. Eran contracciones, y si le venían con tanta frecuencia, debía estar de parto.

—¡Mamá! —Gritó lo más alto que pudo. Enseguida su mamá llegó a su lado.

—Lauren, tu papá quiso dejar el mensaje pero…

—Estoy de parto. —Jadeaba, tratando de respirar—. Tengo mucho dolor.

Tuvo otro dolor y gritó alto. Pudo escuchar a la decoradora abajo cuando recogió sus cosas y se despidió. Escuchó el golpe de la puerta cuando se cerró detrás de ella, justo cuando la contracción se terminaba.

—Tenemos que llevarte para el hospital.

Su mamá le ayudó a levantarse, hizo unas cuantas llamadas telefónicas y en treinta minutos estaban en el hospital de la localidad. El plan era tener al bebé en Chicago, en el hospital que solían visitar. Pero no tenían tiempo y el personal del hospital local Central DuPage se apresuró para llevarla al salón de parto.

—Ha estado bastante tiempo de parto —les dijo el médico—. El bebé llegará en la próxima hora.

Lauren estaba asustada, enojada y exhausta. Apenas podía respirar pues el dolor era casi permanente. Trató de concentrarse en las palabras del médico. ¿Qué había dicho? ¿En la siguiente hora? ¿Cómo era posible? Faltaban dos semanas para su fecha de parto y, hasta el momento en que descubrió la mentira de sus padres, se sentía bien. Ahora no podía respirar, el dolor le llegaba hasta el pecho y se extendía a la espalda. No podía controlar sus emociones. Era imposible comunicarse con Shane y en una hora iba a ser madre. Todo eso, más el hecho de que sus padres no estaban de su lado.

Su mamá le tocó el codo.

—Me quedaré aquí, cariño. Papi viene en camino.

Lauren gimió. Quería decirle a su mamá que se fuera. Si de verdad le importara le habría ayudado a encontrar una vía para comunicarse con Shane. Pero otra contracción llegó y no pudo hablar. Un recuerdo le vino a la mente. Ella y su mamá en la fiesta de bienvenida para el bebé de una vecina. Lauren tenía unos trece años.

—¿Qué pasará si no sé cómo tener un hijo, quiero decir, cuando sea mi turno? —Se volteó hacia su mamá, muy preocupada con respecto a la idea.

Su mamá le cogió la mano.

—Yo estaré allí contigo, Lauren. Te diré lo que pasa y te ayudaré a pasarlo. Estarás bien.

Así era su relación antes de que saliera embarazada. Ahora estaba allí, atravesando aquello que tanto temía. Sí, con su mamá presente, pero en realidad no estaba allí. Su relación era tirante y tensa, como si la mujer que estaba a su lado no fuera su mamá, sino alguien que se le parecía.

—¿Estás bien? —Su mamá movió una silla y se sentó a su lado. Cruzó las piernas y se inclinó hacia ella, la preocupación marcada en las líneas de su frente—. ¿Necesitas algo?

—Sí. —Lauren estaba descansando de las contracciones. Se pasó la lengua por los labios y la miró directo a los ojos—. Necesito a Shane.

Su mamá no preguntó más.

La predicción del médico fue correcta. Justo cincuenta minutos después de haber llegado al hospital, con solo una cantidad mínima de medicamento para el dolor, Lauren dio a luz una niña de seis libras y tres onzas. En el momento en que el doctor alzó al bebé, las lágrimas inundaron los ojos de Lauren. Esta era su *hija*, su niñita. Una parte de ella y de Shane. Se tapó la boca y sacudió la cabeza, asombrada. «Es… es perfecta».

El médico sonrió y, en la silla de al lado, su mamá estaba llorando. Por alguna razón a Lauren le molestaron las lágrimas de su madre. ¿Acaso lloraba porque esto no era como las cosas debían ser o porque ella era muy joven para ser abuela? Este fue un instante que jamás volvería, el nacimiento de su primera hija. Era un momento cuando la emoción de su madre debía ser gozo y no dolor.

Desde luego, para Lauren las lágrimas eran gozo, pero también estaban llenas de tristeza. Esta era su hija, una belleza de tez clara que para siempre sería parte de ellos, una parte de su vida. Pero Shane debía haber estado allí, a su lado, viendo a su hija por primera vez. ¿Cuánto tiempo pasaría antes de que él supiera de ella, antes de que sus padres lo dejaran volver a Chicago para que viera a su hijita?

Esa noche los padres de Lauren se turnaron para cargar la bebé y dejar salir a chorros las primeras cosas que los abuelos están supuestos a decir. «Tiene las mejillas de Lauren … es perfecta». O, «¡Mira esos ojos azules!» Ya Ángela no lloraba. Por el contrario, cuando ya era la hora de irse a casa, sus padres estaban optimistas, prometiendo regresar por la mañana.

Nadie mencionó una palabra acerca de la adopción.

Cuando se fueron, Lauren apretó a su hija contra su pecho. Por horrible que era que sus padres la trataran de apartar de Shane, por lo menos no la iban a forzar a dar su hija en adopción. Ella estudió la cara de su pequeñita. «Hola, mi amor. Mami está aquí».

La bebé se retorció un poco, sin nunca quitar su mirada de Lauren. «Tú me necesitas, ¿verdad que sí pequeñita?»

La preciosa niña en sus brazos confió en ella con todo su ser. Lauren no tenía idea de lo que estaba haciendo, ningún indicio de dónde podrían ir o cómo volver a encontrar a Shane.

Pero lo encontrarían. Ellas irían a buscarlo tan pronto como pudieran. Ella, por lo menos, le debía eso a Shane.

Al final de esa primera noche, ella le dio el nombre a la bebé: Emily.

Ahora ella podría presionar a sus padres para que hicieran todo lo que estuviera en su poder y la ayudaran a encontrar a Shane. Luego podrían inventar algo para que más tarde o más temprano pudieran volver a ser una familia. La pequeña Emily también necesitaba a su papá. En el brillo y el ensueño de aquellas primeras horas de ser madre, Lauren habría caminado descalza hasta California con Emily en sus brazos de haber tenido que hacerlo para reunirse con Shane. Si sus padres no iban a ayudarla, ella lo encontraría por sí misma. Contempló el anillo y lo acercó a su rostro, rozándolo en la mejilla.

Lo que fuera necesario para que los tres estuvieran juntos. Tal como debieron haberlo estado ahora.

Como lo estarían para siempre.

SIETE

Lauren estaba decidida: encontraría a Shane.

Su determinación aumentaba con cada día que pasaba.
Lo encontraría y sería pronto. El bebé tenía cuatro semanas
cuando Lauren se sintió lo suficientemente fuerte como para
hablar del asunto con sus padres. Eran pasadas las ocho, en una
noche de lunes de la primera semana de agosto. Meció a Emily
hasta que se durmió y la acostó en la cuna. Sin hacer ruido
caminó por el piso alfombrado del vestíbulo hasta llegar al
estudio de sus padres. A menudo pasaban allí un rato después
de la cena. La habitación tenía una puerta grande que llevaba
a un portal techado. Era uno de los lugares más agradables de
la casa.

Estaba a unos pasos de la puerta del estudio cuando escuchó la voz de su padre. Sonaba áspera, frustrada. Lauren se
detuvo y escuchó.

—No *quiero* saber cómo comunicarme con él, ¿no te das
cuenta, Ángela? —chasqueó la lengua con dureza—. De hecho,
así es como quiero que estén las cosas. Nuestra hija no necesita
tener ningún lazo con esa familia, con esa mujer.

—Son los dos —la voz de su mamá se oía cansada, como
casi siempre desde que se mudaron—. Sheila no quiere que
Lauren arrastre a su hijo, pero Samuel la apoya. Créeme, la
idea de separar a los chicos es de ambos.

—Bueno, muy bien. Exacto —su tono era más elevado que
antes—. ¿Por qué debo recibir llamadas de este chico? Llamó
al banco, ¿y qué?

—Bill —su mamá hablaba despacio, más calmada—. Oye
lo que estás diciendo. Es Shane de quien estamos hablando,

cariño. Fue como parte de la familia durante muchos años, ¿recuerdas?

Suspiró tan alto que Lauren pudo escucharla desde el vestíbulo.

—Lo que quiero decir es que el muchacho llama al banco, pregunta por ti tratando de encontrar alguna manera de comunicarse con Lauren, ¿y tú mandas a tu secretaria a decirle que está equivocado de banco? ¿Es eso justo?

A Lauren le temblaban las rodillas. Todo daba vueltas a su alrededor y se agarró de la pared. ¿Shane había llamado al banco, al nuevo banco de su papá? ¿Y le habían dicho que estaba equivocado de banco? ¿Qué pensaría entonces? ¿Sabía por lo menos a qué zona de Chicago se habían mudado o a qué vecindario? Apretó los ojos y se esforzó para escuchar.

—Por supuesto que es justo, Ángela. Las cosas que Sheila y Samuel dijeron de nuestra hija, la manera como la trataron... Lauren es mi niña, Ángela. No la quiero cerca de personas que no la aman. Si se va con Shane, también se irá con sus padres.

Su mamá estuvo callada durante un momento y Lauren se preguntaba si estaría llorando. Por fin dijo:

—¿Cómo las cosas llegaron hasta este punto? Ellos eran nuestros amigos, nuestros mejores amigos.

—He aprendido algo —su padre sonaba radical—. Jugar cartas juntos, ir juntos de vacaciones, no significa que conoces a las personas. Yo pensé que conocía a Sheila y a Sam. Pero tú viste cómo manejaron este asunto. Lo único que importaba era Shane. De haber sido preciso hasta habrían quemado nuestra casa para proteger al chico de su responsabilidad.

Su voz se había vuelto nostálgica.

Hubo silencio durante un momento. El cuerpo de Lauren se estremeció y sintió náuseas. Esta era la señal que había estado esperando, la prueba de que sus padres en verdad habían conspirado contra ella y Shane. Ahora abandonaría esta casa, saldría de las vidas de ellos sin mirar atrás y un día, cuando ella y Shane estuvieran establecidos, consideraría la idea de volver a formar parte de esta familia. Pero no antes. Estaba a punto de entrar a la habitación pero se detuvo, por si acaso había algo más.

Y lo había.

Luego de unos pocos segundos, su mamá dijo:

—Bueno y entonces, ¿qué dijo? Quiero decir, ¿dejó algún mensaje?

—Le dijo a mi secretaria que su nombre era Shane Galanter y que quería hablar con Bill Anderson —su papá suspiró profundamente—. Ya yo le había dicho que si alguien de apellido Galanter llamaba, le dijera que estaba equivocado. Que allí no trabajaba nadie con mi nombre.

Su mamá gimió.

—Los muchachos se extrañan, Bill. ¿Y si estamos equivocados?

—Estamos protegiendo a Lauren —su padre era seco, firme—. Es por su propio bien, porque la quiero. Además, nunca va a saber nada.

—Sí lo voy a saber.

Lauren irrumpió en la habitación, sosteniéndose del marco de la puerta para mantener el equilibrio. Su cabeza latía y apenas podía sentir los pies. Con los ojos muy abiertos y sin pestañear, miró a su mamá y luego a su papá.

—Lo escuché todo, papi. Shane te llamó al trabajo y mandaste a una… a una mujer a decirle que estaba equivocado de banco.

Ella tenía deseos de gritarle, de decirles a ambos que no podían hacer eso. Pero ya lo habían hecho. Todo lo que quedó dentro de ella era como un escalofriante congelamiento, una ansiedad inexpresable.

—Lauren —su papá se había puesto de pie. Se quedó boquiabierto durante unos segundos pero pronto se recuperó—. Ustedes dos necesitan un tiempo separados. Los Galanter y nosotros estuvimos de acuerdo en eso. Es importante para que puedan darse cuenta de lo que quieren de ahora en adelante.

—Ya *sabemos* lo que queremos —Lauren estaba a punto de

desmayarse y su voz se desvanecía con cada palabra—. Ni tú ni mami tienen idea de lo que yo quiero —se apretó el pecho con la mano—, de lo que Shane y yo queremos. Nosotros necesitamos estar juntos.

—Está bien.

La mirada de su papá atravesó la habitación. Como si hubiera interpretado la mirada, su mamá se volvió a Lauren.

—Te ayudaremos a encontrarlo, cariño. No será difícil. Tu padre tiene formas de hacerlo —hizo una pausa—. Es como dijo tu papá. Todos pensamos que era mejor que ustedes dos estuvieran separados durante un tiempo. Cariño, si hubieras escuchado las cosas que la señora Galanter dijo de ti…

—Ella no me importa. Me importa Shane —estaba alzando la voz pero la bajó otra vez—. Y ustedes han hecho esto para separarnos.

—Tratábamos de ayudarte.

—Lo de la demora en la conexión telefónica, el supuesto mensaje de transferencia y ahora esto: Shane llama al banco y le dicen una mentira —Lauren se rió, pero su risa era opaca y triste—. Gracias por la ayuda, mamá —miró a su padre—, a ti también, papá.

Dio media vuelta para salir pero su mamá se levantó y atravesó la habitación para venir hasta ella.

—¿A dónde vas?

Ya Lauren no iba a darle más información a sus padres.

—A mi cuarto —miró a su mamá por encima del hombro—. No tengo nada más que decir.

Sus padres debieron haber pensado lo mismo porque mientras ella se alejaba no dijeron ni una sola palabra más. Pero cuando estaba en el vestíbulo escuchó la voz de su mamá:

—Lo siento, Lauren. Nunca quisimos hacerte daño.

Lauren se detuvo y cerró los ojos durante unos segundos, aguantando el torrente de lágrimas que de repente los inundó.

—Lo sé —pestañeó y los miró una última vez—. Lo sé.

Mientras caminaba por la casa y subía las escaleras hacia su cuarto estaba segura de que su mamá había dicho la verdad. De alguna manera, extraña y retorcida, las cosas que su mamá y su papá hicieron para mantenerlos alejados a ella y a Shane las hicieron pensando que sería lo mejor para ella.

Pero en algún rincón de su conciencia tenían que haber sabido que estaba mal. Se sentó en el borde de la cama y miró a la cuna de Emily. El bebé se movió y estornudó.

Lauren se levantó y fue hacia ella.

—Oye, pequeña, ¿estás bien? Mamita está aquí.

Se inclinó y le tocó la frente. Estaba tibia pero debía ser por las colchas o por el calor pegajoso de la noche de verano. Lauren frunció el ceño y acomodó las colchas, quitándole algunas del cuerpo.

Lo más asombroso acerca de ser madre era la intensidad del amor que sentía por su hija. Habría hecho cualquier cosa por la pequeña Emily y, llegado el momento, lo demostraría. Volvió a pasar su mano suavemente por la frente de Emily. En realidad no estaba tan caliente. «Todo va a estar bien».

Debía estar furiosa con sus padres, devastada por su traición, a punto de enloquecer por todas las cosas que le habían pasado a ella y a Shane. Sin embargo, mientras contemplaba a su hija, sintió una nueva sensación de libertad. Ella y Emily se las arreglarían. Se inclinó sobre la cuna y besó a su hija en la mejilla. Luego fue hasta la gaveta superior de su mesita de noche y sacó el sobre que estaba dentro. Contenía cinco mil dólares, dinero que había sacado esa tarde de su cuenta personal de ahorros. Debido a que su dinero todavía estaba en el banco de la ciudad, había ido a una sucursal local. Su mamá pensaba que había ido a la tienda con Emily, pero se detuvo en el banco antes de regresar a la casa. Era su dinero, regalos que había recibido durante años y dinero que había ganado cuidando niños. Parte de él se lo habían dado sus padres, pero solo como regalo de cumpleaños o en navidad, o por sacar sobresaliente en sus calificaciones.

Ahora le parecía como si tuviera un millón de dólares en sus manos. Con esa cantidad de efectivo podía llevarse a Emily a

Los Ángeles, encontrar un lugar para vivir y comenzar a buscar a Shane. Buscaría en los bancos locales, lugares en los que el papá de él podría estar trabajando. Entonces, una vez que la escuela empezara de nuevo, buscaría en cada secundaria de Los Ángeles si era preciso. Sus padres se recuperarían del golpe. Ya había hecho lo imperdonable. Al salir embarazada, ella y Shane habían extendido sobre sus familias una cortina de vergüenza que era demasiado larga, ancha y oscura como para poder salir de ella alguna vez. Encontrar a Shane era el único camino para vivir otra vez a la luz de la felicidad y la libertad. Mientras conciliaba el sueño, escuchó a Emily estornudar un par de veces más. Nada de qué preocuparse. Solo se estaba sorbiendo la nariz, probablemente algo que experimentaban la mayoría de los bebecitos durante los primeros meses de vida. Y si de veras desarrollaba una gripe, podían detenerse en algún supermercado en el camino a California y encontrar algo que le ayudara.

A la mañana siguiente el papá de Lauren se fue temprano, sin despedirse. Su mamá pasó por el cuarto y le dijo que pasaría el día con la decoradora de interiores.

—Hoy compraremos los accesorios. Visitaremos algunas tiendas —su mamá se esforzó por sonreír—. Ya no estás molesta por lo que pasó con tu papá en el banco, ¿verdad?

Hizo una pausa y levantó los bordes de los labios.

—Tú y Shane se comunicarán muy pronto. Te ayudaremos.

—¿Cómo, mamá? —Tenía a Emily acurrucada en sus brazos. Sus maletas ya estaban empacadas en el closet—. No tengo su número de teléfono y él no tiene el mío. —Entrecerró los ojos—. ¿Dónde vive exactamente? ¿Lo sabes?

Su mamá bajó un poco los hombros.

—Los Ángeles. Es todo lo que me dijeron.

—Muy bien y ¿qué sabes acerca del negocio de su papá? Tenía inversiones en Los Ángeles, ¿de qué tipo? *¿Dónde?*

—Gasolineras, creo. Y un pequeño aeropuerto quizá —se mordió el labio—. Al menos eso creo.

—¿Ves? —Hizo un sonido que era como una risa y un gemido a la vez—. ¿Por qué dices que nos comunicaremos pronto? Shane encontró el banco de papi, lo que es bastante para no tener nada más, ¿no crees?

Los ojos de su mamá quedaron fijos en el piso, pero asintió.

—Sí. Lo era.

—Entonces, después de encontrarlo alguien le dice que no es el banco que está buscando, que no hay nadie allí con el nombre de Bill Anderson —Lauren mantenía la voz baja para no despertar a Emily—. ¿Qué te hace pensar que seré capaz de encontrar a Shane ahora?

Un par de petirrojos, de los que se veían por la ventana del cuarto, cantaron en algún árbol. Su mamá levantó la mirada y se encogió de hombros muy ligeramente.

—Yo me he estado haciendo la misma pregunta durante toda la noche —dijo agarrándose la cintura—. Honestamente, Lauren, no lo sé. Tengo que creer que él te encontrará, pero no sé cómo.

—Quizá si nuestro número telefónico estuviera en la guía —odiaba el sarcasmo en su voz. La hacía sentir mal y hastiada, como si un mundo de distancia se interpusiera entre ella y su mamá.

—Lauren —suspiró su mamá—, tú sabes que debido al trabajo de tu papá en el banco, no podemos poner nuestro número en la guía. Nunca hemos tenido nuestro número en la guía, ni tampoco los Galanter.

Era todo lo que necesitaba oír. Tenía que ir a buscar a Shane. Ya sea que estuviera en California o en la luna, tenía que encontrarlo. Abrazó a Emily contra su pecho.

—Te quiero, mamá, siempre te querré —su voz se quebró—. Pero no puedo creer lo que tú y papi me han hecho.

Entonces su mamá se acercó y abrazó muy fuerte a Lauren y a Emily. Cuando se apartó, miró a Lauren fijamente a los ojos.

—Yo también te quiero, cariño. De veras lo siento.

Dio media vuelta y salió.

Cuando Lauren oyó que la puerta de la casa se había cerrado detrás de ella, se levantó y puso a Emily en la cuna. Sentía el corazón en la boca cuando puso algunas cosas más en cada maleta. Todas las ropas de Emily y suficientes para ella.

Al salir del cuarto, con una maleta en cada mano, se detuvo y miró atrás. Recorrió la habitación con la vista y se detuvo en la caja con sus cuentos y sus álbumes de fotos, en sus anuarios y recuerdos de una infancia que había terminado demasiado rápido. Siempre podría regresar por esas cosas una vez que encontrara a Shane.

El único recuerdo que empacó fue una fotografía enmarcada de ella y Shane, la que colocaría al lado de su cama de modo que, cualquiera que fuera el próximo lugar que llamara hogar, nunca perdiera de vista el objetivo de encontrarlo.

Solo entonces mandaría a buscar el resto de las cosas.

Subió las maletas al carro y regresó a buscar a Emily. Dejó una simple nota en la cuna de Emily que decía: «Fui a buscar a Shane. Los llamaré cuando lo encuentre. Con amor, Lauren».

A las cuatro de la tarde ya estaban a quinientos kilómetros de Wheaton. Todo delante de ella lucía brillante y prometedor. El cielo estaba claro, el mapa que tenía en el asiento de al lado tenía la ruta perfectamente marcada. Una mujer en el club de automóviles local le había indicado cuáles eran las mejores autopistas y lugares de estacionamiento. Llegaría a California en seis días y después encontraría a Shane y podrían estar juntos. Solo una cosa le hacía dudar un poco.

En el asiento trasero, Emily todavía estaba estornudando.

OCHO

Había ocurrido una tragedia.

Ya casi eran las seis de la tarde de ese día y Ángela Anderson no tuvo la menor duda. Llamó a Bill al banco e hizo un esfuerzo para controlar el pánico en su voz.

—¿Has visto a Lauren?

—¿Lauren? —Por su tono se dio cuenta de que estaba ocupado—. Por supuesto que no. Está en casa con la niña. Tú lo sabes.

—No está aquí, Bill. Creo que ha salido.

—Si no está ahí, por supuesto que ha salido —su impaciencia era notoria—. Querida, estoy en una reunión. Seguro que está en la tienda y regresará dentro de un rato.

—¿Y si…? ¿Y si se fue?

—¿Se fue a dónde?

—Se fue, *se fue*. Creo que se marchó, quizá a buscar a Shane. No dejó ni una nota, al menos hasta ahora no he encontrado ninguna. Busqué en su cuarto, en todas partes —a duras penas mantenía su voz bajo control.

Bill suspiró con exageración.

—Ha ido de compras.

—Eso pensé pero, Bill, hace una hora que estoy en casa. No puede haber salido durante tanto tiempo —vaciló—. Tengo un mal presentimiento.

—Bueno, está bien, escúchame. —Ahora su voz era amable—. ¿Por qué no vuelves a revisar su cuarto para ver lo que puedes encontrar? Estamos hablando de Lauren, querida. Ella nunca cometería una locura.

Una sensación de paz inundó a Ángela. Bill tenía razón. Lauren tenía fundamento. Antes de salir embarazada había sido una estudiante sobresaliente, una niña que siempre les había dicho dónde estaba, que prefería quedarse en casa y jugar *Scrabble* y *Hearts* con sus padres y con Shane en lugar de ir a una fiesta de la secundaria.

Por supuesto que no se llevaría a Emily para marcharse así como así.

No obstante, para asegurarse, debía registrar su cuarto una vez más. Se apresuró a subir las escaleras con un sentimiento de dolor en su corazón. Empujó la puerta abierta del cuarto de Lauren y recorrió la cama con la vista. Esta vez vio algo que no había notado antes. La foto de Lauren y Shane, que siempre había estado en la mesita de noche, no estaba allí. Ángela miró de nuevo en la cuna. No tenía ropa de cama. La primera vez que revisó el cuarto pensó que las sábanas y las colchas de la niña debían estarse lavando. El corazón quería salírsele por la boca. ¿Y si la ropa de cama no estaba allí por otra razón? Se acercó más a la cuna, despacio y con temor.

Sobre el colchón había un pedazo de papel, otra cosa que no había visto la primera vez que subió. El corazón de Ángela le gritó que saliera de la habitación, bajara las escaleras y se convenciera a sí misma de que Lauren y Emily solo estaban en las tiendas, que no habían ido más lejos. Pero tenía que leer la nota. Con esfuerzo arrastró los pies hasta el borde de la cuna y luego, conteniendo la respiración, alzó la nota y la leyó.

Fui a buscar a Shane. Los llamaré cuando lo encuentre. Con amor, Lauren.

Una mezcla de adrenalina y temor recorría sus venas como un fuego, resultado del shock que le impedía creer lo que veían sus ojos. «No…» Mientras hablaba, leyó las palabras una y otra vez. «No, Lauren. ¡No!» Tenía las manos tan temblorosas que apenas podía leer las palabras.

¿Qué estaba pensando Lauren? Ella y Emily solas no podrían atravesar el país. Lauren nunca había manejado más de una o dos horas en alguna ocasión. ¡Solo tenía diecisiete años! ¿Cómo sabría qué autopistas tomar o cómo ir de Chicago a Los Ángeles?

Ángela no estaba segura de a quién debía llamar primero. Bajó corriendo las escaleras con la nota en la mano. Bill. Él tenía que saberlo antes que nadie más. Tres veces tuvo que marcar el número hasta que al fin marcó el correcto. En menos de un minuto Bill contestó.

—Entonces —Ángela escuchó la tensión en su voz—, ¿ya está en casa?

Ángela se dejó caer en la silla que tenía más cerca y se agarró el pelo con una mano. *¡Piensa! Di algo.* Apretó el auricular y logró sacar la voz.

—Se ha ido. Ella con Emily. Encontré una nota.

—¿Una nota? —Ahora Bill la escuchaba con atención. Ángela escuchó cuando cerraba la puerta—. ¿Qué dice?

—Se ha ido a California a buscar a Shane. Nos llamará cuando lo encuentre.

Bill hizo un sonido que denotaba su incredulidad.

—Eso es ridículo, Ángela. Ella es solo una niña. No tiene ni idea de cómo atravesar el país manejando.

—O de cómo cuidar a la pequeña Emily.

—Voy para la casa. Llama a la policía y diles lo que pasó. Y ora, Ángela. No soportaría que les sucediera algo malo. No lo soportaría —su voz se quebró.

Ahora Bill estaba apurado, ansioso por arreglar el problema. Ángela le dijo que haría lo posible, luego colgó y llamó al departamento de policía local.

—Nuestra hija se ha ido de la casa. Necesitamos su ayuda.

—Está bien, un momento —la comunicaron con otro oficial.

—Soy el oficial Rayson. ¿Su hija se fue de la casa?

—Sí. —Ángela se apretó el pecho con la mano. Su corazón latía tan rápido que casi no sentía los latidos—. Hoy.

—Muy bien, comencemos con la edad. —Su voz se oía compasiva pero, no obstante, ella tenía la impresión de que esta era una llamada de rutina para él.

—Diecisiete. Acaba... acaba de tener una niña.

El oficial titubeó.

—¿Una niña? ¿Está con ella?

—Sí. Tiene cuatro semanas. Mi hija empacó unas maletas, es todo lo que puedo decir, y hoy se fueron las dos. Es probable que esta mañana.

—Señora, ¿me está pidiendo que reporte una chica de diecisiete años que se ha ido de la casa con una bebé recién nacida?

—Sí. —Ángela apretó los puños. El hombre no iba a ayudarla. Hizo un esfuerzo para decir algo más—. ¿Es… es eso un problema?

—Más o menos. —Un ruido de papeles se escuchó a través de la línea—. Señora, ella es casi una adulta y si tiene un bebé de cuatro semanas, asumimos que planificó su partida, ¿estoy en lo cierto?

—Así es. Dejó una nota. Dijo que iba a California a buscar al padre de la niña.

Ángela se agarró al mostrador frente a ella y miró el pedazo de papel.

—Muy bien. —Su voz tenía un tono de resignación—. Entonces, si no llama en unas cuantas semanas, nos lo informa. Quizá podamos comunicarnos con alguien en California para que se ocupe del caso.

—¿*Qué?* —chilló Ángela—. ¡Señor, necesitamos su ayuda! Solo tiene diecisiete años. Todavía no hace un año que tiene licencia de conducción.

—Me temo que nosotros vemos las cosas desde un punto de vista un poco diferente —dijo luego de unos segundos—. Puede que no sea una adulta, pero debido a que tiene una hija nosotros la consideramos como tal. A esa edad tienen una idea bastante completa de lo que quieren. Es un asunto familiar.

—¿Y si hacemos…? —Se golpeó varias veces la frente con los dedos. *Piensa Ángela. Vamos*—. ¿Y si la reportamos como desaparecida? ¿Pudiéramos reportar el caso, a pesar de que ya es casi una adulta?

—Usted puede hacer ese tipo de reportes sobre personas de cualquier edad, señora. Pero tienen que haber estado desaparecidas por lo menos veinticuatro horas. —Se oyó dudoso—. No obstante, tengo que ser honesto con usted. No podemos destinar hombres para que se ocupen de cada reporte de personas desaparecidas.

Lo que estaba pasando no tenía sentido para Ángela. Parecía como si la habitación se estuviera tambaleando debajo de sus pies y todos los colores se mezclaran. ¿La policía no podía ayudarla? Entonces, ¿para qué había oficiales de policía? Su hija se había ido por uno de los tantos caminos que llevan a California. Los Ángeles. Pero Los Ángeles era una ciudad enorme, gigantesca. ¿Cómo Lauren encontraría a Shane?

Lo que era más importante, ¿cómo ella y Bill encontrarían a su hija?

Bill llegó a la casa mientras ella todavía estaba sentada allí, revisando las páginas amarillas en busca de alguien que pudiera ayudar. Había llamado a tres investigadores privados pero todos dijeron que era muy pronto para hacer cualquier cosa. Lauren estaría manejando durante la próxima semana. Si quería llamar por teléfono, lo haría. Si no, no había mucho que ellos pudieran hacer. Ella tenía que llegar a Los Ángeles y establecerse en algún lugar para que ellos pudieran ayudar.

Bill entró, dejó sus cosas en el mostrador de la cocina y puso una mano sobre el hombro de Ángela.

—¿La policía viene en camino?

Ángela lo miró y por un momento lo odió. Él les había hecho esto. Él y los Galanter. Ella se había unido porque ellos la convencieron. Le habían hecho creer que de verdad los chicos estarían mejor separados. Pero, ¿acaso no había tenido dudas al respecto todo el tiempo? Cuando los vio despedirse aquella noche, ¿no sabía que esto iba a pasar?

Pestañeó para olvidarse de su ira. Podría odiarlo más tarde. Ahora tenían que encontrar a Lauren y a Emily.

—La policía no nos ayudará —dijo explicando la situación—. He llamado a algunos investigadores privados pero todos dicen que es muy pronto.

Bill vaciló, pero solo durante unos segundos.

—Entonces no tenemos alternativa. Tendremos que esperar hasta que llegue allá. Estoy seguro de que llamará.

Se volteó y caminó hasta el armario de la cocina. Era lo que siempre hacía cuando llegaba del trabajo y ahora también lo hizo, como si lo que estaba sucediendo no fuera más serio de lo que sería una multa de tránsito. Cogió un vaso, lo llenó de agua helada y tomó un sorbo de agua.

—¡Bill! —Ángela se puso de pie, golpeando el mostrador con la silla—. ¿*Oyes* lo que estás diciendo? Tu hija se ha ido. Se ha llevado a su bebé recién nacida, nuestra nieta, y tú con toda calma te sirves un vaso de agua y me dices que llamará. No puedo creer en quién te has convertido. A veces pienso que te odio por lo que le hiciste.

Estaba temblando, la voz era alta y estridente.

El vaso de agua todavía estaba en la mano de Bill, pero lo bajó. Sus ojos se encontraron con los de ella y un viso de remordimiento coloreó su expresión.

—Ángela, cálmate —fue hacia ella pero cuando trató de tocarle el hombro, ella se sacudió.

—No me toques —le apuntó al pecho con el dedo—. Yo no quería esto, Bill. Nosotros la obligamos a irse, ¿no te das cuenta? Lo que les importaba a ustedes, a todos nosotros, era la apariencia. Los chicos necesitaban estar separados pero, ¿por qué? Para que pudiéramos aparentar que esto nunca sucedió, para que pudiéramos aparentar que Lauren no salió embarazada y que todo estaba muy normal, ¿verdad?

Las lágrimas le inundaban los ojos y le ardía la garganta.

—Baja la voz, por favor. —A pesar de que su tono era amable, Ángela sabía que todavía él no entendía lo que ella sentía—. Todo va a salir bien. Ya verás.

—No, no es cierto. Dejamos que esto pasara y ahora… ahora puede que nunca más la veamos.

Ángela dio media vuelta y se apuró para llegar al cuarto. ¿Cómo la vida había llegado a ser tan loca? ¿Y dónde estaban Lauren y Emily? No estaba segura si podría sobrevivir sin ellas. De repente se dio cuenta de que una parte de su corazón pertenecía a su hija, la parte que se encargaba de buscarle sentido a la vida y entender el propósito y significado de levantarse cada mañana. Y ahora que Lauren se había ido, esa parte de ella había muerto.

La parte capaz de amar. Incluso, de amar al hombre con quien estaba casada.

        *

Emily estaba enferma. Ya era innegable. Habían estado en la carretera dos días completos y la niña ardía por causa de la fiebre. Lauren manejó sin rumbo fijo por las calles de la ciudad de Oklahoma, tratando de decidir qué hacer. Ya se había detenido en una farmacia para comprar un analgésico, algo para bajarle la fiebre a Emily. Eso había sido hace media hora y parecía que iba a surtir efecto, pero todavía la niña se escuchaba muy mal. Estaba estornudando y tosiendo y ahora respiraba con dificultad.

Una ola de temor y desesperación inundaba las venas de Lauren. ¿Adónde debía llevar a Emily? Tenía dinero suficiente para ver a un médico pero, ¿y después qué? ¿Ingresarían a la niña en el hospital? ¿Se enterarían de que ella se había ido de la casa con solo diecisiete años? ¿Y entonces qué harían? Quizá perdería a su hija para siempre.

En el asiento trasero Emily comenzó a llorar y el esfuerzo del llanto le hacía respirar con mayor dificultad.

«Está bien, cariño, todo está bien. Mamita está aquí».

Las palabras resonaron dentro del pequeño carro lleno de maletas que parecían burlarse de ella. ¿Mamita está aquí? ¿Y qué? No tenía ni idea de cómo ser madre, de otra manera su hija no estaría enferma. Estaba a punto de regresar a la auto-pista para llegar al próximo pueblo cuando leyó un cartel que decía: Hospital.

Aumentó la velocidad para llegar al estacionamiento. Lo menos que podía hacer era buscar a alguien que viera a Emily. Era su deber. Parqueó y del asiento trasero sacó el asiento de bebé. Una vez dentro de la sala de emergencia se quedó ahí parada, temblando, con la boca seca. Otras personas estaban esperando en el lobby y la mayoría de ellos se voltearon para mirarla. ¿Podían adivinar que estaba en un apuro? ¿Era tan obvio? ¿Y qué dirían las personas que trabajaban allí? ¿Cómo les explicaría su situación para no tenerles que decir la verdad? Una mujer rubia que estaba detrás del mostrador le sonrió.

—¿Puedo ayudarla?

—Sí —miró a Emily y otra vez a la mujer—. Mi niña está enferma.

La mujer le extendió a Lauren un formulario y un bolígrafo.

—Complete el modelo de información y haremos revisar a su hija tan pronto haya una sala vacía.

—Muy bien.

El formulario tenía más de una docena de preguntas, algunas de las cuales no podía responder. La dirección, por ejemplo. Y el teléfono. También dejó en blanco la parte que preguntaba a quién llamar en caso de emergencia y el nombre del pariente más cercano. Pero escribió la fecha de nacimiento de Emily y especificó que no tenían seguro. Luego firmó el modelo y lo entregó. Cinco minutos después las llamaron. La mujer de la oficina de la entrada la guió hasta la consulta.

—Espera aquí. La doctora West entrará para atenderte en un momento.

—Gracias. —Lauren se sentó en una silla en una esquina y arrastró el coche de Emily hasta su lado. Tocó la frente de su hija y un escalofrío la estremeció. La niña estaba más caliente que antes. Alguien tocó a la puerta.

—¿Sí? —Lauren tragó saliva. ¿Y si llamaban a la policía o la enviaban de regreso a su casa? ¿Y si decían que estaba huyendo?

La puerta se abrió y entró una doctora de piel bastante oscura.

—Soy la doctora West —dijo extendiéndole la mano a Lauren—. Vamos a ver a tu bebé. Quítale la ropa, por favor, excepto el pañal.

Lauren levantó a Emily del coche y la puso en la fría mesa

donde examinaban a los niños. Emily empezó a llorar y, mientras la desvestía, Lauren se dio cuenta de que tenía la cara roja.

—Creo que tiene gripe.

Cuando ya le había quitado toda la ropa a la niña, excepto el pañal, la doctora la examinó con un estetoscopio. Lo movió tres veces antes de levantar la mirada, su rostro reflejaba preocupación.

—Sus pulmones se escuchan bastante congestionados. ¿Vives cerca?

—¿Es una gripe?

—No estoy segura. —La mujer frunció el ceño ligeramente—. ¿Dónde dijiste que vivías? Puede que tengamos que ingresarla. Quisiera mandar a hacerle una radiografía.

El pánico hizo presa de Lauren. Puso la mano en la cabeza de Emily y le arregló el pelo.

—No soy de por aquí. Yo... me estoy mudando para California —miró a su hija—. Las dos nos estamos mudando para allá.

La doctora esperó hasta que Lauren la miró a los ojos. Entonces hizo un sonido que denotaba preocupación.

—Ya regreso. Espera aquí un minuto —miró otra vez a Emily y luego salió de la habitación.

Lauren respiró profundo. ¿Adónde iba la mujer? ¿Llamaría a la policía, o tal vez al departamento de servicio social? Quizá iba a hacer un chequeo por su nombre y, para ese entonces, sus padres ya debían haberla reportado como desaparecida. Eso, con toda seguridad, haría que viniera la policía. Emily estaba llorando, retorciéndose en la mesa. Lauren examinó la mirada en sus ojos. No parecía tan enferma y con el analgésico y tal vez un jarabe para la tos estaría bien hasta que encontraran ayuda. Solo había un lugar al que podría ir ahora y sería como admitir un fracaso rotundo. Pero su seguro médico, su sistema de apoyo, todo estaba en Chicago. No le quedaba más remedio que regresar.

Luego, cuando Emily estuviera bien, podrían intentar de nuevo ir a California.

—Todo está bien, cariño. —Lauren le susurraba palabras a Emily mientras acomodaba sus bracitos en el pequeño coche cama. Después de cuatro semanas ya no se sentía torpe al vestirla pero aquí estaba ansiosa, como si lo estuviera haciendo todo mal. Cuando la niña estaba vestida, Lauren la sacó y la abrazó, meciéndola muy suave para que se calmara. Luego de un minuto Emily estaba más tranquila y ya no lloraba tanto. Lauren miró el reloj en la pared. No era extraño que estuviera molesta. Hacía cuatro horas que no comía, es probable que se estuviera muriendo de hambre. Esa idea le recordó algo. Ella tendría unos once años y estaba en casa con gripe pero bajó las escaleras y fue a la cocina.

—Tengo hambre, mami. ¿Puedo comer algo, por favor?

—Eso es una buena señal. —Su mamá la acercó hacia ella y le tocó la parte de atrás de la cabeza—. Las niñas pequeñas recuperan el apetito cuando se sienten mejor.

No recordaba mucho más de lo que le había dicho su mamá. El hambre era una señal de que los niños no estaban tan enfermos, ¿verdad? Eso fue lo que le dijo su mamá aquel día. Lauren se sentó y se acomodó la blusa para dar de mamar a su hija. Con toda seguridad, Emily estaría muerta de hambre. Mientras mamaba hizo unos sonidos de alegría.

Quizá ese fuera todo el problema. Un ligero resfriado, un poco de fiebre y mucha hambre. Había manejado durante muchas horas aquel día. Tal vez debieron haber parado antes.

La doctora entró. Tenía en la mano el formulario que Lauren había completado.

—Lauren —su voz era amable—, veo que no has escrito a quién llamar en caso de emergencia, ni el nombre de algún pariente cercano.

—No. —Miró a Emily. El bebé se veía mucho más feliz ahora, contenta de estar comiendo. Volvió a mirar a la doctora—. No, en este momento no tenemos familia. Las dos comenzaremos una nueva vida en California.

—Muy bien. —Se recostó a la mesa y respiró muy despacio—. Pero eres menor de edad, ¿cierto?

Lauren pensó en una respuesta adecuada. No había escrito la edad en el formulario; entonces, ¿cómo lo sabía? ¿Habría llamado a la policía o se habría enterado de que estaba reportada como desaparecida? Lauren tragó saliva y, cuando estaba a punto de negar con la cabeza, se dio cuenta que estaba asintiendo.

—Sí, tengo… diecisiete. Cumpliré dieciocho en Navidad.

—¿Sabes lo que pienso?

—¿Qué? —Lauren acercó más a Emily a su pecho.

—Creo que necesitas ayuda, Lauren. Aquí en la ciudad de Oklahoma tenemos trabajadores sociales que pueden ayudarte si ingresas a Emily. Pueden encontrar un lugar para que te quedes mientras tu hija está bajo tratamiento.

Lauren negó con la cabeza y miró a su hija.

—En realidad creo que está mucho mejor. Está comiendo. Creo que tal vez lo que tenía era hambre —otra vez miró a la doctora.

—Me preocupa que tenga neumonía —la doctora hizo una mueca de dolor—. No puedo estar segura sin hacerle una radiografía, pero estoy preocupada.

—¿Qué pasará si me ayuda una trabajadora social? Quiero decir, ¿qué pasará después?

Detestaba la idea. Significaba que había una posibilidad de que alguien le quitara a Emily. Eso era lo que las agencias le hacían a madres como ella, ¿no es cierto? ¿A madres que eran demasiado jóvenes para saber cómo cuidar de un bebé?

—No tratemos de cruzar el puente antes de tiempo —la doctora volvió a fruncir el ceño, pero a Lauren no le parecía que estuviera enojada. Solo advertía en ella una compasión que nunca había visto en sus padres—. Todos haremos lo posible para que tú y Emily estén juntas. De eso estoy segura. Creo que buscaremos información sobre reportes de personas desaparecidas. Solo para ver si te han reportado como tal.

¿Reportes de personas desaparecidas? Lauren sintió que se desmayaba. Eso no podía pasar.

La policía vendría y, luego de ingresar a Emily en el hospital, se llevarían a Lauren a la estación y llamarían a sus padres. Los trabajadores sociales se involucrarían y cuando Emily estuviera mejor no se la entregarían a una chica de diecisiete años que se escapó de la casa. Después enviarían a Lauren de regreso a su casa. Era posible que nunca más viera a Emily.

Tenía que ganar tiempo. Lauren se pasó la lengua por los labios

—Está bien. Bueno, primero tengo que sacar algunas cosas del carro. Luego podremos hablar al respecto, ¿está bien?

—Bien —la doctora se enderezó y tocó la cabeza de Emily—. No está tan caliente como hace un rato.

¡No estaba tan caliente! Esa era una buena señal, una señal de que Lauren podía llevarse a Emily y correr de regreso a casa para darle los cuidados que necesitaba sin arriesgarse a la posibilidad de que el servicio social o la policía se involucrara. Lauren metió a su hija en el coche y agradeció a la doctora.

—Enseguida regreso.

Cuando salieron de la consulta la doctora West tomó otra dirección. Lauren quería correr hasta la puerta. Solo disponía de unos pocos minutos para salir sin que se dieran cuenta. Pero no se iría sin pagar. Sacó dos billetes de veinte dólares del monedero y los dejó en el mostrador, pues no había nadie allí en ese momento. Sin mirar atrás se apresuró para salir.

Condujo tan rápido como pudo y ya estaba en la autopista cuando se volteó para mirar por encima del hombro. En ese momento Emily estaba durmiendo. Entonces, por primera vez desde que había salido de la casa, Lauren pensó en Dios. En los días después del embarazo, Shane había hablado todo el tiempo acerca de la fe y del Señor y de sus planes para ellos. Lauren nunca entendió muy bien por qué Dios querría tener algo que ver con ellos.

Sin embargo, le había dicho que lamentaba haberlo echado todo a perder, que lamentaba haber tenido relaciones sexuales con Shane cuando podían haber evitado todo este enredo si tan solo hubieran hecho bien las cosas. Dios la había perdonado, al menos eso fue lo que dijeron los líderes del grupo de jóvenes. También lo dijo Shane. Pero, no obstante, sentía que había fracasado, que había decepcionado a todos. Si Dios era su Padre celestial, entonces ella sería la última persona de la que él querría saber.

Pero allí, con Emily enferma y miles de kilómetros entre ella y la ayuda que necesitaba, Lauren no podía hacer otra cosa que implorar ayuda.

—Señor, aquí estoy otra vez —dijo en voz alta—. ¡Ayúdame, por favor! Voy a conducir rápido, no me detendré a comer, solo a comprar gasolina. Pero, por favor, ayúdame a llegar a la casa y obtener ayuda para Emily. No la dejes morir, Dios.

De repente se dio cuenta de que las lágrimas le rodaban por las mejillas. ¿Qué estaba haciendo, saliendo de la ciudad de Oklahoma y regresando a Chicago? En primer lugar, nunca debió irse de la casa. Debió haber dejado que su mamá cuidara a Emily. De esa forma podía haber ido sola a buscar a Shane, sin arriesgar a su hija.

—Dios, soy la peor madre de todas. Pero tú eres nuestro Padre. El de ambas. Por favor, cuídanos hasta llegar a la casa y, por favor, por favor, haz que Emily se ponga bien.

Lauren quería una respuesta, quizá un grito que saliera de los parlantes en el tablero, algo que le indicara que todo iba a salir bien. En vez de esto, solo sintió una urgencia, como si quizá Dios mismo le estuviera diciendo que Emily estaba más enferma de lo que todos pensaban. Apretó el acelerador y aumentó otros quince kilómetros por hora. Entonces, casi tan rápido como había acelerado, desaceleró. No debían detenerla por exceso de velocidad. Eso no sería bueno para ninguna de las dos. «¡Dios, ayúdame!»

Hija, mi paz te doy… Yo estoy contigo siempre.

La respuesta no salió de los parlantes pero resonó en su corazón. *Yo estoy contigo siempre.* Qué pensamiento tan maravilloso. Lauren podía sentir que su corazón empezaba a responder a esta verdad. No estaba sola, manejando en el crepúsculo y con quince horas por delante en la autopista antes de que pudiera obtener ayuda para Emily. Conducía con Dios a su lado. Dios mismo.

Se recostó en el asiento y aflojó un poco sus manos sobre el volante. Llegaría segura a su casa y Dios ayudaría a Emily a recuperarse. Todo iba a salir bien. Una paz que solo podía ser divina la acompañó durante las veinticuatro horas que siguieron. Fue en el último tramo que todo empezó a derrumbarse otra vez.

Emily lloraba todo el tiempo y nada la hacía sentirse mejor. Estaba ardiendo y cada vez que respiraba su pequeño pecho se levantaba más que la vez anterior. Lauren detuvo el carro en una parada de descanso y se pasó al asiento trasero. Se inclinó y aseguró las puertas. Estaba muy oscuro y había un grupo de personas sospechosas paradas al lado de una fuente. La parada tendría que ser corta. Desabrochó a Emily de su coche cama y sintió que el temor la embargaba. El cuerpo de su hija todavía estaba muy caliente.

—¿Tienes hambre, pequeña?

La respiración de Emily era más trabajosa, pero no fue hasta que se negó a comer que Lauren se sintió aterrada.

Vamos, Dios… Te necesito. Haz que coma, por favor…

Acomodó a su hija contra su pecho, trató de ayudarla para que mamara, pero nada resultó. Emily estaba demasiado enferma. Lauren le dio una pequeña dosis de jarabe para la tos y otra cucharada del analgésico. Pero, no obstante, lloró durante casi todas las cinco horas que quedaban de viaje. Hacia el final del trayecto Emily se oía tan enferma que Lauren apenas se podía concentrar en la carretera.

Durante todo el camino se había culpado por ser una mala madre, por no tener experiencia, por pensar que podría atravesar el país por carretera con una niña recién nacida. Pero en aquellas últimas horas su enojo cambió hacia sus padres. No era culpa de ella, sino de ellos. La separaron de Shane a propósito. Si él no se hubiera ido, ella nunca habría empacado para hacer un viaje por carretera con Emily.

Todo era culpa de sus padres. Sus padres y los Galanter. Las personas que se esperaba que más la amaran a ella y a Shane, casi los habían destruido. Sus propios padres la habían traicionado al permitir que los Galanter se marcharan sin dejar ninguna información para llamarlos. Ahora la razón ya era obvia. Los padres de Shane y los de ella nunca tuvieron la intención de mantenerse en contacto. Con gusto habían sacrificado su amistad para guardar las apariencias.

A Lauren le dolía el estómago mientras se daba cuenta de la realidad.

Las apariencias, de eso se trataba todo. Shane podría seguir con su vida sin la responsabilidad de ser un padre adolescente y, con él lejos, lo más probable es que ella diera el niño en adopción y entonces también terminaría su último año sin otro asunto que le preocupara. Si las cosas hubieran salido de acuerdo a los planes de sus padres, ahora Emily estaría segura en los brazos de alguna familia adoptiva.

Lauren apretó los dientes y movió la mandíbula inferior de un lado a otro de la boca. ¿Tenían razón? ¿Debía haber dado la pequeña Emily en adopción? ¿Era esa la respuesta para todo aquello? Sintió escalofríos nada más que de pensar en la despedida. No era posible, amaba a Emily con todo su ser.

No, la llevaría a casa, obtendría la ayuda que necesitaba de sus padres y después los abandonaría sin mirar atrás.

Ellos nunca la aceptarían por ser quién era y, por lo tanto, tampoco aceptarían a Emily. Su vida y la vida de su hija siempre serían inferiores a los ojos de sus padres y ella no podía permitir que esa actitud coloreara la vida de Emily. No, no podían quedarse. Obtendrían ayuda, Emily se pondría bien y entonces se irían.

Y esta vez nunca jamás regresarían.

NUEVE

Ángela estaba sola, sentada en la oscuridad con la cabeza entre las manos, cuando oyó que se acercaba un auto. Su corazón dio un salto y salió corriendo hasta la puerta para ver a Lauren salir del carro.

—¡Mamá! ¡Necesito tu ayuda!

No estaba segura de qué hacer primero. Estaba paralizada. Allí estaba Lauren parada en la carretera cuando, tan solo un minuto antes, pensaban que nunca más la verían. Pero el tono de Lauren la sacó del shock. Ángela salió al camino, corrió hacia su hija y la abrazó. Al ver que Lauren permanecía rígida, impasible, se echó para atrás y la agarró por los brazos. Entonces lo percibió. En los ojos de su hija ardía un profundo enojo y un intenso temor a la vez.

—Lauren… —ahora era ella la que tenía miedo. Sostuvo la cara de su hija con la mano—. ¿Qué pasa?

—Ella está enferma. —Lauren se echó para atrás. Abrió la puerta trasera y desabrochó a Emily de su asiento para bebés.

Mientras Lauren sacaba a la niña, Ángela suspiró con rapidez. La bebé se veía flácida y su rostro estaba rojo y con erupciones. Ángela dio un paso adelante.

—¿Cuánto tiempo ha estado así?

Lauren acurrucó a Emily contra su pecho.

—No lo sé. —El rostro de Lauren lucía pálido y exhausto. Parecía que no había dormido durante varios días—. Tenemos que llevarla al hospital.

—¿Al hospital? —Ángela sentía que su cabeza le daba vueltas. Eran pasadas las once de la noche—. Déjame ir a buscar a tu padre. Ya está dormido y debe…

—¡No! ¡No quiero que él venga con nosotras! —Lauren tenía los ojos muy abiertos. Estaba fuera de sí, como si estuviera sufriendo un ataque de nervios. Puso a Emily en los brazos de su mamá—. Tómala, dime cuán enferma está.

Ángela sostuvo al bebé en sus brazos y enseguida sintió el calor. La niña estaba ardiendo. Lo que era aún peor, tenía los ojos abiertos pero no respondía a los estímulos.

—¿Está medio dormida?

—No. —Lauren respiraba aceleradamente, se secaba las palmas de las manos en el short y caminaba de un lado a otro—. Hace varias horas que está así y no quiere comer.

Ángela acercó su cabeza al pecho del bebé. Le costaba mucho trabajo respirar. Sintió que la sangre se le iba de la cabeza. Emily no solo estaba enferma. Estaba grave.

—Está bien —asintió y miró el carro de Lauren—, pongámosla de nuevo en el asiento para bebés. Necesita un médico. Yo conduciré.

El viaje transcurrió en silencio. Lauren estaba sentada en el asiento trasero con Emily. Ángela quería preguntar a dónde había ido Lauren y por qué no había buscado ayuda en alguna de las ciudades que encontró por el camino. Pero era demasiado tarde para todo eso. Lo único que importaba ahora era Emily.

—Mi amor, todo está bien. —Lauren le susurraba a su hija, pero Ángela podía percibir las lágrimas en su voz y escuchaba que los callados sollozos de Lauren cortaban las palabras—. Mamita está aquí, cariño.

Cuando llegaron a la puerta de la sala de emergencia del hospital, Ángela le hizo señas a Lauren para que llevara a Emily adentro. Estacionó el auto y cuando iba corriendo hasta donde estaba su hija, una enfermera ya se llevaba a Emily apresuradamente a través de unas puertas dobles.

—Lauren. —Ángela se detuvo sin saber muy bien qué hacer.

Lauren la miró por encima del hombro.

—¡Síguenos!

Se reunieron en una habitación que estaba justo después de

atravesar las puertas dobles. Luego de unos segundos llegó un médico y comenzó a desvestir al bebé. En menos de un minuto levantó la mirada, con una expresión lúgubre.

—Tiene neumonía. Necesitamos empezar el tratamiento ahora mismo. Le pondremos un antibiótico de cuarta generación y le daremos respiración artificial.

Muy rápido dio una serie de órdenes a los asistentes y a las enfermeras que estaban allí. Todos se pusieron en acción, mientras una enfermera le inyectaba el antibiótico en el brazo a Emily, otra preparaba una máquina con una máscara muy pequeña. Entonces el doctor les hizo señas para que lo siguieran.

En el vestíbulo, fuera de la habitación donde estaba Emily, las llevó a un rincón tranquilo. Entonces se llevó el portapapeles al pecho, miró a Ángela primero y luego a Lauren.

—Tengo que ser honesto con ustedes. —Tenía una expresión de gran preocupación en el rostro—. Debieron haberla traído mucho antes. Creo que no tiene muchas posibilidades de salvarse.

Lauren comenzó a desmayarse, lentamente primero, hasta que las rodillas se le doblaron. Ángela se apresuró para sostenerla, pero estaba fría e inconsciente.

—¡Necesitamos ayuda! —El médico chasqueó los dedos y dos enfermeras entraron en acción—. Sales aromáticas, rápido.

Ángela estaba de rodillas con la cabeza de su hija en su regazo. Todo estaba desvaneciéndose y no había nada que ella pudiera hacer para evitarlo. ¿Emily podía morir? ¿Era esa la próxima cosa terrible que pasaría? ¿Y luego? ¿Cómo lograrían restablecer la relación con Lauren después de esto? Quería orar pero estaba fuera de práctica. Además, no se podía decir que le hubieran preguntado a Dios qué hacer con respecto a Lauren y a Shane. ¿Por qué pedirle algo ahora? Es probable que se hubiera desentendido de ellos desde hace mucho tiempo. En ese momento ya las enfermeras estaban al lado de Lauren, pasando sales aromáticas frente a su nariz. En unos pocos segundos recobró el conocimiento, pero lucía muy pálida. Tenía los ojos vidriosos y Ángela podía imaginarse todo lo que había pasado. Tuvo que haber regresado a Chicago cuando se dio cuenta de que Emily estaba tan enferma. Es probable que manejara sin detenerse, aterrorizada ante la posibilidad de no llegar a tiempo a casa.

Ahora Lauren estaba completamente consciente. Se sentó y se frotó los ojos. Con una expresión frenética en su rostro, miró fijo al médico:

—¿Dónde está ella?

—Señorita Anderson, su hija está en la habitación al otro lado del pasillo. Estamos haciendo todo lo que podemos.

—¿Qué fue lo que usted dijo antes… antes de que me desmayara? —No se parecía en nada a la Lauren de siempre. El temor en sus ojos la hacía parecer una loca—. Algo acerca de mi niñita, sus posibilidades.

El médico suspiró y ayudó a las enfermeras a levantar a Lauren. Después miró a Lauren directo a los ojos.

—Le estamos administrando todo lo que necesita, pero no estoy seguro de que sea suficiente.

—¿Qué significa eso? —Las palabras de Lauren eran ásperas y rápidas—. Dígame qué quiere decir con eso.

El médico miró a las enfermeras y luego a Lauren.

—Señorita Anderson, su hija está muy, pero muy enferma. —Arrugó los labios y movió ligeramente la cabeza—. No lo logrará sin un milagro.

—Lauren… —Ángela se acercó para sostener a su hija por el brazo, pero ella se lo impidió.

—Déjame sola. —Su enojo duró tan solo un momento. Cuando se volvió para mirar al médico no parecía enojada—. ¿Puedo estar en la habitación con ella? ¿No… no estorbaré?

—Por supuesto que puede —dijo señalando la puerta—. Puede estar con ella todo el tiempo.

Ángela miró al médico.

—¿También puedo quedarme?

—¡No! —Lauren le indicó con la mano que se detuviera.

Sus ojos ardían de ira—. No te quiero allí. Esto es… —Miró al médico—. Excúsenos, por favor.

—Por supuesto. —El médico miró de soslayo a Ángela, como queriendo preguntarle si Lauren estaba bien. Ángela asintió ligeramente. Por supuesto que no todo estaba bien pero ellas dos podían arreglárselas—. Vendré dentro de un rato para informarle acerca del bebé y mantenerla al tanto de la situación. Lo lamento —dijo con vacilación.

Cuando salió, los ojos de Lauren se encendieron.

—No te quiero en la habitación con nosotras. —Su tono era amenazante y Ángela dio un paso atrás. Nunca antes había visto a Lauren actuar así, nunca.

—Cariño, creo que me debo quedar.

—Madre, escúchame. —La confusión y la locura se esfumaron y pareció más lúcida de lo que había estado desde que se asomó por la carretera. Señaló la puerta de la habitación de Emily—. Mi bebé está ahí muriéndose porque ustedes me mintieron, me mintieron y además nos apartaron a mí y a Shane y no me dejaron otra opción sino ir tras él—. Medía cada palabra para tratar de controlar su furia—. Así que voy a entrar para sentarme con ella y no quiero tenerte cerca, ni cerca de ella. ¿Entiendes?

Un escalofrío recorrió la espalda de Ángela.

—Lo siento, Lauren. Nunca quise que esto…

Lauren no estaba escuchando. Abrió la puerta, entró a la habitación y cerró. Solo entonces Ángela dio media vuelta y regresó a la sala de espera. Se quedaría allí hasta que Lauren volviera a hablar con ella. Cuando se sentó estaba demasiado aturdida como para llorar, demasiado impactada como para hacer algo más que recordar lo que había sucedido. Tantas veces se había preguntado cuáles serían las consecuencias de separar a los chicos si las cosas no salía como lo habían planeado. Había tenido muchas dudas acerca de que Lauren y Shane estuvieran bien, como afirmaban los demás. Había sufrido al pensar qué pasaría si todos estaban equivocados.

Bueno, ahora Ángela lo sabía.

Y todavía lo peor estaba por venir.

&

Durante las próximas seis horas Lauren no se movió de su silla. La arrastró hasta estar al lado de la pequeña cama de Emily y estaba atenta cuando alguien entraba a hacerle algo. Vio cómo le ponían una máscara plástica en la cara para ayudarle a respirar y cómo le inyectaban el medicamento en la vena.

Todo el tiempo le pedía a Dios una sola cosa: que le diera una oportunidad a Emily.

Entre las dos y las tres de la mañana las cosas todavía parecían horriblemente lúgubres.

El doctor la examinó y movió la cabeza.

—No estoy seguro de que lo logre, señorita Anderson. Los bebés enfermos así no suelen regresar a casa.

Cuando el médico se marchaba, Lauren miraba a Emily con miedo de tocarla. Algunas veces le rozaba la frente con los dedos y los bajaba para acariciarle el bracito.

—Lo siento, Emily. Mamita lo lamenta mucho.

Durante la mayor parte de la noche sus ojos permanecieron secos. Lauren estaba demasiado asustada como para llorar, demasiado preocupada de perder un minuto de oración implorando por la vida de su hija.

Entonces, a las cuatro de la madrugada el médico entró trayendo la mejor noticia de la noche, la mejor noticia que había recibido en los últimos dos días.

—Su conteo de glóbulos blancos está mejor. Parece que está respondiendo al antibiótico.

—¿De verdad? —Lauren no hablaba mucho cuando entraba el médico. Tenía mucho miedo de las respuestas. Pero esta vez la inundó una oleada tan grande de esperanza que no pudo quedarse quieta.

—¿Eso quiere decir que quizá lo logre?

—No puedo afirmarlo. —Examinó a Emily, colocó el estetoscopio en su pecho y escuchó. Cuando se enderezó, miró a Lauren.

—Escucho una mejoría. De veras estoy asombrado. Si las cosas continúan en esta dirección, puede que se ponga bien muy pronto. Una vez que los bebés empiezan a mejorar, en doce horas pueden estar comiendo —hizo una pausa y bajó la ceja—. Pero no se alegre demasiado, señorita Anderson. Su bebé todavía está muy enferma.

Cuando el médico salió, Lauren sintió una certeza absoluta.

¡Emily lo lograría! Dios había escuchado su ruego y había intervenido desde el cielo para concederles el milagro. Pensó en lo que había dicho el médico. Era posible que Emily despertara y estuviera comiendo en doce horas. Si eso era verdad, necesitaba estar descansada para cuidar de ella. Sobre todo porque no quería permanecer en Chicago más tiempo del necesario. Consideró las opciones que tenía. Lo que en verdad necesitaba era dormir un poco. Podía irse en el auto hasta la casa, dormir ocho horas y regresar. Si se quedaba en el hospital, no ayudaría a Emily y si no dormía, no podría cuidar de su hija. Pero primero tenía que hablar con su mamá. Lauren continuaba enojada pero debía decirle que Emily estaba mejor. Por lo menos eso merecía saberlo.

La respiración de Emily se escuchaba mejor, mucho mejor. Lauren vaciló. No quería marcharse, le disgustaba la idea de tener que apartarse de su hija aunque fuera durante unas pocas horas. Pero no tenía alternativa si quería estar bien para cuidar de Emily cuando despertara. Lauren se puso de pie y se inclinó hacia el bebé.

—Continúa luchando, Emily. —Besó la suave mejilla aterciopelada de su hija—. Te amo, corazón. Estaré aquí por la mañana.

Miró a Emily una última vez, salió de la habitación y se dirigió a la sala de espera. Su mamá estaba despierta, sentada en una silla en una esquina de la habitación. Sus ojos se encontraron y Lauren caminó hacia ella, evitando un nuevo contacto visual hasta el último momento.

—Emily está mejor. El médico dice que no lo puede creer.

—Se sentó en una silla frente a su mamá—. Quiero estar fuerte para atenderla cuando se despierte. Pensé en ir a la casa y dormir un poco.

Su mamá asintió.

—Yo me quedaré aquí.

Lauren no había pensado en eso. Supuso que su mamá iría para la casa, pues también necesitaba dormir.

—¿Estás segura?

—Sí. Estoy bien. Entraré y me sentaré con ella mientras tú estés en la casa.

Durante un momento Lauren consideró la posibilidad de decirle a su madre que lamentaba lo que le había dicho antes. Pero las cosas entre ellas todavía estaban como una pelota de estambre llena de nudos. Tomaría meses desenredar todo el daño y el resentimiento. Por ahora Lauren se levantó y su madre hizo lo mismo. Y a pesar de que iba en contra de todo lo que sentía, Lauren la abrazó.

Fue un abrazo corto, pero era un comienzo.

Manejó hasta la casa, se apresuró a entrar por la puerta principal y subió las escaleras arrastrándose. Estaba dormida antes de que su cabeza tocara la almohada. Cuando se despertó eran las dos de la tarde y la casa estaba en silencio. Se sentó y miró el reloj.

¿Dónde estaba Emily?

Le tomó unos minutos recordar que había regresado a casa antes de haber recorrido la mitad del camino hacia Los Ángeles y que Emily estaba enferma. Entonces volvió de golpe a la realidad.

Saltó de la cama. Necesitaba saber cómo estaba Emily más de lo que necesitaba seguir respirando. Llamó a información y obtuvo el número del hospital y luego de un minuto estaba hablando con una enfermera.

—Hola. —Lauren tragó saliva. El temor de la noche anterior había regresado—. Mi bebita está ingresada allí. Necesito que me informe acerca de su estado.

—¿Cuál es el nombre de la niña? —La mujer parecía amable, sin el apuro que caracteriza a las enfermeras.

—Emily Anderson.

—Muy bien, permítame chequear. Regreso enseguida.

Por favor, Dios…, por favor.

Los segundos le parecieron horas, hasta que por fin regresó la mujer.

—Lo siento, ¿usted es la mamá de la niña?

El corazón de Lauren dio un vuelco.

—Sí, necesito saber… ¿cómo está ella?

—Bueno, no sé cómo decirle esto, pero se ha ido. Hace solo unas horas. Lamento que nadie la haya llamado y…

Las palabras de la mujer se volvieron muy confusas como para poder escucharlas. ¿Se ha ido? Lauren dejó caer la cabeza en su mano y el teléfono se resbaló por su mejilla. Podía escuchar a la mujer hablando pero no importaba, no hacía la más mínima diferencia. Su bebé se había ido. Hacía solo unas pocas horas… unas pocas horas.

Dios… Dios ¿dónde estabas tú?

Era la peor madre del mundo.

Sentía los pies, las manos y el corazón entumecidos y cayó de rodillas frente a la cama. *Te imploré, Dios. Tú nos decepcionaste. Mi niña está muerta y yo ni siquiera estaba allí para sostenerla o para reconfortarla. Tú lo sabías… Tú tenías que saber lo que iba a pasar y no me hiciste quedarme allí.*

Se agarró del borde de la cama e hizo un gran esfuerzo para poder respirar, pero no pudo. La habitación le daba vueltas, inclinándose cada vez más hacia un lado. En la distancia una voz débil estaba diciendo: «Si desea hacer una llamada, por favor cuelgue y marque otra vez… Si desea hacer una llamada…»

Dios, ¿por qué? ¿Por qué no permitiste que viviera? Ella era todo lo que yo tenía, todo lo que me importaba. Entonces llegó el llanto, retrasado solo por el shock que la había dejado anonadada. La sacudieron oleadas de lágrimas que desgarraron su alma. Emily se había ido y Shane ni siquiera tuvo la oportunidad de conocerla. *¿Es justo que le hagas esto a él, Señor? Él quería ser padre* *y ¡ahora ni siquiera la conocerá!* Se frotó los ojos cerrados y recordó cuando, unos meses atrás, estaba embarazada y sentada al lado de Shane en su auto. Había tomado la mano de Shane y la había puesto en su barriga para que sintiera a Emily patear. El asombro y la admiración iluminaron su rostro…

Habría sido un padre maravilloso, pero ahora…

Ahora nunca tendría la oportunidad.

Todo el mundo le había fallado. Sus padres y los padres de Shane. Y ahora también Dios. «¿Nunca terminará el castigo?» Susurró esas palabras, pero mientras lo hacía regresó la ira rápida y furiosa y alzó la voz. «¿Nunca va a terminar?» Dio un golpe en la cama y abrió los ojos, para fijar la mirada más allá de la ventana. «¿Cómo pudiste dejarla morir, Dios? ¿Por qué me la arrebataste? Nunca, nunca llegó ni siquiera a vivir».

Lloró su angustia, su dolor, dejando caer la frente sobre la cama. «Emily, mi bebita…» Dejó de luchar y todo lo que venía a su mente era su preciosa hija, la forma en que se veía en la cama del hospital. El médico dijo que estaba mejor, ¿verdad? Entonces, ¿qué había salido mal? Ahora las lágrimas eran más abundantes y Lauren se preguntó si inundarían la habitación y la ahogarían. «Emily, mamita lo lamenta mucho». Sus palabras eran apagadas, dichas entre un bulto de colchas. «Debí haberme quedado contigo, corazón». Luchó por respirar un poco. «Emily… te amo, bebé, lo siento».

Le tomó tiempo pero por fin las lágrimas disminuyeron. Cuando se fueron dejaron un vacío sin límites, un hueco muy oscuro y un frío intenso. Todavía podía escuchar la voz de la operadora en el teléfono, pero lo bloqueó. Ahora solo había una persona a quien deseaba tener a su lado, alguien que la sostuviera e hiciera que la pesadilla que estaba viviendo cobrara algún sentido. Shane Galanter.

Ahora lo quería más que nunca antes. Lauren se puso de pie, despacio y con cuidado, porque la habitación todavía le daba vueltas. En un minuto recobró el equilibrio, respiró y salió de la habitación. No había necesidad de detenerse y mirar alrededor para pensar en los recuerdos que dejaba atrás. Los recuerdos de su pequeña niña vivirían para siempre en su corazón, como una pequeña luz brillante en un lugar que estaría en tinieblas hasta que encontrara a Shane.

Emily se había ido y con ella cada esperanza de que ambas pudieran vivir con Shane. Pero Shane todavía estaba en algún lugar. Mientras conducía por los suburbios en dirección a la autopista, pasó frente al hospital y pensó en entrar. Por lo menos podría abrazar a su bebé una vez más. De hecho, su cuerpo todavía debía estar allí. O quizá no. Tal vez ya la habrían llevado a la morgue. Sí, eso era lo más probable. No había por qué entrar al hospital ahora.

Tenía un puñado de fotografías y un mes lleno de recuerdos de Emily Sue Anderson. Había llegado demasiado tarde incluso para ver el cuerpo sin vida de su hija y, además, tendría que ver a su mamá. Ahora no podía verla porque todo lo sucedido, cada parte de esto, se habría evitado si sus padres no los hubieran separado.

Ella y Shane debieron haber estado juntos en casa, con Emily en los brazos. Embargada por la emoción, Lauren salió de la carretera y se quedó mirando el hospital. No olvidaría nunca su último día con Emily. La forma en que la observaba y creía con todo su corazón que Dios iba a concederles el milagro.

Tenía los labios apretados.

Pero no lo hiciste, ¿verdad? Viste mis habilidades como madre y decidiste llevarte a Emily contigo. Dios, nunca te perdonaré por eso. Jamás.

Acurrucó los brazos contra su pecho y se imaginó que Emily estaba allí, tibia, viva y totalmente dependiente de ella. «Te decepcioné, mi niña… mami lo lamenta mucho». Las lágrimas en su corazón se convirtieron en sollozos y Lauren dejó caer su cabeza sobre el volante. «Emily… si pudiera tenerte en mis brazos una vez más». Pero no podía porque todos se habían confabulado contra ella y Shane. Incluso Dios. ¿Qué ganabas con que Emily estuviera en el cielo? *¿No tenías suficientes bebés allí? ¿Tuviste que llevarte la mía?* Tan enojada, asustada y vacía se sentía que, incluso esa verdad, que Emily estaba en un mejor lugar, no significaba nada para ella.

No, cuando todo lo que ella deseaba era otra oportunidad para acurrucar a su hija en los brazos.

Pestañeó hasta que pudo ver. Entonces sacó el auto a la carretera y se dirigió hasta el comienzo de la primera autopista. No quería saber nada de Chicago, ni de sus padres, ni de Dios, ni de su pasado. Encontraría a Shane. Hallarían la manera de estar juntos. Luego, cuando estuvieran casados y más estables, podrían regresar a Chicago y hablar con sus padres. Podrían tratar de restablecer los lazos. Las cosas nunca iban a ser como antes, pero siempre podría regresar a casa. Siempre podría recoger sus cosas. Pero jamás tendría a su pequeña Emily de nuevo.

El dolor llenaba cada uno de sus suspiros a medida que se alejaba de la ciudad y se encaminaba hacia su nueva vida en Los Ángeles. El trayecto demoraría seis días. Al tercer día vendió su auto deportivo a un comerciante en Texas. Usó ese dinero para comprar otro carro, un sedán con bajo kilometraje.

El nuevo auto no solo era más económico, sino que además sus padres no podrían rastrear el número de matrícula. No se imaginarían que había comprado otro auto y, cuando lo registrara en California, encontraría la forma de que sus padres no lo supieran.

Después de cinco días de camino empezó a preocuparse por el dinero. Le quedaban cuatro mil quinientos dólares pero se estaban yendo rápido. Antes de que pudiera encontrar a Shane tendría que buscar un lugar donde vivir, un empleo.

Se estableció en un pueblo llamado Northridge y, luego de dos días de estar allí, manejó hasta la Universidad Estatal de California, que estaba en el centro del pueblo. En un mural leyó un anuncio de tres chicas que estaban buscando una compañera de apartamento. Una parecía más seria que las anteriores y la renta solo era de doscientos dólares al mes. Perfecto para su presupuesto. Llamó por teléfono y esa tarde ya tenía un lugar donde quedarse y compañeras de apartamento que parecían ser bastante agradables. Una de ellas le preguntó la edad pero Lauren evadió la respuesta.

—Luzco joven. Todo el mundo siempre dice eso. —Sonrió, aunque se sintió rara al hacerlo. Su cara no había dibujado una sonrisa desde que se fue de Chicago, desde que se alejó del lugar donde su hija había muerto. Pero no compartiría nada de eso, no con extraños. Con nadie excepto Shane.

Una de ellas, una pequeña chica chino-americana, levantó la ceja con curiosidad.

—¿Estudias en la Universidad Estatal de California aquí en Northridge?

—Todavía no. —Lauren se puso la cartera en el hombro—. Este semestre necesito ganar dinero.

—¿Cuál era tu nombre? —Una chica alta y morena se recostó a la pared. Sus ojos centelleaban y Lauren pensó que, de haber conocido a esta chica en su vida pasada, es probable que hubieran sido amigas.

—Lauren.

—¿Tienes apellido?

Su fría fachada se quebró por la mitad, pero solo por un segundo. Se pasó la mano por los botones de la blusa y dijo sonriendo.

—Perdón. Lauren Gibbs.

—¿Lauren Gibbs? —La chica chino-americana adoptó un aire de curiosidad—. He visto ese nombre antes en alguna parte.

Lauren se encogió de hombros.

—Es un nombre común. —Mantuvo bajo control su respiración para que no la delatara—. ¿Y tú cómo te llamas?

Sus nombres eran Kathy, Song y Debbie. Hablaron sobre la universidad y las clases y luego se quedaron en silencio. Kathy, la chica que parecía que estaba a cargo, le extendió la mano a Lauren.

—Bienvenida. Pagarás la primera renta cuando te mudes.

—¿Qué si la pago ahora mismo? —Lauren cogió su monedero y sacó doscientos dólares.

Todas se rieron y Lauren regresó al carro a buscar sus cosas. Tenía un profundo dolor en su interior. En eso se había convertido su vida. Mentir, simular y pretender que era alguien que en realidad no era. Sepultó muy dentro el dolor que cargaba. Pestañeó para quitarse las lágrimas. Así tenía que ser.

Todo lo que importaba era sobrevivir lo suficiente como para encontrar a Shane.

Su dormitorio era pequeño y lo compartía con Song. Le tomó treinta minutos desempacar y ordenar su parte de la habitación. Colocó la foto de ella y de Shane en el alféizar. Las fotografías de Emily las guardó en la gaveta. Tenía que comprar un álbum para ponerlas y poder mirarlas con frecuencia.

Al siguiente día encontró un empleo como mesera en Marie Callender's, un restaurante al frente de su apartamento. En la solicitud escribió Lauren Gibbs y todos sus contactos eran las personas con quienes había comenzado a vivir el día antes.

Para ese entonces ya tenía un plan. Cuando cobrara su primer salario obtendría una identificación y una licencia de conducción con su nuevo nombre. Era posible hacerlo. Sobretodo porque todavía no tenía su seguro social. Una de las chicas del restaurante le había dado alguna información acerca de cómo iniciar el proceso. Una vez que obtuviera su nueva identidad, registraría su carro y seguiría con su vida.

No muy lejos de Northridge había un colegio comunitario. Se comunicaría con la escuela y obtendría su título de secundaria. Luego cursaría las clases en ese campus durante los primeros dos años. Después solicitaría la transferencia a la Universidad Estatal de California y obtendría un título en periodismo. La vida sería como debía haber sido. Por lo menos en la superficie.

Esa tarde Lauren regresó al apartamento y encontró el único teléfono que había en una mesita de la sala. Sacó un pedazo de papel del mostrador y cogió un bolígrafo de la gaveta. Era agosto y todavía las clases no habían comenzado, pero ya Shane debía estar matriculado en algún lugar. El personal de oficinas comenzaba primero que los profesores, ¿cierto? Dio unos golpecitos con el bolígrafo en el pedazo de papel. Cogió una guía telefónica que no estaba muy lejos de ella. Una sección al comienzo tenía los números de todas las escuelas de la localidad. Comenzó por el principio:

Canoga Park High School.

Cogió el teléfono y marcó el número.

«Canoga Park High School».

—Sí, hola. —Hizo lo posible para parecer mayor. Después de todo lo que había pasado no era tan difícil—. Necesito verificar si nuestro hijo se ha matriculado para el próximo semestre.

—Muy bien. ¿Es un nuevo estudiante?

¡Estaba funcionando! Lauren tragó en seco.

—Sí. Nos acabamos de mudar de Chicago.

—Muy bien, permítame revisar la lista de principiantes. —Vaciló—. ¿Cuál era el nombre?

Lauren cerró los ojos y dibujó a Shane en su mente, el pelo oscuro y los ojos húmedos, la forma en que lo había visto aquel último día cuando se despidió. La mujer estaba esperando.

—Shane Galanter.

—Shane Galanter. —La mujer repitió el nombre despacio y en el fondo se podía escuchar el ruido de los papeles—. No, no se ha matriculado todavía. ¿Desea que comience el procedimiento para la matrícula?

Lauren abrió los ojos y escribió un pequeño NO al lado del nombre Canoga Park.

—No, gracias —trató de sonreír con cortesía—. Hablaré con mi esposo. Iremos por allá dentro de unos días. Muchas gracias.

La próxima en la lista era Taft High School.

A las tres de la tarde ya había llamado a todas las escuelas del Valle de San Fernando. Shane no estaba matriculado en ninguna de ellas. Pero no importaba. Ella tenía una habitación, un empleo y un plan para el futuro. Y también tenía una nueva identidad. Lauren Anderson ya no existía. Había muerto el mismo día que murió su hija. Murió en el instante en que la enfermera le dijo que Emily se había ido. A partir de ese momento Lauren no tenía familia, ni hija, ni deseos de hacer otra cosa que avanzar y lograr su único objetivo en la vida: encontrar a Shane. Lo intentaría siempre que tuviera la oportunidad, cada día, cada hora.

Incluso si le tomaba el resto de su vida.

DIEZ

Shane no podía pensar en nada más que en Lauren.
Los habían engañado. Eso era obvio. Nada en cuanto a lo del número de teléfono tenía sentido a menos que fuera intencional. Por lo menos por parte de los padres de Lauren. Él lo había mencionado a sus padres algunas veces y siempre parecían sorprendidos. Su madre pareció confundida la primera vez que él le mencionó la grabación en el número antiguo de Lauren.

—Pensamos que ellos iban a dejar un número de transferencia. Ángela me dijo que lo iban a dejar en la grabación.

—¿Y entonces por qué no lo hicieron? —Shane estaba listo para subirse a su auto y regresar a Chicago. Solo que su auto no era de él, y sus padres no iban a dejar que lo llevara más allá del centro comercial. Él luchaba con su frustración mientras miraba a su madre, tratando de entender la situación—. ¿Qué crees tú que pasó?

—¿De verdad? —Un doloroso pesar invadió el rostro de su madre—. Creo que quizá querían deshacerse de nosotros... deshacerse de ti, Shane.

—¿Por qué? —él estaba de pie—. Ellos saben cuánto Lauren y yo deseamos estar juntos. No puedo llamarla sin un número de teléfono. —Pensó durante un instante—. ¿Saben ellos el nuestro?

Su madre frunció el ceño.

—No veo cómo podrían. Estamos en una zona nueva y tener servicio telefónico demoró un poco. Tú lo sabes.

Ella lo agarró de la mano.

—Parece que querían cortar las relaciones. Lo siento, hijo.

El tiempo pasaba y él observaba el almanaque. Cuando

llegó el momento de la fecha de parto de Lauren, él esperó a estar solo en la casa, lo que sucedía todas las tardes. Su padre siempre estaba en su nueva oficina de bienes raíces y su madre pasaba las tardes ayudando a organizarla. Así que cada tarde Shane completaba una lista de hospitales en un radio de unos ciento sesenta kilómetros alrededor de la ciudad de Chicago.

—Mi novia va a tener un bebé —le dijo a la recepcionista del primer hospital de la lista—. Necesito saber si está ingresada ahí.

—Señor, me temo que no podemos dar información de pacientes a nadie, excepto a los familiares.

Él sintió que la frustración aumentaba.

—¿Quiere decir que si yo fuera su esposo usted me diría si ella está ahí?

—Exactamente.

No tuvieron que decírselo dos veces. Llamó al siguiente hospital de su lista.

—Mi esposa va a tener un bebé. Necesito saber si está ingresada ahí.

—¿Su nombre?

Él sintió renacer las esperanzas.

—Lauren Anderson.

El sonido de la mecanografía llenaba la línea telefónica.

—No, señor. No hay nadie aquí con ese nombre.

Entonces seguía con el próximo hospital de la lista. Cuando terminaba, escondía la lista donde sus padres no pudieran encontrarla. No es que ellos trataran de impedirle que la encontrara, pero no les alegraba lo del embarazo y él sentía que era mejor guardarse lo de las llamadas telefónicas.

Todos los días, después de que sus padres se iban, él sacaba la lista del escondite debajo de su cama y comenzaba otra vez desde el principio. La fecha de parto de Lauren era a mediados de julio y él hizo llamadas hasta finales del mes. Entonces comenzó a sentir temor. ¿Y si al bebé le ocurrió algo o si Lauren no estaba en ese lugar o había decidido entregar el bebé?

Había noches en las que no podía dormir porque su mente

no dejaba de buscar maneras de encontrarla. Ella debía estar en algún lugar en las afueras de Chicago. Procuró llamar al servicio de información pero ninguno de los Bill Anderson que aparecían fuera de la ciudad era el correcto. Entonces se le ocurrió la idea de llamar a los bancos. Había montones en las afueras de Chicago, pero él tenía suficiente tiempo.

Hizo otra lista y comenzó por el principio.

—Hola, un amigo mío hace poco compró un banco en su zona y estoy tratando de encontrarlo. ¿Me pudiera decir si Bill Anderson es el nuevo dueño ahí?

—¿Bill Anderson?

—Sí. Fue hace solo unos meses.

—No, hace diez años que tenemos el mismo dueño.

Las respuestas eran en su mayoría iguales. Solo unas pocas veces la gente le daba alguna pequeña posibilidad. Una vez llamó a un banco en las afueras de Wheaton y comenzó la conversación de la misma manera:

—Un amigo mío compró un banco en su zona. ¿Me pudiera decir si Bill Anderson compró su banco hace poco?

—Sí. ¿Me puede dar su nombre, por favor?

¿Sí? Shane estaba tan entusiasmado que se puso en pie y empezó a recorrer la cocina vacía de un lado a otro.

—Mi nombre es Shane. Shane Galanter.

—Un minuto por favor.

La mujer lo puso en espera y luego de un corto tiempo, regresó.

—Lo siento, ese no es el nombre de nuestro dueño.

—Pero usted me dijo que sí, ¿recuerda? —Shane se metió los dedos en el cabello y dejó caer los brazos sobre sus rodillas—. Por favor, revise de nuevo.

—Señor, estoy muy ocupada. Yo no llevo record de los dueños del banco. ¿Puedo ayudarlo de alguna otra manera? ¿Le gustaría abrir una cuenta?

Shane tiró el teléfono en la base. Probó con ese banco tres veces más, pero nunca más le dieron la extraña respuesta que recibió la primera vez.

Al finalizar otra semana, la lista de los bancos no daba ningún resultado y eso hizo que Shane se cuestionara. Quizá el padre de Lauren escogió una inversión diferente, como había hecho su padre. Una empresa de bienes raíces o una oficina de seguros, algo nuevo. Las posibilidades eran infinitas, y eso significaba otro callejón sin salida.

Probó con las pocas amigas que todavía Lauren tenía, pero ninguna de ellas sabía su nueva información. Además, cuando llegó el verano la mayoría desapareció. Las adolescentes no pasan tiempo con una adolescente que tiene siete meses de embarazo.

El tiempo seguía pasando y ya era finales de agosto y la escuela comenzaría en una semana. Shane enloquecía mientras trataba de encontrarla. Ya ella tendría el bebé y eso significaba que tal vez habría tomado una decisión. O estaba aprendiendo a ser mamá con el bebé a su lado o había dado el bebé en adopción.

Una noche de esa semana él estuvo callado durante la cena y su padre le preguntó.

—¿Estás bien, Shane?

—No puedo dejar de pensar en ella.

Su padre le dio una mordida al pollo.

—¿En quién?

—¿En quién? —Miró a su padre y luego a su madre—. ¿Hablas en serio?

—Querido, él está hablando de Lauren, por supuesto.

Su madre pasó un tazón con puré de papas al otro lado de la mesa. Miró hacía Shane.

—¿Has probado otra vez con su número anterior? Quizá ya dejaron un número de transferencia.

—Lo pruebo todos los días —revolvió sus frijoles verdes con el tenedor y empujó la silla hacia atrás—. No puedo encontrarla. Detesto esto.

—Te diré algo, hijo. Termina este curso en la escuela y si ella no ha aparecido para entonces, iremos a buscarla.

¿Cuándo se acabe el curso? Shane lo miró. ¿Realmente él

creía que esa era una posibilidad? ¿Qué ambos no se buscarían en todo un año? ¿Y el bebé? Él era el padre, claro que tenía el derecho de pasar tiempo con su hijo, de conocerlo o conocerla.

Esa noche Shane se fue a dormir temprano. El béisbol había terminado por el verano y todavía le quedaban unos pocos días antes de que empezara la escuela. Abrió su clóset y sacó una caja que guardaba al fondo. Entonces cerró la puerta de su cuarto, llevó la caja a su cama y con cuidado sacó la primera cosa de la parte de arriba. Era un marco que Lauren le había dado cuando terminaron el quinto grado. Ambos acababan de terminar una competencia de atletismo y tenían los brazos alrededor del cuello del otro. Al fondo estaban los padres de ella, hablando con otros adultos. Su mamá había tomado la foto. Todavía él podía escuchar su voz.

—Ustedes se ven lindos juntos.

—Mamá, vamos. —Entonces él no pensaba en las chicas—. Toma la foto.

Cuando finalmente la tomó, Lauren agarró su pomo de agua y lo roció. Lo tomó por sorpresa. Él agarró la suya y la persiguió, pero ella era rápida y le llevaba ventaja. Corrieron y cuando la alcanzó, le arrancó la tapa a su pomo y la empapó antes de que ella pudiera escaparse, y ambos terminaron tirados en la hierba, uno al lado del otro, mojados y riéndose muchísimo.

Ahora él miraba la foto. Estaba desteñida y sus rostros se veían tan jóvenes. Como si ese momento les hubiera ocurrido a otros muchachos. Metió la mano en la caja y lo próximo que sacó fue una postal hecha a mano, algo que Lauren le hizo para su décimo tercer cumpleaños.

Por fuera ella había dibujado muñecos de palotes que eran ellos dos en los lados opuestos de un estadio de fútbol. Eso le recordó a sus padres y a los de ella sentados en un juego de fútbol de la secundaria, conversando y riéndose y observando lo que pasaba en el terreno. Él y Lauren habían bajado detrás de las gradas y allí, en las sombras del estadio, se dieron su primer beso.

—No se lo digas a nadie, ¿oíste? —Las mejillas de Lauren estaban rojas. Apenas podía esperar para regresar nuevamente a las gradas.

—No lo haré. Nos podemos quedar en lados opuestos del estadio, ¿te parece? —él le sonrió—. Así nunca nadie lo adivinará.

—Está bien. Hagamos eso.

Miraba la tarjeta. Estaba un poco amarilla por los años que habían pasado. Las figuras de palotes no podían estar más lejos. Por el lado ella escribió: «¿Cómo te va en tu lado de las gradas?»

Con sus dedos recorrió la portada de la tarjeta y de nuevo la deslizó en la caja.

¿Por qué las cosas salieron tan mal? Ellos eran la pareja que sus amigos consideraban perfecta. Sus familias eran los mejores amigos, estaban decididos a mantenerse alejados de las trampas en que otras parejas caían, ya fuera por pasar demasiado tiempo juntos o por tener demasiado contacto físico. Fue ese último verano, eso fue lo que les hizo daño. Al pensar en eso, tenía sentido que hubieran caído. Estaban solos gran parte del tiempo y, para entonces, se sentían demasiado cómodos el uno con el otro.

Miró de nuevo a la caja. Estaba llena de tarjetas y cartas. Metió la mano y sacó una que estaba doblada en un cuadrado pequeño. La abrió con cuidado para no romper el papel y encontró el comienzo. «Shane, estábamos estudiando los animales del zoológico y la señorita Erickson me dio la tarea de estudiar el mono. Eso me hizo pensar en ti, ¿te acuerdas del mono? Nunca me había reído tanto en toda mi vida. Lauren, te quiero mucho, mucho».

El mono. Una risa ahogada se escuchó en su garganta. En sexto grado él y Lauren fueron al zoológico con su curso de ciencia. Lo agarraron hablando con ella y la maestra lo obligó a dar un discurso a todo el grupo acerca del mono.

Nuevamente el recuerdo palideció y él tomó otra nota doblada. Esta tenía un dibujo que Lauren había hecho. Era un avión de combate con un hombrecito en la cabina. Ella dibujó una flecha hacia la figura y garabateó las palabras: «¡Un día vas a volar! Cuando lo hagas, llévame contigo».

La noche avanzó así, con una foto o carta especial tras otra. Al final, volvió a meterlo todo en la caja y la guardó en el fondo de su clóset. Dondequiera que ella estuviera, él la necesitaba. Y él estaba seguro de que ella lo necesitaba. Ella era su mejor amiga, la chica en el centro de todos sus buenos recuerdos de la niñez.

Miró por la ventana a la oscuridad de afuera. *Dios, tú sabes dónde está y lo que está haciendo. Tengo que encontrarla. Por favor, Dios. No sé qué más hacer.*

La respuesta fue rápida y clara. *Sígueme, hijo, sígueme.*

Las palabras lo sorprendieron. Desde que se mudaron a Los Ángeles él no había ido al grupo de jóvenes ni había leído la Biblia. Lo que sí había hecho era orar. Y la oración se hacía cada vez más natural. Está bien, entonces seguiría a Jesús. Pero, ¿qué quería decir eso cuando se trataba de Lauren? Cuando él le dijo que nunca amaría a nadie como la amaba a ella, le había dicho la verdad. La necesitaba como al agua, como al aire.

Oraría por ella y la buscaría hasta encontrarla. La buscaría mientras viviera. Y él creía, sin duda alguna, que un día la encontraría. Y entonces juntos podrían revisar la caja de recuerdos y reírse de todos los momentos divertidos que habían compartido.

Las figuras de palotes y el estadio, y especialmente el dibujo del avión de combate. Y todo eso, además de un bebé. Apenas podía esperar.

ONCE

Bill Anderson estaba en su oficina haciendo algo que había hecho cada hora en que estaba despierto desde que Lauren se fue.

Hablar con Dios.

Apoyó los codos en su buró y se cubrió el rostro con las manos. *Dios, aquí estoy de nuevo. Necesito hablarte otra vez sobre Lauren.* Se le hizo un nudo en la garganta y aguantó la respiración para alejar la ola de tristeza. Lo único que él quiso hacer siempre fue quererla. Ella era su niña preciosa, su única hija. Su hija. Por supuesto, él quería un futuro brillante para ella. Antes del embarazo de Lauren, si ese futuro incluía a Shane, entonces era maravilloso. Todos ganaban. Pero una vez que hubo un bebé involucrado...

Todo cambió.

Bill se obligó a exhalar. Cuando él se enteró del embarazo de su hija, se quedó devastado. Cuánto detestaba que su hijita tuviera que crecer demasiado rápido. Pero él no abrazó la idea de alejarla de Shane hasta que vio la reacción superficial e hiriente de los Galanter. Al pensar en eso nuevamente, se agitó la ira en él y se movió en su silla. ¡Cómo Sheila y Samuel se atrevieron a hacer que su hija no pareciera más que una vagabunda barata! Y fue así exactamente como la trataron al final. Mientras más pensaba en que Lauren tuviera a los Galanter de suegros, más airado y molesto se sentía. Ella se merecía mucho más. Pero ahora, de alguna manera, todo había salido al revés.

Dios, lo siento. Yo tomé las riendas del asunto y ahora, bueno, estoy desesperado. Cerró los puños y los apretó contra sus ojos. Él no había dejado que Ángela lo viera llorar mucho, pero las lágrimas estaban ahí. Cada vez que pensaba en Lauren. A cada minuto tenía un deseo abrumador de subirse al auto e ir tras ella, buscarla en las carreteras y caminos apartados desde Chicago hasta California, hasta que la encontrara, hasta que pudiera tomarla en sus brazos y decirle cuánto lo sentía.

Yo solo quise amarla, Señor. Perdóname por no escucharla, por creer que yo tenía todas las respuestas. Dame una segunda oportunidad, por favor. Ella está sola por ahí, y nos necesita más de lo que se imagina. Gracias, Dios. Se enderezó y puso las manos en el buró. Todavía tenía trabajo por hacer ese día, no del tipo que solía captar su atención, sino llamadas telefónicas y reuniones con un investigador privado, alguien que podría ayudarlo a encontrar a su hija.

Se acercó una lista y se dio cuenta de que sus manos temblaban. Él la extrañaba tanto que era un dolor físico, un olor que se deslizaba por dentro de sí. Era ahí que él se levantaba y apagaba las luces cada noche. ¿Dónde estaba ella y qué estaría haciendo? ¿Cómo se las estaba arreglando sin su ayuda?

Dejó escapar un tembloroso suspiro. Su oración era correcta. Dondequiera que ella estuviera, su hijita lo necesitaba, como siempre lo había necesitado. Pero ahora él comprendía algo que no había entendido antes. Cuánto él también la necesitaba.

❦

La verdad comenzaba a ser una realidad.

Lauren había desaparecido de sus vidas y no iba a regresar. Habían pasado tres meses y ninguno de sus esfuerzos marcó diferencia alguna. Ángela terminó de limpiar la cocina y puso la tetera. El té siempre era bueno a esta hora de la mañana, algo que le daba a su día un sentido de normalidad. Como si no estuviera muriendo un poco más cada día.

Bill estaba en casa porque era lunes, el día que él había dedicado a encontrar a Lauren.

—El negocio se las puede arreglar sin mí un día a la semana —le había dicho—. No puedo dejar de buscarla. Nunca dejaré de hacerlo.

La tetera comenzó a sonar, el agua estaba a punto de hervir. Ella se recostó e inspeccionó la cocina. Era clara y bien ventilada, el tipo de cocina en el tipo de casa que ella y Bill siempre soñaron tener. Pero el sueño nunca se materializó porque este incluía a Lauren. Ella debía estar allí, disfrutando su cuarto en la planta alta, emocionada por su último año de la secundaria.

Su pérdida era un dolor constante para ambos, como sería hasta que la encontraran. Ángela cruzó los brazos y escuchó a Bill que venía de la otra habitación.

—¿Estás haciendo té?

—Sí —dijo sonriendo mientras él caminaba hacia la puerta—. ¿Quieres?

—Claro. —Él ocupó su puesto frente a ella, la isla de la cocina estaba entre ellos dos—. Tengo una cita con otro investigador. Él quiere más información, cualquier cosa que podamos recordar de su pasado. Cosas que pudieran ser significativas.

Ángela tomó otra taza del armario y le dio una sonrisa triste.

—Shane Galanter. —Ella encogió un hombro—. Esa es la cosa más significativa, ¿no?

Él se dejó caer un poco.

—Así es —parpadeó y sus ojos estaban húmedos—. El pastor Paul volverá esta noche. Se añadieron tres más al estudio bíblico que estamos haciendo.

Estudios bíblicos y reuniones con pastores, todo era tan nuevo para ellos. ¿Por qué no habían encontrado en el pasado la riqueza de la fe, cuando todavía vivían juntos la vida perfecta con la que todo el mundo sueña, antes de que Shane y Lauren cayeran en la tentación y la vida se volviera al revés? Cuán diferentes habrían sido las cosas si ella y Bill hubieran hecho de la fe algo más importante para su hija. Para ellos mismos.

La tetera comenzó a soplar, bajito y constante. Ángela apagó la hornilla y sirvió el té.

—Me encanta reunirme con él. Todo lo que nos está enseñando, es justo lo que necesitamos.

Bill se mordió el labio.

—Es lo que necesitábamos hacía años. —Tomó su té, dio la vuelta a la isla de la cocina y la besó tiernamente—. Lo siento, Ángela. Te lo diré todos los días hasta que la encontremos. Es mi culpa que se fuera. Se separó unos centímetros y luego agregó:

—Me pediste que lo pensara bien y no lo hice. Pensé... pensé que la estaba protegiendo, que la estaba amando.

—Lo sé. —Ella alzó los ojos para mirar a su esposo—. Tenemos que seguir orando.

—Y buscando. —Él tomó el té y regresó a la puerta y a la sala de estar al doblar de la esquina—. Tengo que hacer algunas llamadas antes de reunirme con el investigador. Supongo que a estas alturas ya se haya matriculado en alguna universidad. El investigador me dijo que hiciera una lista de las escuelas en las que ella estaría interesada.

—Está bien. —Ella lo vio marcharse. Primero fue la búsqueda de la placa del auto de Lauren y luego una búsqueda en los hoteles en los que pudiera haberse quedado en el camino. Luego los hoteles en California y ahora eran las universidades.

Todo parecía tan inútil.

La única investigación que había dado algún resultado fue la de la placa. Según la información que encontró el primer investigador, Lauren había vendido su auto en Nuevo México. Era evidente que debió haber usado el dinero para comprar un auto nuevo, pero ahí terminaba la pista. Ángela tomó su té y se puso a recordar, como siempre lo hacía a esta hora del día. No hubo advertencias, ningún aviso de que su hija estuviera a punto de huir. Lauren había pasado la noche junto a Emily, y cuando se fue a las cuatro y media de la mañana, fue con la promesa de que regresaría luego de dormir un poco.

Ángela cerró los ojos y se remontó a aquel día, cómo había sido todo hora por hora. A media tarde ella estaba preocupada por Lauren y adónde se habría ido. Llamó a casa, pero no contestó nadie. Finalmente, como a las seis, Bill la llamó.

—Voy para allá —dudó—. ¿Cómo está Lauren?

La alarma se encendió en su corazón y en su mente.

—Lauren está en casa. —Ella oprimió el auricular contra su oído para poder escuchar por encima de la conmoción en la sala de espera.

—No, no está aquí —su voz estaba alarmada—. Yo pensé que estaba allá.

—¿Revisaste su habitación?

—No, yo pensé… Dame un minuto, voy a revisar. —No demoró mucho. Cuando regresó su voz estaba más tensa que antes—. No está ahí. Parece que durmió en su cama, pero no está. Quizá esté de camino para allá.

Por aquel entonces, Ángela todavía estaba furiosa con su esposo, apenas le podía hablar sin sentir odio hacia él por lo que había hecho al separar a Shane y a Lauren. Aunque el amor fuera el motivo. Cuando él sugirió que Lauren pudiera estar de camino al hospital, Ángela no quiso ahondar en el asunto, solo terminó la llamada y dijo que sería sabio que él viniera. Quizá él tenía razón, se había dicho a sí misma. Lauren estaba de regreso, eso tenía que ser. Simplemente ella no se iría de la ciudad, dejando a Emily sin alguna explicación, ¿o sería capaz de hacerlo? No, sin hacerles algunas advertencias. Pero luego de otros treinta minutos tuvo una certeza que sola la igualaba el dolor que sentía dentro.

Lauren se había marchado.

Ángela llamó nuevamente a la policía y le dieron la misma respuesta: espere veinticuatro horas e informe la desaparición. Estaba frenética ante la idea de que Lauren estuviera de nuevo en la carretera en busca de Shane, especialmente estando tan alterada. Después de una hora Ángela fue a la estación de las enfermeras y le preguntó a todo el personal, tratando de averiguar si Lauren había llamado. Sin lugar a dudas, ella no había hablado con ninguno de ellos desde que salió del hospital esa mañana.

La única pista para Ángela surgió al hablar con la mujer que estaba en información en la unidad de pediatría.

—¿Le ha preguntado a alguien en pre-parto y parto? A veces nuestras llamadas se confunden.

Le agradeció a la mujer y corrió al otro lado del piso donde estaban ubicados pre-parto y parto. La mujer en información era agradable pero trastornada.

—¿Puedo servirle? —Tenía una novela en la mano y parecía ansiosa por regresar a su lectura.

—Sí. —Ángela agarró el borde del mostrador—. Se supone que mi hija estuviera aquí. Estoy tratando de averiguar si llamó.

—¿Cómo se llama?

—Lauren Anderson. Habría llamado preguntando por su bebé, Emily.

En los ojos de la mujer surgió una luz e igual de pronto cierta vergüenza.

—Sabe, temprano esta tarde sucedió algo que está comenzando a tener sentido —asintió—. Es posible que haya llamado.

—¿Qué… qué le hace pensar eso? —Ángela quería darle la vuelta al mostrador y sacudir a la mujer. La información no era ni por asomo lo suficientemente rápida.

—Bueno… —La enfermera cerró su libro y se enderezó—. Yo recibí una llamada de una mujer preguntando por una Emily Anderson. —Se encogió—. Yo pensé que era una de nuestras nuevas mamás. Porque vea, tuvimos una recién nacida llamada Emma Henderson que se había ido a casa hacía unas horas.

Las piezas se arremolinaban en la cabeza de Ángela. Apretó sus dedos contra las sientes y miró a la mujer.

—No veo la relación.

—Lo siento. —Se escuchó una risa nerviosa en su garganta—. Yo creo que preguntó por Emily, y le dije que no estaba. Que hacía horas que ya no estaba—. La mujer removió un montón de papeles—. Después que colgó, me di cuenta que tal vez hablábamos de bebés diferentes. Emily Anderson, Emma Henderson. Bien parecidos, ve.

Ángela quería gritar.

—¿Eso es todo? ¿Le dijo algo más?

—En realidad... —La sonrisa de la enfermera desapareció—. Ella parecía un poco aturdida. De hecho nunca se despidió, como que me colgó.

El corazón de Ángela se le fue a las rodillas.

—Estupendo.

—La mujer que llamó, ¿era su hija? —La enfermera parecía apenada, pero ya estaba agarrando de nuevo la novela, acomodándose para meterse en el próximo capítulo.

—Sí. —Dio unos pasos hacia atrás y movió la cabeza—. No se preocupe.

—Sí, vaya, fue un error sincero. —Sonrió levemente—. Perdone si causó alguna confusión.

¿Alguna confusión? Ángela apenas podía mover los pies mientras salía del área de pre-parto y parto y regresaba al ala de pediatría. Encontró un asiento en un lugar tranquilo de la sala de espera y se cubrió el rostro con las manos. Los detalles estaban flojos pero eran fáciles de vincular. Si Lauren había llamado y preguntado por Emily y si le dijeron que la bebé no estaba, que hacía horas que no estaba, entonces Lauren debe haber supuesto... Nunca podía terminar la idea. Ni entonces, ni ahora. Su té no humeaba como antes, así que lo tomó y rodeó con sus manos la taza tibia. Desde entonces era más fácil creer que Lauren había huido por otras razones. Que se había convencido a sí misma de que necesitaba encontrar a Shane antes de que pudiera convertirse en madre y de que no era capaz de manejar la responsabilidad en este momento de su vida.

La alternativa era aterradora.

Un llanto suave vagó por las escaleras y Ángela miró el reloj. Casi las once, justo a tiempo. Desde que Lauren se marchó sus días no eran otra cosa que una rutina. En realidad, era algo bueno. Estar ocupada en el día la mantenía cuerda y le daba una razón para resistir.

Dejó el té sobre la mesa y subió las escaleras. Con cada paso regresaba el terrible recuerdo de aquel día. Bill llegó al hospital

minutos después de su conversación con la enfermera de pre-
parto y parto y cuando se dio cuenta de que Lauren se había
marchado otra vez, se dejó caer en una de las sillas de la sala
de espera y por primera vez desde que lo conocía, lo vió llorar.
Los sollozos que escuchó ese día le decían que él no era la
persona dura y dominante que ella creía que era. Era un padre
que había buscado lo mejor para su única hija. Pero todo lo que
había hecho en esos últimos seis meses había fallado y ahora
estaba tan abrumado por la tristeza como ella.

Al día siguiente denunciaron la desaparición, pero no valió
de nada. El primer policía con que hablaron tenía razón. Nadie
del cuerpo de policías iba a pasar horas de trabajo buscando a
una chica de diecisiete años fugitiva, una muchacha manejando un auto deportivo casi nuevo y rumbo a California.

Pero algo sucedió en los días siguientes. Aunque Ángela
y Bill no estuvieron más cerca de encontrar a Lauren, sí se
acercaron más el uno al otro. Cayeron de rodillas junto a la
cama de Lauren e hicieron algo que nunca antes habían hecho
juntos. Oraron. Desde entonces, aunque llevaban el dolor de la
pérdida de Lauren, tenían una fortaleza y una esperanza que
eran inexplicables, sobrenaturales.

El llanto de arriba se hizo más fuerte.

—Ya voy, cariño.

Ángela apuró sus pasos. Dobló la esquina hacia la habitación que debió pertenecer a Lauren. La bebé se había quitado
la manta ligera, sus brazos y piernas se sacudían mientras el
llanto se volvía más fuerte.

—Tranquila, Emily. Todo está bien.

Tomó a la pequeña en sus brazos y la acurrucó contra
su pecho. Lauren se estaba perdiendo tantas cosas. Su bebé
cambiaba a cada semana, perdía aquel aspecto de recién nacida y adquiría más de su propia personalidad y expresiones
faciales.

—Tranquila, mi amor. Todo está bien. —La abrazó fuerte y
la llevó abajo, arrullándola todo el camino—. Abuela calentará
tu leche, ¿está bien?

Emily se tranquilizó, sus ojos grandes y azules la miraban. Hizo un sonido suave y Ángela tuvo la impresión, como antes, de que esta niñita sería una luchadora, una niña con determinación. Ya sabía lo que quería y cuándo no estaba dispuesta a pasar inadvertida.

Ángela calentó el pomo y llevó a Emily a una mecedora en la sala de estar. Acababan de sentarse cuando Bill apareció y se paró detrás de ellas, con su mano sobre el hombro de Ángela.

—Es hermosa.

—Sí.

—¿Lo ves? —Él se inclinó y rozó con sus dedos la frente de Emily, hasta su mejilla—. Como se parece a sus padres.

—Sí. —Las lágrimas quemaban los ojos de Ángela, pero parpadeó para contenerlas. Ya había llorado lágrimas como para toda una vida. Emily la necesitaba ahora y la necesitaba feliz y con mucha energía—. Creo que va a tener el pelo oscuro como Shane.

—Y los ojos azules de Lauren.

—Anjá. —Le sonrió al bebé, pero por dentro su corazón se deshacía—. A veces no estoy segura de qué duele más. Extrañar a Lauren o verla cada día en los ojos de Emily.

Bill no dijo nada. Después de unos minutos se inclinó más y besó a Emily en la cabeza. Luego se enderezó y le dio a Ángela un abrazo de costado.

—Te contaré cómo me va con el investigador.

—Está bien. —Puso su mano sobre la de él y la apretó—. Estaré orando.

Él salió por la puerta que va al garaje y ella lo escuchó arrancar el auto y salir. Investigadores privados, llamadas telefónicas y cabos sueltos de posibilidades. Eso era todo lo que tenían, la única fuente en la cual basarse si querían encontrar a su hija. Con el pulgar rozó la mejilla de Emily.

La cosa era que Lauren estaba loca con su hija, completamente encantada con ella. Sí, ella quería encontrar a Shane, y no, su viaje al oeste con Emily no había salido bien. Pero aquel día ella no se habría ido del hospital sin decir adiós. Por lo menos habría explicado que necesitaba encontrar a Shane, y que quería entregar la responsabilidad de Emily. En todo caso durante un breve tiempo.

Ya que no había hecho eso, Ángela solo podía imaginarse lo peor.

Lauren creyó que Emily estaba muerta. De acuerdo a la manera en que había actuado cuando Emily estaba enferma, a Ángela le horrorizada pensar que Lauren los culpara a Bill y a ella por la muerte de la bebé. Es posible que también se culpara a sí misma. Y a Dios. Sin un bebé a quien decir adiós y sin deseo de hablar con sus padres, a media noche estaría a ochocientos kilómetros de la ciudad.

La tristeza y la culpa cayeron como una manta de cemento sobre sus hombros. Ahora que se había permitido reconocer ese escenario, ahora que podía darse permiso para creer que era por eso que Lauren se había marchado, todo tenía un sentido horrible y perfecto.

Cuando Bill regresó unas horas después, ella le contó su teoría para que él pudiera compartirla con el investigador privado. La posibilidad era suficiente para hacer que su corazón latiera con rapidez cada vez que lo consideraba. Porque nada era más triste que la idea de Lauren viviendo sola, creyendo que su hija estaba muerta cuando, en realidad, cada día crecía un poco más. No escatimarían gastos, no se detendrían ante nada para encontrar a Lauren. Y un día recibirían la llamada o la pista que estaban buscando, la información que uniría nuevamente a Emily y a Lauren. Ángela lo creía con todo su corazón.

Incluso si tuvieran que pasar toda una vida buscándola.

DOCE

Dieciocho años después

La universidad de Wheaton era todo lo que Emily Anderson esperaba que fuera.

La única desventaja era que la retenía en Illinois cuando todo su ser deseaba estar en Los Ángeles. Allí o en cualquier lugar de la costa sur de California. Especialmente en esta época del año. Era viernes por la tarde y se acercaba la Navidad.

Arrastró el codo por el escritorio y descansó la cabeza en la mano. A las cinco de la tarde debía terminar el reportaje sobre el entrenador del equipo de fútbol femenino, pero no podía concentrarse. Esa tarde estaban otros tres estudiantes de periodismo en la oficina del periódico, pero estaban trabajando en un proyecto así que no le prestaban atención. El resumen de su reportaje estaba regado en el escritorio frente a ella. Le echó una mirada y trató de interesarse. Desde atrás se escucharon unos pasos y su profesora haló una silla para sentarse a su lado.

—Hola, Emily. ¿Cómo va la historia?

La señorita Parker era joven y agradable. Emily nunca había escuchado a alguien hablar mal de ella. Emily se sentó derecha y le sonrió ligeramente a su profesora.

—No tan bien. —Miró el reloj—. Todavía me quedan unas horas.

La señorita Parker tomó el resumen del escritorio.

—Todavía no has completado todos los puntos.

—Cierto. —No estaba poniendo el corazón en el asunto,

ese era el problema. Miró a los ojos de la señorita Parker—.
¿Siempre le gustó escribir?

—No siempre —se rió—. Sin embargo, a la mayoría de mis
estudiantes no les ha pasado como a mí. Cuando yo estaba en
la secundaria pensaba que quería ser profesora de matemáticas. No fue hasta llegar a la universidad que supe que quería
escribir.

—Hmm. —Emily miró sus notas, pero en realidad no las
estaba viendo. Volvió a alzar los ojos para mirar a la profesora—. ¿A su mamá le gustaba escribir?

La señorita Parker ladeó la cabeza.

—Sí, supongo que sí. En realidad nunca lo supe muy bien.
—Cruzó los brazos y los puso sobre el escritorio—. Tenía una
revista y escribía poesías, algo así. Quizá de ahí me viene.

Emily asintió.

—Quizá.

—¿A tu mamá le gustaba escribir?

La pregunta era inocente. La señorita Parker no conocía a
Emily lo suficiente como para comprender el territorio que
estaba pisando.

Emily hizo un esfuerzo por sonreír.

—Nunca conocí a mi mamá. —Se aseguró de que su voz
sonara optimista. Detestaba que las personas sintieran lástima
de ella—. Mi abuela me dijo que ella pasaba tiempo en su habitación, quizá leyendo o escribiendo. No está segura.

—Ah. —Durante un momento la señorita Parker se quedó
callada—. Bueno, supongo que sería escritora.

—Sí, quizá.

La profesora golpeó ligeramente las notas con los dedos.

—Eres una de las mejores jugadoras de fútbol que ha tenido
esta escuela, Emily. Un reportaje sobre el entrenador debe ser
fácil para ti.

—Lo sé. —Respiró profundo y sonrió a la mujer. El mensaje
era claro. A pesar de lo que la estuviera distrayendo, tenía que
escribir la historia—. Lo haré.

—Muy bien. —Su sonrisa era compasiva—. Tal vez esta

noche tú y tu abuela puedan hablar más acerca de tu mamá
—arqueó una ceja—. Cuando la historia esté escrita y lista.

Emily puso una cara tonta y asintió, luego pasó sus notas a
la computadora y en media hora tenía la historia terminada.
La señorita Parker tenía razón. El entrenador de fútbol era un
hombre corpulento de Nigeria llamado Wolf y, si había alguien
que lo entendiera, esa era ella. El hombre era exigente pero le
había ayudado mucho a mejorar su juego. Si estuviera más
comprometida podría aspirar a formar parte del equipo nacional. Pero le bastaba con competir en la universidad porque
quería emplear un poco de su tiempo pensando en el futuro.
Un futuro escribiendo para un periódico en Los Ángeles. Eso
era todo lo que siempre había querido. Aunque tuviera talento,
el fútbol nunca había sido su pasión. Escribir era su pasión.
Siempre lo había sido.

Escribir y su fe en Cristo.

Desde que era una niña su abuela solo le había dicho: «Tu
mamá y tu papá te amaban mucho, pero no estaban listos para
ser padres».

La respuesta sonaba triste y vacía, pero abuela continuaba
con esta explicación.

«Emily, Dios siempre será tu papá. Él estará allí contigo
dondequiera que tú estés, dondequiera que vayas. Nunca te
abandonará».

Año tras año sus palabras demostraron ser ciertas y ahora
Emily consideraba a Dios más que su padre. Lo consideraba su
mejor amigo. Era quien le había dado la vida, quien conocía su
alma, quien la había redimido. Le había dado los regalos más
grandes: la alegría, el amor y el perdón cuando hacía las cosas
mal. Y le había dado paz. Pero apenas podía llenar el vacío
de su corazón, aquellos lugares escondidos donde cada día se
preguntaba *por qué*. ¿Por qué se habían marchado su mamá
y su papá? ¿Por qué ni siquiera habían regresado a buscarla?
Ella había conocido a niños sin padres y, con frecuencia, eran
rebeldes o enojadizos o distantes. Ella no. Tenía una vida ma-

ravillosa. Unos abuelos que la amaban, una casa hermosa y un futuro brillante.

Pero el vacío siempre estaba allí.

A veces la hizo retroceder y preguntarse. Sobre todo cuando el cielo estaba lleno de nubes de nieve y California parecía estar en otro mundo y su corazón simplemente no podía dejar el pasado. ¿Cómo eran sus padres físicamente? ¿En qué clase de personas se habían convertido? Una vez más se concentró en la pantalla de la computadora y volvió a poner sus manos en el teclado. El *reportaje* le resultó fácil, una vez que le dedicó un poco de tiempo. Wolf se había escapado de un grupo político clandestino que lo había cogido preso en Nigeria y había logrado salir para los Estados Unidos solo con la ropa que llevaba puesta. Había ganado en una competencia de fútbol en la UCLA y dos años más tarde estaba en el equipo nacional masculino. La universidad de Wheaton tenía suerte de tenerlo y Emily tenía citas del director de deportes de la universidad que así lo afirmaban.

Cuando terminó la historia la envió al editor y se apresuró para salir. Iba a pasar la Navidad en casa de sus abuelos, pero ellos no la esperaban hasta las cinco y media. Mientras tanto podría navegar en Internet, buscar algo que le hiciera dejar de pensar en la conversación que había tenido con la señorita Parker.

Y dejar de pensar en su mamá.

Un titular se refería a un aumento de la violencia en Irak. Cuatro soldados norteamericanos habían muerto cuando su carro chocó con una bomba al borde de la carretera y estaban enviando más tropas. Leyó superficialmente los detalles y trató de imaginarse la vida en un país en guerra, un lugar donde las bombas y la muerte y la violencia eran el pan de cada día. Dios es un Dios de paz, por lo que ella no entendía la guerra ni estaba segura de que los Estados Unidos debía involucrarse. Pero una cosa sí sabía: muchos de sus amigos estaban luchando en Afganistán y en Irak y ella los apoyaba con todo su ser.

Sin embargo, era mejor no pensar en eso para no entrar en los por qué y los por cuánto. *De verdad que no lo entiendo, Dios.*

Tecleó otra dirección electrónica en la línea de búsqueda y en cuestión de segundos estaba mirando los resultados del fútbol. Wheaton lideraba el grupo. A menos que alguien se hiriera o que alguno de los otros equipos tuviera una mejoría repentina, Emily estaba segura de que su equipo quedaría en primer lugar. Durante los años anteriores Wolf había hecho un gran trabajo seleccionando a las jugadoras. La mayor parte del equipo eran chicas mayores. Emily era la única de primer año.

La habitación estaba más tranquila que antes. Dos de los tres estudiantes se habían ido a su casa y el otro estaba trabajando en una computadora. Emily chasqueó la lengua contra el cielo de la boca. Entonces tecleó las palabras *escribir* y *genética*. Luego de una pequeña pausa, la pantalla de la computadora mostró una lista que incluía miles de sitios en la red. El primero comenzaba con esta pregunta: «¿Cuánto de lo que somos es el resultado de nuestros padres?» Dio un clic en él y apareció un artículo.

«Algunas cosas se pueden explicar mediante la ciencia, pero otras simplemente no se pueden entender. Uno de esos fenómenos que desafían el análisis científico es la realidad de que el talento y los intereses con frecuencia pasan de una generación a otra. Por ejemplo, una persona con talento para escribir muy bien puede tener un hijo con ese mismo talento...»

El artículo estaba falto de inspiración, pobremente escrito y estructurado con una interminable secuencia de letras minúsculas. Lo cerró y miró la pantalla de *bienvenida*. Tenía que irse. A su abuela no le gustaba que manejara a casa cuando estaba nevando y habían pronosticado una tormenta para esa noche. Iba a mover la silla hacia atrás, pero no pudo resistirse. Sus manos volvieron a posarse en el teclado. Cada varios días chequeaba, siempre lo había hecho. Porque las madres no desaparecían así como así, ¿verdad? Su abuela le había contado la historia, al menos lo más importante. Emily estaba enferma en el hospital y a su mamá le dieron una información equivocada, información que debió haberla convencido de que Emily había muerto. Era probable que, atemorizada y confundida, quizá devastada por la pérdida de su hijita, se habría ido a California para encontrar al papá de Emily. Lo que fuera que la hubiera impulsado a hacerlo, se había marchado sin despedirse. De nadie.

Tecleó un conjunto de letras que le eran muy familiares, L-a-u-r-e-n A-n-d-e-r-s-o-n, dio clic en el botón para buscar. Apareció otra lista de sitios electrónicos, pero una rápida ojeada de la primera página le mostró que no había nada nuevo. El número de sitios era el mismo de la última vez. Ya había chequeado cada uno de ellos.

Luego probó con el nombre de su papá: S-h-a-n-e. Pero pasaba lo mismo, no había nada añadido debajo de su nombre.

—¿Qué estás buscando? —preguntó la señorita Parker apareciendo por detrás de ella. Emily cerró la lista y salió de Internet.

Miró a su profesora con ojos muy abiertos.

—Algo para otro proyecto que tengo en mente. Quiero hacer una comparación de la cultura y de los gastos entre la vida universitaria de Chicago y la de Los Ángeles.

La profesora asintió.

—Parece interesante. Puede que necesites algo más que una visión local, un gancho más fuerte. —Miró su reloj—. Pero por esta noche, ¿qué tal si vamos a casa? Pronto estará nevando. Quiero cerrar ya.

Emily se levantó de la silla y sus cosas estuvieron recogidas antes de que la señorita Parker se alejara. No respiró profundo hasta que estuvo afuera, en el auto. ¿Por qué le importaba tanto encontrar a su mamá y a su papá? Ellos habían continuado con sus vidas y todo parecía indicar que nunca más habían mirado atrás. Ella haría lo mismo.

Sin embargo…

¿De dónde había venido este deseo de abandonar el centro del país e irse a vivir al sur de California? Ella conocía la respuesta, por supuesto. Sabía que esta región tenía más atractivos para ella que el sol brillante y los periódicos bien posicionados. Era el lugar del que sus abuelos siempre habían hablado, el lugar donde pensaban que vivían su mamá y su papá.

La nieve empezó a caer y las nubes arriba se tornaron más grises y amenazantes. A Emily no le importaba. Estaba a solo veinte minutos de la casa. Las tormentas no la asustaban. Qué curioso fue ver cómo la paz era algo tan natural en el ambiente en que había sido criada. Desde que era pequeña sus abuelos le habían explicado que la vida no siempre iba a ser como ella quería. Pero, no obstante, podía tener paz si comprendía que Dios lo tenía todo bajo control, que él estaría allí con ella, sin importar lo que estuviera sucediendo a su alrededor.

Era por eso que le resultaba extraño cuando, de vez en cuando, llegaba a casa y encontraba a sus abuelos sentados a la mesa del comedor, muy cerca el uno del otro, inmersos en profundas conversaciones. En momentos como esos, parecían tener cualquier otra cosa menos paz. Esto había vuelto a suceder la semana anterior, al llegar ella a casa. Cuando entró, sus abuelos dejaron de conversar de lo que estaban hablando. Todavía recordaba la forma tan extraña en que habían actuado aquel día.

—Emily. —Su abuela se puso de pie, se acercó a ella y la abrazó—. No te esperábamos hasta más tarde.

—Hoy la clase de periodismo se terminó temprano. —Se echó para atrás y dejó la cartera y los libros en la mesa de la cocina—. ¿Interrumpí algo?

—No. —Su abuelo era un exitoso hombre de negocios, incluso ahora cuando estaba rozando los sesenta, era un hombre muy recto, conocido en todo Wheaton por su poder e influencia. Pero con ella siempre había sido delicado. Le extendió la mano y ella fue hacia él para tomarla. Se inclinó y le dio un beso en la mejilla.

—Todo está muy tranquilo aquí. —Sonrió ella vacilante—. ¿Están seguros de que no estaban hablando sobre algo privado?

Durante un breve instante sus abuelos intercambiaron miradas, como preguntándose si debían entrar en detalles con respecto a su conversación. Pero su abuelo solo se aclaró la garganta y con la palma de su mano abierta dio un golpecito en la mesa del comedor.

—La cena. De eso es de lo que estábamos hablando. De lo que podemos preparar para nuestra joven estudiante universitaria que ha llegado a casa para pasar el fin de semana.

Sus explicaciones no la convencían. Nunca lo hicieron. Ella solo podía adivinar que estaban conversando acerca de lo único que nunca hablaban en su presencia: la búsqueda de su hija, la mamá de Emily. Emily sabía que todavía la estaban buscando. A veces Emily traía la correspondencia y veía alguna factura de un investigador privado o una respuesta de algún oficial del congreso en California. Pero su única conversación acerca de la mamá de Emily se centraba en los tiempos felices, los días cuando estaba creciendo.

«Así mismo coloreaba tu mamá, con dieciocho tonos de verde diferentes en un solo árbol», le había dicho su abuela cuando era pequeña. Y a medida que crecía: «Tu mamá tenía una bicicleta como esa, rojo brillante con serpentinas volando en los manubrios».

Por lo que ella podía deducir, sus abuelos se llevaban muy bien con su hija. Es por eso que no tenía sentido que se hubiera marchado unas semanas después de haber nacido ella. Había tantas piezas que faltaban en el rompecabezas, siempre habían faltado. A través de los años les había hecho preguntas a sus abuelos siempre que sentía la urgencia de comprender mejor el pasado.

Por supuesto, a veces ella sola había lidiado con la soledad. Demasiadas noches como para poder contarlas en la que les sonreía a sus abuelos cuando le daban el beso de buenas noches y oraban con ella. Pero cuando salían de la habitación se acostaba sobre un lado, se acurrucaba y fijaba los ojos en la puerta abierta con el deseo de que, al menos una vez, su mamá entrara por ahí. Se había formado una idea de cómo era su mamá, la forma en que sus ojos se iluminaban al ver a Emily, la sonrisa tan tierna que debió haber tenido. Algunas veces su imaginación era tan vívida que, de hecho, había imaginado a su mamá atravesando la puerta para sentarse en el borde de la cama y acariciarle el cabello.

«Te amo, Emily. Siempre te he amado», diría.

Pero cuando su imaginación volvía a la realidad, aunque fuera solo un poco, la imagen se desvanecía.

Otras veces, cuando estaba en el parque con sus abuelos, veía a una pareja joven con sus hijos y, por un instante, pensaba que la pareja eran sus padres. Se imaginaba cómo sería correr hacia ellos para tomarlos de las manos y abrazarlos.

«Emily», diría su papá. «Te hemos estado buscando durante toda nuestra vida. Por fin ahora estás donde debes estar».

Mientras más crecía, menos se imaginaba esas cosas, pero todavía mantenía un retrato imaginario donde veía a sus padres como debían verse en esos momentos. A veces enfrentaba situaciones en las que parecía que solo una mamá o un papá podían ayudarla. En aquellos días esperaba que fuera la hora de acostarse y entonces sostenía tranquilas conversaciones con ellos donde ella era la única que hablaba. Por lo general, sus apagados susurros se transformaban en oraciones, peticiones que le hacía a Dios, suplicándole que los trajera de regreso, que de algún modo los pusiera otra vez en contacto.

—Sé que mi mamá era joven —le dijo Emily a sus abuelos cuando tenía diecisiete años—. Pero, ¿por qué antes de marcharse no verificó para ver si yo estaba viva? Quería encontrar a mi papá, ¿verdad?

—Así es. —Su abuela estaba doblando la ropa lavada. Puso una toalla en el sofá que tenía al lado y miró a Emily—. Pero, cariño, no creas que le quedaba alguna duda. Yo estoy segura de que ella pensó que de verdad estabas muerta.

—Sí. —Emily cruzó los brazos para bloquear el dolor que sentía en su interior—. Pero, ¿no debía haberse quedado solo por si acaso? ¿Por si acaso yo todavía estaba viva?

—No lo sé. —Su abuela sonaba cansada—. Estaba desesperada por encontrar a tu papá. Deseaba encontrarlo más de lo que quería cualquier otra cosa.

—¿Cualquier otra cosa? —La respuesta le apuñaleó el alma—. ¿Incluso yo?

Su abuela se acercó más y sostuvo la mano de Emily.

—No tú, cariño. Ella te quería. Es por eso que estoy segura de que tuvo que haber recibido una información errónea acerca de ti.

Emily pensó durante un minuto.

—Bueno... quizá debemos ir a California y encontrarla.

—Lo hemos intentado. —Abuela sonrió, pero sus ojos permanecieron inexpresivos—. Créeme, Emily, hemos hecho todo lo que podemos hacer. La única forma en que vamos a encontrar a tu mamá es que Dios nos conceda un milagro.

Ahora los ojos de Emily estaban fijos en la carretera que tenía delante. Nevaba con más intensidad que antes. Tres kilómetros más y estaría en casa, lista para acostarse en su cama y abrazar a sus abuelos para, de esa forma, ver un par de películas durante la noche. No tenía novio y la mayoría de sus amigas estaban pasando la Navidad con sus familias. Emily se sentía feliz al pensar en lo que le esperaba. El primer semestre en la universidad había sido más difícil de lo que pensaba por los entrenamientos diarios de fútbol, por lo que ella y sus abuelos no habían tenido mucho tiempo para estar juntos.

Tomó la salida que conducía a su casa y pensó otra vez en lo que su abuela le había dicho dos años antes. Se necesitaba un milagro. Muy bien. Apretó el volante. Si se necesitaba un milagro, entonces era eso por lo que había estado orando sin cesar. Porque cada vez menos podía pasar un día sin pensar en su mamá y en su papá y lo que habría sucedido con ellos. ¿Había encontrado su mamá a su papá? Si era así, ¿se casaron y comenzaron una nueva familia? ¿Existía la posibilidad de que tuviera hermanos y hermanas en el oeste? Y si mamá y papá no se habían encontrado, ¿eran felices?

Y entonces llegaba el turno a la verdad más dura de todas. La verdad que amenazaba con derrumbar toda la paz que tenía en la vida y su fe y su futuro. La verdad que siempre hacía que sus ojos se llenaran de lágrimas. Si su abuela tenía razón, entonces no tenía sentido preguntarse si su mamá regresaría alguna vez o qué clase de vida estaba viviendo. Si su mamá pensaba que ella estaba muerta, entonces la verdad estaba dolorosamente clara. No regresaría. Nunca.

TRECE

Ángela había estado esperando este día desde el comienzo del semestre. Había decorado la casa y abierto las cajas con los adornos de navidad, de modo que estuvieran listos para ponerlos en el árbol. El calendario de adviento, de fieltro rojo, estaba colgado en la pared, con todos los adornos hechos a mano enumerados y listos para colocarlos, incluso aquellos que ya debían estar puestos.

Esta sería una Navidad muy especial. Especial y triste, por razones que no querían contarle a Emily. Todavía no. La noticia empañaría la ocasión y Ángela no quería eso. Deseaba una última Navidad celebrada en la forma en que habían celebrado las Navidades todos los años desde que Emily era una niña pequeña. En la reproductora Bill tenía puesto su CD favorito de Mitch Miller, y en la hornilla hervía una tetera con sidra de manzana y canela. Más tarde habría tiempo suficiente para los cambios y para los anuncios tristes.

Por ahora, todo lo que necesitaban era Emily.

Ángela escuchó el ruido de la puerta de entrada al abrirse y la alegre voz de su nieta llenó la habitación. Su nieta encantadora y preciosa.

—¡Hola! Ya llegué.

—¡Emily! —Ángela dio un toque final a la guirnalda y corrió hacia la puerta de entrada. Cuando dobló la esquina, su nieta corrió a sus brazos antes de que pudiera dar un paso más.

—¡Qué bueno es estar en casa! —Rodeó a Ángela con sus brazos y la besó en la mejilla—. Terminé mis exámenes finales. —Se echó para atrás y sonrió—. Hasta terminé mi reportaje acerca del entrenador del equipo de fútbol.

Ángela tomó del brazo a Emily y la condujo hasta la cocina.

—¿Cómo crees que saliste?

—Bien. —Arqueó un poco la ceja—. Me imagino que el primer semestre siempre es un poco difícil, pero creo que mis calificaciones serán bastante altas. La mayoría A y B. —Hizo una mueca de dolor—. Quizá una C en biología y álgebra II.

—Está bien —Ángela sonrió—, con el deporte y el trabajo en el periódico de la universidad, creo que era de esperar que sacaras alguna C. El primer semestre de la secundaria fue muy duro, ¿te acuerdas?

—Por supuesto. —La miró brevemente mientras se sentaba en una de las banquetas del bar y apoyaba los codos en el mostrador—. En noveno grado no estuve segura si lograría graduarme.

—Tu borla de oro tomó por sorpresa a algunos de tus profesores. —Ángela se rió un momento mientras iba al armario para sacar tres tazas—. Pero no a nosotros, cariño. Nosotros sabíamos que lo lograrías.

Emily miró a su alrededor.

—¿Dónde está abuelo?

—Arriba. —Ángela se esforzó por mantener su expresión calmada—. Ha estado un poco cansado en los últimos días. Decidió tomar una corta siesta antes de la cena. —Le dio a Emily una taza de sidra humeante—. Toma. Ten cuidado, está caliente.

—Gracias. —La sostuvo con ambas manos y olió—. Esto huele delicioso.

Sus ojos se dirigieron hacia la habitación contigua que le era tan familiar, donde Ángela había colocado la mayoría de los adornos.

—Basta con entrar por la puerta y ya se siente el olor de la Navidad. —Bebió un poco de su sidra—. ¿Abu está bien?

—Se sentirá mejor más tarde. ¡Esto me hace recordar! —Ángela podía sentir cómo sus ojos centelleaban—. Se ha tomado las dos próximas semanas de vacaciones. Nunca ha hecho eso en las fiestas.

—¿Dos semanas? —Emily puso la taza en el mostrador—. ¡Eso es magnífico!

—Lo sé. —Movió la cabeza—. La junta le dijo que era tiempo de que se tomara un descanso. Estará de vacaciones hasta el primero de enero.

No añadió que quizá estaría en casa durante más tiempo. De nuevo, eso podía esperar. Compartieron sus bebidas, tarareando las canciones de Mitch Miller cuando la conversación cesaba. Ángela echó un vistazo al horno y a la carne prensada y las papas horneadas que tenía dentro.

—La cena estará lista en media hora.

—Perfecto. —Emily terminó de beber lo que le quedaba de sidra—. Voy a refrescarme un poco. Bajaré enseguida.

Sonrió brevemente y enseguida dobló la esquina de la habitación y salió. Dejó tras ella un rastro de sus cosas: la bolsa con los efectos personales, la mochila y la cartera. Pero así era Emily. Amorosa y amable pero, realmente, no era la persona más ordenada. Tal como era Lauren cuando tenía…

No. Ángela se había prometido a sí misma que esta Navidad, con las noticias acerca de Bill, no emplearía las horas pensando en Lauren. Simplemente, era más de lo que podía soportar. A pesar de que Emily estaba en casa, era imposible dejar de pensar en la hija que había perdido, la que siempre estaba a solo unos cuantos tristes pensamientos de distancia. Chequeó la lavadora de platos. Los platos estaban limpios. Hora de sacarlos. En una esquina acomodó una fila de vasos y entonces su mente comenzó a viajar. Cuán diferente había sido con Emily en comparación con la forma en que había criado a Lauren. Con Lauren, todo tenía que ser perfecto. Una A negativa en álgebra implicaba una breve conferencia acerca de la importancia de sacar buenas calificaciones y la necesidad de esforzarse por alcanzar las mejores notas posibles. Unas cuantas cosas regadas en el piso de su dormitorio y Ángela le prohibía hablar por teléfono durante una semana.

La manera en que había tratado a Lauren era absurda y ridícula y todo por las apariencias. Para verse como una familia perfecta. Una casa elegante, un empleo poderoso, una hija ordenada e inteligente. Justo la manera en que ella y Bill siempre habían pensado que debían ser sus vidas. Pero, por supuesto, le salió el tiro por la culata cuando perdieron a Lauren.

Las cosas eran totalmente diferentes con Emily.

Ella y Bill oraban con su nieta y la llevaban a la iglesia. Conversaban y salían a pasear por su vecindario de Wheaton y se reían de las películas viejas. Tiempo atrás, cuando Lauren había mostrado interés por la danza, Ángela y Bill la habían matriculado para que recibiera clases.

«Es buena, tiene ritmo natural», dijo Bill cuando la lección terminó. «Tenemos que tomar esto en serio, ayudarla para que llegue a la cima. Puede que algún día llegue a ser primera bailarina».

En aquel entonces Lauren tenía cinco años.

Cuando Emily mostró interés por el fútbol, Ángela y Bill la matricularon en una escuela de fútbol, le compraron un balón de fútbol rosado y le aplaudían cuando jugaba. Ya fuera que ganara o perdiera, la llevaban a almorzar fuera después del partido y no hablaban más del deporte hasta la siguiente sesión de entrenamiento. En el proceso, Emily desarrolló un amor por el juego que iba más allá de todo lo que Lauren había sentido por la danza o por el piano o por el grupo de debate, cosas a las que ellos la habían empujado.

Ángela terminó de beber su sidra y puso la taza en el lavaplatos. Su actitud hacia Emily también había sido diferente desde otro punto de vista. Ahora comprendían cuán frágil podía ser la vida. Nunca imaginaron que estarían diecinueve años sin ver a Lauren. Si Emily hubiera llegado a casa con el pelo teñido de verde o con un arete encima de la ceja o con deseos de consumir droga, si hubiera llegado a casa embarazada de un chico que amaba más que a sí misma, Ángela y Bill jamás hubieran manipulado su vida en la forma que lo hicieron con

Lauren. Habrían esperado hasta que el amor la hubiera traído de regreso a ellos.

Ángela movió la cabeza. ¡Qué ironía! Los errores que habían cometido con Lauren les habían enseñado cómo ser verdaderos padres. Y esas lecciones hicieron posible que Emily disfrutara de una vida plena. La pequeña hija de Lauren tenía una fe sólida, un amor profundo por el Señor y por ella y Bill. Nunca había hecho algo más rebelde que quedarse hablando por teléfono demasiado tiempo durante algunas noches de sus años escolares. Ángela respiró profundo. El futuro de Emily brillaba tan precioso como el oro. Se convertiría en una escritora, una de las mejores, y entraría al mundo resplandeciente y hermosa y segura de sí misma.

Lauren habría estado tan orgullosa de ella.

Escuchó los pasos de Emily que bajaba por la escalera.

—¡No más prácticas de fútbol durante dos semanas! ¿Acaso no es maravilloso?

—Más de dos semanas, ¿o no? La temporada ha terminado.
—El CD ya se había terminado, así que Ángela lo cambió y puso *Alabama's Christmas*, otro de los favoritos de Bill.

—El fútbol en la universidad es un poco diferente. —Emily hizo una mueca—. Otra vez estaremos entrenando y jugando partidos tan pronto como la cancha se descongele. Hasta entonces nos ejercitaremos en el salón para bajar de peso.

La música comenzó y llenó el ambiente con los agradables sonidos de la Navidad, la Navidad de la forma que ellos la habían vivido y celebrado desde que se mudaron a Wheaton.

—¿Qué te parece si vamos mañana a buscar el árbol?

—¿Al campo? —La voz de Emily reflejaba la emoción que reservaba para esta ocasión. Sin embargo, mientras regresaba hacia el mostrador de la cocina para sentarse de nuevo en la banqueta, parecía distraída.

—Como siempre. —Ángela la siguió y se sentó al lado de ella—. Llueva, truene o relampaguee. Ya conoces a tu abuelo.

—La mejor parte es cuando lo cortamos. —Se miró las

manos—. El olor de la savia del pino se queda impregnado en mis dedos más de una semana.

—¿Quieres saber lo que más me gusta a mí?

—¿Qué? —Emily se agarró de los brazos de la banqueta y balanceó los pies.

—Verlos a ti y a tu abuelo mientras escogen el árbol. Creo que llevamos doce años en busca del árbol más interesante de todos.

Emily se rió.

—¿Interesante?

—Exacto. —Ángela se rió—. ¿Te acuerdas del año pasado? Tú querías un árbol que llegara al techo, pero los más altos tenían la copa muy delgada.

—Correcto. —Emily echó la cabeza hacia atrás, sus ojos centelleaban—. Eso es porque un árbol de Navidad no tiene que ser perfecto.

—Por supuesto que no. —Ángela sonrió—. Ni tampoco las personas. —Eso era otra cosa que había aprendido en esta segunda oportunidad.

Las risas se apagaron y Emily tamborileaba con los dedos en el mostrador, acción muy familiar y reconfortante. Era su señal de que tenía algo más profundo de qué hablar. Ángela esperó.

Por fin Emily respiró profundo y los ojos de ambas se encontraron.

—Abuela, ¿podemos hablar de mi mamá? Quiero saber más de ella.

Ángela se tranquilizó. Emily ya había hecho ese tipo de pregunta y siempre se había conformado con respuestas sencillas. Pero Ángela sabía que llegaría el día en que querría saber más. Puso su mano encima de la de ella.

—¿Qué quieres saber?

—Bueno... —Emily entrecerró los ojos, como tratando de sortear entre sus preguntas para ver cuáles eran las más importantes—. Ustedes la han buscado, ¿verdad?

—Sí. —Ángela sintió un peso en el corazón. ¿Cuántas horas y conversaciones y llamadas telefónicas habían hecho? A medida que la tecnología avanzaba, habían usado Internet, a veces a diario—. Sí, la hemos buscado.

—Está bien pero, ¿cómo pudo desaparecer así como así? Quiero decir, ella pensó que yo estaba muerta pero, ¿y después qué? ¿Solo se marchó del pueblo?

—Así parece. —Ángela se ordenó a sí misma no mostrar sus emociones. Emily necesitaba que ella estuviera tranquila; no podía dar lugar a diecinueve años de sufrimiento—. Ella estaba exhausta y frenética. Ustedes dos acababan de llegar de un viaje de ida y vuelta en el que habían atravesado casi la mitad del país en unos pocos días y tú estabas muy, muy enferma.

Emily parecía como si estuviera tratando de imaginarse la forma en que se había sentido su mamá, asustada y cansada y, luego, convencida de que su bebé estaba muerto.

—Pero tú piensas que ella se fue a California, ¿verdad?

—Tenemos nuestras teorías. —Apretó un poco la mano de Emily, que todavía cubría con la suya—. Puede que no haya logrado llegar a California, es una de ellas.

Emily asintió.

—He pensado en eso. Puede que esté muerta.

—Sí. O quizá se cambió el nombre. Si eso fue lo que sucedió, podemos buscar y buscar pero nunca la encontraremos. En mi corazón yo siento que ella está viva en algún lugar.

—Yo también. —Emily miró afuera por la ventana de la cocina.

De perfil se parecía tanto a Shane, era un espejo de sus marcados rasgos griegos. Eso, más el hecho de que tenía los ojos de Lauren, hacía que Ángela recordara a cada instante los hijos que había perdido.

—Hoy estuve pensado si alguna vez habrá encontrado a mi papá y si se quedaron juntos o no.

Ángela lo dudaba.

—Todo es posible.

—Entonces, la última vez que la viste fue en el hospital, ¿verdad? ¿Cuándo yo estaba enferma?

—Sí, ella estaba abrumada, cariño.

—Hoy me preguntaba si sería o no escritora —Emily la volvió a mirar.

—Ya hemos hablado sobre eso.

—Pero me gustaría estar segura.

—Espera… —Ángela se enderezó—. Acabo de recordar algo.

Hacía varios días que en el almacén del garaje Bill había encontrado una caja con cosas de Lauren. Hasta ese momento ellos creían que Lauren se había llevado todas sus pertenencias con ella. Pero, debido a que recién se habían mudado a Wheaton cuando Emily nació, es probable que almacenaran la caja de Lauren junto con otras tantas en un rincón destinado a los archivos y las declaraciones de impuestos.

Bill estaba limpiando afuera cuando encontró la caja y llamó a Ángela.

—Ángela, ven rápido.

Ella se apresuró para llegar al garaje y se detuvo a su lado.

—¿Qué pasa?

—Mira esto. —Estaba de pie al lado de una caja grande de cartón con el nombre de Lauren garabateado en un lado. Ver la escritura de su hija le provocó retortijones de alegría y de dolor a la vez. La destaparon y en el interior había anuarios viejos, álbumes de fotos y diarios. Todas las cosas que tenían importancia sentimental para Lauren. Ángela miró a Bill.

—Yo pensaba… me imaginé que había llevado todo esto con ella.

—Imagínate todo lo que podrían haber hecho los investigadores privados con esto si lo hubieran tenido en sus manos después que ella se marchó.

Trajeron la caja adentro y la llevaron a lo que había sido el dormitorio de Lauren. Ahora era una oficina, una habitación estéril con un sofá cama pegado a una pared. La única señal de que un día había sido de Lauren era una foto de ella que descansaba en el escritorio. Aquella tarde sacaron el contenido de la caja y lo revisaron. Sin embargo, cuando iban por la mitad, se detuvieron y lo volvieron a poner dentro.

—No puedo hacer esto sin Emily presente —dijo Bill—. No hay nada aquí que ahora pueda ayudarnos a encontrar a Lauren. —Se tocó los ojos—. Emily merece verlo primero.

Ángela estuvo de acuerdo, aunque pensaba que la resistencia de Bill a mirar lo que había dentro de la caja tenía mucho que ver con el hecho de que era demasiado doloroso para enfrentarlo. Pero ya que Emily vendría a casa por Navidad, acordaron esperar. Esta era otra razón por la que deseaba tanto que llegaran estas vacaciones navideñas. Sin embargo, con la emoción de ver a Emily y sentarse a conversar con ella, se había olvidado de la pesada caja hasta ahora.

—Abuela, ¿qué pasa?

Ángela se levantó de la banqueta y le hizo señas a Emily para que la acompañara.

—Sígueme.

Llegaron al vestíbulo y Ángela señaló una caja que estaba en un rincón.

—Hace varios días que encontramos esto. —Se acercó y puso la mano en el borde de la caja—. Todo lo que está ahí pertenecía a tu mamá. No estoy segura de que nos ayude a encontrarla pero… pensamos que te ayudaría a conocerla un poco mejor.

Emily se quedó mirando la caja con los ojos muy abiertos y sin pestañear. Cuando levantó el rostro, las lágrimas brillaban en sus mejillas.

—¿Sabes lo que hay dentro?

—Más o menos. —Ángela puso su brazo en los hombros de Emily—. Anuarios, álbumes de fotos, diarios. Esa clase de cosas. Todo lo que era especial para tu mamá.

Una foto enmarcada descansaba en la parte de arriba de la caja y Emily la cogió. Era una foto de Lauren y Shane, tomada antes de una danza formal durante su primer año de secundaria. Emily había visto antes fotos de sus padres, pero nada hecho por un fotógrafo profesional. La sostuvo para estudiarla.

—Observa sus ojos.

Ángela quitó su brazo de los hombros de Emily y se inclinó para mirar los rostros. Fue allí que lo vio, lo vio más claro que cuando los chicos eran parte de su vida.

—Sí. Lo veo.

—Abuela, ellos estaban tan enamorados. —Emily abrazó la foto contra su pecho. Sus ojos estaban húmedos pero una sonrisa iluminó su expresión—. Me hace sentir tan bien saber que se amaban.

El remordimiento envolvió a Ángela, apretándole el pecho y dificultando su respiración. ¿Por qué no había visto antes la profundidad de lo que sentían el uno por el otro, cuando Lauren y Shane deseaban tanto permanecer juntos? ¿Cuán diferentes habrían sido sus vidas si se hubiera dado cuenta entonces? Se tragó su pena y se esforzó por sonreírle a Emily.

—Es por eso que quisimos que tuvieras esas cosas, para que las miraras cuando estuvieras en casa.

Ángela se sorbió la nariz. Al ver a Emily acurrucar la fotografía, de repente vino a su mente la imagen de Lauren, acurrucando a Emily cuando era una bebita. El recuerdo se fue tan rápido como había llegado, pero la tristeza persistía. Ángela tenía el presentimiento de que no todo lo que Emily iba a encontrar en la caja la haría sentir feliz y plena.

A pesar de eso, tenía el derecho de revisarla.

Al fondo, escucharon a Bill cuando se levantaba de la cama para dirigirse al baño.

—La cena estará lista en unos minutos. —Miró la caja—. Abuelo te ayudará a llevarla a tu habitación. Puedes revisarla más tarde.

Emily se mordió el labio.

—No puedo esperar. —Mantuvo la foto apretada a su pecho—. Abuela, ¿te puedo preguntar otra cosa?

—Claro, cariño. Lo que quieras.

—Mis padres no tenían a Dios en sus vidas, ¿verdad? No tenían a Dios ni tampoco tenían paz. —Sostuvo la foto a una distancia suficiente como para poder mirarla.

Otra vez Ángela sintió remordimientos, tan intensos como los había sentido durante los días y las semanas que siguieron a la partida de Lauren.

—No, Emily. No lo tenían.

—¿Crees que ahora sí lo tengan?

Año tras año Ángela se había hecho esa misma pregunta más de cien veces. ¿Había encontrado Lauren la felicidad y la paz, había encontrado la fe que estuvo ausente durante su infancia? Un triste suspiro salió de los lugares más recónditos de su alma. Movió la cabeza.

—No lo creo, cariño.

Emily volvió a mirar la fotografía.

—Fue por mi culpa ¿verdad? Ella salió embarazada y todo se derrumbó.

Ángela apretó los músculos de la mandíbula. Emily tenía razón, incluso más de lo que se imaginaba. No había forma de evadir la verdad.

—Fue como una tragedia en aquel momento. Tú puedes entender eso, ¿verdad?

—Sí. —Emily levantó la mirada con una expresión mucho más sabia que sus dieciocho años. Apretó los labios y dejó que sus ojos volvieran a encontrarse con la imagen de sus padres—. Pero si mi nacimiento los separó, entonces tal vez yo sea la única que los puede unir otra vez.

—Hmm. —Ángela quería advertirle que no pensara así. Si dos décadas de investigadores privados y oficiales del gobierno no habían sido suficientes para encontrarla, ¿qué podría hacer Emily para encontrarlos a cualquiera de los dos? Pero en vez de esto, asintió ligeramente y sostuvo el rostro de Emily con sus manos.

—Yo estoy orando por un milagro, Emily. Tú también. Estoy segura de que vale la pena intentarlo.

Emily regresó la foto a su lugar y las dos saludaron a Bill en el vestíbulo.

—¡Abuelo! Me alegro mucho de verte. —Emily rodeó el cuello de Bill con sus brazos y lo abrazó—. ¡Te extraño tanto!

A Ángela se le hizo un nudo en la garganta porque ella sabía cómo se sentía Bill, cuán preciosa iba a ser esta Navidad con Emily. Pero este no era un momento para estar triste. Bill echó el cabello de Emily hacia atrás y la miró de arriba a abajo.

—Parece que ese entrenador de fútbol te ha secado hasta los huesos.

—Ah, no es tan malo. —Entrelazó sus brazos en los de él y los tres se dirigieron a la cocina y terminaron de alistar la cena. Cuando estaban sentados a la mesa, Emily dijo la oración. «Jesús, tú me has traído a casa esta Navidad por una razón. Lo siento así con mucha fuerza». Emily apretó las manos de sus abuelos. «Gracias por permitir que mi abuelo encontrara la caja con las cosas de mi mamá. Oro para que, en algún lugar dentro de ella, encontremos un milagro». Su voz era clara, tan genuina como un atardecer de verano. «Para que yo pueda conocer a mi mamá y a mi papá y ayudarles a encontrar la paz que tal vez esté faltando en sus vidas. En el nombre de Jesús, amén».

Cuando terminó la oración, algo muy extraño sucedió en el corazón de Ángela. Experimentó un renacer de la esperanza, como no lo había sentido desde el primer año después que Lauren se marchó. Como si tal vez Dios le estuviera diciendo algo muy importante. Que ciertamente estaban a punto de ver un milagro.

Y Emily tendría que ver en eso.

CATORCE

L a guerra no tomó un receso en Navidad. Esta era la tercera temporada de Lauren Gibbs en el terreno desgarrado por la guerra en Afganistán e Irak, y todavía la asombraba. Los bandos contrarios ponían bombas en las carreteras, hacían ataques aéreos y asaltaban las bases de operaciones rebeldes incluso el 25 de diciembre. Como si el nacimiento de Cristo no importara para nada.

No es que eso la afectara a ella de una manera u otra. El nacimiento de Cristo no significaba nada para ella. Faltaban cuatro días para la Navidad y ella no sentía nada diferente, ninguna magia especial ni ningún deseo de maravillarse ante el pino decorado.

Ella tenía sus recuerdos. Eso era suficiente.

Como corresponsal de la revista *Time*, su deber estaba en Afganistán. Su tarea era compleja. Primero que nada tenía la responsabilidad de informar las tendencias de la guerra antes de que la competencia la descubriera. Además, buscaba historias cotidianas, imágenes, fotos de una vida desgarrada por la guerra. También era responsable de presentar historias y pronósticos de cuándo ondearían las banderas blancas y las tropas estadounidenses regresarían a casa.

Su trabajo era todo para ella. Tenía treinta y seis años, soltera y sin compromiso. Su vida en el Medio Oriente era cómoda, tenía un apartamento en un edificio de ocho plantas cerca de la frontera, un lugar donde se quedaban montones de periodistas. Algunos de ellos habían pasado años allí, como ella. Sus días en los Estados Unidos eran tan pocos que hacía un año que había vendido su apartamento. Por ahora necesitaba estar aquí. Era casi un llamamiento.

—Oye, Gibbs. Espera.

Se dio la vuelta y caminando hacia ella venía Jeff Scanlon, un fotógrafo de *Time*. Habían pasado más tiempo juntos en los últimos tres años que la mayoría de los matrimonios. Pero solo habían permitido que su amistad cruzara los límites unas pocas veces. Scanlon estaba interesado. En sus años más jóvenes su buen porte le había conseguido cualquier chica que quisiera. Ahora, a los cuarenta, solo parecía estar interesado en pasar sus días con ella.

Lauren no tenía problemas con eso. Él era una buena compañía y compartía su punto de vista sobre la paz a cualquier precio. Pero ella no quería una relación, no cuando eso significaría revelar capas que había ocultado toda una vida. Capas que parecían pertenecer por completo a otra persona.

—Hola. —sonrió ella. Era un día hermoso, un cielo azul despejado y veintiséis grados de temperatura. Si no fuera por los edificios destruidos y la gente hambrienta que cubría las calles estrechas, sería como LA—. Quiero ir a ese orfanato. El que está a dieciséis kilómetros de aquí.

Siguieron caminando en dirección al edificio de apartamentos. Scanlon también tenía una habitación allí.

—Quizá yo pueda obtener un fotorreportaje.

—Perfecto. —Su andar era rápido, como le gustaba—. Mi historia será un poquito más larga de lo normal.

—Siempre lo son cuando hay niños involucrados. —Se subió la bolsa de la cámara un poco más alto en el hombro y le sonrió de manera torcida—. ¿Alguna vez te fijaste en eso?

Ella dudó.

—Sí, supongo que sí.

Llegaron a la entrada del edificio. Una mujer de aspecto frágil estaba arrinconada cerca de la puerta. Junto a ella había tres niños, con brazos y piernas que eran puro hueso. La mujer no dijo una palabra pero extendió una vasija de cerámica agrietada.

Lauren se detuvo y buscó en su bolsillo. Sacó un manojo de monedas y las puso en la vasija. Scanlon se quedó parado mientras ella se inclinaba y tocaba gentilmente la frente de cada niño. Uno de ellos era una niña pequeña y sus ojos hicieron que la respiración de Lauren se atascara en su garganta. Tenían algo que los hacía muy parecidos a...

No, no iba a pensar en eso. No ahora. No con Scanlon parado a su lado. Pestañeó y miró de nuevo a la madre. En un idioma que cada vez le era más familiar que el inglés, dijo:

—Yo quiero la paz tanto como usted. ¿Pudiera comprarle comida?

Los ojos de la mujer se abrieron. Ella era nueva en el edificio de los periodistas. La mayoría de la gente de la calle era asidua y sabían que podían esperar ayuda de Lauren. La mujer puso sus brazos alrededor de sus hijos, de manera protectora, mientras miraba los ojos de Lauren.

—Sí. —Habló con la vergüenza e incredulidad que era común entre los afganos. Los años de represión habían hecho que la mayoría de las mujeres tuviera temor de hablar, y mucho menos con una extranjera norteamericana. La mujer alzó un poco la barbilla—. Eso sería más de lo que yo podría pedir.

—Muy bien. —Lauren asintió con la cabeza a Scanlon—. Todavía es temprano. Encontrémonos aquí abajo en media hora.

—Está bien. —Atravesaron juntos las puertas. Ahora funcionaba un café en el primer piso ya que siempre había periodistas occidentales pasando por el lobby. En la entrada Scanlon le hizo una señal con la mano—. Te encontraré aquí.

Ella asintió y dirigió su atención a una jovencita que trabajaba tras el mostrador del café. El servicio era lento, pero ella pagó por cuatro tazones de arroz y cuatro jugos. Luego los llevó afuera y se los dio a la mujer. Era importante que fuera la mujer quien les diera la comida a sus propios hijos. Era una manera sencilla de devolverle algo de su dignidad.

—Gracias. —Había lágrimas en los ojos de la mujer—. A todos los norteamericanos, gracias.

Lauren sonreía pero apretó los dientes. No todos los norteamericanos. Algunos norteamericanos todavía creían que estaban haciéndole un bien a todo el mundo por luchar en Afganistán e Irak. Pero cualquier razón que el presidente pudiera haber tenido para comenzar la guerra, hace mucho tiempo que pasó. Ya era hora de terminar la guerra y enviar ayuda humanitaria. Si fuera ella la responsable, la paz en este lugar del mundo sería fácil. Pero era la paz en su propia vida lo que le resultaba imposible de lograr.

Echó para atrás su lacio cabello rubio y asintió a la mujer. Luego regresó, pasó por la entrada y caminó hacia el elevador. Su habitación estaba en el séptimo piso y siempre iba por las escaleras. Ella podía acostarse en las trincheras junto a los soldados, tomar notas y trabajar en una historia mientras los misiles explotaban a su alrededor. Pero no podía subirse a un elevador para salvar su vida. La idea de entrar en uno de ellos era suficiente como para hacer que su corazón latiera desesperadamente. Solo pensar en ellos la hacía sentirse atrapada, como si se estuviera ahogando.

Se dirigió a las escaleras y comenzó a subir.

El rostro de la chica afgana volvió a su mente. ¿Qué era lo que tenía? Quizá aquellos ojos, ojos oscuros impresionantes, como los de Shane. El tipo de ojos que Emily pudiera haber tenido. Por supuesto, si hubiera vivido, ahora no sería una niñita. Sería una joven. Durante un instante Lauren se detuvo y cerró los ojos, apretando la mano contra el pasamano.

Dolía tanto pasar tiempo con niños, sabiendo que su hija podría estar viva, de ella haber sido una mejor madre. Si no hubiera corrido riesgos con la vida de su hija. Abrió los ojos y siguió caminando. Por mucho que doliera, prefería pasar tiempo con los niños afganos que con cualquiera de los adultos que había conocido. Los niños le recordaban que no importaba cuán congelado se sintiera su corazón, ni tampoco importaba cuán impulsada se sintiera a ser la mejor y más impactante reportera de la revista *Time*, en algún lugar dentro de sí todavía ella tenía diecisiete años y manejaba de Chicago a Los Ángeles, sufriendo por la pérdida de su pequeña Emily. Cuán diferente habría sido su vida si su hija hubiera vivido.

¡Ya basta! Se había dado la misma orden tantas veces. Pero las cosas no cambiaban mucho. Respiró y durante un instante cerró los ojos. *¿Cómo es que todavía puedo olerla, sentirla en mis brazos?*

Suficiente. Lauren abrió los ojos y retomó la marcha. Scanlon estaría abajo temprano, como siempre lo hacía. Después de unos minutos, llegó a su piso. Las escaleras le hacían bien. La ayudaban a mantenerse en forma, un factor crucial si iba a seguir reportando desde zonas activas del escenario de la guerra. Y lo haría, mientras creyera que sus artículos de alguna manera pudieran tener aunque fuera una pequeñísima influencia en poner fin a la guerra.

Llegó a la habitación 722, deslizó la tarjeta por la ranura que estaba encima del picaporte y abrió. Se cambió los pesados pantalones de caqui por unos shorts. El día prometía ponerse más caliente y pasar tiempo en el orfanato significaría que no necesitaría ropa extra. No tendría que tirarse en la arena ni esconderse en riscos escarpados mientras la guerra se desarrollaba ante sus ojos.

La mayoría de los norteamericanos suponían que la guerra en Afganistán se había terminado, pero en todo momento había levantamientos de insurgentes y todavía un contingente completo de tropas norteamericanas luchaba con ellos a diario. El problema no eran los rebeldes, por supuesto. En países como Afganistán siempre habría golpistas radicales y grupos terroristas. El problema era la gente inocente que salía herida en el camino. No era de extrañar que el país tuviera tantos huérfanos.

Se sentó en el borde de la cama y aguantó la respiración. Le dolía el pecho y se recostó apoyada en los codos. Deben haber sido las escaleras, ¿verdad? Era por eso que sentía tanta opresión. Pero aunque la idea trató de afianzarse, ella la dejó ir. Era una mentira. La caminata no le había provocado el dolor en el pecho. Era la niña. Los ojos de la niña ardían en su mente y la llevaban al pasado de la misma manera que a menudo sucedía con los rostros de los huérfanos. De regreso a aquel día terrible, cuando dejó la vida que había conocido...

Salió manejando del hospital rumbo a California, decidida a no regresar a casa jamás. Su plan estaba claro. Viviría en Los Ángeles hasta que encontrara a Shane. Tres o cuatro meses si era que demoraba tanto. Luego los dos buscarían una manera de quedarse juntos y, cuando las cosas estuvieran estables, regresarían a Chicago y harían un entierro adecuado para Emily. Le darían a su bebé el funeral que se merecía.

Gran parte había salido como ella lo había planeado. Con un lugar donde vivir, un auto y un trabajo, no le fue difícil conseguir su nueva identificación y establecer su residencia. La escuela también fue fácil. Pasó el examen de la secundaria general sin estudiar en lo absoluto y el instituto de la comunidad la recibió gustoso. Solo algo no había salido acorde a lo planificado.

Nunca encontró a Shane.

A medida que los meses se convirtieron en años, ella pensó en regresar a casa. Podía aparecer en la puerta y decirles a sus padres que necesitaba su ayuda para encontrarlo. Quizá para entonces ya ellos sabrían alguna manera de llegar a Shane. Ella los abrazaría y les diría que los perdonaba por lo que habían hecho. Al menos tendría familia otra vez, aunque nunca encontrara a Shane.

Pero no podía hacerlo. Seguía diciéndose a sí misma que primero necesitaba encontrarlo. Así podría regresar a casa y comenzar de cero, sin necesidad de tener nada en contra de sus padres.

Los recuerdos removieron emociones polvorientas en su alma, haciendo que la garganta se sintiera hinchada. Agarró una botella de agua de la caja medio vacía que estaba en la mesa de noche junto a su cama. No hubo algo que le quedara por hacer para encontrar a Shane Galanter. Llamó a las secundarias y luego a las universidades. Buscó por su apellido, y tres veces obtuvo la ayuda de uno de sus profesores de la universidad, un hombre que se especializaba en reportajes investigativos.

«Debe estar viviendo bajo el nombre de la corporación de sus padres», fue la conclusión final del hombre. «Sus padres pueden haberle puesto cualquier nombre a su negocio en California. Todos los bienes aparecerían bajo ese nombre».

La pregunta que ella nunca hacía, lo que no tenía sentido era por qué haría Shane algo así. ¿No se daba cuenta de que ella no podía encontrarlo si él vivía de esa manera? Por supuesto, al cambiarse ella su nombre, pudo haberlo alejado sin querer. Lo había hecho para ocultarse de sus padres, no de Shane. De cualquier manera, seguía buscando. Cada semana pensaba en otra manera de hacerlo, pero cada idea fracasaba, sin dar ninguna señal de él. A veces ella pensaba que la búsqueda la enloquecería. Eso fue durante la época en que cada hombre alto, de cabello oscuro y porte griego hacía que su corazón diera un vuelco. Cuando corría de un lado a otro de la calle y entraba a una tienda o edificio de oficinas persiguiendo a alguien con la complexión de Shane, con su mirada.

—Perdone —le gritaba al hombre—, ¿es usted…?

Y la persona se volvía y ella quedaba frente a un completo extraño que sin dudas pensaría que ella estaba loca.

—Lo siento… Creí que usted era otra persona.

Le sucedía una y otra vez. En una calle diferente, en una tienda diferente, con un hombre alto y trigueño diferente. A veces estuvo a punto de tocar su hombro o su brazo antes de darse cuenta de que no era Shane.

—Lo siento… —Y se alejaba con el rostro enrojecido—. Creí que era otra persona.

No se rindió hasta el décimo aniversario de la muerte de Emily. Ese día se quitó el anillo de Shane y lo puso en un joyero cuadrado de cartón con las fotos que conservaba: una de ellos dos rodeados de brazos y otra de Emily. Antes de cerrar la tapa leyó las palabras grabadas en el anillo, las palabras que Shane había grabado solo para ella.

Aun ahora.

Todavía eran verdad en aquel día oscuro. En cierto sentido siempre lo serían. Ella amaba a Shane, aun ahora. Aunque él estaba muerto para ella, aunque estaba a millones de kilómetros de los días de amarlo.

A medida que el tiempo pasó, ya ella no vivió con un nombre diferente. Ella se *convirtió* en Lauren Gibbs. Una mujer soltera, sola en un mundo que de la noche a la mañana se viró al revés. Si Shane trató de encontrarla, no habría tenido idea de buscarla por ese nombre. Nadie lo habría hecho. Aún así, ella no volvió a cambiarse el nombre. Ya no quería volver a ser Lauren Anderson. Aquella Lauren quedó atrapada por sus circunstancias y fue obligada a una serie de acciones que le costaron las dos personas a quienes más amaba.

No, Lauren Anderson estaba tan muerta como su bebé.

Lauren se sentó más derecha y bebió un largo sorbo de agua. Estaba a temperatura ambiente, como de costumbre. Tragó un poco más y luego puso la botella sobre su regazo. Afuera había un viento que levantaba el polvo a la atmósfera y opacaba el cielo azul de la mañana. ¿Qué estarían haciendo sus padres por estos días? Estarían cerca de la edad del retiro, quizá viajando y hablando de los viejos tiempos. Quizá la buscaron al principio, pero después de un tiempo quedó claro que ella no quería que la encontraran. Ni entonces, ni ahora. Excepto…

Excepto alguna que otra vez, cuando se alzaba un viento frío a mediados de diciembre y ella todavía podía sentir cómo había sido, sentada alrededor de un árbol de Navidad con sus padres y los padres de Shane y Shane. Miró por la ventana del hotel hacia fuera, pero en lugar del cielo acosado por el viento, vio una escena de hacía dos décadas, escuchó la risa, sintió el calor del amor compartido.

¿Qué pasaría si ella regresara ahora?

Parpadeó y el recuerdo se arremolinó a la nada, como el polvo en el viento del desierto. No importaba qué pasaría porque ella no podía regresar. No conocía el camino si quería hacerlo. Todavía le dolía la garganta y los ojos se le humedecieron. Tosió. Contrólate, Lauren.

—Vamos, Gibbs. Tú eres más fuerte que esto. —Se apretó

los ojos con las manos e inhaló profundamente—. Te aguarda una historia.

Agarró su mochila y revisó de nuevo para ver si su bálsamo labial todavía estaba dentro. Luego agarró una bolsa de pirulíes norteamericanos que tenía en una de las gavetas del tocador. Los pirulíes siempre tenían mucha demanda en los orfanatos. Eso le permitía relacionarse con los niños. Con eso, salió por la puerta y bajó las escaleras.

Normalmente, cuando tenía una historia pendiente, se despojaba de cualquier recuerdo del pasado. Pero hoy no era tan fácil. ¿Acaso era la Navidad lo que hacía las cosas tan difíciles? Lo que fuera, en momentos así ella tenía que preguntarse qué batalla la afectaba más. La que todavía arrasaba con partes de Afganistán.

O la que ocurría muy dentro de su corazón.

QUINCE

Shane Galanter había pospuesto la fiesta de compromiso durante casi un mes. Pero cuando Ellen sugirió el 23 de diciembre, él supo que se le habían acabado las excusas. Hasta la escuela de aviación Top Gun, donde él trabajaba de instructor, estaba cerrada ese viernes y durante la semana siguiente. Los pilotos de caza necesitaban un receso en Navidad, como todo el mundo.

Quizá hasta más.

La fiesta de compromiso era en el hotel Marriott en Reno. Ellen había trabajado con su madre para organizarla. Ochenta personas en uno de los salones para fiesta más pequeños. Shane dejó su auto con el portero y miró de reojo al edificio. No era cierto que nunca lloviera en los lugares desérticos. Esa tarde había diez grados Celsius y lloviznaba. Otra razón por la que detestaba pasar una noche de viernes en una habitación repleta de gente.

—Aquí tiene, señor. —Un muchacho rubio, surfista, le dio un comprobante.

—Gracias.

Lo metió en su bolsillo y miró a la entrada del hotel.

Él quería casarse con Ellen. No era eso. Pero dar una fiesta para anunciar su compromiso parecía un poco anticuado. Después de todo, ya él tenía treinta y seis y Ellen veintisiete. Se suponía que la gente de su edad tuviera una ceremonia tranquila y siguiera adelante con sus vidas.

Tomó aire y metió las manos en su bolsillo. La fiesta era más que nada idea de su madre. Sus padres querían a Ellen como no habían querido a ninguna de sus novias anteriores.

Hizo maniobras en el lobby y llegó a los elevadores. No es que hubiera tenido muchas novias.

Hasta ahora, nada de eso realmente le importó.

Ellen Randolph, la hija del congresista Terry Randolph, era una cristiana que estaba relacionada con los círculos republicanos más poderosos del país. Hacía dos años que Shane la había conocido en una cena de premiaciones del congreso. Él recibió un homenaje por ser uno de los principales pilotos de caza en la Operación para la Libertad Imperecedera. Ella trabajaba para su padre y él se fijó en ella en cuanto entró a la habitación.

A mitad de la noche, Shane vio a uno de los instructores veteranos de vuelo conversando con ella y con su padre. El hombre era uno de los mentores más respetados de Shane, así que se abrió paso hasta llegar al pequeño grupo de personas y se las arregló para que los presentaran.

Desde entonces él y Ellen habían sido inseparables.

Se detuvo en el mostrador de recepción y esperó hasta que una de las asistentes lo miró.

—Sí, estoy tratando de encontrar el salón de los Galanter.

La muchacha se sonrojó al mirarlo. Era una pelirroja robusta de ojos azules claros.

—La fiesta de compromiso, ¿no?

Shane sonrió.

—Esa misma.

—Veamos —ella revisó una lista que estaba pegada con precinta al mostrador—. Usted está en el «Salón de la ladera». Está en el décimo piso, a la derecha al salir del elevador. Ella le guiñó un ojo.

—¿Usted está solo?

Él le sonrió a medias.

—Yo soy el que se casa.

—Oh —las mejillas de ellas se oscurecieron—. ¡Qué afortunada la chica!

—Supongo.

Él hizo un ademán con la cabeza y se dirigió al elevador.

Prepararse le había tomado más de lo esperado. Temprano esa tarde terminó las cosas en la base aérea e hizo buen tiempo al regresar a su casa en La Costa. Pero había perdido tiempo después de vestirse. Estaba buscando un cierto par de gemelos cuando vio la foto de ella. Su foto.

La que Lauren le dio antes de mudarse.

Ver su rostro lo paró en seco. Tomó la foto y se fue a la butaca que estaba en la esquina de su habitación.

La sostuvo durante media hora, mirándola, estudiando la manera en que los ojos parecían mirarlo directamente. Realmente nunca había dejado de buscarla. Pero con el tiempo parecía tonto seguir esforzándose tanto. Había terminado el entrenamiento de oficial y la escuela naval antes de que su padre lo sentara y se lo dijera de la manera más amable posible.

—Hijo, tienes que dejarla ir. Ella no quiere que la encuentren o a estas alturas ya te hubieras cruzado con ella.

—Yo no estoy buscando. —Su respuesta fue rápida, pero no era la verdad.

—Sí lo estás. Todo lo que la vida ofrece te está esperando. —Su papá estaba sentado frente a él en el apartamento que Shane tenía alquilado en ese tiempo. Se inclinó más, con una expresión intensa—. En alguna parte por ahí hay una mujer que te amará y te hará feliz. Si esa mujer fuera Lauren Anderson, lo sabrías.

Él no quería admitirlo pero lo que su padre decía tenía sentido. Él había hecho todo excepto ir puerta por puerta por todo Illinois para encontrarla. No obstante, detestaba el hecho de que faltara un final. Lo último que él le dijo a Lauren Anderson era que siempre la amaría. A pesar de todo. No había pasado nada que cambiara eso, excepto lo obvio. Ella desapareció de su vida sin dejar rastro, sin una pista que se pudiera seguir.

Y, no obstante, ahí estaba él, en la noche de su fiesta de compromiso, mirando la foto de Lauren y preguntándose qué había pasado. Al principio, cuando su familia se mudó, parecía que solo sería cuestión de días antes de que pudieran hablar el uno con el otro. Él había creído que todo se solucionaría luego de su último año de secundaria. Pero a medida que pasaban los meses sin ninguna manera de comunicarse con ella, él comenzó a sospechar de sus padres.

«Ustedes deben saber cómo llegar hasta ella» les decía cada dos o tres días. «Sólo díganme el número. Es mi vida. Tengo que vivirla como quiero. Y yo quiero a Lauren».

Pero sus padres siempre negaban tener la información de la familia de ella. «Lo que acordamos fue unas pocas semanas de separación» le decía su madre. «Cuando Ángela Anderson llame con su número de teléfono, tú serás la primera persona en tenerlo».

Shane sacudió los recuerdos y miró su reloj. La fiesta empezaba en cinco minutos y Ellen le había pedido que estuviera allí media hora antes. Subió al elevador y apretó el botón para el décimo piso. El elevador se detuvo cuatro pisos más arriba y entró una familia de tres. Llevaban trajes de baño y toallas envueltas alrededor de sus hombros.

—Vamos para la piscina. —El hombre levantó una ceja como para decir que no era idea suya.

—Suena divertido.

—¿Y usted? —El hombre lo inspeccionó—. ¿Festejos navideños?

—Fiesta de compromiso —dijo Shane apoyándose contra la pared del elevador—. Mía.

—¡Qué bien! —el hombre extendió su mano y le dio un apretón—, ¡felicidades!

—Gracias. —Él le sonrió al hombre. Su esposa estaba ocupada ayudando a uno de los niños con los zapatos.

La familia se bajó en el octavo piso. Shane los vio marcharse y una repentina punzada de envidia lo atravesó. Él se la sacudió. ¿De qué cosa tenía que sentir envidia? Justo cuando la puerta se cerraba, pasó una mujer rubia que iba en la misma dirección que la familia. Quizá otra nadadora…

Pero al mirarla, Shane dudó. Casi sin pensarlo apretó el botón de «puerta abierta». Tenía algo familiar. Algo que él no entendía muy bien, no hasta que ella miró por encima del hombre.

La respiración de Shane se detuvo en un chirrido.

¡Lauren!

¡La muchacha era el retrato de Lauren! Soltó el botón con la intención de salir, pero las puertas comenzaron a cerrarse. Él deslizó su mano entre estas, deteniéndolas. Pero cuando las puertas se abrieron otra vez, ya ella no estaba. Miró su reloj y frunció el ceño. Esto era una locura. Ya estaba atrasado. Sin embargo… no podía irse sin saber. Era una posibilidad muy remota, pero era posible. Quizá ella lo había localizado a través de sus soldados o lo encontró con la ayuda de un investigador privado. ¿Cuántos Shane Galanter podían vivir en el área de Reno, Nevada? Quizá ella se estaba quedando en el hotel. Cuando salió del elevador el corazón le golpeaba fuertemente contra su pecho y corrió despacio por el pasillo alfombrado. En los lados opuestos del corredor había un gimnasio y un balneario. La piscina estaba al final y ya que ella usaba sandalias de baño, él supuso que era el lugar con más posibilidades de encontrarla.

En el camino pasó junto a varios muchachos y cuando llegó a la puerta de la piscina, la abrió de par en par. Entró corriendo y recorrió el área con la vista. Tomó segundos divisarla. Estaba sentada junto a un hombre mayor de cuerpo pequeño, vigilaba a un par de muchachos adolescentes que estaban en la piscina. ¿Era uno de ellos su hijo? ¿El hijo que él nunca conoció? Lógicamente Shane no estaba vestido para la piscina y ya que había entrado corriendo al área de la plataforma, captó de repente la atención de todo el mundo.

Incluyendo la de ella.

Ahora que ella lo miraba directamente a los ojos, él pudo ver lo evidente. No era Lauren. Inclinó tímidamente la cabeza en dirección a ella y luego se alejó. En menos de un minuto estaba nuevamente en el elevador, su corazón todavía le latía aceleradamente. ¿En qué estaba pensando? Sus días de buscar a Lauren habían terminado. Ahora él tenía a Ellen. No se suponía que siguiera viendo al amor de su infancia tras las gafas de cada rubia de Nevada.

Sin embargo, durante un instante se sintió abrumado con la idea de que la mujer *fuera* Lauren y que eso significara que uno de los muchachos adolescentes fuera suyo. Su hijo. Apretó el puño y lo golpeó dos veces contra la pared del elevador. *Locura, Galanter. Pura locura.* Hacía años que él había renunciado a la idea de tener hijos. En algún lugar por ahí tenía un hijo, un hijo que probablemente lo estuviera criando una especie de familia adoptiva. ¿No había él decidido que ya era suficiente?

Aguantó la respiración y dejó caer los brazos. Miedo, de eso se trataba. Se iba a casar con una muchacha encantadora, inteligente, alguien que sería una esposa maravillosa. Era elocuente y se emocionaba ante la política, por la cual sentía pasión. Ella tampoco quería hijos.

Eso le venía bien a él. Los hijos solo le recordarían diariamente los que él pudo haber tenido, los que debió haber tenido, con Lauren.

Salió del elevador, se estiró el saco del traje y siguió los carteles hasta el «Salón de la ladera». Ya había llegado la mitad de los invitados que se entremezclaban por el perímetro del salón. Antes de tener tiempo para buscarla, Ellen estaba a su lado. Llevaba un vestido de noche azul, conservador, que llegaba hasta el suelo, destacando sutilmente su figura y resaltando sus ojos.

—Hola —dijo ella acomodándose en sus brazos y sonriéndole. Su expresión era suave y excitante, la atención de ella era solo para él. Acercó sus labios a los de él y lo besó. Fue un beso lo suficientemente lento como para provocarlo pero lo suficientemente breve como para mantener la apariencia refinada de decoro que era tan importante para ambos. Ella se separó unos centímetros y buscó su mirada. Su tono era bajo y burlón.

—Me alegra que hayas podido llegar.

—Yo también. —Él se negaba a pensar en la rubia de la piscina—. Te ves maravillosa. Siento haber llegado tarde.

—Está bien. —Ella le sonrió rápidamente, dio un paso atrás y se puso a su lado, con su brazo alrededor de su cintura—. Vamos a ver a tu mamá. Te está buscando.

Cruzaron el salón hasta una hilera de ventanas que estaba al otro lado. La vista desde el décimo piso era bellísima. Aún bajo el cielo gris, las montañas que se expandían a lo largo del horizonte se veían espectaculares. Su madre estaba sola, apoyada en un pasamanos y contemplando la vista. Esta vez Ellen lo besó en la mejilla.

—Voy a saludar a algunos de los invitados.

—Está bien. —Él le sonrió mientras se volvía hacia su mamá.

Su vestido era sencillo y elegante. Ella parecía diez años más joven cuando lo miró por encima del hombro. Él esperaba que esa noche ella estuviera muy animada y eufórica. Era lo que siempre había querido, que él se casara con una muchacha como Ellen. En cambio, su expresión tenía la sombra de lo que parecía duda y temor.

—Mamá, ¿estás bien? —La abrazó y luego se apoyó en el pasamano al lado de ella. Se rió entre dientes—. Se supone que estés allí con Ellen, ¿recuerdas? La reina de la fiesta.

Ella enderezó la barbilla y miró de nuevo por la ventana.

—Esta fiesta es de Ellen, no mía.

Él dudó…

—Oye… —Dejó caer su brazo sobre los hombros de ella y le dio un pequeño apretón. Lo que fuera que la estaba molestando, no se quitaba—. Solo bromeaba.

—Lo sé —dijo ella suspirando al tiempo que se paraba un poco más derecha—. Lo siento. —Entrecerró los ojos, pero siguió mirando al frente—. No puedo sacarme algo de la cabeza.

—¿Qué? —Shane no tenía idea de cuál era el rumbo que ella llevaba. Le quitó el brazo de los hombros y se volvió lo suficiente para verle el rostro. Su tono todavía era desenfadado—. No me digas que cambiaste de idea con respecto a tener una fiesta de compromiso.

—No, Shane, es algo más serio. Necesito saber algo —dijo mirándolo a los ojos mientras se tejían arrugas en las esquinas de sus ojos. Más arrugas de lo normal.

—Está bien. —Él dejó que el humor se esfumara del momento—. Dispara.

Ella miró al salón, como si quisiera asegurarse de que solo ellos dos pudieran escuchar lo que estaba a punto de decir. Fijó sus ojos en los de él.

—¿Te estás conformando con Ellen, hijo? Necesito saberlo.

Una extraña sensación le llegó hasta la barriga, algo que él no podía identificar. Volvió a recordar el rostro de Lauren, pero solo por un instante. Emitió un sonido que era más exasperación que sorpresa.

—Claro que no. ¿Qué te hizo preguntarme eso?

Ella siempre había sido buena interpretándolo. Cada vez que ella escudriñaba su alma, él sabía que era mejor no ocultarle la verdad. Y ahora lo estaba mirando de esa manera.

—Shane, lo que menos quiero es que te cases con alguien porque creas que nos gusta a tu padre y a mí. Ese no es el caso, ¿verdad?

—Madre. —Él alzó una ceja—. No te ofendas, pero creo que te estás dando demasiado crédito. —Había una pared pequeña como de medio metro que llegaba hasta la ventana. Shane puso su pie en el alféizar y se inclinó hacia su rodilla—. Ellen es perfecta para mí. Claro que no me estoy conformando con ella. Podría haberme quedado soltero para siempre si no la hubiera conocido.

—Lo dices por Lauren, ¿verdad? —Los ojos de ella se suavizaron.

Escuchar su nombre provocó el dolor familiar.

—Lauren está fuera de mi vida.

Ella lo observó mientras lo estudiaba.

—Por favor, Shane, no me mientas.

—Mamá, ¡escucha lo que estás diciendo! —Sus palabras eran como una bofetada—. No estoy mintiendo.

—Shane, tu amabas a esa muchacha —dijo mirando otra vez la vista de las lejanas montañas—. Me levanté esta mañana muerta de miedo pensando que no acabaras con ella por algo que nosotros hicimos. Algo que sus padres hicieron. Simplemente no quiero que te cases con Ellen si todavía amas a Lauren.

Él estaba a punto de desmentirla nuevamente, pero no pudo. Dejó que la pretensión desapareciera de sus ojos.

—La verdad es —su voz era suave—, que Lauren se fue para siempre. Yo ya lo dejé atrás. Es por eso que pude enamorarme de Ellen.

Ella frunció el entrecejo.

—¿Estás seguro? No quiero que hagas esto si no estás seguro.

—Madre. —Esta vez él se rió en voz alta—. Esto es absurdo. De verdad. —Él tomó la mano de ella—. Vamos, disfruta conmigo mi fiesta de compromiso.

Alcanzaron a Ellen, y su madre se quedó con su padre y unos pocos de sus socios de negocio. Él y Ellen hicieron las rondas, saludando a un grupo de amigos tras otro. Shane se concentró en lo que tenía delante, negándose a pensar realmente en las preocupaciones de su madre.

Cuando la fiesta llevaba una hora, el padre de Ellen subió a un podio en el centro de la habitación. Golpeó ligeramente el micrófono y quedó satisfecho con el nivel del audio, les dio la bienvenida a todos.

—Sin dudas que esta es una ocasión maravillosa —dijo sonriéndole a la multitud, con esa sonrisa que le había ganado un gran porcentaje de los votos en las últimas elecciones—. Quiero dejar constancia de que la elección de mi hija para su futuro esposo no podría hacerme más feliz.

Siguió una cortés ronda de aplausos.

Shane tomó la mano de Ellen y se la apretó.

Su padre continuó.

—Creo que está claro para todo el mundo que Shane Galanter tiene un potencial político para el partido republicano.

—Él buscó a Ellen en la multitud y asintió—. Yo sé que mi hija así lo piensa.

La risa bulló por todo el salón.

—Puede que hoy él sea un instructor en «Top Gun», pero el senado de Nevada necesita a alguien como Shane, y un día no muy lejano puedo verlo viviendo en la mansión del gobernador.

En esta ocasión unas pocas carcajadas hicieron olas en la multitud. Shane miró a sus pies. ¿Qué estaba haciendo el padre de Ellen? Nunca nadie había dicho nada de un mitin político. Apretó la mandíbula. Estaba claro el hecho de que el padre de Ellen lo veía como un punto brillante en el mapa futuro del partido republicano. No era necesario mencionar esto aquí, mientras anunciaban su compromiso.

Además, todavía Shane no había decidido nada.

Sí, él apoyaba por completo el programa del partido. Pero disfrutaba volar aviones de combate, le encantaba entrar en la cabina con un tirador nuevo y mostrarle todo. Los Estados Unidos confiaban mucho en sus pilotos de combate. Enseñar a la próxima generación quizá era una contribución suficiente.

El papá de ella decía:

—Por favor, ayúdenme a dar la bienvenida a Ellen y Shane. —Se echó hacia atrás y comenzó el aplauso más fuerte hasta el momento.

Junto a Shane, Ellen sonrió. Ella le haló la mano

—Vamos.

—Estoy contigo. —Él tomó la delantera, la cabeza en alto mientras saludaba a los amigos por el camino asintiendo con la cabeza. Cuando llegaron al podio, puso su brazo alrededor de Ellen y descartó sus preocupaciones. Este no era el momento para dudar. Le dio una amplia sonrisa al grupo que tenía delante—. Ellen y yo nos casaremos el sábado 20 de mayo. —Le dirigió una sonrisa a ella y luego al público—. Queríamos que ustedes fueran los primeros en saberlo.

Ahora el grupo estaba animado. Silbaron y gritaron y pidieron un brindis. A esas alturas, la mayoría de los presentes tenía copas de champán. Algunos les alcanzaron unas copas a Shane y a Ellen y al mismo tiempo su padre regresó al micrófono.

—Por Shane y Ellen. Que su influencia y poder se hagan todavía más fuertes debido a su relación y que sea un tiempo de amor y risa mientras planean su boda.

Mientras manejaba hacia el hotel Shane pensó que una oración sería una buena idea. Él y Ellen tenían una fe fuerte y ya que habían hablado de tomar todavía más en serio su relación con Dios, la fiesta de compromiso parecía un lugar idóneo para que un grupo de personas orara por ellos. Pero de alguna manera, orar no parecía ser algo adecuado en una habitación llena de gente bebiendo champán y celebrando la posibilidad de otro héroe republicano en medio de ellos. Quizá después… Antes de que todos se fueran. Quizá él terminaría la noche de esa manera.

El padre de Ellen le pidió a la multitud que regresara a sus conversaciones y que se aseguraran de tomar un plato de comida de la mesa que estaba al fondo del salón. La próxima hora se fue en una masa de conversaciones, donde casi todas tenían que ver con política.

—Shane, tú serías perfecto para el senado —le decía la gente una y otra vez—. Tendrías mi voto, eso es seguro.

No fue hasta que se acabó la fiesta y que él y Ellen estuvieron afuera esperando por su auto, que ella se volvió a él y jugueteó con las solapas de su saco.

—¿Qué te pareció el discurso de papá?

Shane la examinó.

—¿Su charla? ¿La que dio antes de presentarnos?

—Sí. —Ella dio algunos brinquitos, su voz con una risa tonta—. Fue perfecto, ¿no te parece?

Él parpadeó. ¿Estaba ella diciendo lo que él pensaba que estaba diciendo?

—¿Qué? ¿Estaba arreglado?

Ella dio un grito agudo.

—Claro que estaba arreglado, tonto. Nada que un político dice es accidental.

Él la miró durante un instante. Entonces miró a las luces a lo largo de la cadena de montañas y pronunció una sola risa.

— ¿Cuál era el objetivo de la fiesta? —Sus ojos se encontraron otra vez con los de ella—. ¿Una oportunidad para que tu padre me presentara como el político prometedor más nuevo?

La expresión de ella cambió y se apoyó en sus tacones.

—Eso es lo que tú quieres, ¿no?

—Quizá. —Él la miró y luego caminó unos pasos. Cuando se volvió a mirarla, su sonrisa mostraba incredulidad—. Bueno, todavía no he firmado un contrato para una campaña, ¿o sí?

—Shane. —Su voz era amonestadora—. Ven aquí. Estás haciendo un escándalo.

Él cerró el espacio que los separaba y le habló a unos centímetros del rostro de ella—. No querríamos eso, ¿verdad? —Su tono era un tanto rudo—. ¿Qué pensaría tu padre?

—Escucha —ella le apuntó con el dedo a su pecho—, ese discurso no fue idea de mi padre. Fue idea mía.

—¿Tuya? —Shane quería reírse a todo pulmón—. ¿Tú le pediste a tu papá que dijera eso sin hablar conmigo?

—Yo he hablado contigo. —Ella levantó la barbilla y recobró la compostura—. He hablado contigo durante dos años. Cada vez que surgió el tema tú me dijiste que tu sueño era presentarte como candidato republicano.

La ira corría por las venas de él.

—Me entusiasma el partido, eso es todo. —Él silbó las palabras—. Y sí, quizá me gustaría postularme algún día. —Cruzó los brazos—. Eso no significa que necesite que tu papá haga un anuncio en mi fiesta de compromiso.

—Él estaba intentando ayudar. —Por primera vez desde que comenzó la conversación ella sonaba herida—. Ambos lo estábamos.

La culpa lo embargó. ¿Por qué estaba peleando con ella? La charla se había acabado. ¿Por qué le hirió que el padre de ella estuviera orgulloso de él? El hombre era el político más honesto que había conocido, un líder respetado en el país por sus valores y su integridad. La mayoría de los hombres se habrían emocionado por el tipo de discurso que él dio esa noche.

Él suspiró profundamente.

—Ellen. —Puso sus manos en los hombros de ella—. Lo siento. —La haló y la abrazó—. Supongo que me sorprendió.

Ella respondió al toque de él y se derritió contra él.

—Está bien. —Su mejilla estaba apretada contra su pecho, entonces levantó los ojos a él—. Tú si lo quieres, ¿no? ¿La oportunidad de postularte para el cargo algún día?

La respuesta correcta era sí, pero ahí parado en la oscuridad, con sus brazos alrededor de ella, con el húmedo y pesado aire de diciembre rodeándoles, él no estaba seguro.

—Suena interesante —susurró contra su cabello oscuro—. Tendré que pensarlo más en serio.

—Está bien. Eso es todo lo que pido. —Ella le dio un apretón y luego se echó hacia atrás. El ayudante estaba trayendo su carro—. Supongo que siempre me imaginé verme casada con un político como mi papá.

Se quedaron callados al subir al auto. Tomó media hora llegar hasta la casa de ella y cuando él la dejó, sonrió.

—Dale las gracias a tu papá por esta noche. Estoy seguro de que un día le suplicaré que hable a los grupos a mi favor.

La sonrisa de ella iluminó sus ojos.

—Lo harás, Shane. Y quién sabe hasta dónde Dios te permitirá llegar.

Se despidieron y Shane manejó a casa. Dejó el radio apagado. El silencio iba mejor con su estado de ánimo, en su mente se repetía cada conversación. Lo más importante eran las expectativas que Ellen y su padre tenían para él. Él lo había sabido desde siempre, pero esta noche se sentían como un lazo alrededor de su cuello. Como si sus ideas con respecto al futuro realmente ya no importaran. Él sería un político porque estaba a favor de todas las cosas correctas y porque su partido lo necesitaba. Después de esta noche, ¿cómo podía verlo de otra manera?

Pero a su mente venían otros recuerdos mientras llegaba a la calzada de entrada. Su madre y su repentina efusión de culpa y duda, por una parte. Durante la mayor parte de los dos últimos años ella no hizo más que deshacerse en halagos para Ellen Randolph, de la misma manera que su padre.

«Una muchacha así te vendrá bien para toda una vida», le había dicho su padre. «No podríamos estar más felices por ti, hijo».

Entonces, ¿qué había pasado que hizo que su madre dudara de su decisión de casarse con ella? Y, ¿cómo sabía ella exactamente lo que había estado sucediendo en la mente de Shane durante todo el día? Se frotó la parte de atrás del cuello mientras salía de su auto y entraba a la casa. De vez en cuando Ellen lo acompañaba en su casa para ver una película o tener una cena tarde. Pero habían acordado dejar la intimidad física para después de casados. Debido a eso, ninguno de los dos creía que fuera sabio pasar demasiado tiempo juntos, a solas. Esta noche él agradecía la privacidad. Sus pensamientos lo dejaron sintiéndose como si hubiera estado en un Mach cinco durante dos horas seguidas. Fue a su habitación, se cambió a un pantalón deportivo y una camiseta y se dejó caer en su butaca.

Todo dentro de él quería regresar al tocador para volver a buscar la foto de Lauren, dejar que su recuerdo le hiciera compañía y le ayudara a poner en orden los raros sucesos de la noche. Cerró los ojos. *Vamos, Shane, contrólate. Dios, manténme enfocado.* Lauren Anderson no estaba. Él no podía tomar una decisión más si seguía con ella en la mente porque ella no existía. Punto.

Se obligó a descansar, a dejar que los músculos de la espalda se relajaran contra la silla. Algo le había faltado a la noche, pero no sabía qué era. Apretó el puño en los brazos de la silla y luego se dio cuenta. Se le había olvidado orar. Ahí estaban ellos, una pareja que supuestamente tenía una fe fuerte pero hicieron un brindis, y no una oración. Frunció el ceño y se pellizcó el puente de la nariz con el pulgar y el índice. Ni siquiera le gustaba el champán.

Pasaban los minutos pero todavía él no podía relajarse. Quizá su primer instinto había sido bueno. Debía haber evitado la fiesta de compromiso por completo. Así no estaría pensando en renunciar a la carrera que quizá todavía amaba y además casarse con una muchacha que tal vez solo le gustaba.

Y, sin dudas, no iba a pasar el día antes de la víspera de Navidad pensando en hijos adolescentes y rubias esbeltas y en la vida que pudiera haber tenido. Que habría tenido.

Si tan solo hubiera encontrado a Lauren.

DIECISÉIS

Una de las defensas vio que Emily atravesaba la cancha y corrió hacia la pared para interceptar el pase. Había reaccionado tan rápido que hasta Emily se sorprendió. Respiró con fuerzas, retrocedió con el balón, dribló por entre otras dos defensas y entonces lo pateó en dirección a la malla, justo cuando sonó el silbato.

Era su tercer gol de la mañana. ¡Un triplete!

Emily felicitó a sus ex compañeras de colegio. «Sería el día antes de Navidad, pero nunca era un mal momento para un juego» gritó una de ellas mientras Emily se alejaba. «Dale las gracias a tus abuelos por haber venido. Siempre han sido nuestros mejores seguidores».

Emily saludó a todas las chicas, se puso una toalla alrededor de la nuca y salió de la cancha. Sus abuelos habían planificado muchas cosas para ese día. Unas últimas compras y un servicio temprano de nochebuena. Jugar fútbol en la mañana de nochebuena había sido un plan de última hora, pero fue muy bueno.

Un grupo de chicas con las que había jugado durante la secundaria estaba en casa por las vacaciones de Navidad. Debido a que el actual equipo de fútbol de secundaria siempre estaba buscando un reto, acordaron que jugarían en el estadio cubierto. El equipo de Emily incluía tres jugadoras de secundaria. Batieron a las de la secundaria, 8 - 2.

Encontró a sus abuelos sentados en las gradas al otro lado de la pared de Plexiglás.

—Y bien —dijo jadeando—, ¿qué creen?

Su abuelo se estaba poniendo de pie lentamente. Parecía estar más pálido y delgado que de costumbre. Emily lo observó con detenimiento. O quizá solo fuera su nuevo suéter azul marino de Navidad lo que lo hacía verse así. Sus ojos brillaron cuando la miraron.

—Creo que me encanta verte jugar —dijo caminando hacia ella y moviendo la mano—. Cariño, en la cancha eres una poesía en movimiento.

—Siento que haya sido en la víspera de Navidad. —Emily se dejó caer en un asiento al lado de él, pero miró a su abuela—. Sé que tienen muchas cosas que hacer hoy.

—No hay problema. —La abuela se acercó—. Me hace recordar los días cuando estabas en la secundaria —sonrió a ambos—. Teníamos cuatro o cinco juegos por semana.

—Una época muy especial, sin dudas. —Su abuelo le dio unas palmaditas en el hombro—. Me voy a poner muy triste cuando juegues el último partido.

—Para eso falta bastante. —Sus abuelos habían estado en todos los partidos que había jugado en casa durante el pasado semestre en la universidad y también en algunos fuera de Wheaton—. Todavía les quedan tres años más para soportar mis partidos.

Tranquilos y en silencio caminaron hasta el auto. Emily tenía que ducharse, así que se quedó en casa mientras sus abuelos hacían las compras. La tarde se fue volando y el servicio de nochebuena fue hermoso. El pastor habló acerca de buscar las huellas que Dios nos había dejado.

—Todavía suceden milagros —les dijo—. ¿Dios encarnado? ¿El Rey de reyes acostado en un humilde pesebre? —sonrió a la congregación y alzó las manos—. ¿Y qué ha hecho contigo? ¿Un matrimonio restaurado? ¿Una familia saludable? ¿Un empleo que amas? —Hizo una pausa, expectante—. Cada uno de nosotros ha sido testigo de toda una multitud de milagros. Pero, ¿qué sucederá esta Navidad? Lleva ese asunto a Dios y deja que el Dios de la creación te encuentre junto al pesebre. Permítele obrar un milagro en tu vida una vez más.

El coro cantó una versión fascinante de «Santa la noche». A la mitad de la canción, Emily inclinó el rostro y cerró los ojos.

Dios, tú sabes lo que yo necesito, tú sabes cuál es el milagro que te estoy pidiendo.

Hija, yo estoy contigo.

La paz que le era tan familiar corrió por sus venas, sensibilizando su corazón y su alma ante la presencia del Espíritu Santo. Martha, la pianista, había tocado las últimas notas de la canción y estaba empezando otra, la canción con la que siempre concluían cada servicio de nochebuena: «Noche de paz».

Emily abrió los ojos mientras dejaba que las palabras la llenaran. En especial esa parte. «Brilla la estrella de paz… brilla la estrella de paz».

Ya en casa, Emily y sus abuelos se sentaron alrededor del árbol de Navidad y abrieron un regalo a la vez, como era su costumbre en nochebuena. El regalo de Emily era un pijama nuevo, como en todas las nochebuenas. Sonrió y lo alzó. Era lanudo y tibio, perfecto para el invierno que se acercaba.

Sus abuelos abrieron un regalo del uno para el otro. Ambos estuches contenían nuevos pares de medias. Luego de recoger todos los papeles de regalo, intercambiar abrazos y conversar, Emily hizo señas para despedirse.

—Mañana quiero tener mucha energía.

—Emily. —Su abuela levantó la ceja y movió un dedo en dirección a ella—. No vas a dormir. Quieres revisar la caja, ¿verdad?

Hizo una mueca y asintió.

—¿Puedo hacerlo? —Emily no podía esperar más para quedarse sola con las fotos y los anuarios de su mamá. Le tocó el codo a su abuela—. Quizá encuentre algo que mañana podamos ver juntos.

La sonrisa de su abuela era genuina.

—Está bien, cariño. Tómate tu tiempo. La mañana de Navidad puede comenzar tan tarde como quieras.

Antes de que Emily se marchara a su dormitorio, los tres se pararon cerca del árbol y se tomaron de las manos. Su abuelo los guió en oración.

«Dios, esta Navidad es especial. Todos nosotros lo podemos

sentir. Por favor, ayúdanos este año a encontrar el milagro junto al pesebre. El milagro al que el pastor se refirió». Vaciló con su voz quebrantada. «Creo que de veras necesitamos uno. Te amamos, Señor. En el nombre de Cristo».

Emily los besó a ambos y subió a su habitación. Cerró la puerta y volvió a arrastrar la caja hasta colocarla cerca de su cama, se sentó en el borde y empezó a sacar cosas del interior. La foto enmarcada, para ponerla con cuidado muy cerca de la pared y así dejar espacio para todo lo demás que estaba dentro. Lo siguiente fue un álbum de fotos. Lo sacó y lo abrió en su regazo. Tenía olor a humedad por haber estado en el garaje durante todos estos años.

«Oh, mamá». Deslizó su dedo por las primeras fotografías. Debajo de cada una su mamá había escrito un pie de grabado. «Fíjate cuánto yo te importaba».

Las fotos comenzaban desde la época que su mamá estaba en la escuela intermedia. Había muchas fotos de ella con sus amigas y Emily estudió a su mamá con detenimiento. A juzgar por los ojos de su mamá, era feliz y popular entre sus amigas.

Su cabello rubio claro y lacio le llegaba a la mitad de la espalda durante la mayoría de aquellos primeros años. Por la mitad del álbum, tenía el pelo un poco más corto y un muchacho comenzó a aparecer en las fotos con ella. Una sonrisa se dibujó en los labios de Emily. El muchacho era su padre, tenía que ser él. Tenía el mismo cabello y ojos oscuros que ella veía cada mañana en el espejo. Pero era delgado y medía unos dos centímetros menos que su mamá.

No obstante, era innegable lo que sentían el uno por el otro. Se podía palpar a lo largo de todo el álbum de fotografías. Incluso en aquel entonces nada los hubiera separado. «Mírate, papá». Puso la mano sobre su foto. «Los otros chicos divirtiéndose juntos en algún lugar, pero tú estás aquí. Justo al lado de mamá».

Las anotaciones debajo de las fotos eran cada vez más hermosas a medida que se acercaba al final. Había una fotografía en la que su papá le estaba dando un diente de león a su mamá. Al pie de la foto su mamá había escrito: «Shane es el chico más romántico de octavo grado. A pesar de que yo soy alérgica a los dientes de león».

En la última página encontró algo que la hizo contener la respiración. Toda la hoja era una carta que su papá le había escrito a su mamá. Su mamá debió haber escondido la carta allí, porque la página estaba pegada en la tapa, donde la mayoría de las personas no se detienen a mirar.

Querida Lauren, no creo que se suponga que las personas experimenten este sentimiento en octavo grado. Todos nuestros amigos están haciendo cosas estúpidas y buscan otros amigos para que les pidan a las chicas que salgan con ellos. Tú sabes a lo que me refiero. Pero yo siento que, si pudiera, mañana me casaría contigo. Lo digo en serio.

Emily se tapó la boca con la mano. «Papá... estabas tan cautivado».

No sé si quiero graduarme porque eso implica asistir a la secundaria. Y la secundaria traerá consigo personas nuevas a nuestro alrededor. Todos los chicos de los años superiores se pelearán por acercarse a ti. De todas formas, no hay problema, porque nunca te voy a abandonar. Nunca. Te amo, Lauren. Tuyo, Shane.

¿Tuyo, Shane?

«¡Qué graciosos eran ustedes!», susurró Emily. Sus padres eran adorables cuando niños. ¿Cómo esto pudo estar en el garaje durante tantos años cuando ella habría dado todo lo que tenía a cambio de conocer algo sobre estos detalles? Cerró el álbum y lo puso a un lado. Las otras pocas cosas que quedaban en la caja eran fotografías enmarcadas. Una mostraba a sus padres vestidos con ropa deportiva, solo que parecía que su mamá era la jugadora de fútbol y su papá el porrista.

Observó la foto más de cerca. Sí, un porrista con maquillaje en los ojos.

Emily se rió, pero mantuvo la voz baja. El resto de las luces en la casa ya estaban apagadas y no quería despertar a sus abuelos. Miró otra vez la fotografía. ¿Qué estaban haciendo sus padres? Notó algo en el fondo. Una calabaza tallada que estaba en el portal. Por supuesto, estaban usando disfraces. Es probable que hubieran invitado a sus padres a una fiesta de la Noche de brujas.

Pero incluso más notable que los uniformes era la ya familiar mirada en sus ojos. Como si hubieran nacido para estar juntos. Dejó las fotos a un lado y sacó un diario. Los dedos le temblaban mientras colocaba el álbum a un lado. Había llegado el momento de leer uno de los diarios. Emily agarró el que tenía más cerca. Había esperado toda su vida por lo que fuera que estuviera entre las dos tapas, los cuentos y los apuntes que su abuela había mencionado, porque entonces podría encontrar la respuesta que había estado buscando. La respuesta acerca de si a su mamá le apasionaba escribir al igual que a ella.

Sostuvo el diario y deslizó los dedos por la tapa. Estas páginas le permitirían conocer lo profundo del corazón de su mamá. Algo que había deseado toda la vida. Emily frunció el ceño, deseando no sentirse tan… culpable. Los diarios eran algo privado. En segundo grado ella había tenido un pequeño diario rosado y luego otro más, un diario tamaño grande. Página tras página de historias y reflexiones personales y cartas al Señor. Nunca nadie los había leído.

Hasta ahora.

Emily se mordió el labio y balanceó el diario en su regazo, luego exhaló y abrió la tapa. Mientras lo hacía, su culpa se desvaneció. Por supuesto que podía leer los diarios de su mamá. Eran los únicos que podían ofrecerle la oportunidad de llegar a conocerla mejor.

La primera entrada databa del verano de 1985.

Shane y yo hablamos de amor. Amor verdadero. Ambos pensamos que es extraño que nuestros padres no comprendan lo que nosotros sentimos el uno hacia el otro. Actúan como si fuéramos unos chiquillos que no tienen idea de lo que es el amor. Pero esto es lo que he aprendido cuando estoy con Shane. El amor verdadero te espera en el portal de tu casa, a pesar de la nieve, para poder ir juntos a la escuela en quinto grado. Te trae un chocolate cuando te caes y terminas de última en las olimpiadas de séptimo grado.

El amor verdadero te susurra algo, en medio de una clase de álgebra, acerca de tu esmalte de uñas rosado para que no te olvides de sonreír cuando estás trabajando en los ejercicios de matemáticas y todos los viernes te guarda un lugar en el comedor durante la secundaria. Aunque el resto de los jugadores del equipo de béisbol piensen que eres estúpido. El amor verdadero tiene tiempo para escuchar tus sueños y esperanzas cuando tus padres están muy ocupados con la junta de padres y maestros o con el club o con el negocio que tienen en el banco local.

El amor verdadero se queda despierto hasta altas horas un sábado por la noche para hacer juntos galletas de chocolate, sacudiéndote la harina y echando las cáscaras de huevo a la basura y asegurándose de que tú recuerdes esa noche durante el resto de tu vida. Y el amor verdadero piensa que eres hermosa incluso cuando tienes el pelo recogido en una cola de caballo y no te paras completamente erguida. Amor verdadero es lo que yo siento por Shane. Solo quería decir eso.

Emily pestañeó y entonces se dio cuenta de que las lágrimas rodaban por sus mejillas. Estaba abrumada con la magnitud del hallazgo. Pero incluso más, descubrir cuánto se amaban sus padres la había dejado sin aliento. Quería volver a leer la anotación, pero se sintió impulsada a pasar la página, para captar otro destello de la vida de su mamá como adolescente.

Lo que encontró a medida que viajaba por las páginas fue un amor del que nunca había escuchado hablar antes, un amor entre sus padres que fue a la vez trágico y triunfante. Triunfante porque mostraba cómo debía ser el amor: paciente y amable, lleno de esperanza y confianza. A pesar de su corta edad, sus padres conocían lo que era el amor. Pero trágico porque no había durado, porque se habían perdido el uno al otro y, hasta donde se supiera, nunca más se volvieron a encontrar.

Los últimos apuntes en el diario de su mamá debió haberlos escrito después que su papá se fue a California. Uno en especial captó la atención de Emily.

Estoy tan enojada con mis padres. Los odio. Me dijeron que habían dejado un mensaje de transferencia cuando deshabilitaron nuestro número anterior. Se esperaba que informaran nuestro nuevo número a cualquier persona que llamara al número anterior. De esa forma Shane hubiera podido comunicarse conmigo y entonces podría haberme dado su número.

Pero ahora me han dicho que la grabación todavía no está funcionando. La peor parte es este presentimiento que tengo de que mi mamá y mi papá me mintieron. Quizá, porque ¿no debía estar funcionando ya?

Debo dar a luz dentro de unas pocas semanas y estoy convencida de que los padres de Shane y mis padres quieren que nunca más nos volvamos a reunir. Lo que más miedo me da es que, si de veras piensan así, creo que podrían lograrlo. ¿Cómo sabría dónde obtener su número de teléfono? ¿Cómo sabría él dónde obtener el mío? Solo puedo orar para que, en algún momento y de alguna forma, me encuentre pronto. No puedo soportar estar lejos de él.

«Mamá». Era como si Emily estuviera sentada frente a su mamá. A través de la ventana miraba el cielo oscuro, cargado de nubes de nieve. «¿Alguna vez lo encontraste? ¿Te llamó papá en algún momento?»

Sentía dolor por la pérdida que habían sufrido sus padres. Por primera vez consideró la posibilidad de que tal vez sus abuelos tuvieran algo que ver con la separación de sus padres.

La idea parecía absurda pero, ¿por qué otra razón no habían ayudado a resolver la situación del teléfono en las semanas antes de que ella naciera?

Miró el reloj y sintió cómo una pequeña sonrisa se dibujaba en su rostro. Ya había pasado la media noche, lo que significaba que era Navidad. Una tranquila y silenciosa mañana de Navidad y ya, a pesar de la tristeza que le causaba todo lo que habían perdido sus padres, podía ver un milagro muy obvio en su mente, allí junto al pesebre. El milagro del amor de sus padres, un amor que brilló tan intensamente como la estrella de Belén. Y bajo el resplandor de aquella luz, rogó a Dios por un milagro aún mayor.

Que él la usara no solo para encontrar a sus padres, sino también para reunirlos otra vez.

DIECISIETE

L a conversación que tanto temía Ángela estaba por suceder. Ella y Bill se levantaron más temprano de lo acostumbrado y le prepararon a Emily su desayuno favorito: tostadas francesas con canela y huevos revueltos. Emily bajó las escaleras casi dormida y sonriendo, sus zapatillas rosadas y acolchadas rozaban el piso.

—Hola. Ustedes son tan dulces. Aquí la Navidad nunca se termina.

Primero le dio un abrazo a Bill y luego atravesó la cocina para abrazar a Ángela.

Las palabras taladraron el corazón de Ángela. Pronto se terminaría. En una hora más o menos. Emily estaba hablando acerca del maravilloso día de Navidad que habían disfrutado y de cuánto le gustaban sus nuevos suéteres y su linda cartera.

Su conversación era como música. Si tan solo pudieran aferrarse a esa inocencia, a esa alegría.

—Anoche te volviste a acostar tarde. —Ángela estudió a Emily—. ¿Estás encontrando lo que querías saber?

—Sí. —Bajó la barbilla, con una mezcla de gratitud y disculpa en la mirada—. Puedes participar conmigo cuando quieras, abuela. Pero gracias por dejarme verlo todo primero. —Sus ojos brillaron—. Ahora me siento como si de verdad conociera a mi mamá. —Su sonrisa se desvaneció un poco—. Al menos como era de adolescente.

—Sí. —A Ángela le dolía la garganta. Esto era demasiado. Todos los recuerdos de Lauren, la conciencia terrible de lo que estaba por venir... no quería llorar, todavía no—. Sí, tu mamá era bastante especial en aquel entonces. Nunca rebelde ni sarcástica, forma en la que muchos adolescentes se comportan hoy. —Se inclinó y besó a Emily en la mejilla—. Se parecía mucho a ti en ese sentido.

—Bueno, necesito algo de música de fondo. —Bill se levantó para volver a poner el CD de Mitch Miller en la grabadora. Luego de unos segundos, las dulces notas de «Blanca Navidad» llenaron la habitación.

—Siempre digo que las canciones de Navidad deben escucharse hasta el primero de enero. —Arrastró suavemente el zapato en la alfombra de la sala. Luego sonrió a ambas—. A eso es a lo que me refiero.

Emily se rió y llegó hasta la sala moviendo su cuerpo a ritmo de vals, una vez allí tomó la mano de su abuelo y dejó que él la hiciera girar entre el sofá y el televisor. Sus voces se mezclaron, un sonido glorioso y no precisamente porque alguno de ellos pudiera cantar afinado. Ángela los miraba, fascinada, luchando contra el dolor que quería apoderarse de ella.

Necesitaba saborear momentos preciosos como aquel porque, si los médicos estaban en lo cierto, el tiempo juntos estaba llegando a su fin. Pero, ay, si tan solo pudieran continuar de esta manera durante otros diez años. Y cómo deseaba que Bill hubiera bailado de esa manera con Lauren. ¿Qué habría sucedido si él hubiera estado más interesado en crear recuerdos que en protegerla de los padres de Shane?

Ángela tenía que sacar las últimas tostadas francesas del horno, pero no podía dejar de mirar aquel hermoso cuadro de su esposo y de su nieta. Bill y Emily bailando un vals en toda la habitación, chocando con un librero y pisándose los pies. Poco a poco su canto se volvió risas y, antes de que terminara la canción, estaban doblados, riéndose de sí mismos.

Los dos se esforzaron para seguir erguidos. Con los brazos de cada uno encima de los hombros del otro, bailaron de regreso a la cocina. Ángela señaló al armario, ignorando el dolor que tenía en el estómago.

—Estamos listos para poner la mesa.

El desayuno transcurrió con el mismo tono, lleno de sonrisas, carcajadas y recuerdos compartidos de Navidades pasadas.

De cuando en cuando, Ángela miraba a Bill con ansiedad. Si tan solo pudieran evadir lo que estaba por venir, si tan solo pudieran continuar charlando alegremente, disfrutando la luz de la presencia de Emily. Pero esa opción estaba descontada.

Cuando los platos estuvieron vacíos, Ángela preparó tres tazas de café, las distribuyó y se dirigió a su nieta.

—Emily, necesitamos hablar. —Miró a Bill—. Sentémonos en la sala.

Emily se quedó en blanco. Cambió la vista de Ángela a Bill y otra vez miró a Ángela.

—¿Algo anda mal?

—Sí. —Era el momento de llegar al corazón del asunto—. Algo anda mal, cariño. —Los condujo hasta la sala—. Ven, siéntate.

Bill se sentó en su asiento acostumbrado, el sillón más cerca del televisor. Sus mejillas todavía estaban llenas de color debido al baile y a la risa. Ángela sintió que le renacía la esperanza. Hacía meses que no se veía así. Emily caminó muy despacio, probablemente porque le había tomado por sorpresa la posibilidad de que algo anduviera mal.

Ángela se sentó en una esquina del sofá de lana y Emily ocupó la otra esquina, intranquila, con las cejas unidas. Toda su energía de atleta le hacía difícil quedarse quieta. Así le sucedía siempre, pero en especial cuando se trataba de un asunto serio.

—Muy bien. —El tono de Emily era una mezcla de dolor y temor—. Entonces, ¿qué anda mal? ¿Y cómo es que no me dijeron nada antes?

—Voy a dejar que tu abuelo te lo diga. —Ángela tragó para bajar el nudo en su garganta. Cruzó las manos y se mordió el labio, incapaz de decir una palabra más sin perder el control.

Emily se sentó en el borde del sofá, sus ojos fijos en Bill.

—¿Qué, abuelo? Dime.

—Bien, cariño. —Bill tosió y su barbilla se estremeció. Se tapó los ojos con las manos pero solo por unos segundos—. Lo que pasa es que... tengo cáncer. —Sus ojos se hincharon pero se las arregló para mostrar algo que parecía una sonrisa triste y torcida—. Dice el médico que solo me quedan unos dos meses más.

Emily se había puesto de pie. El color se esfumó de su rostro y empezó a temblar. «*¿Dos meses?*» Dio unos pocos pasos en dirección a su abuelo, se detuvo y dio un paso hacia la puerta del frente. Otra vez se detuvo y luego dio un paso en dirección al sofá. Lucía como si no estuviera segura de si debía salir corriendo por la puerta y gritar o correr hacia su abuelo y abrazarlo fuerte. Por fin miró a Ángela.

—¿Dos meses? ¿Cuánto tiempo hace… cuánto tiempo hace que lo saben?

—Los médicos han estado haciendo exámenes durante algunas semanas. —Ángela pestañeó para evadir las lágrimas, pero no resultó. Su voz se quebró de todas formas—. Nos lo dijeron el jueves de la semana anterior a tu llegada. Está en todo su cuerpo, cariño. Es muy agresivo.

Emily caminó hacia Bill, se paró cerca de su sillón y le puso la mano en el hombro.

—Pero, abuelo, te ves tan bien. Puedes —señaló hacia la grabadora—, puedes cantar y bailar y reír. —Sus ojos se volvieron a encontrar con los de Ángela—. Quizá haya habido un error.

Ángela percibió el tono de esperanza en la voz de su nieta. ¿Acaso no había pensado ella lo mismo cuando los médicos les comunicaron los resultados de los exámenes? Pero, al igual que los médicos, ella tenía que ser honesta.

—No hay ningún error. Desde que hicieron el primer examen nos dijeron que existía esa posibilidad.

Emily movió la cabeza.

—¿Y una cirugía? ¿Y la quimioterapia, las radiaciones o algo de eso? Quiero decir —miró a Ángela con ansiedad—, no podemos conformarnos con solo recibir la sentencia de muerte sin luchar, ¿verdad?

—Cariño, las imágenes por resonancia magnética no mienten. Tres médicos interpretaron los exámenes. Los resultados llegaron el jueves y el viernes, pero queríamos esperar hasta después de Navidad para decírtelo. —Los ojos de Ángela se encontraron con los de su esposo—. Ese fue el deseo de tu abuelo.

Él puso su mano sobre la de Emily y ella se inclinó para abrazarlo, mientras las lágrimas brotaban sin cesar.

—No, abu, no. Todavía te necesito.

Sus brazos la rodearon.

—Yo también te necesito todavía, cariño.

Eso era todo lo que Ángela podía soportar. Se cubrió el rostro con las manos y lloró. Mientras, en el otro lado de la habitación, también pudo oír el llanto de Emily y de Bill. En medio de su dolor, Ángela pudo escuchar algo confuso que dijo su nieta acerca de que Dios estaba en control y de los milagros y de que todas las cosas volverían a la normalidad. Y su dulce Bill estaba diciendo algo sobre la fuerza y la oración y que se sentía lo suficientemente saludable como para luchar contra el cáncer. Ángela no lo entendía todo, pero entendía el por qué. No podía escuchar mucho más allá del sonido más alto de todos.

El sonido de su corazón quebrantado.

❧

Era como una horrible pesadilla. No podía ser de otra manera.

Todavía Emily no podía creerlo. Incluso, luego de haber terminado de ayudar a su abuela a lavar los platos y después de que sus abuelos se marcharon a su habitación para tomar una siesta.

¿Abu tenía cáncer? Bueno, lucía un poco pálido y quizá más delgado que de costumbre. Pero eso podía ser algo bueno, ¿cierto? Quizá los médicos se habían equivocado. El diagnóstico de todos no podía ser el mismo. Quizá su abuelo tenía un tipo de sangre o de huesos que podían engañar a una máquina como las de imágenes por resonancia magnética. Subió a su habitación, se sentó encima de la cama con las piernas cruzadas y trató de concentrarse. Supongamos que la noticia fuera verdad y que a su abuelo solo le quedaran unos pocos meses de vida. Si ese era el caso, no podía esperar ni un día más. No podía emplear su tiempo revisando la caja que su mamá había dejado.

Ahora estaban inmersos en una carrera. Y el tiempo no podía ganarles.

El milagro por el que ella estaba orando no era solo encontrar a su mamá y, con el tiempo, a su papá, sino también ayudar a su mamá a hacer la paz con sus padres. Lo que quería decir que si eso no sucedía en los próximos meses, puede que nunca sucediera.

Se apretó los lados de la cabeza con las manos para tratar de espantar el resto de los pensamientos y concentrarse en el problema en cuestión. La caja de cartón descansaba en el borde de la cama. Contenía horas y horas de fascinantes y conmovedores recuerdos pero, ¿en verdad contenía alguna pista que le ayudara a encontrar a su mamá o a su papá? Era el día siguiente a la Navidad, así que todavía no había ninguna oficina abierta, lo que significaba que no tenía forma de hacer llamadas telefónicas que le pudieran proporcionar una pista acerca del lugar de residencia de su mamá.

Así eran las cosas. Usaría este día para revisar la caja. Por si acaso encontraba allí algo importante. Ya había revisado la tercera parte del contenido. La mayoría de este lo había apilado al lado de una pared, en un lugar donde no interrumpiera el paso, de modo que nadie tropezara, lo pisara o lo pateara. Ahora cogió otro álbum de fotos de la caja y le echó un vistazo. Más tarde podría saborearlo.

Le seguían otros dos álbumes más pequeños y más abajo encontró otro diario. A este también le echó solo un vistazo, aunque cualquier cosa que su mamá hubiera escrito podía contener alguna pista. Quizá la mención de un lugar favorito donde ella y el papá de Lauren querían vivir cuando fueran viejos, o algo que ella siempre había querido hacer, o un lugar donde deseaba trabajar. Cualquier cosa que pudiera convertirse en una pista, sin importar cuán pequeña pudiera ser.

«Vamos, mami, muéstrame algo».

Más fotos enmarcadas y un conjunto de anuarios seguían en la lista. Todo lo que Emily podía hacer era dejarlos a un lado y colocarlos en otra pila cerca de la pared hasta más tarde. Pero en el momento que sacó el último anuario, sintió que su boca se abría de asombro. Un grito apagado se le escapó al llegar al fondo de la caja.

Cuadernos.

Uno tras otro. El corazón de Emily latía con rapidez. Estos tenían que ser los cuadernos de los que su abuela le había hablado. En los diarios no había cuentos, así que tal vez estaban aquí en los cuadernos. Aquellos donde su mamá siempre escribía.

Un escalofrío le recorrió la espalda mientras sacaba los cuadernos de la caja, como unos veinte en total, para colocarlos encima de la cama. No eran diarios. Tenía la impresión de que a su mamá le gustaba escribir los diarios en libros de tapa dura, de hojas rayadas y hermosas portadas. Estas eran libretas sencillas y ordinarias, encuadernadas en espiral. Abrió la primera y echó un vistazo a la página inicial. En grandes letras manuscritas que cubrían la mitad de la página se podía leer:

El paseo más importante de todos
por Lauren Gibbs

Emily frunció el ceño y deslizó su dedo por las palabras. Ciertamente era un cuento pero, ¿quién era Lauren Gibbs? Si fue su mamá quien escribió esas historias, entonces ¿por qué había usado un apellido diferente? Después de todo, ¿a quién pertenecía ese apellido? Recorrió la página con los ojos hasta llegar al comienzo de la historia.

Una acera puede significar muchas cosas para muchas personas. Pero para Rudy Jonson, en el verano de 1985, la acera era su camino hacia la libertad…

Emily volteó las páginas, una por una. La historia continuaba hasta la mitad del cuaderno. Regresó al comienzo y volvió a estudiar la página donde estaba escrito el título. ¿Lauren Gibbs? ¿Quién había escrito la historia? ¿Acaso sería una prima o una amiga de su mamá? Los ojos de Emily se estrecharon. La historia estaba escrita a mano, así que todo lo que tenía que hacer era comparar los diferentes estilos de caligrafía.

Se paró de un salto y agarró uno de los diarios de su mamá que estaba en el piso. Muy apurada lo abrió y lo puso al lado del cuaderno. Comparó los estilos de la letra de molde y luego de la cursiva. Ambos tenían las «y» escritas casi por debajo del renglón y las «i» con un pequeño círculo encima, donde debía ir el punto. No era necesario un detective para comprobar que ambas escrituras eran de la misma persona. No quedaba la menor duda. Era su mamá quien había escrito la historia.

Entonces, ¿de dónde viene Lauren *Gibbs*?

Emily revisó las últimas páginas del cuaderno en busca de otras historias, detalles o lo que fuera. Estaban en blanco, así que lo colocó a un lado y abrió el segundo. En el espacio reservado para el título en la primera página se leía:

Un atardecer de verano
por Lauren Gibbs

El corazón de Emily empezó a latir de una manera estrepitosa. Lo que sea que fuera *Gibbs*, su mamá no había pretendido ser otra persona solo en una historia. Repasó la primera página de todos los cuadernos del montón. Cuando terminó, tenía la carne de gallina.

Lauren Gibbs había escrito todas las historias.

Tragó en seco y acomodó el montón. Era necesario averiguar acerca de este nombre. Estaba a punto de pararse e ir en busca de sus abuelos, cuando algo más le llamó la atención. En la portada de uno de los cuadernos, su mamá había garabateado esto:

Lauren Anderson ama a Shane Galanter.

Solo una cosa le pareció diferente. Con ojos fijos Emily miró la oración durante unos tres minutos antes de que por fin se diera cuenta. Siempre había deletreado el nombre de su papá *Galenter*. Nunca se lo había preguntado a sus abuelos, porque sus conversaciones acerca del pasado estaban casi siempre repletas de preguntas sobre su mamá. En algún lugar, en el transcurso de los años, debió haber visto el nombre de su papá garabateado y asumió que estaba leyendo una *e* donde debió haber estado una *a*.

Ante sus ojos se abrió un mundo de posibilidades. Corrió hacia la puerta, la dejó abierta y vaciló. Era poco más de las tres y la casa estaba en silencio. Bajó las escaleras en puntillas y miró un segundo dentro de la habitación de sus abuelos. Ambos estaban en la cama, todavía durmiendo. Más tarde podría preguntarles acerca de la forma correcta en que se escribía el apellido de su papá. Otra vez subió las escaleras y entró a la oficina, la habitación que había sido de su mamá.

Encendió la computadora, haló la silla y se sentó. «Apúrate», le ordenó. «Caliéntate, vamos». Sus ojos se quedaron pegados a la pantalla mientras se masajeaba las pantorrillas. Todavía le dolían por el juego del otro día, un recordatorio de que debía salir y trotar. Pero no podía pensar en nada más, ni siquiera en respirar, hasta que revisara por lo menos una vez.

Tendría que preguntarle a su abuela acerca del asunto de Lauren Gibbs. Quizá había un miembro de la familia que tuviera ese nombre, o algún amigo en California. Era la mejor pista que había encontrado en toda la caja y, no obstante, tal vez no significara nada. Pero, ¿el nombre de su papá? Eso era tremendo. Ahora que sabía la forma correcta de escribirlo, no podía esperar para buscarlo en Google.

La computadora estaba encendida y lista. Entonces dio un clic en el ícono de Internet y esperó. Sus abuelos tenían una conexión muy rápida y en solo unos segundos estaba en línea. Fue a la ventana de búsqueda y respiró profundo. «Muy bien, aquí va». El nombre de su papá le era muy familiar, porque fácilmente lo había tecleado en la ventana de búsqueda cientos de veces, antes de que por fin se diera por vencida. Pero ahora...

Una vez más tecleó S-h-a-n-e G-a-l-e-n-t-e-r, por si acaso algún detalle había pasado desapercibido durante todos estos años.

Enseguida aparecieron los resultados y allí en la parte superior decía...

Se quedó boquiabierta. ¿Cómo era posible que no lo hubiera visto antes? En la parte superior decía: «¿Quiso decir: *Shane Galanter*?»

Exhaló y exageró la voz. «Sí. Eso quise decir, ¿está bien?» Dio un clic en el vínculo debajo del nombre escrito en la forma correcta. Apareció otra lista y Emily sintió que el corazón quería salírsele por la boca. En algún lugar en esta lista de opciones podía estar la información que la llevaría a su papá. Echó un vistazo a las líneas con los detalles de los cuatro primeros sitios. Shane Galanter no era exactamente un nombre común pero, no obstante, había unos cientos de entradas. La primera era de un Shane Galanter presidente de una compañía de fumigadores.

«¿Fumigadores?» Emily arrugó la nariz. «No es probable que te dediques a la lucha contra insectos, ¿verdad, papá?» Hizo un clic en el vínculo y una página llena de arañas cubrió la pantalla. Cada varios segundos una cucaracha atravesaba la página. Emily se encogió de hombros. Los insectos eran lo peor. Pero, ¿dónde había una foto de este Shane Galanter que era el dueño de la compañía? Recorrió la página con la vista y cerca de la parte superior notó un vínculo que decía «Comuníquese conmigo».

«Muy bien, así lo haré». Dio un clic en las palabras y apareció otra página. Esta presentaba el rostro sonriente de un hombre negro. Al lado de la foto decía: «¡Shane Galanter tiene lo que necesitas para la fumigación de insectos!»

Emily se sopló un mechón de su cabello oscuro. «Uno menos».

Aplastó el botón para regresar y de nuevo apareció la lista

con los sitios. Encontró uno de un escritor, con una foto de un hombre de cabello blanco que debía estar rondando los setenta. Una vez más, Emily regresó a la lista. «Dos menos».

El siguiente Shane Galanter era un corredor de pistas de la Universidad Azusa Pacific. Solo para divertirse, dio un clic en el vínculo y encontró su foto. «Hmm». Alzó la ceja mientras miraba la foto. «Eres apuesto, pero tú no eres mi papá».

El cuarto sitio tenía las palabras *Instructor de vuelo en Top Gun* al lado de Shane Galanter. Emily ladeó la cabeza. «Interesante… dio un clic en el vínculo pero esta vez no había fotografía. La página tenía una lista del personal de una base aérea y naval fuera de Reno, Nevada. Dio un clic en el vínculo y leyó unos cuantos párrafos. A finales de los noventa, la academia de entrenamiento de pilotos de caza *Top Gun* se había mudado a Nevada, pero todavía se llamaba *Top Gun*, como la vieja película de los ochenta.

¿Era su papá un instructor de pilotos de caza? Su abuela le había dicho que provenía de una familia acomodada, una familia involucrada en el negocio de los bancos y las inversiones. Abu dijo que los padres de Shane querían que él fuera un hombre de negocios. Lo más probable era que en eso se hubiera convertido. Agarró un pedazo de papel y garabateó la información.

Regresó otra vez a la ventana con los resultados de la búsqueda y encontró varias posibilidades más. Un Shane Galanter dueño de una tienda de comestibles en Utah y otro había sido presidente del Club de Chicos y Chicas en Portland, Oregon. Tomó notas de los detalles de ambos y busco otro más: un Shane Galanter vendedor de seguros en Riverside, California.

«¡Perfecto!» Se quedó mirando su lista de detalles. «¡Uno en California!»

La esperanza dentro de ella se redobló. Era domingo y, con solo unos pocos Shane Galanter, podía empezar a llamarlos por teléfono en la mañana. Su papá tenía treinta y seis años, al igual que su mamá. Ella podía hacerle una descripción por teléfono de la persona que estaba buscando, o enviarle una

foto por fax si era preciso. Miró el sol poniente por la ventana. Parecía como si faltara una eternidad para que llegara la
mañana.

Desde abajo, escuchó a sus abuelos que se habían levantado. Se paró como un resorte, salió corriendo de la habitación
y se dirigió hacia ellos.

—¡Abuela! ¡Abuelo! —Sus pies en medias resbalaron y casi
pierde el equilibrio cuando dobló para entrar a la cocina.

La adrenalina le recorría todo el cuerpo y la dejó sin aliento
en el momento en que chocó contra el mostrador de la cocina
y los miró a ambos.

—Encontré algo.

—¿De veras? —Su abuela estaba poniendo en el horno una
bandeja con pedazos de pavo que habían sobrado. A pesar de
que estaba frío, el olor llenaba la cocina—. ¿Qué encontraste?

Emily se pasó la lengua por los labios. Tenía la garganta
seca. Miró a su abuelo y luego cambió la vista otra vez a su
abuela.

—¿Qué sabes acerca del nombre Lauren Gibbs?

Su abuela frunció el ceño y la expresión de su abuelo era
tranquila. Él habló primero.

—Nunca antes lo escuché.

A Emily se le escapó la esperanza del alma como sale el aire
de un neumático perforado.

—¿Nunca?

—Yo tampoco. —Su abuela sacó de una gaveta un tenedor
de servir y lo puso en el mostrador—. ¿Dónde lo viste, cariño?
¿Fue en alguno de los escritos de tu mamá?

Haló una de las banquetas del bar y se sentó.

—Fue el nombre con el que firmó todas sus historias.
—Emily se auxilió de las manos para describir el tamaño de la
pila de cuadernos que había revisado—. Mamá tenía toneladas
de historias, abuela. —Miró a su abuelo—. Cada una tiene un
título y debajo de él dice: «Por Lauren Gibbs».

—¿Lauren Gibbs? —Su abuela se quedó quieta y arrugó la
nariz—. ¿Por qué rayos escribiría algo así?

—Esperen un minuto. —Al otro lado de la cocina, su abuelo se recostó al refrigerador y movió un dedo en el aire. Las miró a ambas, primero a una y luego a la otra—. Angie, ¿te acuerdas de aquel libro que leyó Lauren cuando tenía, no sé, quizá doce o trece años?

Su abuela soltó una risa.

—Cariño, no llevaba la cuenta de los libros que leía Lauren. Además —cogió un bulto de platos del armario—, eso fue hace veintitrés años.

—Lo sé, pero yo me acuerdo cuando ella me habló de ese libro. Por lo menos... creo que me acuerdo. —Apretó los ojos cerrados, como si estuviera tratando de hacer un viaje de regreso en el tiempo, para recordar cada detalle. Cuando los abrió, sus ojos brillaban—. Sí, lo recuerdo, justo como sucedió. Era uno de sus favoritos. Durante varias noches me buscó para leerme algunos capítulos en alta voz. —Miró a su esposa—. ¿Te acuerdas? Uno de los personajes de ese libro era Lauren Gibbs.

—¿De veras? —Emily volvió a sentir la emoción de estar descubriendo una pista. Atravesó la cocina y sacó unas ensaladas y unas guarniciones del refrigerador. Eran seis en total y las puso en el mostrador que estaba frente al horno.

—A mí ni siquiera me parece un poco familiar. —Su abuela tomó el guisado de frijoles y lo puso en el microondas. Se secó las manos en el delantal y se volteó hacia su esposo—. ¿Lauren dijo algo acerca de ese nombre?

—Sí. —Movía su dedo en el aire frente a él—. Ahora me acuerdo. Me dijo que le encantaba el nombre Lauren Gibbs. Algo le gustaba del personaje, creo. Recuerdo que ella dijo algo acerca de que quería ser así cuando creciera.

—¿Pero cuál era el libro, abu? —Emily se le acercó, con los ojos muy abiertos mientras miraba en los de él—. Quizá eso nos puede dar otra pista.

El abuelo miró al vacío y esperó varios segundos. Luego movió la cabeza y la miró.

—No puedo acordarme.

A Emily no le importaba. Al menos era algo por donde empezar. Además, tenía el nombre de su papá, escrito en la forma correcta. Durante la cena les contó acerca de los Shane Galanter cuya información se encontraba en Internet.

—¿Un instructor de aviación? —Su abuela bajó el tenedor—. ¿Qué era el otro?

—Un vendedor de seguros en California.

—Apostaría por el vendedor de seguros, si es que es alguno de ellos. —Abu lucía cansado. A sus palabras les faltaba la energía que habían tenido media hora antes—. El hijo de Samuel Galanter no se uniría al ejército. No con los planes que él tenía de que su hijo entrara en los negocios.

—Estoy de acuerdo. —Su abuela le sonrió a Emily con cautela—. Pero, cariño, tienes que ser realista. No hay ninguna razón para que el nombre de Shane esté en Internet. Tú sabes eso, ¿verdad?

—Sí. —Emily miró su plato casi intacto. Estaba demasiado emocionada como para pensar en comer. Sus ojos volvieron a encontrarse con los de su abuela—. Es una posibilidad remota. —Sonrió—. Pero así son los milagros, ¿cierto?

—Cierto. —La expresión de su abuela se suavizó—. Me imagino que ya es hora de que yo también crea en las posibilidades remotas.

Esa noche, después de ver una película y hablar un poco más acerca del cáncer de su abuelo, Emily se retiró temprano. Se acostó en la cama con la vista fija en el techo, deseando que el reloj apurara las horas para así poder empezar a chequear a los Shane Galanter de la lista. Pero no era eso lo que llenaba su mente. No podía dejar de pensar en su mamá y en el libro del que le había hablado a abu y cómo se había enamorado del nombre Lauren Gibbs. Tan enamorada que lo había usado para firmar todas sus historias.

«Dios», se acostó sobre un costado para poder mirar por la ventana, «tiene que haber algo en esa caja más allá de un puñado de cuentos, ¿cierto? ¿Puedes ayudarme a encontrar lo que necesito? ¿Por favor?» Pensó en su abuelo y en la batalla que había acabado de comenzar. «No tengo mucho tiempo, Señor».

Casi siempre, cuando hablaba con Dios, le brotaba una paz de adentro hacia fuera. Eso fue lo que también sucedió en esta ocasión, pero había algo más. Dentro de ella creció una urgencia... como si hubiera tropezado con algo importante.

Ahora todo lo que tenía que averiguar era de qué se trataba.

DIECIOCHO

L a historia del orfanato resultó ser algo más que un artículo sentimental.

Durante la primera visita de Lauren al edificio gravemente dañado, donde se alojaban cientos de niños, ella asumió que la historia era obvia. Captar una mirada detallada a los niños que han quedado huérfanos por la guerra, hacerlo sentido y entregarlo antes de su plazo de entrega el viernes. La parte escrita del artículo había quedado como se esperaba, y el personal en la oficina de Nueva York estaba emocionado con el trabajo.

—Esta historia haría que un derechista cambie radicalmente de postura —le dijo su editora—. Sin dudas que saca las lágrimas.

Eso habría sido suficiente, especialmente combinado con el increíble fotorreportaje que Scanlon preparó durante su día con los niños. Pero durante el almuerzo, una de las trabajadoras que llevaba una jarra de agua se le acercó y le susurró algo al oído.

—Algunos de los bebés son norteamericanos.

Entonces la trabajadora miró a su alrededor, recorriendo rápidamente la habitación con la mirada, como si pudiera estar en peligro por lo que acababa de decir.

—Los padres fueron soldados norteamericanos.

Lauren quería reaccionar, pero se quedó tranquila. Sonrió, apuntó a su sándwich y asintió, como si el comentario de la mujer tuviera algo que ver con la comida de su plato. Entonces susurró:

—En cinco minutos me encontraré con usted allá afuera.

La mujer rellenó el agua de Lauren, asintió y luego siguió

por la fila. En el momento adecuado, Lauren se excusó para levantarse de la mesa y encontrarse con Scanlon.

—Regresaré enseguida.

—¿Adónde vas? —Él parecía nervioso. Durante los últimos dieciocho meses había adoptado el papel no expresado de guardaespaldas de ella. Ella era un blanco norteamericano fácil por su cabello rubio y su participación en cada faceta de la vida en Afganistán. Sus editores le habían advertido con respecto a estar sola ya que con frecuencia los occidentales eran el foco de secuestros por un rescate o por favores políticos.

—Estaré bien —dijo ella señalando con la cabeza hacia el patio del orfanato—. Una de las trabajadoras necesita hablar conmigo.

Scanlon arqueó una ceja, luego cambió de un pie al otro y se ajustó la cámara.

—Estaré aquí si me necesitas.

—Está bien. Ella apretó su hombro y le sonrió. Luego se abrió paso por el salón principal, deteniéndose para conversar con tres niños. Cuando llegó a la puerta, se estiró y respiró profundamente. Miró a su alrededor, nadie parecía estarla mirando. Una vez afuera, vio a la trabajadora cerca de una pared de ladrillos destruida. El viento aullaba y la mujer tenía un velo sobre la nariz y la boca. Todavía tenía la jarra de agua en su mano y Lauren se dio cuenta de que estaba parada junto a una llave que goteaba. Lauren se acercó a ella, mirando por encima de su hombro para asegurarse de que estuvieran solas.

—Ser grande —dijo la mujer en un inglés chapurreado—. Tu gente dice que americanos estar para ayudarnos. —Ella asintió—. Algunos sí, algunos no. Algunos duermen con nuestras mujeres y hacen bebés. —Ella señaló al orfanato—. Los bebés americanos no tienen espacio aquí. Nadie los quiere.

Lauren estaba horrorizada. ¿Por qué no se le había ocurrido antes? Había miles de soldados norteamericanos en Afganistán, la mayoría eran hombres. Claro que algunos de ellos debían estar saliéndose con la suya entre las mujeres locales. Probablemente supusieron que era una manera de pasar un fin de semana. Sin duda que algunas de las mujeres consentían en ese tipo de juerga. Pero hasta ahora a ella no se le había ocurrido pensar que esas mujeres pudieran haberse quedado embarazadas.

—¿Por qué no quedarse con los bebés? —Miró nuevamente a la puerta. Nadie las miraba.

Los ojos de la mujer se horrorizaron mientras meneaba la cabeza.

—No bebés cuando no esposo. No estar bien.

Claro. Era posible que las mujeres en Afganistán ya no usaran velo, pero todavía había códigos sociales según los cuales tenían que vivir. Ser soltera y estar embarazada era probablemente similar a la lepra en los tiempos bíblicos. Otra ráfaga de aire arcilloso sopló por el patio y Lauren se protegió el rostro. Cuando pasó, miró de reojo a la mujer.

—¿Cómo hacen llegar hasta aquí a sus bebés? ¿Y qué les pasa luego a los bebés?

—Hay más. —La mujer miró a sus alrededor y se acercó un poco más—. En dos semanas yo encontrarme aquí con usted. Dos semanas. Entonces yo contar resto de la historia.

Las dos semanas habían pasado rápidamente. Un brote de violencia cerca de la región montañosa los mantuvo a ella y a Scanlon lejos del apartamento durante tres días después de Navidad. En dos ocasiones estuvieron tan cerca de la acción que ella se cuestionó su propia cordura. A los periodistas les gustaba verse como invencibles, meros espectadores en el deporte de la guerra. Pero eso no era cierto. Lauren estaba bien convencida de que varios reporteros habían perdido su vida desde que la guerra comenzó hacía más de dos años.

Era el 5 de enero y ella y Scanlon venían de regreso al orfanato. Hasta el momento ella no había dado un reporte de la situación. Quería tener todos los detalles antes de escribirlo para la revista. Si todo salía como ella pensaba, la historia podía acabar en la portada. ¿Soldados norteamericanos dejando tras sí a toda una generación de huérfanos? Sería la mejor historia durante un mes.

El camino al orfanato estaba salpicado de baches y ella y Scanlon daban saltos en el asiento de atrás. Era otro día soleado, seco y con viento, como había sido durante el último mes. El aire era más frío que la última vez que ella y Scanlon salieron, pero no mucho más. Todavía ambos usaban shorts y camisetas sin mangas. Junto a ella, Scanlon miraba por la ventana y exhaló con fuerza.

—Tengo una sensación extraña con respecto a esta historia.

—Yo también. —Lauren tomó su bolsa ya gastada y la zarandeó. Para historias como esta ella necesitaba más que papel. Tenía una grabadora, y cintas y baterías nuevas. Miró a Scanlon—. Tengo la impresión de que será la mejor historia que saldrá de Afganistán este año.

Él movió la cabeza y entrecerró los ojos mirando más allá de ella, a las colinas desérticas del otro lado de la estrecha carretera.

—No es ese tipo de impresión. —Sus ojos se encontraron con los de ella—. ¿Por qué no te dio la historia cuando estuviste allí la primera vez? —Él señaló hacia el camino que tenían por delante—. Tuvimos que buscar otro chofer y hacer por segunda vez el viaje de una hora. —Hizo una pausa y miró al camino—. Me parece extraño.

—Scanlon, te preocupas demasiado. —Lauren volvió a registrar en su cartera y sacó un pomo de protector solar. Unas moscas zumbaban alrededor de la ventana de atrás y ella las espantó con la mano—. La mujer estaba muerta de miedo. Otros cinco minutos más conmigo y se hubiera desmayado de miedo.

—Está bien. —Él puso su brazo a lo largo de la parte de atrás del asiento y se recostó contra la puerta—. De todas maneras me siento raro.

—Bueno, puedes sentirte raro todo el día. —Ella le dio unas palmaditas en la rodilla—. Solo tómales fotos a esos niños de piel blanca que están en el cuarto de atrás.

—¿Los viste? Quiero decir, ¿sabes dónde están?

—Claro que no. —Ella se puso loción en la pierna derecha y la extendió hasta el tobillo—. Eso es parte de la razón por la cual estamos regresando. La mujer tiene más información y luego voy a convencerla de que me deje echar un vistazo.

—Buena suerte. —Sus ojos danzaban y él meneó la cabeza—. La mujer tiene miedo de hablar contigo ¿y tú crees que te va a dar un paseo por el cuarto de atrás? —asintió él—. Si llegamos tan lejos, no te preocupes que yo tomaré cientos de fotos. —Su sonrisa desapareció—. Solo ten cuidado, Lauren.

—Siempre. —No hablaron más durante el resto del viaje. Lauren apenas podía esperar a entrar, no solo para hablar con la trabajadora sino porque quería ver los niños. Ella ya tenía varios favoritos, niños que se habían apegado a ella la última vez. Su bolsa traía más pirulíes. Si a Scanlon no le importaba, ella se quedaría la tarde visitándolos.

Cuando llegaron a la calzada que llevaba al solitario edificio, ella le pagó al chofer y se bajó. Él no tenía adónde ir, les dijo. No había otros trabajos. Se estacionó cerca de un árbol ralo y bajó las ventanillas. «Yo listo cuando ustedes lo estén».

—Gracias. —Lauren le sonrió y le dio unos golpecitos a su reloj—. Podrían ser muchas horas.

—Está bien. —Él unió sus manos y las colocó al lado de su rostro—. Duermo aquí.

—Bien. —Lauren le hizo un gesto con la cabeza y ella y Scanlon se dirigieron hacia dentro. Los niños jugaban en el patio y estaban diseminados por el salón principal. Si hoy era como el otro día, almorzarían en unos quince minutos.

Llevaban menos de un minuto dentro cuando un hombre se les acercó. No había estado allí el otro día.

—Hola, soy Feni. —Su acento era ligero y su inglés fuerte—. Están aquí para hacer un reportaje sobre nuestros huérfanos, ¿cierto?

—Sí. —Lauren dio un paso al frente. Ella no iba a contarle que había tenido una reunión privada con una de las trabajadoras—. La gente quiere saber de los niños, de cómo la guerra los daña.

—Muy bien —sonrió—. Yo soy el director del orfanato. Pueden encontrarme en la oficina si quieren saber algo.

Él viró la palma de su mano y la extendió hacia los niños que estaban en el suelo.

—Nuestros niños son muy amables, muy optimistas. Por favor... déjenme saber si necesitan algo.

Una ráfaga de viento sacudió las ventanas. Lauren le extendió su mano a Feni.

—Gracias. Le buscaré si tenemos preguntas.

El hombre saludó a Scanlon con la cabeza, se dio una vuelta y regresó a la oficina. Cuando se iba, un escalofrío recorrió los brazos de Lauren.

—¿Por qué no estaba aquí la vez anterior?

—Te lo dije. —Scanlon se acercó a ella de manera que sus brazos se tocaran—. Tengo una sensación rara con respecto a esto. Recuerda lo que nos dijo el hombre de los medios del ejército. Nunca hagas una cita con gente del lugar a menos que sea a la vista de todo el mundo. Aun así se supone que nos cuidemos las espaldas.

—Correcto. —Se secó las manos en sus shorts y se dio órdenes de no sentir miedo—. Es diferente ahora. La mujer era una trabajadora, Scanlon. —Ella lo miró confiada. —De veras.

En ese momento llegó corriendo una niñita. Tenía el cabello a media espalda y Lauren la reconoció del otro día. Había sido como una sombra alrededor de Lauren durante la mayor parte de su última visita. La niña era adorable, no mucho mayor de siete años, le faltaba uno de sus dientes frontales.

La niña se detuvo a unos treinta centímetros de ella e hizo una pequeña reverencia.

—Hola, señorita.

—Hola. —Lauren le sonrió, mirándola a los ojos. Extendió su mano y la niña la tomó, apretándole los dedos—. Senia, ¿verdad?

—Sí. —Los ojos de la niña danzaban.

—¿Cómo estás Senia? —Lauren siguió sonriendo, pero sintió que la tristeza inundaba su corazón. Se había perdido tantas cosas al perder a Emily. Tanto, tanto. Pero la tristeza era por más que la pérdida de su hija. Era también porque su trabajo hacía imposible que siquiera considerara adoptar una niña como Senia.

La niña sonreía más que antes.

—Estar bien. —Ella miró dentro de la bolsa de Lauren. Entonces arqueó las cejas hasta la mitad de su frente—. ¿Dulces, señorita? ¿Dulces, por favor? —Ella extendió su mano—. Por favor, señorita.

Los niños sabían muy poco inglés, pero se sentían orgullosos al usarlo. Podían haber hablado en su lengua materna y Lauren lo hubiera entendido. Especialmente con las palabras y frases sencillas que los niños utilizaban. Pero lógicamente querían impresionarla y por eso la mayoría hablaba en inglés.

Lauren le sonrió a la niña.

—Está bien. —Señaló a la mesa que ya tenía los platos con el almuerzo—. Después del almuerzo.

La niña miró a la mesa e inmediatamente comprendió. Asintió y se vio timidez en sus ojos.

—Señorita, usted linda.

A su lado, Scanlon había sacado su cámara. Estaba tomando fotos de la niña, de su expresión fervorosa, de la manera que miraba con ojos de adoración a los norteamericanos.

—¿Trajiste tus cartas para jugar, verdad? —Él le dio un ligero golpecito con su rodilla—. Sácalas y siéntate en el suelo. Estarás rodeada antes de que puedas barajarlas.

Era una buena idea.

Lauren abrió su bolsa y sacó su juego de cartas. Entonces las alzó para que la niñita pudiera verlas y se dejó caer lentamente en el suelo.

—Mira, vamos a jugar un juego —le dijo a la niñita.

Scanlon dio un paso atrás y tal y como lo esperaba, un montón de niños vinieron de inmediato a sentarse a su alrededor. Todos se mostraban asombrados ante las cartas que Lauren tenía en sus manos. Al primer niño a su derecha le dio un cuatro de trébol.

—Cuatro —le dijo ella. Entonces alzó cuatro dedos y los contó—. Uno, dos, tres, cuatro.

Una luz surgió en los ojos del niño. Se inclinó un poquito, tomó la carta diciéndole rápidamente algo sobre números y un juego a la niña que estaba a su lado. Los otros niños extendieron sus manos y esperaron mientras ella le daba una carta a cada uno y les explicaba lo que significaba. Todavía estaban sosteniendo sus cartas cuando las trabajadoras salieron en fila de la cocina hacia el área del comedor.

—Aquí. —Lauren extendió la caja de las cartas y dejó caer dentro el resto de las cartas. Los niños siguieron su ejemplo—. Después, cuando comamos los dulces. —Ella le guiñó el ojo a Senia.

Los niños divisaron a las camareras y se pusieron en pie de un salto, abriéndose paso hacia sus puestos en la mesa.

—¿Dónde está la informante? —Scanlon habló en voz baja para que solo ella pudiera escucharlo.

Lauren estudió los rostros de las mujeres.

—No está aquí.

—Ves. —Las trabajadoras caminaban despacio hacia la mesa del almuerzo. —Algo raro está pasando.

Las mujeres del almuerzo vieron a Lauren y a Scanlon y les sonrieron y saludaron con la mano. Había seis mesas largas apretadas en la habitación y en cada una se sentaban veinte niños. Lauren estaba asombrada de lo rápido que las trabajadoras ponían los sándwichs en la mesa y les servían agua a los niños. Ella se quedó parada a unos metros mientras Scanlon cambiaba los discos de su cámara digital.

Todo el tiempo Lauren supuso que este sería el momento en que se reuniría con la mujer. Hablarían durante el almuerzo y no les interrumpirían porque los niños estarían ocupados. Pero, ¿dónde estaba? ¿Acaso era que Scanlon la estaba poniendo nerviosa o ella sentía lo mismo que él? ¿Una intranquilidad de que, de alguna manera, algo con respecto a la reunión no estaba bien?

Feni, el hombre de la oficina, salió durante el almuerzo y

observó a los niños durante un par de minutos. Entonces miró en dirección a ella y la saludó con la mano. Ella hizo lo mismo, y de nuevo él desapareció en la habitación. Ella miró más allá de él y vio un buró y un teléfono, no había mucho más.

—Ese Feni me pone nervioso. —Scanlon tenía la cámara abierta. Estaba revisando una de las configuraciones—. Parece sospechoso.

Lauren se mordió el labio.

—Quizá no le gusta que haya norteamericanos en su orfanato.

—Quizá.

Los niños estaban terminando de almorzar y Scanlon estaba diciendo algo sobre las trabajadoras, de cómo parecían perturbadas, cuando Lauren vislumbró a una mujer que cruzaba el patio hacia la puerta de entrada. Aguantó la respiración, era su informante. Se detuvo en la entrada y sus ojos se encontraron.

—Oye. —Lauren se inclinó hacia Scanlon, una sonrisa jugueteaba en sus labios para no captar la atención de ninguno de los adultos de la habitación—. Está aquí. Regreso enseguida.

—Yo voy también. —Él deslizó su cámara en la bolsa y comenzó a caminar junto a ella.

—No. —Lo miró de una manera que no dejó espacio para negociar—. Ella me quería a mí sola.

Él frunció la boca y emitió un sonido de frustración.

—Está bien. —Miró alrededor de ella hacia la puerta de entrada—. No vayas lejos.

—No.

Esta vez, mientras ella salía del edificio, podía escuchar a los niños llamándola. Miró por encima de su hombro y vio a Scanlon haciendo interferencia y diciéndoles que ella regresaría enseguida. Lauren retomó el paso. No tenían mucho tiempo. Entró al patio donde la recibió otra ráfaga de viento arenoso. Se cubrió los ojos y miró a su alrededor, pero la mujer no estaba allí.

—¿Hola? —Dio otros diez pasos y escudriñó el patio. Había varios rincones y áreas pequeñas cerca de las paredes medio levantadas, pero la mujer no estaba allí.

Un desasosiego se deslizó por su espalda y medio que esperaba que Feni saliera de una de las paredes derribadas. Ella tenía una pistola pero no la traía consigo. Si Feni tenía algo planeado, ella no podría ofrecer mucha resistencia. Estaba a punto de regresar y entrar cuando escuchó tras sí el sonido de las voces de los niños.

—¡Señorita! —Era Senia que guiaba a otra niñita y a dos niños hacia el patio—. Señorita, ¿dulces? ¿Por favor?

Lauren iba a decirles que no, que los dulces había que comerlos dentro y que necesitaban regresar y esperar por ella cuando una explosión de balas resonó por todo el patio. En una confusión que tomó fracciones de un segundo, ella se dio la vuelta hacia el sonido y vio tres figuras cubiertas de negro, cada una con una ametralladora que apuntaba en dirección a ellos.

—¡Deténganse! —Ella extendió su mano hacia ellos, luego giró para mirar a los niños. Dos yacían tirados en el suelo, sus camisas blancas salpicadas de sangre y un charco oscuro se formaba debajo de ellos—. *¡No!*

Estaba a punto de correr hacia ellos cuando otra ronda de balas resonó en el aire.

Una sensación ardiente le desgarró el hombro y la tiró al cálido piso de cemento. Le habían dado, y aunque pateaba sus piernas para tratar de sentarse, no podía, no se podía mover. De repente, una serie de voces comenzó a gritar y ella miró la arena desértica donde todavía los hombres armados estaban parados. Movían sus armas apuntándola y ella entendió. Era a ella a quien querían. En la confusión del dolor se dio cuenta de lo que estaba sucediendo. Scanlon tenía razón. Era una trampa. La historia probablemente no contenía más verdad que la mitad de otros señuelos locos que le habían lanzado.

Por lo general ella era lo suficientemente inteligente como para evitar reuniones con informantes anónimos que prometían una verdad estremecedora. Pero esta vez tenía que ver con niños... con bebés. Ella sintió que perdía el conocimiento y luchaba por mantener los ojos abiertos. Los hombres se estaban acercando y quería gritar. Pero eso los haría dispararle. En cambio, se quedó inmóvil, quizá pensarían que la habían matado.

Y tal vez sí. Su hombro le ardía, y sentía algo tibio debajo de ella. En sus ojos danzaban puntos y ella se obligó a no dejarse ir, a no ceder ante la oscuridad que la halaba. No, se ordenó a sí misma. ¡Todavía no! Los niños la necesitaban. Les dieron a dos, ¿verdad?

Avanzó lentamente hacia ellos, pero mientras lo hacia, Feni salió corriendo de detrás de una puerta del otro lado del patio y en una ráfaga de balas disparó y derribó al primero de los tres tiradores. Al mismo tiempo salieron balas de una ventana del orfanato y antes de que los hombres pudieran reaccionar, los tres estaban en el piso.

Feni corrió más cerca y los roció con otra ronda de balas. Cuando parecía seguro de que no iban a moverse otra vez, corrió hacia ella. A la misma vez ella escuchó la voz de Scanlon tras sí.

—¡Lauren! —Estaba junto a ella, volteándola—. Tenemos que buscar ayuda. —Miró a Feni, que acababa de llegar a ellos—. ¡Pida ayuda, por favor!

Ella movió el brazo bueno y agarró el tobillo de Scanlon.

—Los niños...

—Las mujeres los están ayudando. —Él tragó. Su rostro estaba pálido y revestido de preocupación—. No te muevas, Lauren. Ya viene ayuda.

—Es... solo mi hombro. —Ella hizo una mueca de dolor. Las palabras se pegaban unas a otras y ella sintió que volvía a desmayarse.

—Estoy... bien.

Una mujer corrió hacia ellos con un rollo de vendas. Se lo dio a Scanlon y él trabajó rápido, presionándola contra su hombro. El dolor era como un relámpago caliente que la golpeaba una y otra vez. Eso la volvió a despertar y la llevó a la realidad.

—Necesitamos detener la sangre.

—Los niños, Scanlon. —Esperó hasta que él le envolvió bien el hombro, entonces se sentó. Le sobrevinieron náuseas pero las obvió. Scanlon trató de detenerla, pero ella se sacudió. Gateando recorrió la distancia de casi un metro que la separaba del grupo de mujeres.

—¡Por favor! Déjenme... déjenme ver.

—Muévanse, por favor. —Scanlon se puso al frente y ayudó a abrir paso hacia los niños, al centro del círculo.

Lauren se empujó más cerca para verlos claramente. Uno era un niñito que gemía y movía su cabeza de un lado a otro. Estaba en el piso y Lauren miró hacia el lugar donde trabajaban las mujeres. La rótula del niño había estallado y se salió de la pierna.

Ella se puso la mano en la boca pero se contuvo para no sentir náuseas. ¿Y la otra niña? Dos mujeres estaban arrodilladas a su lado y solo entonces Lauren se dio cuenta de que estaban llorando. Llorando y gimiendo y acariciando el cabello de la niña. Todavía Lauren no podía distinguirla bien, así que gateó un poco más cerca y entonces...

—¡No! ¡Ella, no! —Las palabras que salieron de ella eran casi silentes, dichas con lo que quedaba de su fuerza. Senia, la niñita a la que le faltaba el diente. —Ay, ¡por favor!

Scanlon se dejó caer junto a ella.

—Lauren, vamos. La están atendiendo.

Una de las mujeres dejó caer su cabeza. Ella apretó los puños y los agitó al cielo.

—¿Por qué? ¿Por qué ella?

Lauren extendió las manos, pero ya no tenía más fuerzas, no había manera de llegar a la niñita.

—Scanlon, ¿está muerta? Dime si está muerta.

—Lauren —él le puso la mano en el hombro—, vamos a quitarnos. Necesitan espacio para trabajar.

El gemido de las mujeres se hizo mayor y otras se les unieron. La única que faltaba era la informante, que debe haber escapado cuando comenzó la balacera. La que había preparado la trampa. Lauren volvió a dar una última mirada. Los ojos de la niñita estaban abiertos y no parpadeaba. Una de las mujeres que lloraba cerró primero uno de los párpados de Senia y luego el otro.

Scanlon acercó su cabeza a la de Lauren.

—Está muerta, Lauren. Ya. Vamos.

Ella quería correr a la niña y abrazarla. No habían tenido tiempo para los dulces. Eso era todo lo que la niña quería. Un pirulí. Un pirulí y la oportunidad de sostener su mano como había hecho la última vez que Lauren estuvo allí. Regresaron los puntos y ella dejó descansar su frente en el piso. No era demasiado tarde, ¿o sí? Los dulces todavía estaban en su bolsa. Quizá si encontraba uno se lo podría dar a Senia y todo sería…

Los puntos se unieron y ella sintió que se caía, como si la estuvieran lanzando de un edificio de treinta pisos y no hubiera manera de parar. Algo cálido y salado le salía de la boca pero no podía mover la cabeza, no podía abrir los ojos. *Ayúdenme*… Pero las palabras murieron antes de llegar a sus labios.

Sintió que el calor del patio se difundía por sus brazos y piernas y luego una sensación de mareo. Se estaba muriendo. Deben haberle disparado en el pecho, no en el hombro. Su corazón escupía todo lo que ella tenía dentro, el océano de tristeza, el deseo de traer paz a esta gente y su voluntad de vivir. Todo la estaba abandonando.

—¡Lauren, quédate aquí conmigo! —Scanlon parecía estar a cientos de kilómetros—. Su voz era metálica y distante y ella no podía precisar de dónde venía. Él estaba diciendo algo pero su voz se desvanecía más y más.

Y después no había nada.

Nada sino un dolor abrasador, una completa tristeza y oscuridad.

DIECINUEVE

Shane estaba concluyendo una última sesión de instrucciones con un estudiante para piloto de caza. El chico tenía veinticuatro años, una buena educación y un futuro prometedor en la academia Top Gun. Había tenido suficiente entrenamiento así que sabía lo que hacía. Pero este iba a ser su primer vuelo solo y Shane no podía dejar nada a la casualidad.

Shane tenía en sus manos una lista de verificaciones. «Procedimiento para tirarse en paracaídas».

«Tirarse en paracaídas». Las palabras del joven eran claras y rápidas. Estuvo parado en firme durante toda aquella breve evaluación, su uniforme de piloto impecable, el casco debajo del brazo. Entonces, mientras Shane tomaba notas, el chico hizo una descripción perfecta de las circunstancias y las situaciones en las que era necesario lanzarse en paracaídas y continuó con un relato detallado del procedimiento.

«Bien». Shane hizo una marca en el formulario al lado de las palabras tirarse en paracaídas. Revisaron otros tres puntos y luego Shane miró al piloto.

—¿Estás listo?

—Sí, señor.

—Muy bien, indicativo Doogie. —Shane sonrió—. Vamos a verte volar.

Le dio la mano al piloto, dio media vuelta y se dirigió a la torre. Durante la siguiente media hora estuvo en comunicación constante con el piloto mientras este practicaba maniobras de vuelo de rutina. Por fin, en el momento exacto, pidió permiso para aterrizar.

—Comprendido, Doogie. Tráela de vuelta. —Otro instructor estaba mirando por encima del hombro de Shane. Shane alzó la mano y la chocó con la de su compañero. Presionó el botón de la radio una vez más—. Me doy cuenta de por qué te recomendaron para Top Gun, Doogie. Vas a ser de los buenos.

—Gracias, señor.

Shane revisó algunos papeles y estuvo otros quince minutos con el piloto. Ahora había llegado la hora del almuerzo. Caminó por la cubierta de vuelo y se secó el sudor de la frente. El cielo nublado de unas semanas atrás había desaparecido y el sol estaba más caliente que de costumbre en el mes de enero. Fue a la cafetería, se compró una ensalada de pollo César y se sentó solo en una mesa en el patio exterior, desde la que se veía la pista de aterrizaje. Hacía ruido afuera pero a Shane no le importaba. Cada aterrizaje y cada despegue le seguían produciendo una descarga de adrenalina y le hacían desear estar en la cabina. Inclinó su rostro y dio gracias al Señor por la comida. Luego se acomodó las gafas y miró al azul inmenso. No había nada como montarse en un F-15 para sobrevolar Nevada, volar en círculos verticales encima de Nuevo México y aterrizar en la costa de California, todo en menos de treinta minutos. Esa clase de poder nunca abandonaba a un hombre. Se inclinó hacia delante y apoyó ambos codos en la mesa con la superficie de cristal.

¿Qué pasaba en los últimos tiempos con su entusiasmo por volar? Su trabajo como instructor de vuelo siempre había sido reconfortante, pero en estos días no veía la hora de estar trabajando con los pilotos jóvenes. Parte de su trabajo era mantenerse siendo un experto en la cabina, pero desde la fiesta para anunciar su compromiso había estado duplicando las horas de vuelo que debía cumplir. Como si el tiempo de vuelo nunca fuera suficiente.

Se disponía a comer otro poco de ensalada cuando sintió el teléfono vibrar en el bolsillo de su pantalón. Con el ruido en la cubierta de vuelo perdería todas las llamadas si no programaba el teléfono para que vibrara. Lo sacó y echó un vistazo a la ventana del identificador de llamadas. Ellen. Esperó que lo envolviera una ola de entusiasmo, pero nunca llegó.

Apretó el botón para contestar.

—Hola, ¿cómo está mi niña? —Puso el tenedor en la mesa y echó la silla para atrás para tener espacio y cruzar un tobillo sobre su rodilla.

—Hola. —Ella hablaba alto y Shane pudo escuchar un coro de voces en el fondo—. Estoy en D.C. y ¡no lo vas a creer!

¿D.C.? ¿Le había dicho que iba a ir allá? Se pasó los dedos por la frente.

—¿Estás en D.C.?

Ella respiró frustrada.

—Sí, Shane. El miércoles te dije que vendría a D.C. a pasar el fin de semana. —Su tono se alegró un poco—. Papá tiene unos amigos que quería presentarme.

—Ah. —Shane dejó caer otra vez la mano sobre su regazo. No recordaba que ella le hubiera dicho algo acerca del viaje. No es que eso fuera tan importante. Volaba a Washington, D.C. por lo menos una vez al mes. Se quitó las gafas y las revisó a ver si estaban rayadas. No lo estaban—. Muy bien, ¿qué pasa?

Tomé el vuelo matutino, así que llegué aquí justo a tiempo para algunas reuniones. —La emoción hacía vibrar su voz—. Mucha de la gente importante del partido estaba aquí y papi les habló de ti.

—¿Lo hizo? —Shane se volvió a poner las gafas y miró un par de F-16 que estaban a punto de aterrizar. Se rió, pero ni siquiera a él le pareció que su risa sonara divertida—. Pensé que habíamos hablado sobre eso, Ellen. No voy a postularme ahora.

—Ya lo sé, pero eso no importa. —Todavía se oía animada y hablaba alto—. Perdón por el ruido. La reunión acaba de terminar. Papi se lo explicó al grupo. Les dijo que, cuando estuvieras en las listas de candidatos, quería que todos te conocieran.

Un ligero escalofrío recorrió el cuerpo de Shane.

—¿Todos?

—Sí. —Se detuvo en espera del efecto de sus palabras—. Incluso el presidente, Shane. Todo el partido está entusiasmado.

—Eso es increíble. —Trató de imaginarse al papá de Ellen haciéndole propaganda a su futuro yerno ante los pejes gordos del partido republicano. Era una escena apasionante—. Dale las gracias de mi parte.

—Quiere que vengas conmigo el mes que viene. Todos quieren conocerte.

—Me parece bien. —Un avión estaba despegando en otra pista. Shane se imaginó a sí mismo detrás de los controles. Pestañeó y se agarró de los brazos de la silla—. Tengo que pedir permiso.

Ellen se rió.

—Si el presidente de los Estados Unidos quiere conocerte, creo que quizá el ejército pueda darte algunos días libres.

—Cierto. —Se estiró en el asiento y descruzó las piernas—. Oye, mi hora de almuerzo casi se ha terminado. Tengo que colgar.

—Está bien, yo también. —Dio un chillido—. Estoy tan feliz por ti, Shane. Por los dos.

—Bien. Gracias. Saluda a tu papá de mi parte.

La conversación se había terminado antes de que Shane se diera cuenta de que no le había dicho que la amaba. Por supuesto, no siempre lo decía, la mayoría de las veces lo hacía cuando estaban solos o dándose un beso de despedida luego de pasar una tarde juntos. Incluso en esos momentos parecía algo de rutina. Volvió a guardar el teléfono en el bolsillo de su uniforme.

Si de veras quería ser político, si quería tener la oportunidad de representar al pueblo en el partido republicano, debía haberse sentido como si hubiera estado atravesando la pista sin ningún otro avión a la vista. Esta era la oportunidad que más anhelaban los que aspiraban a ser líderes políticos. Los contactos perfectos, una corriente de opinión favorable, el apoyo de los líderes, todo lo que se necesitaba para llegar a la presidencia.

Shane volvió a coger el tenedor y comió otro poco de ensalada. Debía estar entusiasmado. Él y Ellen habían hablado más
de la idea durante los días después de la fiesta de compromiso
y tenía que admitir que la posibilidad era tentadora. El país
necesitaba a alguien con su fibra moral, le había dicho ella.
Todos estaban diciendo eso.

Escarbó la ensalada. La lechuga se había marchitado durante su conversación telefónica, pero estaba demasiado ham-
briento como para que eso le importara. Le dio otro mordisco
y pensó en el plan que él y Ellen habían diseñado. Él trabaja-
ría otro año como instructor de vuelo, durante los días de su
matrimonio en mayo y de la luna de miel en Jamaica. Luego,
para fines de año, se postularía para las elecciones. Sus padres
y los padres de Ellen los financiarían durante el próximo año,
mientras él fomentaba seguidores en Nevada.

«Después de eso», le había dicho su padre la última vez que
lo vió, «no habrá nada que te detenga, hijo».

Sonaba maravilloso. ¿Quién no estaría entusiasmado con
un plan como ese? Sin embargo… Shane se quedó con la mirada fija en el azul del cielo. Nada de eso parecía que fuera su
plan. Antes de conocer a Ellen, era feliz como instructor en
Top Gun. No, no exactamente feliz. No era así como se sentía.
Estaba viviendo su sueño. Sí, la idea de postularse en el partido
republicano sonaba bien, pero no tan bien como entrenar a
jóvenes para convertirse en exitosos pilotos de caza.

Una tibia brisa lo envolvió. *Dios, todo está sucediendo tan
rápido. Me siento como si me hubiera perdido a mí mismo.*

Esperó algún tipo de respuesta, una señal de la dirección
de Dios. Pero hoy no sucedió nada así, ningún destello de
comprensión, ningún quieto susurro interior de reafirmación.
Todavía Shane tuvo tiempo para ver cómo otro avión abandonaba la pista y se elevaba en el cielo encima de Reno.

*Muy bien, Dios, yo sé que estás ahí. Incluso cuando no te siento.
Te ruego que me des sabiduría. Solo un poco de sabiduría que me
ayude a entender cuál es el próximo paso.*

Todavía no recibía ninguna respuesta. Volvió a su ensalada

y, de repente, como había sucedido cada día desde su fiesta de compromiso, el rostro de Lauren Anderson le vino a la mente. También había orado con respecto a eso. Él estaba a punto de casarse. Era tiempo de olvidarse de Lauren para siempre. Miró su ensalada y la imagen de Lauren se desvaneció. El pollo estaba tibio, pero sabía bien. Mientras comía pensaba en su oración. Sabiduría era exactamente lo que necesitaba. Dirección para saber qué hacer a continuación, algo que le ayudara a entender por qué se sentía tan inseguro acerca de un futuro que, hasta hace algunos meses, había parecido brillante y prometedor. Sí, sabiduría era exactamente lo que necesitaba.

Para no tomar una decisión que tuviera que lamentar durante el resto de su vida.

VEINTE

Emily estaba segura de que su padre era instructor en la instalación de entrenamiento *Top Gun* de la marina. El problema era que no podía probarlo. Tenía su fecha de nacimiento, su descripción física y su nombre, pero se había comunicado tres veces con la academia, y en ninguna de ellas había conseguido información. La última vez que llamó era viernes, hace dos días, y su conversación fue bastante frustrante.

—Hola. —Intentó que su voz pareciera la de alguien mayor a sus dieciocho años—. Estoy escribiendo un artículo acerca de su programa de instrucción de vuelo. —Contuvo la respiración.

—Tiene que hablar con la oficina de información pública, señora. —El hombre la conectó con ese departamento.

Emily no le dio mucha importancia. Esto ya había sucedido en sus dos llamadas anteriores. Esperó hasta que alguien atendió la llamada.

—Relaciones públicas, le habla la soldado Walton.

—Sí, buenas. —Hizo una pausa para no parecer desesperada—. Soy escritora independiente y estoy trabajando en un artículo sobre instructores de vuelo.

—¿En qué puedo ayudarla? —La mujer fue muy atenta, pero su voz denotaba que estaba apurada.

—En realidad, me gustaría concertar una entrevista con un instructor de vuelo en específico. Shane Galanter.

—El oficial Galanter es un hombre muy ocupado. Tal vez pueda enviarle por fax una lista de las preguntas más frecuentes que recibimos con sus respuestas.

—Ya tengo eso. —Dejó escuchar una educada sonrisa—. Es importante para esta historia que tenga la oportunidad de encontrarme cara a cara con uno de los pilotos. Realicé una investigación sobre los instructores y en verdad me encantaría entrevistar al oficial Galanter.

—Se me ocurre algo, ¿por qué no me envía un fax con una lista de preguntas y yo veré si el oficial Galanter puede respondérselas la próxima semana? —De pronto sonó un poco distraída—. ¿Alguna otra cosa?

—Usted sabe —Emily sentía que se le escapaba la llamada—, tal vez usted pueda ayudarme en algo. Ya yo me reuní en otra oportunidad con el oficial Galanter, y quiero estar segura de que estamos hablando de la misma persona. ¿Es de pelo negro, ojos oscuros, y alto, verdad? ¿Treinta y seis años?

La mujer vaciló.

—Señora, no damos ese tipo de información sobre nuestros instructores de vuelo, ni de ninguna otra persona. Me temo que no puedo ayudarla con este asunto en particular. —Colgó el teléfono antes de que Emily pudiera decir nada más.

Ahora era domingo por la tarde, y su frustración crecía por hora. Había llamado a la compañía de seguros en Riverside, California. Cinco minutos bastaron para saber que el pelirrojo de cincuenta y ocho años que dirigía la oficina no era el Shane Galanter que ella estaba buscando. Los demás también habían sido fáciles de desechar, así que quedaban dos opciones. O su padre era un instructor en la escuela Top Gun, o no aparecía en ningún lugar en internet.

Se sentó en su cama rodeada de los diarios y libretas de relatos breves de su madre. Sus abuelos habían ido a la tienda, pero no estarían fuera durante mucho tiempo. En esos días su abuelo tenía muy pocas energías y parecía estar mucho más mal que en la época navideña.

—No entiendo —le dijo a la abuela un día de la semana anterior—. Nunca supe que el cáncer fuera algo tan rápido.

—A veces lo es. —A su abuela se le volvieron a llenar los ojos de lágrimas. Se tocaba la mejilla—. A él no le queda mucho tiempo, Emily. Ambos estamos muy contentos de que puedas estar en casa.

Emily se estremeció con el recuerdo. Gracias al cielo no tenía que regresar a la escuela hasta el seis de febrero. En enero algunos de los muchachos tomaban clases cortas de un módulo, pero Emily decidió quedarse en casa. Sus abuelos la necesitaban. Además, tenía que encontrar a sus padres. En verdad *tenía* que encontrarlos. La rapidez con que su abuelo se empeoraba se lo decía de forma clara. La primera cosa que iba a hacer el lunes era lo que debía haber hecho hace una semana. Llamaría a la academia Top Gun y dejaría un mensaje directo. Por favor, que Shane Galanter se comunique con Emily Anderson en Wheaton, Illinois. Luego daría su número telefónico y seguiría orando.

Luego de esta decisión fijó su atención en los apuntes y diarios de su madre que tenía dispersos por toda la cama a su alrededor y se dispuso a ver algo que no hubiera advertido antes. Abrió uno de los diarios y leyó varias líneas. Cada una era otra ventana a la niña que había sido su madre, pero ninguna de ellas contenía algo que le permitiera seguir, algo que la guiara al lugar donde su madre vivía ahora. Se paró y fue hasta la ventana. Treinta centímetros de nieve cubrían el suelo, y la vida parecía estar en la misma condición que la búsqueda de su mamá: Congelada y adormecida. «Dios…» Miró al denso cielo gris y trató de imaginar al Señor mirándola. «Tú sabes dónde está. Así que muéstrame cómo encontrarla, ¿está bien? Señor, se me está acabando el tiempo. Te ruego…»

Estaba en silencio, su nariz contra el frío cristal de la ventana. Entonces, en una apagada voz interior, un pasaje de las Escrituras comenzó a dar vueltas en su mente.

Yo soy el Alfa y la Omega, el Principio y el Fin… Yo soy el que soy.

El versículo era de Apocalipsis, y de pronto puso en orden su mundo. Dios era todo. Él era Señor y Salvador, Alfa y Omega. ¿Por qué tenía que preocuparse? Un sentido de sobrecogimiento la envolvió. Dios tenía más nombres de los que ella podía imaginar, más nombres que…

Como un relámpago, vino una idea a su mente.

¿Y si su madre también había usado más de un nombre? Todos asumieron que había cambiado su nombre, de otra manera los investigadores privados que habían contratado sus abuelos ya habrían encontrado algo. Volvió a lanzarse a la cama y tomó la primera libreta que le vino a la mano. Con la mayor rapidez que le permitían sus dedos, abrió la cubierta y miró la primera página.

Un día de verano
por Lauren Gibbs

¡Tal vez su madre estaba utilizando el nombre de Lauren Gibbs! Emily se quedó mirándolo, luego golpeó su rodilla. *¡Por supuesto!* ¿Por qué no se le había ocurrido antes? Una vez su abuelo le dijo que el nombre venía de un personaje ficticio, y ella asumió que no valía la pena buscarlo en Internet. Lo más que encontraría sería una novela que le gustaba a su mamá cuando era una adolescente. Pero ahora dejó caer la libreta y salió corriendo por todo el pasillo hacia la oficina. La computadora estaba encendida y conectada a Internet en un momento.

—Dios —susurró su nombre, sus dedos temblorosos—, tú me diste esto. Lo puedo sentir.

Colocó sus manos sobre el teclado y escribió el nombre. Apenas podía respirar mientras la máquina trabajaba, y entonces, de repente, apareció una lista con los resultados de la búsqueda.

Emily los miró con atención y comenzó a leerlos en voz alta. «La corresponsal de la revista *Time* ha estado ubicada en Afganistán desde...»

El corazón de Emily latía apresurado. ¿Corresponsal de la revista *Time*? Sus ojos se movieron a la siguiente entrada. «"Hijos de la guerra"; una reseña biográfica sobre los huérfanos de la Operación para Preservar la Libertad, por Lauren Gibbs, corresponsal de la revista *Time*. Fotos de...»

Una tras otra leyó las entradas de la lista de resultados y cuando llegó al final de la página, estaba temblando de pies a cabeza. Cada entrada mencionaba a Lauren Gibbs como una reportera de la revista *Time*. Emily apretó la palma de su mano contra su frente, echando atrás su cerquillo como lo hacía cuando un juego de fútbol se ponía muy tenso. «Está bien, Dios, guíame en todo esto».

El hecho de que Lauren Gibbs escribiera para la revista *Time* no significaba que Emily había encontrado a su madre. Regresó a la línea de búsqueda y escribió: «Reseña de Lauren Gibbs, revista *Time*».

Los resultados llegaron tan rápido como los anteriores. El primer vínculo decía: «Reseña de Lauren Gibbs, corresponsal de la revista *Time*». Una vez más Emily contuvo la respiración al hacer clic en ese vínculo. Y entonces, de manera instantánea, una foto ocupó un cuarto de la pantalla. La mujer era rubia y muy bonita. Vestía ropa de soldado, y en el fondo había lo que parecían casas de campaña militares. Sin embargo, por encima de eso estaba la expresión de su rostro. Una mirada inquietante que al mismo tiempo revelaba todo y nada. Una mirada que Emily había visto con más frecuencia de la que quería admitir.

En las fotos de ella misma.

«Mi querido Dios…» Las lágrimas inundaban los ojos de Emily mientras alargaba su mano para pasar por encima de la imagen con la punta de sus dedos. Era su madre, estaba completamente segura. Después de toda una vida de búsqueda, había encontrado a la mujer que se había apartado de ella cuando era solo una bebita. No tenía dudas, ninguna duda. Porque en varios sentidos, mirar la imagen de esa mujer era como mirar la suya propia.

Volvió a poner sus manos sobre el teclado y escudriñó bien la reseña, engullendo con avidez cada pequeño detalle, todas las piezas que habían estado perdidas durante tanto tiempo. Lauren Gibbs tenía su base en Los Ángeles, pero había vivido en el Medio Oriente durante la mayor parte de los últimos tres años. Ahora tenía treinta y seis años y una maestría en periodismo de la universidad del sur de California. Hizo sus prácticas en el periódico *Los Angeles Times*, y ocupó un puesto en la revista *Time* unos años después, cuando tenía veintiséis.

Emily volvió a leer la última parte en voz alta. «Lauren Gibbs ha ganado numerosos premios por sus audaces reportajes durante la guerra en Afganistán e Iraq. Se le atribuye la ayuda con asistencia humanitaria al Medio Oriente y la apertura de varios orfanatos por toda la región. Es soltera y no tienes hijos».

¿Qué? Emily se echó hacia atrás con violencia. La última línea resonaba ante ella, hiriéndola tanto como si la abofeteara. Que estuviera soltera era algo triste, pero no sorprendente. Su madre fue a Los Ángeles a encontrar el amor de su vida, y al parecer su búsqueda no dio resultado.

Pero…

¿Sin hijos?

«¿Es eso lo que le dices a las personas, mamá?» Nuevas lágrimas corrieron por sus mejillas, y no se molestó en enjugarlas. La información era una mentira, y eso la enloquecía. Lauren Gibbs —Lauren *Anderson*— sí tiene una hija. Aunque pensara que su hija estaba muerta, tenía una hija.

Emily miró la imagen de su madre, tratando de ver más allá del dolor en sus ojos. Otras personas podrían pensar que la mirada era fría como piedra, la manera en que las personas esperarían que fuera una periodista endurecida por su trabajo. Pero Emily reconocía esa mirada. Era la manera en que ella misma miraba cuando permitía que las circunstancias la agobiaran. Cuando atravesar un día difícil sin mamá y papá era más de lo que ella podía enfrentar, cuando veía a sus compañeros de equipo mirar más allá del terreno y saludar con sus manos a sus padres. El recuerdo la golpeaba otra vez. Sus padres nunca la habían visto jugar un partido.

Una vez más tocó la imagen, recorriendo la mejilla de su madre, su mentón. «¿Te fue tan fácil deshacerte de mí? ¿Decirte a ti misma que nunca existí?» Sus lágrimas se convirtieron en sollozos, se apartó de la computadora, dejando caer su cabeza y dando paso a toda una vida de tristeza, dudas y preguntas.

Después de unos minutos escuchó a alguien detrás de ella junto a la puerta.

—¿Emily? —Era la voz de su abuela, y sonaba muy alarmada—. ¿Qué es lo que...?

Emily se levantó y la miró por encima del hombro. Entre sollozos le dijo:

—La encontré. Encontré a mi madre.

Parecía que su abuela se iba a caer del impacto. Su rostro palideció, y se sentó en el brazo del sofá, sus ojos fijos en la pantalla de la computadora. «¿Cómo fue que tú...?»

Emily se restregó los ojos y halló un asomo de control.

—Su... su nombre es Lauren Gibbs.

—Lauren Gibbs.

Su abuela estaba un poco recuperada, moviéndose como en un trance de un lado a otro de la oficina hacia la pantalla de la computadora. Cuanto más se acercaba más apesadumbrado se veía su rostro. Llegó junto a la imagen en la pantalla y un grito la siguió.

—Lauren... mi niña. —Se llevó la mano a la boca y sacudió la cabeza. Una vez más alargó sus brazos, mientras las lágrimas inundaban sus ojos—. Mi niña.

Emily no podía detener los sollozos. En toda su vida con sus abuelos, ellos le habían hablado de su madre solo unas pocas veces. Era como si quisieran darle la vida más normal posible, y eso significaba que no podían criarla en un ambiente de tristeza y remordimiento. Pero ahora, al ver a su abuela, ella supo la verdad.

Esta mujer había sufrido la pérdida de su hija todos los días de su vida. Emily la observó dar unos pasos atrás y sentarse en el otro brazo del sofá, el que estaba más cercano a la pantalla. Entonces escondió el rostro entre sus manos y lloró, orando en voz alta guiada por la emoción.

—Dios, tú la encontraste. Gracias, gracias. Mi pequeña niña... mi Lauren.

Emily fue a rodearla con sus brazos. En todo sentido su abuela había sido una madre para ella, pero ambas pagaron el precio de estar sin la mujer que estaba en la pantalla de la computadora. Ahora, por demasiadas razones, sus lágrimas eran para poder enumerarlas. Eran por cada uno de los cumpleaños perdidos de Emily y por muchos momentos memorables que se perdieron, por todos los años de la escuela, los años de adolescencia, las competencias de fútbol en las que sufría en silencio por su madre. Y eran lágrimas de alivio. Porque habían encontrado a su madre. Al fin.

Tres veces Emily se sorbió la nariz brevemente.

—Es el milagro por el que oramos.

Su abuela se descubrió el rostro y volvió a mirar a la pantalla. Por debajo de sus ojos el cosmético de sus pestañas había dejado manchas oscuras, y sus mejillas estaban rojas y manchadas. Pero Emily nunca había visto tanto gozo en su mirada. La abuela tomó dos servilletas del buró y le entregó una a ella. Ambas se sonaron la nariz y se secaron mejor los ojos.

—Aun no lo puedo creer. —La abuela se inclinó y sus ojos encontraron los de Emily—. No puedo creer que no hayamos pensado en esto desde hace unas semanas.

—Yo tampoco —Emily aún sollozaba un poco, pero sentía una sonrisa que pugnaba por asomar en su boca—. Estaba junto a la ventana en mi cuarto y le rogué a Dios que me mostrara otra pista. ¿Sabes lo que hizo?

—¿Qué? —Su abuela extendió su brazo y ambas se unieron de las manos.

—Me hizo recordar sus nombres, todos sus maravillosos nombres. —Hizo un sonido que fue más sonrisa que llanto—. De repente, fue muy evidente. Dios tiene docenas de nombres, y algunas personas también tienen varios nombres.

Su abuela parecía estar extenuada, como si no tuviera la energía para permanecer de pie si fuera necesario hacerlo.

—¿Qué haremos ahora?

Emily soltó las manos de su abuela y se sentó de nuevo en la silla de la computadora. La deslizó hacia delante y volvió a mirar la reseña que aparecía junto a la foto de su madre. Al final estaba lo que ella buscaba. Un vínculo que decía: «Comunicarse con Lauren Gibbs». A Emily se le hizo como un nudo en la garganta, y sacudió la cabeza. Era demasiado, pero ahora no se iba a detener.

Hizo clic en el vínculo y se abrió una plantilla para un correo electrónico. En la línea superior estaba la dirección electrónica de su madre: *Lauren.Gibbs@TimeMagazine.com*. Sus manos aún temblaban, pero ubicó el cursor en la línea de asunto y escribió: «De Emily». Luego movió el cursor al área de texto y respiró profundo. Había tenido toda una vida para pensar en lo que tenía que decir. Sus dedos comenzaron a moverse por el teclado, y las palabras salieron sin esfuerzo alguno.

Hola. Mi nombre es Emily Anderson y tengo dieciocho años.

Exhaló y miró a su abuela.

—No puedo creer que yo esté haciendo esto.

Su abuela parecía estar sin aliento, como aturdida.

—Sigue escribiendo.

—Está bien. —Emily volvió su vista a la pantalla.

Creo que pudieras ser mi mamá. Te he buscado desde que tuve alguna noción de cómo hacerlo. Vivo con mis abuelos, Bill y Ángela Anderson. Ellos también te han buscado. Pero hoy se me ocurrió la idea de buscar en Internet el nombre Lauren Gibbs, porque ese es el nombre que mi mamá usaba cuando era pequeña y escribía historias. Eso lo supe hace unas semanas.

Busqué en Internet y encontré tu perfil. Por favor, ¿podrías contestarme y decirme si di con la persona correcta? Es obvio que esto es muy importante para mí. Sinceramente, Emily Anderson.

Levantó las manos del teclado y repasó la nota una vez más. Había un millón de cosas más que quería decir, pero primero tenía que establecer la comunicación. Una vez que su madre leyera el correo electrónico, podrían hablar de otros detalles. Por qué había cambiado su nombre y qué había estado haciendo estos últimos diecinueve años y si había estado alguna vez cerca de encontrar a Shane Galanter.

Exhaló fuerte.

—Esto es todo por ahora.

Su abuela hizo una señal de aprobación.

—Envíalo, cariño. Por favor.

Emily movió el cursor hasta el botón de enviar e hizo clic en este. En un instante el correo electrónico se había enviado. Emily miró a la pantalla y pensó por un momento. Aún tenía algunos problemas de logística que enfrentar. Si su madre estaba fuera del país, en Afganistán, entonces era posible que no viera el correo electrónico enseguida. Los soldados podían recibir correos electrónicos. Emily lo sabía porque conoció a algunos muchachos del preuniversitario que estuvieron sirviendo fuera del país. Lo mismo podría ocurrir con los reporteros. A menos que ella tuviera otra dirección electrónica de trabajo, una que pudieran usar sus editores. La que estaba en el sitio web pudiera ser solo para los lectores, y por eso era posible que solo la revisara cuando estaba en los Estados Unidos.

Emily se volvió hacia su abuela y le expresó sus temores.

—Tenemos que orar.

—Sí —Se tomaron de las manos—. Vamos a hacerlo.

Emily cerró sus ojos y durante unos segundos estuvo demasiado sobrecogida para poder hablar. Luego de un momento pudo hablar.

—Querido Señor, gracias. —Sonrió nerviosamente y la respiración se tornó más intensa—. Gracias ni siquiera se acerca. El milagro que te pedimos está al alcance de la mano, así que Dios, por favor... haz que mi madre lea pronto este mensaje. Y dirige su respuesta hacia mí de manera que podamos arreglar un encuentro. —Hizo una pausa, su corazón estaba henchido—. Estoy haciendo lo que tú pides, Señor. Estoy orando, esperando que nos ayudes. Gracias anticipadas, Dios. En tu nombre, amén.

Cuando abrió los ojos, su abuela estaba señalando la pantalla.

—Imprímeme una copia, ¿puedes, cariño?

Emily le sonrió y le dio un abrazo rápido.

—Por supuesto que sí.

Cuando terminó de imprimir la foto, Emily la tomó y se la entregó. Luego imprimió otra copia para ella.

—Tu abu está descansando allá abajo. Él ha tenido muchas malas noticias en estas últimas semanas. —La abuela miró la hoja de papel—. Vamos a darle la mejor noticia que jamás haya recibido, la noticia que ha estado esperando durante dieciocho años.

cǝ

Ángela se sentía débil al bajar las escaleras, su brazo apoyado en el de Emily.

Sentía que su corazón le explotaba con una docena de colores brillantes, porque este era el día que nunca creyó que llegaría. ¡Habían encontrado a Lauren! Después de todos los investigadores y detectives privados y de las llamadas telefónicas a funcionarios escogidos, la habían encontrado de la manera más sencilla de todas. Con una información que durante casi veinte años había estado en el garaje, a unos pocos metros de ellos.

Fueron hasta la sala y encontraron a Bill en su silla, con los ojos cerrados.

—Bill —dijo sosteniendo en su mano la hoja de papel. Emily se quedó atrás mientras Ángela se acercaba a él.

Él abrió sus ojos y una lenta sonrisa se dibujó en su rostro. Extendió su mano hacia ella.

—Hola, amor. —Miró más allá de ella—. Emily, ¿cómo estás?

—Bien, abu. —Se esforzó por mostrarle una sonrisa.

Ángela se le acercó.

—Cariño, tengo algo que quiero mostrarte. —Su voz sonaba vacilante. No podía estar mucho tiempo más sin echarse a llorar. Le alargó la hoja de papel—. Emily encontró a Lauren.

Bill se paró enseguida de su silla, pero su sonrisa desapareció. Tomó el papel y lo observó, su expresión estaba como congelada.

—¿Qué… cómo fue que…? —Se sentó, mientras seguía

mirando la información en la hoja, y entonces su barbilla comenzó a temblar.

De reojo, Ángela vio a Emily moverse en la habitación y sentarse en la esquina del sofá. Era difícil mantener la respiración. Rodeó con sus brazos el cuello de su esposo.

—Bill, Dios contestó nuestras oraciones. Lo hizo.

De nuevo le ardieron sus ojos al verlo cerrar los suyos y pellizcar el puente de su nariz. Él sacudió su cabeza, como si quisiera decir que no podía aceptar la idea de que en verdad la hubieran encontrado. Ángela se enderezó y lo dejó tranquilo por un momento. Era imposible para cualquiera de ellos creer que la habían encontrado. Toda la búsqueda había terminado en este maravilloso momento.

Y Dios lo había permitido cuando a Bill solo le quedaban semanas de vida. El corazón de Ángela parecía estar más frágil que cuando Lauren partió.

Al fin Bill bajó las manos y la miró.

—¿Por qué no probamos antes con esto?

Ella puso un dedo en los labios de él y movió con suavidad su cabeza.

—Bill, eso no es lo que importa. Ella la encontró. Lo único que podemos hacer es seguir adelante.

—Pero todos estos días y años perdidos. —Su voz sonaba áspera, las lágrimas seguían amontonadas en su garganta. De nuevo volvió los ojos a la foto—. Mírala, Angie. Se parece mucho a ti.

Ángela tocó la foto, deseando que pasaran los días para poderla ver en persona, abrazarla…

—Ya es toda una mujer.

—Una reportera de la revista *Time* . —En su voz se notaba un nuevo nivel de preocupación—. No está casada, ni tiene hijos.

—¿Sin hijos? —El corazón de Ángela dejó de latir por un instante. Ella no había leído toda la reseña. Ahora su conciencia la hacía sentir como si la desgarraran—. ¿Qué es lo que dice?

—Aquí. —Señaló esa parte del escrito.

Ella lo leyó, y en un instante la sospecha que había tenido desde el día que Lauren partió se hizo realidad. Si Lauren no estaba casada, entonces no había encontrado a Shane. Y si les estaba diciendo a las personas que no tenía hijos, entonces creía que Emily estaba muerta. Dondequiera que estuviera, aún debía estar creyendo esto.

Ángela miró a Emily y su voz volvió a sonar entrecortada.

—Tu madre piensa que tú estás muerta, cariño.

Toda una vida de tristeza inundó los ojos de Emily. Y en ese instante, el dolor de Ángela era tan grande que casi la hace caer al suelo.

&c

Emily escuchaba a su abuela. La ira se había ido. Su madre no mencionaría a una hija muerta en una reseña profesional. Por supuesto que no. Ahora la libertad en su corazón era más de lo que este podía albergar. Libertad y profunda tristeza por su madre, que había pasado toda su vida adulta sin saber que tenía una hija creciendo en las afueras de Chicago. No era de extrañar que hubiera terminado sola y trabajando en Afganistán e Iraq. La pasión de su madre por escribir la había llevado a trabajar en una revista, pero Emily no podía ayudar, solo sentir que su soledad le hacía lucir como lucía. Vacía, angustiada, muy triste…

—Abuela… —Se levantó y fue hacia ella. Ambas se apretaron en un abrazo que no necesitaba palabras, y Emily se recostó buscando los ojos de su abuela—. Siento dolor por ella. Ha estado sola todos estos años.

Sola igual que ella, pero Emily no lo dijo. Siempre mantuvo su vacío para ella y ahora sus lágrimas contaban la historia de que había extrañado a su madre cada día desde que tuvo la edad suficiente para entender que no estaba.

—Lo siento, Emily. —Su abuela apartó el pelo de su frente—. Ustedes dos nunca debieron separarse.

A unos pocos metros de distancia, el abuelo extendió sus brazos.

—Ven aquí, Em.

Emily soltó a su abuela y fue a donde él estaba.

—Abu...

—Si hubiéramos amado mejor a nuestra niña, si hubiéramos manejado de manera diferente su situación, entonces tal vez...

—No, abu. —Emily se inclinó y besó su mejilla. La pérdida de tantos años juntos era algo muy grande para todos ellos.

—No podemos regresar. —Respiró por un instante—. Solo orar para que ella responda el mensaje.

La tarde transcurría lenta y profunda, llena de historias del pasado y memorias de la vida de Emily, momentos que su madre se había perdido a lo largo del camino. Esa noche, a pesar de su dolor y de su pérdida, Emily se sintió más feliz que en toda su vida cuando llegó el momento de ir a la cama. Tal vez era porque la foto de su madre hizo algo que ni siquiera su fe había hecho antes. Se llevó el vacío de su interior. La única cosa que estropeaba el momento era ver a su abu dar pasos lentos hacia su cuarto. Cada vez estaba más enfermo; pronto se cumpliría el presagio del médico.

Cuando Emily se despertó a la mañana siguiente, tenía la intención de revisar su correo electrónico y luego dejar un mensaje para Shane Galanter en el centro de entrenamiento aéreo Top Gun. Estaba a punto de correr a la oficina cuando escuchó a su abuela terminando una conversación telefónica.

—Sí, doctor. Sí, comprendo. —Silencio—. Yo se lo diré. Sí, lo sabemos. Gracias.

La llamada debía haber terminado, porque las siguientes palabras de la abuela fueron para su esposo.

—Tienen los resultados de las últimas pruebas. —Tenía la voz temblorosa—. Es peor de lo que pensaban.

Emily se sentó en la cama y pestañó para quitar el sueño de sus ojos. ¿Peor de lo que pensaban? Sintió una explosión de terror, y se dirigió directo a la oficina. El mensaje de su madre no podría llegar a tiempo. No importaban los sentimientos heridos entre su madre y sus abuelos en el pasado. Si su madre iba a tener paz, necesitaba conocer toda la historia. Que su hija estaba viva y que sus padres lo sentían; y que su padre se estaba muriendo. Sí, Emily necesitaba establecer contacto con su madre.

Antes de que fuera demasiado tarde.

VEINTIUNO

Lauren se estaba recuperando más rápido de lo que los médicos esperaban. El viento arenoso que soplaba en el desierto de Afganistán golpeaba en las ventanas de su apartamento y no la dejaba dormir. Se sentó en la cama y revisó los vendajes de su brazo. Por lo menos estaba fuera del hospital. Aquel era un lugar horrible, repleto de víctimas de la guerra y de personas desesperadas por recuperar la salud y la esperanza. Todavía podía escuchar los gemidos de las madres cuando las llamaban para identificar a sus jóvenes hijos, soldados que podían haber estado del lado de los buenos o de los malos. Lauren hizo una mueca de dolor cuando se tocó cerca de la herida. A las madres no les importaba de qué lado estuvieran sus hijos.

Cerró los ojos ante el recuerdo de una madre desconsolada por el dolor. Su hijo había estado en la habitación de al lado, pero no había sobrevivido la noche. A la mañana siguiente, la madre se paró al lado de la cama de su hijo, gritando su nombre, rogándole al cielo que quería tenerlo de vuelta, que debía tenerlo de vuelta.

Lauren solo podía pensar en su propia familia. Cómo se había sentido cuando Emily murió, la forma en que debían estar sintiéndose sus padres ahora. Si todavía estaban vivos, habían pasado veinte años sin siquiera tener una idea de cómo encontrarla. ¿Cómo se las habrían arreglado todo ese tiempo ellos dos solos? ¿También habían vivido ellos momentos de gemir y vociferar ante Dios?

Suspiró y abrió los ojos. Era el primer día nublado en un mes y se parecía mucho a su estado de ánimo. Su mente se remontó al día en el orfanato. Feni se había enterado de que se produciría una emboscada contra los visitantes occidentales.

Por esa razón estaba en la oficina aquella mañana, armado y listo, en caso de que ella y Scanlon fueran el blanco que perseguían.

Un capitán del ejército americano le dio el resto de los detalles en el hospital. La mujer no era una trabajadora del orfanato. Se había mezclado con el resto, aparentando ser una voluntaria. Los orfanatos siempre estaban faltos de personal, de modo que nadie cuestionó sus motivaciones. Lo único que no estaba claro era cómo había sabido que ese día Lauren y Scanlon visitarían el orfanato por primera vez, pero el ejército también tenía su teoría acerca de eso.

Durante aquella primera visita el chofer del auto tuvo que haber estado en contacto con el grupo. Con mucha facilidad este pudo haberlos llamado para avisarles. Lauren y Scanlon hablaron mucho acerca de sus planes de hacer una historia y de su preocupación por el orfanato.

—Este es un grupo malo, señorita Gibbs —le dijo el capitán—. Dirigen un campo de entrenamiento terrorista, operación que estamos tratando de cerrar. Hemos tenido bastante éxito, pero están esparcidos. No los hemos encontrado a todos.

—¿Por qué me querrían a mí? —Para entonces ya no sentía dolor, luego de seis horas bajo la acción de medicamentos que a duras penas le permitían mantenerse despierta. Un cirujano había sacado dos balas de debajo de su hombro. Las heridas eran profundas y peligrosas pero no habían afectado la coyuntura. Ellos esperaban que se recuperara totalmente.

El capitán pensó en su pregunta.

—Usted representa a Los Estados Unidos. —Alzó una ceja, como si no estuviera de acuerdo con esa afirmación—. Al menos, esa es la forma en que ellos lo ven. Es probable que quisieran herirla. Llevarla prisionera. La mayoría de los periodistas y de los fotógrafos no están armados y Feni casi nunca trabaja fuera del orfanato. —Se encogió de hombros—. No esperaban un contraataque.

La mirada de Lauren se perdió en la distancia.

—Tampoco esperaban matar niños.

—Tal vez sí, tal vez no. —Era un hombre alto, con el pelo corto alrededor de su rostro cuadrado—. Cuando mueren niños siempre culpan a los americanos. Puede que hayan disparado a los niños a propósito.

Lauren pestañeó para apartar de su mente el recuerdo de la conversación y en su rostro se dibujó una mueca de dolor cuando intentó mover el brazo. Todo este tiempo había simpatizado con los rebeldes. Cierto, eran violentos y a veces se comportaban de una forma alocada. Pero esta era su patria. ¿Acaso no tenían el derecho de querer que los norteamericanos se fueran? Incluso si quisieran un tipo de gobierno con el que los norteamericanos no estuvieran de acuerdo, ¿debía los Estados Unidos meterse en esto? ¿Era la democracia la única forma de gobierno?

Pero ahora…

Ahora no sabía qué pensar. Las personas tenían derecho a formar su propio gobierno, pero si ese gobierno era cruel y brutal, ¿entonces qué? Si pudiera vivir ese momento otra vez, se pararía frente a los niños para evitar que los mataran. Con gusto habría recibido las balas que eran para ellos, si hubiera sido suficiente para salvarles la vida. Y, ¿acaso no era eso lo que estaban haciendo las tropas de los Estados Unidos? Personas malvadas se había apoderado del Medio Oriente y personas inocentes estaban viviendo en temor, oprimidas y, en ocasiones, hasta las mataban. Si Lauren no podía conformarse solo con apartarse y contemplar aquella clase de conductas, entonces ¿cómo podía esperar que lo hicieran los Estados Unidos?

Se estremeció y sacudió la cabeza. El medicamento la tenía atontada. Tenía que haber otra respuesta, algo mejor que los combates y las bombas y las guerras. Las soluciones podían encontrarse en la mesa de negociaciones o en las cortes de justicia, ¿o no? Todo aquel lío le provocó un dolor de cabeza. El cuadro político era más complicado de lo que había pensado inicialmente, eso era obvio. Pero lo que importaba era esto: la pequeña Senia estaba muerta porque ella y Scanlon habían ido al orfanato. Una niña cuyos ojos eran tan brillantes como para iluminar toda la habitación. Ahora se había ido para siempre.

Lauren detestaba llorar. Temía tanto a esa clase de emociones como a los elevadores. Ceder al dolor sería como echar a navegar un buque de carga en el pantano de su corazón. La emoción de casi veinte años se convertiría en una inundación que se la tragaría. Pero en los días después que salió del hospital, apenas podía estar una hora sin sentir las lágrimas en sus mejillas.

De haber tenido la oportunidad habría adoptado a la pequeña Senia.

¿Cómo podía haber sabido que la mujer trabajaba para los rebeldes, o que todo el asunto había sido planeado? El capitán del ejército le había dicho que habían realizado un chequeo exhaustivo.

—Tenemos partidas de nacimiento de cada niño que está en el orfanato. —Sus ojos ardían—. Ni uno de los niños tiene siquiera una gota de sangre americana.

En ese momento Lauren bajó la cabeza, sin saber qué decir. El capitán no había terminado.

—Me sorprende que no hayas escrito la historia antes de tu segunda visita. —Pudo percibir el sarcasmo en su risa—. ¿Te imaginas los titulares? ¿Orfanatos repletos de hijos de soldados americanos?

Lauren lo miró directo a los ojos.

—No tenía información suficiente. Por supuesto que no escribiría la historia hasta tener claros los hechos.

El capitán solo arqueó la ceja y la miró.

—Está bien, no importa. —Su expresión denotaba un profundo disgusto—. Tal vez debamos hablar de otro tema.

—No tenemos por qué hablar. —A Lauren le había disgustado la forma en que él la había tratado. Como si ella fuera el enemigo.

—Mire, señorita, me han encomendado que la proteja

mientras esté en el hospital. —Se sentó en el borde de la silla—. Si no quiere hablar, por mí no hay problema.

Para cuando Scanlon vino a llevarla a la casa, a Lauren no le quedaba ninguna duda acerca de la opinión del ejército con respecto a su reportaje. El capitán había echado un vistazo a diez de sus historias, escritas durante los últimos dos años. Había utilizado fuentes no confiables y estaba parcializada, le había dicho. No estaba allí para encontrar la verdad, sino para hacer ver al ejército norteamericano como el enemigo.

Lo último que dijo antes de marcharse se quedó grabado para siempre en la mente de Lauren.

—Usted cree que los militares andamos en busca de la guerra, que somos un puñado de matones que venimos acá para ejercitar nuestros músculos. —Le apuntó con el dedo y su voz se volvió grave e intensa—. Déjeme decirle algo, señorita. Deseamos la paz tanto como usted. Quizá más —se tocó el pecho con el pulgar—, porque nosotros estamos arriesgando nuestra vida por ella. —Dio unos pasos hacia atrás—. No lo olvide.

Lauren dio media vuelta y se alejó, sin responderle ni despedirse. Pero sus palabras la habían afectado más de lo que estaba dispuesta a admitir. Ahora era miércoles y ya había estado en casa durante varios días. Scanlon venía a cada rato para asegurarse de que tuviera agua y comida y el resto de las cosas que necesitara.

Era hora de tomar más medicamento para el dolor. Acercó el frasco que estaba al lado de la cama y lo agarró. Los dedos de su mano izquierda funcionaban bien, mientras no moviera el brazo. Echó una sola pastilla en la palma de la mano. Después tomó un poco de agua de la botella que tenía en la almohada al lado de ella para tragarse la pastilla.

Luego de haber colocado de nuevo las pastillas en la mesita de noche, levantó el brazo otra vez y lo dejó caer enseguida al lado del cuerpo. Todavía le dolía bastante. Una enfermera del ejército venía tres veces al día para cambiar el vendaje e inyectarle un antibiótico. Su brazo pronto sanaría pero, ¿y su corazón? Bueno, esa era otra historia.

Balanceó su pie en el borde de la cama y observó la habitación que la rodeaba. Fuera de su apartamento, la vida continuaba. La vida y el conflicto y el quebranto, convirtiéndose en historias que alguien tenía que escribir. Que ella tenía que escribir. Esperaba que el reposo en cama terminara para el fin de semana.

Sus ojos recorrieron un rastro familiar dentro de la habitación, pero esta vez se detuvieron en la computadora. Por lo menos podría chequear el correo electrónico. Esto no entraba en contradicción con su reposo en cama, ¿cierto? Respiró profundo. ¿Cómo no había pensado en eso antes? Podía haber estado investigando y comunicándose con sus editores, en vez de estar todo el día contemplando las paredes desde su sitio en aquella cama llena de bultos.

Se paró y esperó unos segundos para recuperar el equilibrio. Era asombroso cuán débil estaba después de solo cinco días de inactividad. Arrastró los pies por la habitación y se dejó caer, exhausta, en la silla que estaba frente a la computadora. Los golpes sordos de su corazón le hicieron sentirse mareada. Encendió la computadora y esperó.

Alguien tocó a la puerta.

—Lauren, ¿estás ahí?

Era Scanlon. Hace mucho tiempo le había dado una llave de su apartamento. Se aclaró la garganta.

—Entra.

Abrió la puerta y la miró vacilante. Cargaba en los brazos una caja llena de botellas de agua.

—¿No se supone que estés en cama?

—Me dijeron que descansara. —Lo miró con ironía y volvió a mirar la pantalla de la computadora—. ¿Qué te parece si tú te sientas en la cama y yo me quedo aquí?

Scanlon dejó la caja de agua en la cocina improvisada, al otro lado de la habitación. Lauren lo miró. Su rostro estaba bronceado y tenía el pelo corto, como le gustaba. Era atractivo, a su manera.

Fue fácil deducir que no tenía deseos de discutir con ella. Se encogió de hombros.

—Está bien. —Caminó hasta la cama y se dejó caer—. Estoy algo cansado.

Ella se rió, pero su energía se estaba agotando rápido.

—No te acomodes demasiado. No voy a estar aquí mucho rato.

—¿Todavía te sientes débil? —Se sentó con las piernas estiradas frente a él—. ¿Será normal?

—Sí. —Lauren se pasó la mano por la frente para secarse el sudor—. Una vez cuando tuve gripe me sentí así durante una semana, hace tiempo, cuando era adolescente.

—¿En Chicago? —Scanlon se puso una mano detrás de la cabeza y la recostó a la pared encima de la pequeña cabecera—. ¿Recuerdas, Lauren? Ya me has hablado acerca de Chicago.

—Estaba borracha. —Dio un clic en el ícono de Internet y esperó hasta conectarse—. Eso no cuenta.

—Está bien, pero ya lo sé. —La ternura en su voz hacía evidente que ella era muy importante para él—. Todos tenemos un pasado. No estarías aquí si ese no fuera el caso.

Lauren obvió su comentario. Ya se había conectado y entonces buscó el buzón de correo en la parte superior de la página. El número en la parte de arriba decía 68. Sesenta y ocho correos electrónicos nuevos.

Solo con mirarlos se sentía abrumada. En especial ahora, cuando podía sentir que su fuerza disminuía con cada minuto.

—Olvídate de los correos. Ven acá. —Con el rabillo del ojo Lauren vio que Scanlon se había movido a una esquina de la cama—. Aquí, ya tienes espacio. No voy a tocarte. Lo prometo.

—Todavía no. —Lauren hizo un esfuerzo para respirar profundo, pero estaba demasiado temblorosa. Se había sentido así en una ocasión anterior cuando ya estaba viviendo en el Medio Oriente, una vez que se acabó la comida en la tienda de la localidad y tomó café durante tres días seguidos. No obstante, si no luchaba, ¿cómo iba a fortalecerse?

Hizo acopio de toda su energía, dio un clic en la bandeja de entrada y echó un vistazo a la lista de mensajes. La mayoría era de otros miembros del equipo que se habían enterado de su lesión. Los asuntos decían: «¡Mejórate!» y «¡Llamado de alerta!» y «¡Hora de regresar a casa, amiga!» Había algunos de su editor, con asuntos que decían: «Solo avísanos» o «Quizá ya es hora».

Había revisado la mitad de la página cuando se quedó como congelada. Su corazón golpeó más duro y violento. El asunto decía simplemente:

«De Emily». Lauren pestañeó y lo leyó por segunda vez. ¡Qué momento tan extraño para esto! Había estado acostada en la cama pensando en la paz y en cómo ella y su familia nunca más se habían reunido y aquí había una carta de una lectora llamada, qué rara coincidencia, Emily. Se le escapó una risa suave y por su costado vio a Scanlon que abría los ojos.

—¿Qué te causó risa?

—Nada. —Sacudió la cabeza y evadió la pregunta. Sus ojos continuaban fijos en el mensaje de Emily. Muy bien, ¿qué era lo que quería esta Emily? Lauren no pensaba abrir ninguno de los correos. No mientras su cuerpo estuviera tan débil. Pero, ¿«De Emily»? No pudo resistirse. Dio un clic en el vínculo y apareció la carta.

Hola, mi nombre es Emily Anderson y tengo dieciocho años...

Lauren se quedó sin respiración. Le era imposible ordenar a sus pulmones que se llenaran aunque fuera con un poco de aire. Cerró los ojos y se agarró del escritorio.

—Oye, Lauren. —La voz de Scanlon denotaba más urgencia—. ¿Estás bien? Tal vez necesites recostarte.

Lauren le hizo un movimiento con la mano para indicarle que estaba bien y entonces abrió los ojos. Otra vez intentó leer el mensaje, pero no podía pasar de la primera línea. ¿Emily Anderson? ¿Dieciocho? ¿Era esto alguna clase de broma? Su

Emily tendría dieciocho. Dieciocho años, seis meses y veintiún días. Apretó los labios y se esforzó para tomar un poco de aire. El esfuerzo solo fue suficiente para inhalar un poco. Sentía dormido el brazo herido y la mano derecha le temblaba tanto que apenas podía hacer avanzar el texto para leer el resto.

Creo que pudieras ser mi mamá.

Lauren sintió que la habitación colapsaba a su alrededor. Sintió que todo comenzaba a dar vueltas. ¿Qué era esto? ¿Y quién lo habría escrito? Su hija estaba muerta, así que una carta como esta tenía que venir de alguien que le estaba jugando una mala pasada. Se obligó a sí misma a permanecer calmada hasta terminar de leer.

Te he buscado desde que tuve alguna noción de cómo hacerlo. Vivo con mis abuelos, Bill y Ángela Anderson. Ellos también te han buscado. Pero hoy se me ocurrió la idea de buscar en Internet el nombre Lauren Gibbs, porque ese es el nombre que mi mamá usaba cuando era pequeña y escribía historias. Eso lo supe hace unas semanas.

Busqué en Internet y encontré tu perfil. Por favor, ¿podrías contestarme y decirme si di con la persona correcta? Es obvio que esto es muy importante para mí. Sinceramente, Emily Anderson.

Lauren no podía exhalar. Leyó la carta una segunda y una tercera vez y, por más que se esforzaba, no podía respirar mientras lo hacía. Para entonces Scanlon ya se había levantado para correr a su lado.

—Te estás desmayando, Lauren, vamos. —La ayudó a llegar hasta la cama. Luego la acostó en el colchón y fue corriendo al baño. Cuando regresó, le puso un paño húmedo en la frente—. Estás más blanca que un papel.

Todavía no podía respirar bien. Scanlon le estaba preguntando algo pero no podía entender sus palabras. Lo único que tenía en su mente era la carta. Era un engaño, ¿cierto? Tenía que ser un engaño. Pero entonces llegó el pasado haciendo piruetas en la habitación, gritándole. ¿Emily estaba viva? ¿En realidad podía ser de ella esa carta? Y entonces… si era así…

Su corazón triplicó la frecuencia de los latidos. No era posible que su bebé hubiera sobrevivido, no. Ella no se había marchado dejándola viva para que sus padres la criaran. Era imposible. ¿Qué había dicho la enfermera? Qué su bebé se había ido, ¿cierto? Que se había ido varias horas antes de que Lauren llamara. Eso significaba que estaba muerta, ¿verdad? Intentó respirar tres veces más y no lo logró a pesar de todos los esfuerzos.

Se agarró del brazo de su amigo y le dijo: «Scanlon... tráeme... una bolsa». Estaba hiperventilando. Su cabeza le decía que iba a estar bien, incluso si se desmayaba. Una persona no podía morir de hiperventilación. Pero ahora no quería pelear contra ella misma, quería pelear contra el pasado. Un pasado monstruoso y gigantesco. Y no podía hacerle frente hasta que pudiera respirar.

Scanlon atravesó corriendo la habitación, revisó en las gavetas de la cocina y por fin encontró una bolsa de papel de estraza, de las que usaban cuando tenían que empacar alguna comida que había sobrado de la cena. Corrió hacia Lauren y sostuvo la bolsa cerca de su boca.

—Respira, Lauren, vamos. —Estaba preocupado de verdad y en el tumulto de cosas que le venían a la mente, Lauren se dio cuenta de algo más. Scanlon la amaba.

No podía asimilar ese pensamiento más de lo que podía entender el mensaje que acababa de leer. En vez de esto, se concentró para poder respirar dentro de la bolsa. Luego de unos minutos pudo hacer que cada respiración durara un poco más, sintió que su cavidad torácica se relajaba, hasta que por fin pudo exhalar. Solo entonces se atrevió a quitarse la bolsa de la boca y tomar un poquito de aire fresco.

Estaba bañada en sudor y se sentía más débil de lo que se había sentido durante todo el día. No obstante, hizo un esfuerzo para sentarse, desesperada por volver a mirar la pantalla de la computadora. Cuando estuvo completamente sentada, vio que todavía estaba ahí. Un correo electrónico con la forma y el modelo del que había leído hacía unos minutos.

A su lado, con ternura Scanlon le pasaba el paño húmedo por la frente.

—¿Qué rayos fue lo que pasó?

Lauren se sentó más derecha en la cama. Entonces echó a un lado el paño húmedo y lo miró fijo a los ojos.

—¿Puedes hacerme un favor?

—Lo que quieras. —Se quedó mirándola, listo para entrar en acción.

Lauren señaló con el codo a la pantalla de la computadora.

—¿Podrías responder la carta de esa chica? —Vaciló—. No la leas, solo presiona responder, ¿está bien?

—Por supuesto. —Se quedó mirándola, con una expresión de duda dibujada en el rostro—. Para haber estado sin respirar hace un minuto, eres una persona muy exigente.

Lauren exhaló otra vez.

—Lo sé. —Se inclinó y enterró los codos en los muslos—. Scanlon, por favor, ¿puedes hacer eso?

—Está bien, está bien. —Caminó hasta la computadora y se sentó—. No te enojes conmigo otra vez. —Dio un clic en el vínculo para responder y apareció una pantalla en blanco—. Dispara.

—Dame un segundo. —Se concentró para pensar con claridad. ¿Y si no era un engaño ni un error? ¿Y si su hija de veras estaba viva y viviendo en Wheaton, Illinois? ¿Tal vez en la misma casa a la que sus padres se habían mudado cuando ella estaba embarazada? Apretó los ojos cerrados y evitó pensar en otra cosa que no fuera el correo electrónico—. Muy bien, escribe esto. —Hizo una pausa—. Emily, llámame lo más pronto que puedas. Aquí está mi número con el código del país. Márcalo así mismo. —Otra vez se estaba quedando sin respiración, así que se detuvo y respiró—. Escribe el número debajo, ¿está bien?

Scanlon todavía estaba tecleando.

—Eso supuse. —Sus dedos se movieron un poco más por el teclado y luego quedaron en silencio—. ¿Lo envío?

—Sí. Gracias, Scanlon. —No era el momento de escribir

alguna palabra de despedida al final. Porque quienquiera que fuera, no podía ser su Emily. La hija que había traído al mundo. Su Emily estaba muerta.

Scanlon se levantó y caminó hacia la cama. Lauren se movió para que se pudiera sentar a su lado y, mientras lo hacía, él la miró a los ojos y así se quedó mirándola.

—¿Quieres contarme?

—No. —No quería, pero no tenía alternativa. De repente, Scanlon parecía ser su único aliado, su único amigo en todo el mundo. Y, debido a que el pasado estaba amenazando con tragársela viva, no tenía otra opción que abrirse y dejar que saliera. Puso su mano sobre la de Scanlon y su voz se escuchó más dulce que antes.

—No te dije todo acerca de Chicago.

—¿Por qué será que no me sorprende? —Entrelazó sus dedos con los de ella, suavizando su expresión—. Te escucho.

Lauren asintió y muy despacio al principio le contó toda la historia. La forma en que se había enamorado de Shane Galanter y su convicción desesperada de que luego que él se marchara, ella tenía que encontrarlo. Le contó de su viaje a California y de lo angustiada que estuvo cuando Emily se enfermó en el trayecto y le explicó que la había llevado a la clínica pero se había marchado pues tenía la seguridad de que la policía vendría y le quitaría a Emily.

—¿Qué pasó después? —Scanlon todavía tenía sus dedos entrelazados con los de ella—. ¿Regresaste?

—Sí. —Le contó cómo llegó a la casa y le suplicó a su mamá que la ayudara, a pesar de que ya no se hablaban antes de que ella se fuera—. Corrimos hacia el hospital.

Lauren bajó la mirada y movió la cabeza.

—Luego de diez minutos el médico nos dijo que no creía que Emily pudiera sobrevivir. De hecho, dijo que se requería un milagro.

Scanlon la escuchaba con sus ojos llenos de compasión.

Le contó cómo se había sentado al lado de Emily toda la

noche y cómo aproximadamente a las cuatro de la mañana su pequeña hija había empezado a mejorar.

—Una hora después de eso, yo no estaba segura si podría sobrevivir sin dormir un poco. —Se encogió de hombros—. No sé, tenía diecisiete años y estaba terriblemente asustada. No había dormido durante dos días. No tenía la mente clara, de lo contrario se me hubiera ocurrido buscar una cama en algún lugar del hospital.

—Tu mamá todavía estaba allí, ¿verdad?

—Sí. Ella ofreció quedarse con la niña. Así que me fui a casa y dormí durante diez horas, mucho más de lo que había planeado. Cuando me levanté llamé al hospital y alguien me comunicó con una enfermera. —Su corazón latía con violencia ante aquel recuerdo. Sacó su mano de la de Scanlon y se apretó la sien con los dedos—. La mujer me dijo que Emily se había ido. Que hacía unas horas se había ido.

—¿Había muerto?

Lauren dejó caer las manos al lado del cuerpo.

—Eso fue lo que pensé. —Asintió mirando la computadora—. Hasta ahora, eso fue lo que siempre pensé. Yo tuve una hija y como lo hice todo mal, ella se había muerto.

Scanlon gimió. Le pasó el brazo por la cintura y la haló hacia él. Lauren dejó caer la cabeza en su hombro.

—El correo electrónico es de una tal Emily Anderson, que dice tener dieciocho años. —Se sentó y observó los ojos de su amigo—. Dice que está viviendo con Bill y Ángela Anderson en Wheaton y que cree que yo soy su…

El teléfono celular se despertó, timbrando y moviéndose mientras vibraba en la mesa de noche, al lado del frasco con las pastillas. Lauren sintió que los pulmones se le estaban cerrando otra vez, pero los obligó a permanecer calmados. Scanlon le alcanzó el teléfono y Lauren lo abrió.

—¿Hola?

—¿Es… es Lauren Gibbs? —La voz era joven y tierna, una voz que sonaba como la suya, como ella se oía antes de que todas las cosas salieran tan terriblemente mal. Respiró.

—Sí. —La cabeza le daba vueltas—. ¿Quién habla?

—Emily Anderson. —La chica esperó un momento—. Mi mamá ha estado desaparecida por... por dieciocho años y pensé, quizá usted sea...

—Emily. —El nombre de la chica sonaba estupendo en sus labios. Recordó que debía ser cautelosa y dudar que la persona que estaba hablando fuera en realidad su hija. Un periodista nunca confía en las personas sin asegurarse de los hechos—. ¿Eres... eres tú de verdad?

—Sí. —Emily empezó a llorar—. ¿Tú eres...?

Esto no estaba sucediendo; no podía estar pasando. Lauren apretó el brazo de Scanlon. Sintió un dolor punzante y abrasador en su corazón, como el dolor que había atravesado su brazo una semana atrás. Como si le estuvieran disparando en el centro del pecho. Apretó los ojos cerrados y presionó el teléfono contra su oído.

—Ellos me dijeron que estabas muerta.

—Lo sé. —La chica lloraba más ahora—. Abuela me lo dijo. Ella pensó que eso era lo que había sucedido.

Lauren se inclinó hacia Scanlon con la determinación de seguir respirando, despacio y estable. La llamada era demasiado importante como para perderla.

—Nunca me habría ido, ¡nunca! No si hubiera sabido. Yo... —Las emociones ahogaron sus palabras. Tragó, en busca de una forma de resumir toda una vida de sentimientos—. Yo pensé en ti cada día, Emily. Todavía lo hago.

—Yo también. —Las lágrimas inundaban la voz de la chica, pero sus palabras estaban impregnadas de una alegría que parecía interminable—. Mamá, ¿alguna vez lo encontraste?

En ese momento, Lauren empezó a llorar.

Me llamó mamá... ¡tengo una hija! Dolorosos sollozos se amontonaban en su pecho. ¡Emily estaba viva! Se obligó a sí misma a pensar en la pregunta de Emily.

—¿A Shane?

—Sí. ¿Alguna vez lo encontraste?

El dolor en su corazón se redobló. Había pasado toda la vida extrañando a Emily, pero también había extrañado a Shane Galanter. Después de todo, él fue la razón por la cual se fue de Chicago. ¿Cuánto tiempo lo buscó y lo esperó mientras, a la misma vez, su hija crecía sin ella? Si por lo menos no hubiera sido tan obstinada.

Habría podido regresar a casa y hacer las paces con sus padres y hubiera encontrado más que una relación restaurada.

Hubiera encontrado a su hija.

—No, Emily. —Presionó su dedo contra el labio superior y luchó por mantener el control—. No, nunca lo encontré.

—Lo lamento. —Su voz era grave otra vez—. Tú lo amabas mucho, ¿verdad?

—Así es. —Unos cuantos sollozos rebeldes se escaparon, pero se tragó el resto—. Siempre me dije que regresaría a casa cuando lo encontrara.

—Pero nunca lo encontraste, así que nunca regresaste.

—No. —Se quedaron en silencio. Al lado de ella, Scanlon frotaba su brazo sano, ofreciéndole todo el apoyo que podía. Lauren habría dado cualquier cosa por atravesar la línea telefónica y abrazar a su hija—. Tengo tantas preguntas.

Emily se rió.

—Yo también.

—Oye como ríes. —Se agarró del sonido de la risa de su hija, un sonido que era como agua fresca para su alma sedienta—. Yo también reía así cuando... antes...

—Antes de que salieras embarazada. —Dejó de reír—. El otro día yo hablé con Dios y le dije que sabía lo que había pasado. Tú saliste embarazada y a partir de entonces todo salió mal. —No había autocompasión en su voz—. Un suceso lo destruyó todo, ¿cierto?

El remordimiento la inundó como un monzón.

—Así fue.

—Así es que le dije a Dios que, si un suceso lo destruyó todo, quizá podía usarme para traerlos a todos de vuelta.

Casi siempre, cuando Lauren escuchaba a alguien hablar de Dios, experimentaba un sentimiento de rechazo, probablemente porque, con frecuencia, eran políticos los que hablaban del tema. Pero ahora... la sinceridad de Emily, la sinceridad de su hija, atravesaba la línea telefónica. Al ver que Lauren no dijo nada, su hija continuó.

—Lo que pasa es que, mami, tienes que venir pronto. —Sonaba seria. Asustada y seria.

Fue la primera vez que Lauren consideró la posibilidad de que su hija podía no estar bien. Se puso rígida y agarró el teléfono más fuerte que antes.

—¿Estás...? ¿Todo está bien?

—No. —Suspiró y su voz se llenó otra vez de lágrimas—. Abu tiene cáncer. No... no le queda mucho tiempo.

¿Abu? ¿Quién era...? Empezó a comprender. Era su papá. ¿Era así como Emily lo llamaba? ¿Abu? Una imagen le vino a la mente, una imagen de su papá meciéndola en sus brazos cuando ella tenía seis o siete años. La edad de Senia. Se tragó otra ola de sollozos.

—¿Mi padre?

—Sí. —Esperó un segundo—. No sé lo que sucedió entre ustedes tres pero, abuela y abuelo son maravillosos. Tienen una fe tan grande. —Tomó un respiro—. Te necesito, mami. He esperado toda mi vida por esto. Pero ahora tienes que venir rápido.

Su nueva realidad estaba tomando forma más rápido de lo que ella podía entenderla. ¿Sus padres eran maravillosos? Eso no era una sorpresa, ¿verdad? Habían sido maravillosos toda la vida, hasta que la forzaron a separarse de Shane. Y otra cosa la consumía. Emily no solo estaba viva, sino que además quería que ella y Shane se comunicaran otra vez. ¿Qué había dicho? ¿Que había esperado toda la vida por esto? Era más de lo que Lauren podía asimilar. Se cubrió los ojos con las manos y dejó caer la cabeza en ellas. ¿Cuántas cosas se había perdido todos estos años? Nunca había planeado abandonar a sus padres para siempre, ¿verdad? Ni siquiera después de lo que habían hecho para separarlos a ella y a Shane.

Fue solo que un año se unió con el siguiente y, muy pronto,

el camino a casa estaba tan lleno de culpa y de dolor que no pudo encontrar cómo regresar. Tampoco estaba segura si quería hacerlo. Pero ahora su papito se estaba muriendo.

—¿Ellos me quieren allí? ¿Con mi papá tan enfermo?

Emily se rió otra vez y se oyó como si estuviera aliviada. Como si hubiera estado aguantando la respiración en espera de la respuesta.

—*Sí*, ellos quieren que regreses a casa. Por favor, mami, ven lo más pronto que puedas, ¿está bien?

Lauren se enderezó. Tenía vacaciones acumuladas, pero necesitaba que el médico le diera de alta antes de poder volar de regreso a casa. Eso y la entrevista en la oficina de la revista.

—Puedo estar allí dentro de una semana, contando a partir del sábado. ¿Estará bien?

—¡Sí! ¡Claro que sí! —Una vez más la voz de su hija resonó llena de promesas y esperanzas—. Ahora, toma nota de esto.

Lauren le hizo señas a Scanlon para que tomara la nota. Él cogió un pedazo de papel y un bolígrafo de la mesita de noche y esperó, listo. Lauren sostuvo con firmeza el teléfono.

—Muy bien, adelante.

Emily le dictó una serie de números, los teléfonos de la casa y de su celular. Lauren repitió cada dígito, supervisando que Scanlon los escribiera correctamente. Ya una vez había perdido a Emily y no la perdería otra vez.

Cuando terminó de darle toda la información para comunicarse con ella, Emily se rió.

—Mamá… te estaré llamando durante estos días hasta que vengas, si puede ser.

—Emily —sintió que el corazón le dio un vuelco—, por favor, hazlo.

—*Te amo, mamá.*

Allí estaba otra vez. El nombre que nunca le habían dicho antes: mamá. Te amo, mamá. Todavía era imposible creer que todo esto fuera verdad, pero era innegable que la persona que había llamado era su hija. Tragó en seco.

—Yo también te amo, cariño. Te he amado y te he extrañado

cada día de tu vida. —Por primera vez en una hora respiró profundo—. Todavía no puedo creer que me hayas encontrado.

—No fui yo. —Su tono era convincente—. Dios lo hizo. —Se detuvo—. Pero podemos hablar de eso después.

Cuando la llamada se terminó, Lauren cerró el celular de un golpe. Se volteó para mirar a su amigo, tan repleta de sentimientos que pensaba que iba a explotar.

—Ay, Scanlon. —Lo miró a los ojos. Pasara lo que pasara de ahora en adelante, su vida nunca sería la misma—. ¡Mi hija está viva!

—Me di cuenta —le sonrió—. ¿Regresas a los Estados Unidos?

—Sí. —Se echó para atrás y miró la habitación—. Tan pronto como me permitan salir. Mi padre está enfermo. No… no le queda mucho tiempo.

—¿Llegarás a tiempo?

—No lo sé. Quizá.

—Asombroso, ¿verdad? Estás dieciocho años sin verlo y tu hija te encuentra justo a tiempo.

Lauren se transportó de nuevo a la conversación que acababa de tener con su hija. Emily dijo que Dios la había encontrado. Pestañeó y miró otra vez a su amigo.

—Sí, asombroso.

Una sombra de tristeza se asomó en los ojos de Scanlon, pero sonrió.

—Estoy feliz por ti, Lauren, de verdad. —Aunque eso significaba que ella se iría y, aunque ahora había muchas posibilidades de que no regresara jamás, Lauren creía que Scanlon de veras estaba feliz. Esa era la clase de amigo que él era. A pesar de eso, el pensamiento que ocupaba su mente ahora no era el hecho de tener que alejarse de él o del Medio Oriente o del trabajo que amaba tanto. En lo absoluto.

Todo lo que llenaba su mente era el milagro. Tenía una hija. Una joven que estaba viva y respiraba, cuya voz se parecía al brillo del sol. Y en solo una semana iba a encontrarse con ella. Vería su rostro. La abrazaría contra su pecho.

Y sus padres. Los vería otra vez. Sentir los brazos de su mamá alrededor de ella, ver el rostro de su padre resplandeciente de amor, un amor que había actuado con desacierto durante una época durante su adolescencia, pero un amor igualmente intenso. Sí, tenía una hija a quien conocer y unos padres con quienes reunirse.

Y dieciocho años de soledad por recuperar.

Emily colgó el teléfono. Estaba temblando, temblando de los pies a la cabeza. Encontrar las fotos de su mamá, su identidad, había sido una cosa. Pero, ¿hablar con ella de verdad? Era más de lo que Emily habría soñado. Su mamá había sonado impactada y temerosa, incrédula y rebosante de alegría. Pero había algo más en su voz. Una tristeza profunda y permanente. Por todos los años que habían perdido.

Emily se puso de pie y miró fijamente la foto que estaba al lado de su cama, la de sus padres cuando eran adolescentes. «Dios…», alzó la mirada hacia la ventana, desde donde se veía el cielo azul, «un milagro está empezando a suceder y ya es más de lo que puedo asimilar».

Recordó el dolor en la voz de su mamá al hablar de Shane. Emily todavía tenía que encontrarlo, encontrar una forma de comunicarlo con su mamá. Se mordió la parte de adentro de las mejillas y recordó algo más. El dolor en la voz de su mamá cuando supo que abu estaba enfermo. Todavía tenían tantas heridas que curar, tanto perdón que encontrar si querían tener paz.

Un largo suspiro se escapó de sus labios. Tenía que bajar y contarles a sus abuelos acerca de la conversación telefónica con su mamá. Pero primero necesitaba más tiempo para hablar con Dios. Porque sí, el milagro que todos ellos necesitaban había comenzado a suceder, pero faltaba mucho para llegar al final. Más bien era solo el comienzo.

VEINTIDÓS

Shane no estaba seguro de cómo decírselo.

Después de una semana de oración, de buscar en su Biblia y de quedarse en el gimnasio el doble del tiempo normal, tenía la respuesta que había estado buscando. Le saltó a la vista precisamente esa mañana, le gritaba desde el libro de Proverbios, en el tercer capítulo. En los versículos cinco y seis decía: *Confía en el Señor de todo corazón, y no en tu propia inteligencia. Reconócelo en todos tus caminos, y él allanará tus sendas.*

Leyó aquellas palabras tres veces más y de repente la respuesta estaba clara. Su propia inteligencia lo llevó a una relación con Ellen Randolph. Su propia inteligencia había permitido que Ellen diseñára un plan para su vida, una senda torcida que lo llevaría a donde ella quería que él fuera. Y sí, él le había seguido la corriente porque según su propia inteligencia, el plan tenía sentido.

Pero esta no era la inteligencia de Dios.

Shane apretó los puños y miró su reloj. Inquieto, caminó al patio. Ellen estaría allí en diez minutos y se suponía que fueran a cenar. Él había pensado todo el día si debía cancelarlo y hablar con ella antes de la cena o si esperar a después de la cena. Decidió esperar. Lo menos que podía hacer era compartir una última cena con ella antes de decirle que todo había terminado.

Se sentó en una tumbona y miró las palmeras que cubrían su patio. Hacía mucho tiempo que él había puesto su confianza en Dios. Aunque sus padres lo mudaron a California, y él había sentido que su corazón se desgarraba un poco más con cada kilómetro que se interponía entre Lauren y él, lo entregó todo en fe. Confiaba en el Señor para que lo guiara por el resto de sus días. Por supuesto, sus padres tenían sus propios planes. Planes que habían dejado claro antes del primer mes de su último año de secundaria.

Una noche de escuela, ese año, su padre entró a la habitación antes de irse a dormir.

—Va siendo hora de que hagas solicitudes para las universidades, ¿verdad hijo? He hablado con mis amigos en Harvard y en Yale, incluso con unos pocos en USC. —Guiñó un ojo—. Parece que estás asegurado en cualquiera de las tres.

No fue hasta ese momento que Shane comprendió claramente lo que sus padres habían hecho. La mudada no era cuestión de inversiones en California. Era de invertir en él, de proteger los planes que ellos tenían para él, los planes para que terminara la secundaria como un jugador de fútbol americano de clase internacional con un futuro tan dorado como el sol.

Esa noche él le dio una noticia a su papá que lo dejó consternado.

—Yo no quiero ir a una facultad de administración, papá. No quiero una maestría en administración ni ser dueño de un banco ni tener la oportunidad de dirigir una empresa de seguros. Yo quiero volar aviones de caza.

Casi se necesitaron los próximos seis meses completos para que se comprendieran sus deseos. Aun entonces estaba claro que sus padres estaban frustrados. Lo alejaron de Lauren, pero nada que ellos hicieran lo alejarían de los planes que Dios tenía para él. Esa primavera, unos meses antes de graduarse, se encontró con un reclutador de la marina que tenía un kiosco en el área del almuerzo. Shane casi podía sentir a Dios dirigiéndolo hacia él, haciéndole tomar un folleto y hacerle preguntas.

A partir de entonces, todas las piezas comenzaron a caer en su lugar. Fue a la universidad en UCLA y luego se inscribió en la escuela de entrenamiento de oficiales y de vuelo naval. Cuando llegó la Guerra del Golfo, él era uno de los mejores pilotos de caza de la marina.

Sus padres aprendieron a aceptar su decisión. Con el tiempo se sintieron orgullosos de que él volara aviones para el ejército de los Estados Unidos, alardeando ante sus amigos acerca de las condecoraciones y medallas. A Shane le alegraba, pero no era eso lo que lo motivaba. Él había nacido para volar, era eso lo que el Señor le había mostrado.

Cada vez que él volaba sentía que Dios lo traía a casa al final de una misión. Estaba sirviendo a su país, a sus compatriotas y siguiendo la vida que Dios le había dado, todo al mismo tiempo. Su única tristeza era extrañar a Lauren. Durante más de una década ese vacío lo golpeó al final de cada día y entre un turno y otro y en situaciones que no eran de combate cuando estaba a más de doce mil kilómetros de altura tras los controles de un avión.

Contemplaba el azul infinito y recordaba la nota que ella le había garabateado cuando eran niños: *Vas a volar un día. Cuando lo hagas, llévame contigo.* Solo que él nunca la encontró, así que ella nunca lo supo. Nunca supo que él había hecho lo que quería hacer, aquello para lo que Dios lo había creado. Respiró el frío aire de Reno. Y ahora… ahí estaba él. Otra vez en el camino equivocado.

¿Cómo sucedió? ¿Cómo dejó él que Ellen lo convenciera de que un puesto en la política sería mejor que trabajar en Top Gun, mejor que manejar todos los días a la base de entrenamiento naval y vivir su sueño? Y había algo más. Desde que comenzó a salir con Ellen había llegado a creer que no quería niños, que con todos los planes que tenía por delante, no había tiempo para criar una familia. Todo porque durante un breve tiempo su inteligencia pareció mejor que la de Dios.

Pero ya no.

Sonó el timbre y luego escuchó el ruido de ella en la entrada.

—¿Hola?

—Ellen. Estoy aquí atrás. —Él se puso en pie y se encontró con ella—. Te ves linda. —La besó en la mejilla y la guió a la casa—. Voy a buscar mis llaves.

—Shane. —El tono de ella era una mezcla de sensatez con un asomo de vulnerabilidad.

Él se volvió.

—¿Sí?

Ella exhaló lentamente y cansada.

—Se acabó, ¿no es cierto?

Por un instante él casi lo negó. ¿Cómo lo sabía? Lo único que le había dicho era que quería conversar. Nada más. Metió las manos en los bolsillos y se acercó un poco más. Sus ojos le decían que no estaba adivinando. Ella sabía. De alguna manera lo había entendido.

Él se detuvo y miró a los lugares más profundos de su corazón.

—¿Cómo lo supiste?

—Por esto. —Ella sacó de su cartera algo que parecía una pequeña fotografía y se la entregó—. La encontré en el asiento de mi auto esta mañana. Debe haberse caído de tu bolsillo.

Solo la miró cuando la tuvo en sus manos. Mientras lo hacía, se le cayó el alma a los pies. Era su foto de Lauren. Ella tenía razón. La había estado mirando la noche anterior, cuando ella vino a recogerlo para ir a cenar. En el apuro del momento, él la metió en su bolsillo y salió apurado a encontrarse con ella.

Ellen levantó la barbilla, estaba claro que su orgullo estaba intacto.

—Creí que ya la habías olvidado, Shane.

—Yo... —No. Se detuvo. Cualquier cosa que dijera sobre olvidar a Lauren Anderson sería una mentira. Hace mucho tiempo él le prometió a Lauren que la amaría hasta el día en que muriera. ¿No fue eso lo que grabó en el anillo que le compró? *Aun ahora.* Aun ahora, cuando no tenía sentido aferrarse a su recuerdo, su promesa seguía en pie. Puso la foto en el armario más cercano y tomó las manos de Ellen en las suyas—. Lo siento. —Movía los músculos de su mandíbula—. Yo creía que sí.

Ella sonrió y la brillantez de la sonrisa casi ocultaba el dolor en sus ojos.

—Yo también. —Ella sacó el anillo de su dedo. Tenía un total de dos quilates, nada como el anillo pequeño que le había comprado a Lauren hacía toda una vida—. Toma. —Sus ojos brillaban—. No puedo estar en segundo lugar, Shane.

—Lo sé. —Tomó el anillo y trató de ver más allá de su fingimiento—. Creo que podíamos haber hecho un buen equipo.

—Yo también. —Le dio un apretón sincero en los dedos—. Pero yo no quiero un compañero de juego, Shane. Quiero alguien que me adore.

—Lo entiendo. —Él la haló hacia sí y la estrechó entre sus brazos—. Yo soy el problema, Ellen. No tú. Tú eres perfecta.

Ella asintió y cuando se separó notó que su maquillaje todavía estaba intacto, sus ojos secos.

—Me he pasado todo el día tratando con eso, así que si no te importa, creo que me voy.

—Está bien. —Él la soltó y ella dio un paso.

Sujetó su cartera y lo saludó con la cabeza.

—Adiós, Shane.

—Adiós. —Él levantó su mano y esperó mientras ella se volvía y regresaba a la puerta.

Cuando llegó hasta allí, lo miró una vez más por encima del hombro.

—De todas maneras tú no querías ser gobernador, ¿verdad?

La tristeza de su corazón era genuina. Ella le había ofrecido el tipo de vida con la que la mayoría de los hombres en su lugar tomarían de un salto. Él sentía que las palabras de Dios le gritaban desde el fondo de su corazón. *Confía en el Señor de todo corazón, y no en tu propia inteligencia. Reconócelo en todos tus caminos, y él allanará tus sendas.*

Ellen esperaba, lo observaba. Él se acercó un poco más por última vez, movió la cabeza, sus ojos no se apartaban de los de ella.

—No, Ellen. Dios me hizo para ser piloto. Me encanta la política y votaría por tu padre y por todo el mundo del programa del partido siempre y cuando las cosas se mantengan como están hoy. —Él le rozó los nudillos contra la mejilla. *Dios, permite que ella se vaya pronto de aquí. Se merece mucho más*. —Pero la verdad es que yo solo pensé que me gustaba la política porque me gustabas tú. Tu padre es un político y yo creí que tenía sentido si yo también me volvía político.

Ella cubrió una mano de él con la suya, y después de unos segundos, ella tomó la manilla de la puerta y retrocedió un paso.

—¿Sabes algo?

—¿Qué?

—Me alegra que lo hayas comprendido. —Su sonrisa era más genuina ahora, como también su tristeza.

—Yo también.

Ella abrió la puerta y salió al portal.

—Y me halaga que yo te gustara así. —Ella le hizo un gesto con la cabeza y sostuvo su mirada durante unos segundos. Entonces se dio la vuelta y caminó por la acera hacia su auto que la esperaba junto al borde. Cuando se fue, tomó su teléfono y regresó al patio. Le dolía el pecho y él sabía por qué. Ella no era para él, pero él le tenía aprecio. La iba a extrañar y una vez más iba a estar solo.

Ahora era el momento de darles la noticia a sus padres.

❧

Sheila Galanter colgó el teléfono y apenas llegó a la sala de estar donde su esposo Samuel estaba leyendo el periódico.

—Se acabó —dijo apoyándose en la puerta. Dar un paso más en la habitación no era una opción. Toda su energía se consumió en tratar de procesar las noticias.

Samuel se puso el periódico en el regazo.

—¿Qué pasa?

—Shane y Ellen. Lo suspendieron.

—Vaya. —Él miró al techo durante unos segundos—. No lo culpo.

—¡Samuel! Oye lo que estás diciendo. —Se había quedado sin respiración—. Ellen es una muchacha encantadora.

—Sí, eso es cierto. —La miró—. Pero ella tenía la vida de Shane planificada.

—Nosotros hicimos lo mismo una vez, ¿recuerdas? —Ella

entró en la habitación y se sentó en el borde de la silla que estaba frente a él.

Él gimió y soltó el apoyo de la butaca para los pies. Este cayó en su lugar y él se sentó más recto que antes.

—Sheila, hace solo unas semanas que estabas repleta de dudas con respecto a este matrimonio.

—Yo no tenía dudas. —Su tono cambió—. Me preocupaba que él las tuviera.

—Bueno… —Samuel se inclinó hacia delante y le dio un rápido apretón en la rodilla— parece que tenías razón. —Él la examinó. La conocía muy bien—. Shane todavía es joven, Sheila. Encontrará a alguien más.

Era exactamente lo que ella estaba pensando. Pero la edad de Shane no era el problema. La terrible realidad era que su hijo no había amado a nadie verdaderamente desde…

—¿Y si todo esto es culpa nuestra, Samuel? —Su voz se convirtió en un susurro—. ¿Alguna vez has pensado en eso?

Una sombra cubrió los ojos de su esposo y él cruzó las manos sobre su regazo. Durante más de un minuto no dijo nada, como si aquel tiempo terrible, cuando se vieron forzados a comenzar una vida nueva para proteger a su hijo, lo estuviera sorbiendo.

Se le escapó un largo suspiro.

—No quise hacerlo.

—Pero lo hiciste, ¿no? —Todos esos años, dos décadas desde que se fueron de Chicago, y nunca, ni siquiera una vez, Sheila tuvo el valor de hablarle de eso a su esposo. Tomaron una decisión y nunca miraron atrás. Pero ahora el pasado entraba con dificultad a la habitación, junto con ellos, desgarrado y sangrante, imposible de ignorar. No era que estuvieran destrozados por la ruptura entre Shane y Ellen. Sino el hecho de que su hijo nunca había olvidado a Lauren Anderson. Ella veía sus propios sentimientos dibujarse en el rostro de él, y ya tenía su respuesta.

—Samuel, háblame.

Él respiró hondo.

—Cuando mudamos a ese muchacho para acá, yo estaba convencido de que era la decisión correcta. —Hablaba con los dientes apretados, permitiendo que se mostrara una extraña emoción—. Él tenía diecisiete años, Sheila. ¿Qué se suponía que hiciéramos?

—No sé. —Se le hizo una grieta en su corazón y dejó caer la cabeza. Samuel tenía razón. Ellos solo querían lo mejor para él. La mudada había sido idea de Samuel, pero ella lo había apoyado. Lo apoyó hasta el punto de perder a su mejor amiga.

—Él quería casarse con ella... y ser padre, todo antes de terminar la secundaria. Yo no podía quedarme tranquilo y dejar que eso sucediera—. Samuel extendió sus dedos encima del pecho. —Por favor, Sheila, dime que no me culpas.

—¿Cómo podría? —Ella levantó las manos y las dejó caer nuevamente sobre su regazo. —Era yo quien se reunía con Ángela, la que le decía que necesitábamos un plan. —La grieta se hizo más grande—. Yo hablaba de Lauren como si ella fuera... —Miró al piso, los recuerdos estaban tan cerca que los podía tocar—. Hablaba de Lauren como si la culpa fuera solamente de ella. —Ella torció su expresión y miró nuevamente a Samuel—. Perdí a mi mejor amiga porque no podía, ni por un instante, pensar que Shane fuera otra cosa que una víctima.

Samuel tomó sus manos en las suyas. Durante un tiempo rozó sus pulgares con los de ella. Entonces movió la cabeza.

—Nos equivocamos. Lo he sabido desde hace mucho tiempo.

—Él ha buscado a Lauren durante toda su vida. —Ella sentía que sus ojos se volvían distantes—. A veces, cuando estoy en la Internet, escribo su nombre solo para ver qué sale.

Él la examinó con ojos muy abiertos.

—Yo también lo he hecho.

—Debimos haber buscado a Ángela y a Bill. Ellos sabrían dónde encontrarla.

Una mirada rara se apoderó de él y movió una vez la cabeza.

—No. Ellos no tienen idea. Al menos no la tenían hace cinco años.

¿Qué estaba diciendo él? Ella se aferró más a las manos de él para no caerse de la silla. —¿Los llamaste?

—Un día llamé a Bill al trabajo. La conversación fue breve. Sin disculpas ni acusaciones. No hablamos del bebé. —Él se encogió de hombros—. Le pregunté si podía decirme cómo comunicarme con Lauren.

—¿Le dijiste eso? —Ella llevaba treinta y ocho años casada con él. ¿Cómo no habían hablado de algo tan importante?

—Shane era audaz, fuerte y un héroe militar, pero por dentro se estaba muriendo de tanto extrañar a esa muchacha. —Su expresión se suavizó—. Me pregunté cómo podía mostrarle a Shane que lo amaba. Cuánto lo amo realmente. —Él parpadeó dos veces pero sus ojos seguían húmedos—. Encontrar a Lauren fue lo mejor que se me ocurrió.

—Sam... —Ella se deslizó al piso y traspasó los pocos pasos que los separaban. Nunca lo había amado más—. Tenías toda la razón.

—Solo que Bill me dijo que no sabía dónde estaba. Huyó después de tener el bebé. Ese fue el final de la conversación. —Él aflojó sus dedos de las manos de ella—. Creo que todos pagamos por lo que les hicimos a esos muchachos.

Un pequeño grito salió de ella.

—Si yo hubiera sabido que ese sería mi único nieto... —Encogió las piernas y apoyó la cabeza en las rodillas de él—. Ay, Sam. *Todavía* estamos pagando por lo que hicimos.

—Sí. —La tristeza ahogaba su voz—. A veces me quedo despierto por las noches preguntándome si el bebé fue niño o niña y dónde podría estar ahora esa persona de dieciocho años.

En ese momento Sheila sintió que la grieta se abría, sintió que su corazón se partía a la mitad. Ella tenía la completa certeza de que nunca sería la misma. Porque esta era la verdad. Ella no era la única que soñaba con el nieto al cual abandonaron, o que agonizaba por la soledad de su hijo. Ella y Samuel habían vivido sus vidas en una especie de negación silenciosa, sin hablar nunca de su más grande decisión, sin enfrentar nunca el hecho de cómo los cambió a todos para siempre.

¿Y qué de los Anderson? ¿Cómo pudo Lauren huir y nunca mirar atrás? ¿Adónde se fue? Un hormigueo comenzó en la frente de Sheila y bajó hasta su rostro. Lauren habría ido a un solo lugar: el sur de California, porque ella se habría visto impulsada a encontrar a Shane como él lo estuvo para encontrarla a ella.

Esta nueva comprensión añadió otra capa más a la tragedia oculta de sus vidas. Lo único que podía salvarlos era si las piezas rotas podían unirse otra vez. La sanidad podía ocurrir si Shane encontraba a Lauren, si ella y Samuel arreglaban las cosas con los Anderson. Pero, ¿cómo? ¿Cómo sería eso posible?

La culpa y el remordimiento la asfixiaban, le hacían desear con todo su ser que de alguna manera eso realmente ocurriera. Pero era imposible. Los milagros de ese tipo simplemente no ocurrían.

Al menos no a gente terrible como ellos.

VEINTITRÉS

Era la decisión correcta, pero esa mañana de lunes todavía Shane sentía el dolor en su corazón. Extrañaba a Ellen, extrañaba la manera en que ella lo hacía reír y la forma tan animada en que lo entretenía, contándole historias del mundo de su padre. Sin ella, el fin de semana había sido tranquilo y aburrido. Shane no necesitaba que nadie le dijera cómo serían los próximos meses de su vida. Serían solitarios, quizá los más solitarios de todos.

Aparcó el auto en el estacionamiento de Top Gun, apagó el motor y saltó afuera. El día estaba fresco pero el cielo tenía un color azul brillante. Se recostó al auto, cruzó los tobillos y miró al cielo.

«Muy bien, Dios, estoy confiando en ti». Sonrió, pero la sonrisa no borró su tristeza. «Muéstrame cuál es el próximo paso». Saludó al cielo con la mano. «No haré nada más hasta entonces».

Respiró y se dirigió hacia la puerta trasera del edificio. Necesitaba velocidad, necesitaba meterse en una cabina y volar como el viento por el cielo inmenso. Tal vez eso lo ayudaría a sentirse mejor.

Eran las 8:50 de la mañana cuando se reportó en la oficina. Recogió un bulto de cartas y estaba camino al corredor de los instructores cuando uno de los chicos detrás del mostrador le hizo señas.

—¿Capitán Galanter?

—¿Sí? —Sus ojos continuaban en la mensajería. Había un sobre familiar en el bulto, algo de la oficina del papá de Ellen. El joven que estaba a unos pocos metros de él le dijo algo, pero

Shane no lo entendió. Se puso las cartas debajo del brazo y frunció el ceño.

—Perdón. ¿Qué decías?

—Tiene un mensaje, señor. —Señaló con la mano—. Ella dice que es urgente.

Shane regresó al mostrador y tomó un pequeño pedazo de papel.

—Gracias. —Asintió al chico, dio media vuelta y se perdió en el pasillo. Mientras caminaba, miró el mensaje. Estaba escrito a mano, tomado en las primeras horas de la mañana. Lo leyó: «Por favor, llame a Emily Anderson en Wheaton, Illinois».

¿Anderson? Shane se detuvo. ¿Emily Anderson en Wheaton? Miró fijamente al número y se preguntó... ¿Emily? ¿Emily Anderson? Se recostó a la pared, mareado por los pensamientos que venían a su cabeza. ¿Sería posible? La esperanza descabellada que ardía en él no era tanto por el apellido, ni siquiera porque era de Wheaton, sino porque el nombre era Emily.

El nombre que...

Pestañeó rápido y sacudió la cabeza. Quizá sus pensamientos estaban borrosos debido a Ellen, o porque era una hermosa mañana de lunes y estaba ansioso por elevarse en el cielo. De cualquier forma, necesitaba tener la cabeza fría. Pensar en Lauren o en el bebé o en cualquier cosa del pasado solo lo detendría.

El nombre tenía que ser alguna coincidencia. Anderson era un apellido común y Emily también era un nombre común. No obstante, necesitaba llamar a la mujer. Probablemente sería una profesora, alguien que quería traer un grupo de niños al Lago Tahoe para hacer un viaje educacional. Ocurría con frecuencia. Entró a su pequeña oficina cuadrada y se dejó caer en su silla, todo eso mientras leía el mensaje una vez más. Tenía que tratarse de un grupo de visitantes, estaba convencido.

Marcó el número y esperó. Haría la llamada, fijaría con la señora un día para el recorrido y se pondría su uniforme de piloto.

Todo antes de las nueve en punto.

                         ◈

Emily estaba tecleando otro correo electrónico para su mamá.

Los correos electrónicos y las llamadas les habían brindado una maravillosa oportunidad para comunicarse, incluso antes de que se encontraran cara a cara. Esta vez el tema era el periodismo, cuánto deseaba ella escribir para un periódico como lo había hecho su mamá. Estaba a punto de terminarlo cuando sonó el teléfono que estaba al lado de ella sobre el escritorio. Contestó, sus ojos todavía en la pantalla de la computadora.

—¿Hola?

—Sí, con Emily Anderson, por favor. Habla el capitán Shane Galanter, contestando su llamada.

Emily luchó por respirar y luego se tapó la boca para que él no oyera su reacción. Todavía no había forma de saber si estaba hablando con la persona correcta. A pesar de eso, el corazón quería salírsele por la boca y se había puesto de pie. Caminó lentamente por la habitación hasta el final del vestíbulo.

—Es Emily la que habla. —Un nudo tiró de su estómago—. Estoy buscando a un señor Galanter. Solo que no estoy segura si sea usted.

—Muy bien. —El hombre no sabía qué decir—. Aquí en Top Gun solo hay uno, si eso le ayuda en algo.

—Bueno… —Emily dejó salir una breve risa nerviosa. ¿Y si era él? ¿Y si de verdad estaba hablando con su papá, ¡con su propio padre!, por primera vez en su vida?

—De hecho, no estoy segura si el Shane Galanter que estoy buscando es un instructor en Top Gun.

Shane se rió bajito.

—¿Qué le parece si me da algunos datos del que está buscando?

—Buena idea. —Le caía bien. Tenía una voz amable y buen sentido del humor—. Mi Shane Galanter tiene el pelo y los ojos oscuros y es bastante alto. Creció en Chicago y era novio de una chica llamada Lauren Anderson. Entonces, el verano antes de su último año de secundaria…

—Emily. —La ligereza bromista de su voz se había esfumado. En su lugar había una expresión de shock bajo control—. Tienes al Shane Galanter correcto. Ahora es mi turno. —Vaciló un instante—. ¿Quién eres tú?

Emily dejó de caminar y se recostó a la pared. ¡Era él! ¡Lo había encontrado! Una sonrisa se dibujó en su rostro y le subió por las mejillas, justo cuando las primeras lágrimas inundaban sus ojos. Luego de todos estos años, ¿había sido tan fácil? ¿Tan solo consistió en deletrear su nombre correctamente y encontrarlo en Internet? La historia comenzó a brotar de ella a una velocidad asombrosa.

—Yo soy tu hija. —Dejó salir un sonido, parte risa, parte llanto—. Te he buscado toda mi vida, solo que estaba buscando en Internet y deletreaba mal tu nombre, hasta que la semana pasada encontré los diarios de mi mamá y me di cuenta de que tu apellido tenía dos *a* y así fue como…

—¿Emily? —Se oía sin aliento, casi dudoso—. El nombre de tu mamá es…

—Lauren. Lauren Anderson. —Se rió alto—. A ella la encontré hace cinco días, el mismo día que te llamé.

—Acabo de recibir el mensaje. Yo… yo no puedo creerlo. —Su voz era grave, ahogada por lo que debían ser emociones abrumadoras—. Entonces lo hizo, te dio en adopción.

—No, en absoluto. —Emily exhaló con fuerza. Había tantas piezas que encajar—. Es una larga historia. No estoy segura dónde comenzar.

—No sé nada, Emily. —Se rió, su tono ahogado en el asombro—. Qué te parece si comienzas por el principio.

—Está bien. —Deslizó la espalda por la pared y se sentó en el piso—. Cuando tú y tu familia se fueron para California, mi mamá estaba desesperada por encontrarte…

Le contó la historia con lujo de detalles. Una alegría inmensa embargó a Emily durante todo ese tiempo, y la hacía sentir como si estuviera flotando. ¡Había encontrado a su papá! De hecho, estaban hablando por teléfono. Era más de lo que podía imaginar. Había encontrado a su mamá y a su papá en la misma semana. Y ahora dependía de ella darle toda la información a su papá para que pudiera reunirse con ellas.

Él vendría, Emily no tenía la menor duda. Había pedido un milagro.

Y Dios se lo estaba concediendo.

VEINTICUATRO

A Lauren le parecía como si conociera a su hija de toda la vida y solo habían pasado una semana comunicándose.

Durante aquellas conversaciones telefónicas se habían contado muchos detalles de lo ocurrido durante todo el tiempo que habían estado separadas, las cosas que no conocían la una de la otra. Lauren le contó a Emily acerca de su primer viaje al oeste y de cuán enferma ella había estado.

—Yo pensé que era mi culpa. —Lauren hizo un esfuerzo por transmitirle mediante su voz lo profundo de su arrepentimiento—. Cuando me dijeron que te habías ido, supe que solo me quedaba una esperanza: encontrar a Shane.

Lauren le contó a Emily acerca de su llegada a Los Ángeles y, una vez allí, cómo buscó departamento y empleo. Le habló de su decisión de terminar la secundaria y comenzar una carrera como escritora y cómo, durante todo el trayecto, nunca dejó de buscar a Shane.

Otras veces la conversación giraba en torno a Emily. Lauren se había dado cuenta de que su hija tenía una fe profunda, fe que coloreaba todo lo que hacía, todo lo que sentía. Emily le contó sobre los momentos cumbres de su infancia, los momentos especiales en la escuela y en la casa y su decisión de jugar fútbol.

—Todavía juego en la universidad de Wheaton. —Era fácil percibir el orgullo en la voz de su hija—. Abuela me dijo que mi papá era deportista.

—Sí. —Lauren sintió que le arañaban el corazón desnudo. No solo por todo lo que había perdido, sino porque los recuerdos de Shane estaban vivos y siguieron junto a ella todo el tiempo durante los últimos días—. Era jugador de béisbol.

Hablaron sobre los padres de Lauren y de lo ansiosos que estaban por verla y también conversaron acerca del trabajo de Emily en el periódico de la universidad. Pero, a pesar de todas las veces que hablaron por teléfono y de todos los correos electrónicos que intercambiaron, en realidad Lauren no podía creer que su hija estuviera viva, no hasta que la viera cara a cara.

Por fin, una tarde de sábado, luego de cinco horas de vuelo, Lauren sacó sus cosas del compartimento superior de un 737 y caminó por el pasillo hasta llegar a la puerta y bajar del avión, para adentrarse en el aeropuerto O'Hare, en Chicago. Incluso en ese momento, todavía no podía creer que estuviera otra vez en casa. Dieciocho años. Una vida entera. La vida de Emily.

Atravesó la puerta y siguió el camino que indicaban los letreros para llegar hasta el lugar donde se recogía el equipaje. Emily la debía estar esperando cerca de la entrada. Lauren llevaba puesta una falda conservadora y una chaqueta, con zapatos bajos, la clase de vestimenta que usaría para ir a la oficina de la revista *Time*. Tenía el cabello bien cuidado, tan largo y rubio como lo tenía cuando se marchó de la casa. Mientras iba bajando por el vestíbulo abierto, el corazón le palpitaba al ritmo de sus pies. Toda la vida había acurrucado a hijos de otras personas, preguntándose cómo se vería Emily si hubiera estado viva. Ahora, dentro de unos pocos minutos, lo sabría.

El encuentro fue más emocionante de lo que jamás hubiera soñado, pero estuvo marcado por el dolor. El día anterior Emily le había dicho que el cáncer de su papá estaba mucho peor. Los médicos le daban, cuando más, unas semanas. Lauren se recobró poco a poco, tratando en su mente de visualizar a su papá, en la forma en que se veía antes de que ella se fuera de la casa. Le dolía el corazón al pensar en el poco tiempo que les quedaba para estar juntos. Pero era imposible solo sentir tristeza. Después de todo, el tiempo que fuera que les quedara era un regalo que ella nunca soñó tener.

Había mucha gente y Lauren esquivó un enorme grupo de adolescentes vestidos con sus uniformes de baloncesto. Es probable que Emily viajara con su equipo de fútbol. Tal vez hasta se cruzaron alguna vez, sin saberlo, en algún aeropuerto. Se precipitó hacia la escalera eléctrica, acomodó su maleta de ruedas enfrente de ella y se agarró de la barandilla de goma.

Estar en un enfrentamiento armado no la hacía sentirse tan nerviosa como ahora.

La escalera eléctrica la llevó hasta abajo, despacio, muy despacio. Lauren miró por entre la multitud y vio un vestíbulo y un par de puertas dobles. Justo detrás de ellas había una linda muchacha de pelo oscuro que se paseaba de un lado a otro, con los ojos fijos en la puerta. ¿Acaso era ella? Lauren tuvo unos cinco segundos para estudiar a la chica, pero ni siquiera necesitaba tanto tiempo para darse cuenta. La muchacha tenía el pelo oscuro de Shane, sus mismos rasgos atractivos. Y al mismo tiempo era una réplica de ella misma, trigueña, a esa edad. Lauren bajó de la escalera eléctrica y atravesó corriendo las puertas, adelantándose al torrente de personas que caminaba tras ella. Se quedó parada, mirando a la muchacha, con el corazón en la boca.

La realidad la golpeó justo cuando los ojos de ambas se encontraron, cuando sostuvieron la mirada y cuando se dijeron un montón de cosas sin pronunciar ni una palabra. ¡Esta era su hija, su Emily! ¡Su niña estaba viva de verdad! Emily habló primero.

—¿Mamá? —Caminó hacia ella—. Eres tú, ¿verdad?

—Sí, Emily. —Lauren soltó la maleta y abrió los brazos de par en par. Entonces su hija vino hacia ella, se envolvió en su abrazo y se quedaron allí. Lauren la mecía con sus brazos mientras las lágrimas corrían por sus mejillas. Su abrazo fue tibio y seguro y le hizo recordar a Lauren la última vez que tuvo a Emily en sus brazos. Se había perdido toda una vida de acunarla, pero no perdería ni un segundo más.

—Eres tan hermosa. —Suspiró las palabras en el pelo de su hija—. No puedo creer que estés aquí de verdad.

—Yo tampoco. —Emily retrocedió. Sus ojos eran brillantes

como el sol, a pesar de que sus mejillas estaban manchadas de lágrimas—. Te busqué toda mi vida.

—Te extrañé cada día. —Apretó su mejilla contra la de su hija—. Si tan solo lo hubiera sabido.

Emily se sorbió la nariz y se rió un poco.

—¡Pero estás aquí! Estás aquí de verdad. Ahora no nos separaremos jamás, ¿está bien?

—Está bien. —Estudió a su hija, deleitándose con lo que veían sus ojos. Habían perdido tanto tiempo de estar juntas, que quizá Emily tenía razón. Tal vez debían tratar de hallar la forma de vivir en la misma ciudad y nunca más separarse. Esa era una parte de la historia que todavía estaba por escribirse. La vida de Lauren había sido en el Medio Oriente, pero eso había sido antes de encontrar a Emily. Ahora el futuro presentaba más preguntas que respuestas.

—Oye. —Emily retrocedió un poco y agarró el equipaje de Lauren—. ¿Podemos buscar algo de comer? Traje un álbum de fotos para verlo juntas.

Eran más de la una, pero hasta ese momento no se había dado cuenta del hambre que tenía.

—¿Aquí? ¿En el aeropuerto?

—¿Por qué no? —Emily entrelazó sus brazos con los de su mamá—. Estamos aquí, ¿cierto?

—Cierto. —Lauren no recordaba haberse sentido así de feliz, no desde el nacimiento de su hija. Cogieron las dos maletas y atravesaron de nuevo las puertas dobles, subieron la escalera eléctrica y entraron a un pequeño restaurante de comida mexicana.

A cada rato Emily miraba su reloj, hasta que por fin Lauren la miró curiosa.

—¿Estamos atrasadas?

—No. —Se rió, pero sonó un poco nerviosa—. Les dije a abuelo y a abuela que demoraríamos un poco.

—Está bien entonces. —Hicieron el pedido y Lauren buscó una mesa. Cuando estaban sentadas, Lauren se inclinó un poco hacia delante para observarla. No se saciaba de ella, el parecido tan grande que tenía con Shane y con ella misma a la vez. Puso su mano en la de su hija.

—¿Qué te parece si me muestras ese álbum de fotos?

—Está bien. —Emily se rió—. Comencemos por el principio.

Las primeras fotos eran de sus primeros meses de vida, cuando estaba aprendiendo a dar sus primeros pasos y, luego, sentada frente a un pastel de merengue blanco y rosado con una velita encendida en el centro. Cada fotografía era como una preciosa y dolorosa ventana a todo lo que Lauren se había perdido, todos los acontecimientos en que había estado ausente. ¿Por qué no había regresado? Con tan solo una llamada telefónica se habrían evitado todos los años de soledad. Cuando llegaron a la segunda página sintió que el dolor la embargaba.

—Espera, Emily. —Apoyó el codo en la mesa y se pasó la mano por los ojos—. Lo siento.

—Mami. —Emily le sostuvo la muñeca con suavidad y la miró con intensidad—. Oye, no estés triste.

—Lo estoy. —Se sorbió la nariz—. Debí haber estado allí y ahora… —Un sollozo se le escapó y se esforzó por recobrar el control—. No hay forma de regresar ese tiempo.

—Sí, sí la hay. —Emily se inclinó y la besó en la mejilla—. Para eso están las fotografías. Ellas te ayudan a volver a vivir el pasado.

—Pero duele tanto. —Lauren quería ser fuerte. Esta era su primera oportunidad en casi dos décadas para ser madre de su hija. No debía ser ella quien se recostara a Emily—. Daría cualquier cosa por regresar y hacerlo todo de nuevo.

—Lo sé.

—¿De verdad? —Bajó la mano y miró en los ojos de su hija—. ¿De verdad sabes cuánto hubiera deseado estar allí?

—Sí, mami. Lo sé. Me di cuenta desde la primera vez que hablamos. —Cerró el álbum de fotos—. Podemos mirarlo después.

Lauren se sentó un poco más derecha y se quedó mirando

la cubierta de cuero azul del álbum de fotos. Podía hacerlo, sobre todo con Emily a su lado. Podía regresar a toda una vida perdida y ver a su pequeña hija crecer en las fotos y, de algún modo, lo viviría también. No había dudas de que podía ser lo suficientemente fuerte como para hacerlo.

—No, quiero verlas ahora. —Puso el brazo alrededor de su hija y sonrió—. Solo que no te sientas mal si me ves llorar, ¿está bien?

—Está bien. —Los ojos de Emily brillaban, llenos de compasión.

Las fotos que venían después mostraban a Emily antes de empezar la escuela, montada en un triciclo rojo brillante y, más adelante, Emily vestida de princesa para una Noche de Brujas. Antes de que pasaran la página, dos de las lágrimas de Lauren cayeron en la cubierta de plástico. Lauren le sonrió a Emily.

—¿Ves? Te lo dije.

Ambas se empezaron a reír y entonces, por primera vez en sus vidas, Lauren y Emily entraron en un círculo interminable de risas, la clase de risa que limpia el alma y que solo una madre y su hija pueden disfrutar.

&

Emily no podía creerlo.

Ella y su mamá habían estado juntas menos de una hora y ya se sentía muy unida a ella, unión que duraría toda la vida. A ninguna de las dos les gustaban los frijoles refritos, pero a ambas les encantaba el guacamole picante y las aceitunas negras. Ambas picaban las tortillas a la mitad antes de sumergirlas en la salsa. Cuando se dieron cuenta, otra vez se rieron.

Las fotos y la comida, los pequeños hábitos que tenían en común, todo representaba una gran distracción. A la vez, hizo posible que Emily no le tuviera que decir a su mamá lo que estaba por suceder: que estaba a punto de ver a Shane Galanter.

Porque no se lo podía decir. Todavía no.

La conversación telefónica con su papá había sido asombrosa y desde entonces ellos dos también habían hablado algunas veces.

Él tenía la misma fe profunda de Emily, pero este no era el caso de su mamá. Y, solo una semana antes de que Emily lo encontrara, había roto su compromiso. Emily no podía dejar de pensar que eso era, de algún modo, parte del milagro que Dios estaba obrando.

—Entonces, mami... —Ya habían terminado de comer. Emily apoyó ambos codos en la mesa y descansó la barbilla en sus manos—. Cuéntame acerca de papá.

Los ojos de su mamá se tornaron soñadores y lejanos, pero al mismo tiempo mostraban una expresión de derrota.

—Él era increíble. —Dobló su dedo índice y lo presionó primero contra uno de sus ojos y luego contra el otro—. Deseaba tanto ser tu papá. —Vaciló, dirigiendo su mirada hacia el vestíbulo y más allá de las grandes ventanas de cristal, hacia la pista de aterrizaje—. Me pidió que me casara con él. —Sus ojos se encontraron otra vez con los de Emily—. ¿Sabías eso?

El alma de Emily desbordaba de alegría.

—No, no lo sabía. —Sus abuelos no le habían dicho nada acerca de un compromiso. Por un segundo se enojó, pero lo dejó pasar. Más tarde podría hablar con ellos acerca de los motivos por los que no se lo habían dicho. Lo más importante era que, hace mucho tiempo, sus padres habían deseado casarse. Hizo un esfuerzo por quedarse sentada cuando tenía deseos de bailar alrededor de la mesa y gritar a viva voz las noticias. Se tranquilizó—. Cuéntame.

—Fue antes de que su familia se mudara. —Entrecerró los ojos y miró otra vez a la distancia—. Me dio un anillo con las palabras «Aun ahora» gravadas en él. Me dijo que siempre me amaría, incluso ahora cuando las cosas parecían tan imposibles. —Sus ojos brillaron—. En aquel entonces escribí una historia en uno de mis cuadernos acerca de nosotros dos y ese fue el título que le puse. Aun ahora. —Respiró muy despacio, las memorias le nublaban los ojos.

—Yo la encontré —dijo Emily muy rápido, no queriendo interrumpir el recuerdo—. No la he leído completa. Pero el mensaje en tu anillo, eso es tan romántico.

—Sí. —Su tono se llenó de resignación—. Shane siempre era así.

—Entonces, ¿qué pasó?

—Nada en realidad. Shane pensó que si nosotros estábamos comprometidos, nuestros padres nos iban a ayudar. Hizo todos los intentos por buscar un lugar donde vivir mientras terminábamos nuestro último año de secundaria.

—¿Nada resultó? —Todo era tan triste, tan trágico. Pero Emily no pudo evitar que sus ojos se llenaran de lágrimas, aunque sabía lo que iba a suceder dentro de una media hora.

—Nuestros padres querían separarnos. —No había censura en los ojos de su mamá, ni tampoco hostilidad. Solo resignación—. Los padres de Shane eran los dueños de su auto y de todo lo demás. Después que me compró el anillo, no le quedaron ni diez dólares en el bolsillo. —Se rió con tristeza—. Así que se lo llevaron a California, con la promesa de que lo enviarían de regreso a Chicago luego de graduarse.

—Mintieron. —Emily no había pensado en eso antes. Pudiera haber crecido con su mamá y su papá si esos abuelos que no conocía hubieran hecho algo para hacer posible que su hijo se quedara en Illinois—. Eso era tan triste.

—Así es —asintió con firmeza—. Pero los perdoné. Tenía que hacerlo —sonrió—. De otro modo, me habría secado hasta morir por odiarlos tanto.

Emily contempló a su mamá. Estar con ella era como abrir un cofre con capas y capas de tesoros que le tomaría toda la vida disfrutar. Se recostó al asiento y apretó la mano de su mamá.

—¿Quieres saber lo que espero?

—¿Qué?

—Espero que algún día me amen así.

Una añoranza dulce y amarga a la vez hizo que las cejas de su mamá se juntaran.

—Yo también Emily, yo también.

Luego la conversación dio un giro. Hablaron de la vida en el Medio Oriente y de Scanlon, el amigo de su mamá.

Era la primera vez que su mamá lo mencionaba y Emily sintió una señal de alarma.

—¿Ustedes dos tienen un… tú sabes, un romance?

Su mamá la miró pensativa.

—No. —Arqueó una ceja—. Aunque Scanlon pudiera pensar que sí. —Se puso seria—. Él es un hombre maravilloso. Creo que le gustaría tener un futuro conmigo pero… —levantó el hombro—. Yo sé lo que es el amor, Emily. Aunque hace mucho que no lo he sentido, pero lo sentí. Al menos que me sienta de esa forma otra vez, no me veo llegando a nada demasiado serio con alguien.

Conversaron un poco más sobre Scanlon y sobre la tragedia en el orfanato. Los ojos de su mamá se volvieron a llenar de lágrimas mientras hablaba de una pequeña que había conocido allí, Senia, una niña de siete años que le faltaba un diente.

—Lo siento. —Emily hablaba bajo—. ¿Cómo está tu brazo?

—Sanando. Todavía me duele, pero cada vez menos.

Emily no quería imaginarse cuán diferentes podían haber sido las cosas. Cuán horrible habría sido hallar a su mamá y después de unos días saber que la mataron. Su mamá volvió a cambiar de tema para contarle a Emily acerca de los sucesos que había cubierto mientras estuvo en Irak y Afganistán. Se dieron cuenta de que una de sus historias, la de las mujeres del Medio Oriente quitándose el velo, había sido el tema de un informe de Emily en la clase de inglés.

—Vaya. —Emily bebió un sorbo de su refresco. El momento se estaba acercando y se sentía cada vez más emocionada—. ¿Quién habría pensado que mi mamá sería famosa?

Otra vez se rieron y su mamá siguió contándole acerca de otras vivencias peligrosas y de una historia que había escrito al comienzo de la guerra en Irak. Esta vez Emily solo captaba la mitad de los detalles. Estaba a punto de explotar de tanto callarse la verdad.

¡El avión de su papá aterrizaría en quince minutos!

—¿Emily? —Su mamá ladeó la cabeza—. ¿Estás bien?

Recobró la atención.

—Por supuesto. Estaba pensando en lo mucho que me gustaría escribir para una revista algún día. —En silencio, se felicitó a sí misma por la salida que había encontrado—. ¿Quieres más tortillas?

Su mamá lucía confundida.

—Cariño, hace un rato dejamos de comer tortillas. —Se rió y miró a Emily entontecida—. Vamos a casa. —Un rastro de dolor cruzó sus ojos—. Quiero ver a mamá y a papá.

—¿Ahora? —Los dedos de Emily tamborileaban nerviosos debajo de la mesa—. Te iba a contar acerca de la temporada de fútbol. Casi nos vamos a finales, ¿ya te dije?

—¿Viniste manejando, ¿verdad? —Su mamá ya había echado la silla para atrás, se había limpiado la boca y estaba poniendo los platos en la bandeja.

—Así es. —Emily agarró el tenedor y lo hundió en medio del pollo tibio y la lechuga que todavía quedaba en su plato—. Pero todavía no he terminado con mi burrito.

Lauren la miró con ojos implorantes.

—¿Pudieras traerlo contigo? De veras quiero llegar a casa.

—Está bien. Si lo dices así. —Sonrió, se dirigió al mostrador y pidió una caja para llevar. Se tomó su tiempo para echar el contenido de su plato en el recipiente y, luego, para recoger sus platos de la mesa. Podía ver que su mamá se ponía ansiosa, pero tenía que procurar que todo fuera en el momento preciso.

Lo habían planeado todo. Su papá se bajaría del avión y llegaría al vestíbulo, hasta el área de equipaje. Cuando bajara la escalera eléctrica, la llamaría al teléfono celular y dejaría que timbrara solo una vez. En el bolsillo del pantalón Emily tenía su teléfono en vibrador. La llamada sería la señal para llevar a su mamá a encontrarse con él.

Miró el reloj con disimulo. Cinco minutos más. De repente se le ocurrió una idea. Pasó la mano por la mesa, como si estuviera tratando de limpiar los últimos restos de comida. Pero, mientras lo hacía, viró su vaso de refresco, derramándolo por la mesa y en el piso debajo de ella.

—¡Caramba! —Dio un saltó hacia atrás—. Soy tan torpe.

Su mamá llegó enseguida a su lado y agarró un bulto de servilletas.

—Aquí tienes. —Suspiró—. Mira, Emily, ten cuidado. Se está derramando de la mesa y cayendo en tu zapato.

—Ay. —Emily dio un paso atrás para no pisar el suelo mojado—. Me parece que necesito más servilletas.

Juntas limpiaron el desorden y luego Emily se paró y echó las servilletas mojadas a la basura.

—Lo que pasa es que… tengo más sed que nunca.

—Bueno —su mamá señaló al dispensador de refresco— ahí tienes tu vaso. ¿Por qué no lo llenas antes de irnos? —Los ojos de Lauren bailaron como en son de broma—. Tal vez debas taparlo también.

Emily movió su dedo en el aire como haciendo ver que la sugerencia de su mamá era buena. Estaba llenando su vaso cuando vibró su teléfono en el bolsillo trasero del pantalón. Respiró y por poco derrama otra vez su refresco. Pero, en vez de esto, le puso una tapa y se apuró para llegar hasta donde estaba su mamá.

—Muy bien, estoy lista.

—¿Segura? —Agarró su maleta con ruedas y se dirigió a la entrada del café. Habían caminado un poco cuando su mamá señaló atrás, a la mesa—. ¡Tu burrito!

Emily se volteó y movió la mano, señalándolo.

—Ya no tengo hambre.

Su mamá se encogió de hombros y se rió entre dientes.

—Es difícil lidiar contigo, Emily.

—Lo sé. —Entrelazó su brazo con el de su mamá y levantó la barbilla—. En el equipo de fútbol todos me dicen eso.

Su mamá vaciló, mirando los letreros en el vestíbulo.

—¿Por dónde iremos?

—Por aquí. —El corazón de Emily palpitaba con fuerza. La

emoción era tal que ella temía desmayarse antes de encontrarlo—. Tenemos que regresar al área de equipaje.

—¿No hay un camino más corto para...?

Emily se apresuró para subir a la escalera eléctrica.

—No, este es el mejor camino. —Le sonrió a su mamá—. Confía en mí.

⅋

Shane Galanter había pasado toda una vida esperando este momento.

Estaba de pie al lado de sus maletas, en el centro del área de equipaje, justo al lado del camino principal hacia la escalera eléctrica. Incluso ahora le parecía que estaba soñando. ¿Cuántas veces había seguido a alguna muchacha rubia que tuviera su complexión y sus gestos, solo para darse cuenta de que otra vez se había equivocado? Todavía estaba fresca en su mente la primera conversación con Emily. Desde las primeras palabras se había dado cuenta de que él era el hombre que ella estaba buscando y que no era parte de ningún grupo de visitantes de escuela. Pero cuando le explicó que era su hija... había sido más de lo que podía asimilar.

Toda la vida se había preguntado qué habría sucedido con su hijita. A veces, como le había sucedido con la mujer en el hotel en la noche de su compromiso, veía a una rubia con otros chicos mayores y se preguntaba si quizá uno de ellos sería su hijo. Pero faltaban tantas piezas en el rompecabezas. No estaba seguro de si Lauren se había quedado o no con el bebé y, si lo había hecho, ni siquiera sabía si su bebé había sido niño o niña.

Cuando se dio cuenta de quién era Emily, enseguida hizo planes para venir a verla. Fue entonces cuando ella le dijo que Lauren también venía.

Lauren...

¿Cuánto tiempo la había buscado, preguntándose si alguna vez la encontraría otra vez? La foto que tenía de ella estaba gastándose por las esquinas. La miraba todo el tiempo, soñando con este momento, orando para que sucediera. ¿Cómo sería el encuentro con ella luego de tantos años? Su corazón palpitaba con fuerza y trató de acallar su temor. ¿Y si ella había cambiado y ya no existía lo que había sentido por él? Casi era más fácil no verla nunca más que mirar en sus ojos y darse cuenta de que su amor por él había quedado en algún lugar en el pasado.

No. Tan duro como pudiera ser, iba a enfrentar lo que estaba por venir. Todavía amaba a Lauren, no tenía cómo negarlo. Dejaría que su corazón atravesara cualquier cosa que le esperara en la próxima hora.

Tenía puesto unos vaqueros y una camisa blanca. Vestía de civil. Emily no le había contado mucho, pero había mencionado que Lauren era reportera de la revista *Time*, que trabajaba como corresponsal en el Medio Oriente. Eso significaba que tal vez tenían mucho menos en común de lo que alguna vez tuvieron. Era algo en lo que no quería pensar, todavía no. Una ola de personas bajó de la escalera eléctrica y atravesó las puertas dobles, pero ninguna de ellas era Lauren. Se acercaron otras tres personas, una pareja de ancianos que llevaban a un perro en una jaula y entonces…

Caminaban con los brazos entrelazados, dos mujeres con la misma apariencia, una rubia, una trigueña. Shane se enderezó, obligándose a esperar un poco. No estaba seguro acerca de la chica, pero la mujer era Lauren. La había visto en sus sueños cada noche desde que se había mudado a California. Estaba más vieja, pero los años solo la habían hecho más hermosa.

La más joven de las dos, tenía que ser Emily, se detuvo y miró, primero a la derecha, después a la izquierda y luego lo miró fijamente. Sus ojos se iluminaron y Shane pudo escuchar su respiración a unos seis metros de ella. Emily miró a Lauren durante un segundo pero enseguida lo volvió a mirar a él, como si no supiera qué hacer primero.

Caminó junto a Lauren unos pocos metros en dirección a él y entonces se dejó llevar y atravesó corriendo la distancia que le faltaba para llegar hasta él.

—¡Papi! —Lo rodeó con sus brazos y comenzó a llorar.

—Emily…

Allí estaba ella, la niña que tanto había anhelado conocer, la que nunca había olvidado. ¡Su hija, su propia hija! Esta era la niña que había pateado su mano cuando todavía no había nacido. Ese fue el último contacto entre ellos, hasta ahora.

Se abrazaron muy fuerte durante un rato, hasta que su hija retrocedió y lo miró de arriba a abajo.

—¡Mírate! No en balde mami estaba loca por ti.

Shane se rió y le rodeó el rostro con sus manos. El rostro que se parecía tanto al de él.

—Nunca pensé que llegaría a vivir este día, Emily. —Quería mirar a Lauren, ver si había venido detrás de su hija. Pero primero necesitaba vivir este momento—. Te prometo que pasaré el resto de mi vida compensándote por los años que hemos perdido.

Emily le dio un breve abrazo y luego, como si de repente se hubiera acordado, dio un salto hacia atrás y ambos vieron a Lauren. Las maletas se le habían caído de sus manos y estaba allí parada, congelada en el lugar, con la boca abierta.

Shane sintió la conexión desde el mismo instante en que la miró. ¿Cómo había podido pensar por un minuto que lo que habían tenido pudiera haber cambiado con el paso de los años? Siempre había sabido que nada lo cambiaría y tenía razón. Estuvieron allí parados durante un buen rato, tratando de creer lo que estaban viendo. Las lágrimas rodaban por las mejillas de Lauren y, por fin, Shane no pudo esperar ni un segundo más. Caminó hacia ella en el momento en que ella empezaba a caminar hacia él y se encontraron en el medio.

Si hubiera sido la escena de una película, él la habría alzado en sus brazos, le habría dado vueltas en círculo y la habría besado de la forma en que un soldado besa a su novia luego de una larga separación.

Pero este momento encerraba tanta tristeza como triunfo. A pesar de lo maravilloso que era volverse a ver, Shane no podía evitar sentirse desesperadamente triste. Habían perdido dos décadas. Y el privilegio de criar a su hija juntos. Esa pérdida siempre los acompañaría. Se pararon uno frente al otro y, muy despacio, con toda la ternura que era capaz de expresar, él la abrazó contra su pecho. Los años perdidos se esfumaron como segundos y Shane se hundió en el abrazo de Lauren. Encajaban a la perfección, como había sido siempre.

—Lauren... no puedo creer que seas tú. —Podía sentir su corazón palpitando con fuerza contra su pecho.

Ella lo abrazó más fuerte.

—Te busqué... durante tanto tiempo... —Lauren se echó hacia atrás y buscó sus ojos—. ¿Dónde has estado, Shane? —Su llanto se hizo más fuerte y convirtió su voz en un susurro apenas audible—. No te pude encontrar.

Las personas pululaban a su alrededor y les lanzaban algunas miradas curiosas. No muy lejos de ellos, Emily había acomodado las maletas de su mamá y ahora los estaba mirando, su rostro adornado con una sonrisa de oreja a oreja. Shane acurrucó la cabeza de Lauren muy cerca de su pecho para acariciarla, sintiendo cómo lo emocionaba su presencia.

—Pensé que te había perdido para siempre. —Besó su cabello.

—Yo también. —La voz de ella era un murmullo contra su camisa. Luego de unos segundos Lauren dio un paso atrás y lo observó—. Shane, en mis sueños lucías así mismo.

—Tú también. —Tenían tantas cosas de qué hablar. Él quería preguntarle por qué se había cambiado el nombre y qué le había hecho la vida a su modo de pensar ahora que era corresponsal de la revista *Time*. Necesitaba decirle que estaba en el ejército, que era un piloto de guerra, pero todo eso podía esperar. Le sonrió.

—Emily me encontró hace varios días. —Se dobló un poco hacia el costado y le sonrió a su hija.

Ella lo saludó breve y graciosamente con la mano y él hizo lo mismo.

—Le pedí que no te lo dijera. —Le puso las manos sobre los hombros y observó sus ojos. Mirar dentro de ellos era como beber su primer sorbo de agua luego de pasar años en el desierto—. Quería sorprenderte.

—¿Sorprenderme? —Retrocedió unos pasos y se dobló por la cintura, agarrándose las rodillas. Cuando volvió a mirarlo, en su expresión todavía predominaba la incredulidad—. Me sorprende que todavía mi corazón esté latiendo.

Shane se rió y tomó sus manos. Se quedaron allí parados, incapaces de saciarse lo suficiente el uno del otro. Por fin, Shane sintió que su sonrisa se desvanecía.

—¿Has sabido de tus padres?

Lauren asintió.

—Papi está enfermo. Puede que solo le queden unas pocas semanas de vida.

—Emily me lo dijo. —Le hizo señas a su hija para que se les uniera. Cuando lo hizo, Shane puso un brazo alrededor de ella y con el otro rodeó a Lauren. Sintió que una ola de alegría lo invadía cuando las abrazó contra su pecho. Lauren y Emily, ambas. Era un sentimiento increíble, como si hubiera encontrado un pedazo de él mismo que le faltaba y ahora, por fin, volvía a estar completo. Pestañeó para borrar la humedad de sus ojos y les dio a ambas un pequeño apretón.

—Regresemos a la casa.

Emily asintió. Lágrimas frescas llenaban sus ojos, pero les sonrió a ambos. Estaban en la mitad del estacionamiento cuando Emily dijo:

—Esto es exactamente.

—¿Quieres decir este momento? —Lauren miró en derredor y sonrió a su hija.

La garganta de Shane se cerró. Su hija. La pequeña hija de ambos. Una parte de cada uno de ellos.

—Sí. Cuando le pedí a Dios un milagro, vino a mi mente una imagen. —Emily saltó unos pasos adelante y se dio la vuelta, con los brazos abiertos de par en par—. Era esta imagen. Exactamente esta.

VEINTICINCO

Era el primer día que Bill no había tenido deseos de salir de la cama.

Ángela se lo pidió algunas veces, sugiriéndole que se sentara con ella en la mesa de la cocina para comer avena caliente o, más tarde, que la acompañara en el sofá para ver una película. Los chicos llegarían a eso de las cuatro. Era importante que Bill permaneciera despierto y alerta.

Pero lo único que había hecho era tomarla de la mano y mirar a esa parte de ella que solo le pertenecía a él.

—Todo me duele, Angie. Lo siento.

Su respuesta hizo que ella se acercara al borde de la cama. Se sentó allí un momento, temblando. Pasó un rato antes de que Ángela pudiera decir algo.

—Nunca me habías dicho nada.

—No quería decírtelo. —Bill sonrió y entrelazó los dedos de ella con los suyos—. Tengo las pastillas si las necesito. Es solo que quiero estar despierto cuando los chicos lleguen. —Bajaba y subía los hombros apoyados en la almohada—. Pensé que, si descansaba todo el día, tal vez podría resistir un poco esta noche.

Eso había sido al mediodía. Durmió la mayor parte del día y ahora estaba levantado y se había acomodado en su sillón en la sala de estar. Ángela lo estudió desde la cocina y se preguntó cómo lo encontrarían Lauren y Shane. Más viejo, por supuesto. Pero ahora estaba delgado, mucho más delgado que antes. Su rostro estaba demacrado y el cáncer le hacía lucir la piel de un color gris cenizo. También estaba frío. A pesar de lo alto que Ángela mantuviera el termostato, Bill necesitaba cubrirse las piernas con una frazada. Esta noche estaba usando dos, ambas extra gruesas.

No obstante, a pesar de todos los cambios y del dolor que estaba sufriendo, sus ojos brillaron cuando miró a Ángela.

—¡Están a punto de llegar!

—Sí. —Toda su búsqueda y sus oraciones y su deseo de volver a ver a su hija había acabado en esto. Lauren y Shane juntos otra vez. Con su hija. Y con ellos. Una parte de Ángela estaba tan emocionada que casi no podía colocar el pastel de manzana en el horno. Pero la otra parte estaba aterrorizada porque ella y Bill habían sido, en parte, responsables de la separación. Si tan solo Bill le hubiera pedido a la compañía telefónica que dejara un mensaje de transferencia en la grabación conectada a su antiguo número. Cada día él se había arrepentido por no haberlo hecho. Ahora Ángela no quería pensar en eso.

Luego de colocar el pastel dentro del horno, sirvió tazas de café para ambos y se reunió con Bill en la sala de estar. Escogió su silla preferida, la que estaba al lado de él. Justo cuando se había sentado escuchó el ruido de un auto y, luego de unos pocos minutos, el sonido de la voz de Emily. Ángela cerró los ojos y se inclinó hasta agarrarse del pie de su esposo. «Dios Padre, te ruego que estés aquí esta noche».

Esperaba que tocaran el timbre, pero luego se dio cuenta de que Emily nunca haría una cosa como esa. Así que no se sorprendió cuando escuchó que el grupo se acercaba por la entrada y, luego de unos segundos de susurros, escuchó la voz de Emily que estaba subiendo las escaleras, con alguien que debía ser Shane. Ángela se puso de pie y esperó, su corazón casi no palpitaba. ¿Acaso Emily y Shane le estaban concediendo este tiempo a solas con Lauren? Era algo que Ángela había deseado, pero que nunca había expresado. Durante unos segundos hubo silencio en el pasillo de entrada y luego se escucharon unos pasos que se acercaban.

Y, de repente, allí estaba ella. De pie frente a ellos, como en una escena salida de un sueño.

—Lauren… —Las lágrimas nublaban la vista de Ángela y un

sollozo se le atravesó en la garganta. Tenía miedo de moverse o de llorar o de decir algo equivocado.

Lauren pestañeó y las lágrimas rodaron por sus mejillas. Sus ojos se encontraron y Lauren tuvo que masajearse la garganta.

—Mami... —Sus ojos miraron a Bill—. Papi...

Ángela no podía esperar. Atravesó la habitación y, con mucho cuidado, como si su hija pudiera romperse, la envolvió en un abrazo. Con una mano en la parte de atrás de la cabeza de Lauren y la otra en la breve cintura de su hija, Ángela la meció de la manera en que lo hacía cuando era pequeña, cuando regresó a casa del kindergarten con una rodilla pelada.

La diferencia era que, esta vez, ella y Bill eran los causantes del dolor de su hija. Y este había calado mucho más profundo que cualquier arañazo de la infancia.

—Lo lamento tanto, cariño. —Ángela susurró las palabras contra la mejilla de Lauren—. Me he pasado toda la vida lamentándolo.

Al principio Lauren permaneció rígida, como si la tensión del momento la hiciera resistente a mostrar sus emociones. Pero cuando se abrazaron, Ángela sintió que su hija estaba cediendo, sintió los sollozos que rajaban su delgada coraza.

—Yo... yo también lo lamento.

Cuando las lágrimas de ambas disminuyeron un poco, Lauren retrocedió un paso y se volteó hacia Bill. Ángela los observaba. *Dios... tú hiciste esto. La trajiste a casa cuando todavía tenemos una oportunidad para estar juntos. Todos nosotros, de la forma que debimos haber estado desde el principio.*

—Papi, ¿cómo estás? —Lauren se acercó al borde de su silla y Bill le extendió la mano. Ella la tomó y se inclinó para estar más cerca y abrazarlo, durante un minuto más o menos. Luego se arrodilló, para quedar cara a cara con su papá—. ¿Te duele?

Bill negó con la cabeza y alzó la mano para acariciarle el rostro.

—Ya no. —Con la otra mano, acercó los dedos de Lauren

a su boca y los besó—. Estábamos equivocados, Lauren. Lo lamento tanto, tanto, mi niña.

Ángela sintió que estaba perdiendo la compostura. Él era un hombre fuerte, Bill Anderson. Fuerte e inteligente y acostumbrado a no mostrar sus emociones con facilidad. Por lo menos, no antes de que Lauren se marchara. Cuando no regresó y no pudieron encontrarla, ella lo había visto cambiar. El haber obviado la información de transferencia en la grabación, lo había hecho por amor. Amaba a Lauren y hubiera hecho cualquier cosa para protegerla. Era precisamente ese instinto de protegerla lo que lo hacía añorarla cada minuto que pasaba. Ella era su niñita y, de alguna forma, había estado incompleto hasta este momento. Con ella sana y salva en sus brazos otra vez.

Lauren lucía débil mientras hacía un esfuerzo por ponerse de pie. El día había estado cargado de emociones para todos ellos. Se secó las mejillas con los nudillos y miró a Ángela y luego a Bill. Sus ojos se quedaron fijos en Bill.

—Yo fui la que se marchó. —Alzó un poco la barbilla—. Pensé que Emily estaba muerta y me entró pánico. Nunca... —Su voz se quebró y se agarró del espaldar de la silla de Bill para apoyarse—. Yo nunca debí haberme marchado sin despedirme. —Su expresión era una masa retorcida de pena y arrepentimiento—. ¿Me pueden perdonar, por favor?

Se dejó caer en el brazo de la silla de Bill y puso su brazo alrededor de él, inclinándose para recostar su cabeza en la de él.

—Te extrañé, papi. —Levantó la mirada y se volteó—. A ti también, mami. ¿Cómo fue posible que se nos escaparan tantos años?

Ángela se les acercó y los tres se reunieron en un abrazo lleno de esperanzas y promesas y segundas oportunidades. No hablaron de Shane, pero Ángela sabía que esa conversación estaba por llegar. No podrían avanzar mucho si primero no perdonaban y dejaban ir el pasado.

Lauren levantó la cabeza y volvió a mirar a Bill.

—Lo lamento mucho... lo del cáncer.

—No le pedí a Dios que me recuperara. —Su voz era ronca, casi ininteligible. Se sostuvo el rostro con ambas manos—. Solo le pedí que te trajera de regreso a casa.

⊰

Los tres continuaron conversando en susurros antes de que Ángela buscara una caja de servilletas y se las entregara. Lauren sacó una y se puso de pie—. ¿Puede Shane entrar ahora? Él desea verlos.

Ángela se sintió como la peor persona en el mundo. De verdad estaba allí, el joven encantador que había amado a su hija con tal devoción, el chico que le había comprado un anillo de compromiso y que le había pedido que se casara con él para que nadie pudiera separarlos. Había venido, a pesar de que ella y Bill habían hecho todo lo posible para separarlos.

—Sí, Lauren, tráelo.

Lauren salió de la habitación y Ángela se volteó para mirar a Bill.

—¿Puedes creerlo? De verdad está en casa. Está hermosa. —Bill se enderezó un poco y se subió las colchas en su regazo—. Pero sus ojos no son como eran antes. ¿Te diste cuenta?

Ángela no había querido admitir eso. Hacerlo habría significado asumir la culpa por otro daño más. Pero Bill tenía razón.

—Me di cuenta. Creo que tiene que ver con su fe.

—¿Ella tiene… tiene fe? —Bill hizo una mueca de angustia, como si el dolor que le provocaba pensar en eso fuera peor que cualquier sufrimiento que el cáncer le pudiera ocasionar.

—No lo sé. —Ángela le puso la mano en el hombro—. Solo puedo creer que, con los milagros que Dios nos ha concedido durante las últimas semanas, no se quedará sin concedernos ese.

Bill asintió y, mientras lo hacía, otra vez escucharon pasos que se acercaban a la puerta. Esta vez los tres entraron en la sala de estar, Shane iba a la cabeza.

Sonrió y se acercó a Bill y a Ángela, dándole a Bill un firme apretón de manos.

—Señor Anderson, me da mucho gusto verlo. —Luego se volteó para mirar a Ángela—. Señora Anderson. —Soltó la mano de Bill y la abrazó. No era el abrazo que habían recibido de Lauren, pero era un abrazo que expresaba su perdón. Lo que fuera que Shane Galanter hubiera tenido contra ellos alguna vez, eran unos sentimientos que ya no formaban parte de él.

—Shane —Bill tosió y una vez más le extendió la mano a Shane.

—¿Sí, señor? —dijo sosteniendo su mano.

—Mi esposa y yo te debemos una disculpa. —Los ojos de Bill habían permanecido secos hasta ese momento. Pero, ahora, con Lauren y Emily de pie a unos pasos de ellos con los brazos entrelazados y estando todos reunidos por primera vez, las lágrimas brotaron y rodaron por sus escuálidas mejillas.

—Eso pertenece al pasado, señor. —Shane continuó sosteniendo la mano de Bill—. Hace mucho tiempo Dios me hizo ver que no podemos regresar al pasado. —Miró por encima de su hombro a Lauren y a Emily y otra vez a Bill—. Solo podemos estar felices por el día que estamos viviendo.

—Algo más. —Bill se frotó el cuello, su voz era áspera—. Tengo entendido que eres capitán del ejército, piloto de guerra, ¿es cierto?

Ángela se dio cuenta de que la expresión de Lauren cambió. Miró al piso, pero solo un minuto.

—Sí, señor. Entreno a pilotos de guerra en la instalación Top Gun en Reno, Nevada.

—Bueno, entonces, debo decirte —Bill agarró la mano de Shane más fuerte que antes—, no pudiera estar más orgulloso de ti si fueras mi propio hijo.

Una sombra volvió a nublar los ojos de Lauren y Ángela sintió una necesidad urgente de orar. *¿Qué pasa, Dios? ¿No está de acuerdo ella con el trabajo de Shane?* Mientras Shane y Bill hablaban sobre el ejército y Emily se reía, hablando de cómo su papá la iba a montar en un F-16, Ángela se dio cuenta. Por supuesto que a Lauren no le agradaba el trabajo de Shane.

Durante los últimos dos años había estado cubriendo los

acontecimientos de la guerra para la revista *Time*. A estas alturas tantos sus puntos de vista con respecto a la política como
los de Shane, estarían en polos opuestos del espectro. ¿Qué
pasaría si Lauren los consideraba a todos ellos demasiado conservadores y a su fe demasiado ingenua? ¿Qué pasaría si solo
se quedaba unos días y después se alejaba otra vez, convencida
de que nunca podría pertenecer a su mundo? El temor estaba
demandando un lugar en medio del grupo, pero Ángela no se
lo permitiría.

*Dios, este es tu territorio. Puede que los años hayan cambiado
a Lauren, pero eso no es un problema. Ella tiene derecho a tener su
opinión, cualquiera que esta sea.* Fijó sus ojos en Lauren, con un
deseo vehemente de ir hacia ella y abrazarla otra vez, a su única
hija. Pero, en vez de esto, concluyó su oración. *Padre, permítele
sentir tu amor durante esta semana. Sé que estoy pidiendo mucho
pero, Dios, te ruego que uses este tiempo para hacer renacer en ella
la fe que tenemos nosotros y Emily y Shane. Por favor…*

Cuando terminó de orar, sintió un profundo malestar, una
tristeza enorme por el hecho de que sus decisiones, veinte años
atrás, hubieran alejado a Lauren, no solo de ellos, sino también
de Dios. El Señor había sido tan bueno con ellos durante los
años después de la partida de Lauren. La tragedia de perderla,
de criar a Emily sin sus padres, los había hecho desarrollar
una fe profunda y firme. Según lo que Emily les había contado, Shane, en su dolor y soledad, también había afirmado su
relación con Jesucristo.

Ahora ella oraría con cada aliento que tenía para que un día
no muy lejano sucediera lo mismo con Lauren.

VEINTISÉIS

Lauren había pasado todo el día esperando este momento. Esperándolo y temiéndolo al mismo tiempo. Ella y Shane iban a estar solos por primera vez en dos décadas.

La noche había sido increíble. Todos conversaron y lloraron y contaron simpáticas historias ocurridas durante los años que habían estado separados, hasta el momento en que su papá estuvo tan cansado que no pudo quedarse ni un segundo más. Su mamá lo acompañó hasta el dormitorio y Emily se quedó otro rato más hablando con Lauren y con Shane. Luego de tantos años ninguno de ellos podía saciarse lo suficiente del otro.

Ahora era pasada la medianoche y Lauren, Shane y Emily iban subiendo las escaleras para despedirse de Emily.

—¿Les puedo pedir algo? —Una sonrisa se dibujó en los labios de Emily cuando llegaron al final de la escalera y miró a su mamá y a su papá, uno al lado del otro—. Siempre me pregunté cómo sería que mis padres me arroparan. Quiero decir, como le hacen a los niños. —Sus ojos estaban secos pero su tono mostraba sinceridad—. ¿Me harían algo así, por favor?

Lauren sintió que su corazón cantaba. Se sintió honrada de que su hija les pidiera eso. Después de todo, ya Emily no era una niña. Era maravilloso que todavía no se sintiera demasiado adulta como para portarse como una niña con ellos. Entonces le haló la manga del suéter.

—Tú nos llevarás.

Así que los tres caminaron juntos por el pasillo hasta el dormitorio de Emily, unos pasos detrás de ella iban Lauren y Shane. Shane tomó la mano de Lauren y, al sentir su calor, surgieron innumerables emociones dentro de ella. ¿Cuántas veces había soñado con esto, con la tranquila felicidad de un momento como aquel? Ella y Shane subiendo las escaleras para desearle buenas noches a su hija, como era costumbre de las verdaderas familias. Emily entró al baño para ponerse sus pijamas y Lauren y Shane se quedaron cerca de la puerta del dormitorio. Shane la rodeó por la cintura con su brazo y Lauren lo dejó que la acercara hacia él. Por más que lo contemplaba, no se cansaba de mirarlo. Era como si nunca se hubieran separado. Durante toda la noche habían permanecido sentados uno al lado del otro y apenas podía pensar, por la forma en que se sentían los dedos de Shane entrelazados con los de ella.

Ahora le sucedía lo mismo, rodeada por su brazo. Con mucho gusto se acercó más a él. El tiempo no había podido disminuir el deseo entre ellos, eso era una realidad.

—¿No te parece increíble que estemos aquí? —Shane hablaba en voz baja y Lauren podía sentir su suave aliento en la mejilla. Rozó su rostro contra el de ella.

—Eres tan dulce, Lauren.

—Solía dormirme en las noches pensando… —deslizó sus dedos por la clavícula de él—. Pensando que, al despertarme en la mañana, tú estarías allí a mi lado. Que estábamos casados y juntos. —Hizo un gesto con la mano—. Como si todo esto solo hubiera sido una terrible pesadilla.

—Mmm. —Shane respiró cerca de la nuca de ella y luego retrocedió lo suficiente como para encontrarse de nuevo con sus ojos—. Debíamos haber vivido así toda una vida. —Levantó las manos para sostener el rostro de Lauren y con sus dedos le rozó el cabello. Un pequeño gemido se escapó de su boca—. Me mata pensar en todo lo que nos hemos perdido.

La puerta del baño se abrió y Shane se echó para atrás. Sostuvo la mano de Lauren, pero primero apagó la luz y Lauren pudo ver su sonrisa en la oscuridad.

—Muy bien, jovencita, ya es hora de acostarse.

Emily se rió divertida y pasó por su lado en plantillas de media. Luego saltó a la cama y se cubrió con las colchas hasta debajo de la barbilla.

—¿Pueden orar conmigo? Eso forma parte de este momento.

El rostro de Lauren cambió, pero hizo un esfuerzo por no mostrar su incomodidad. Ella consideró a Dios un enemigo desde que recibió la noticia de que Emily se había muerto, desde que se había alejado de Chicago aquel terrible día. La fe era algo para el resto de ellos, no para ella. Tampoco era algo que ella quisiera tener. Si Dios existía, había permitido que se perdieran toda una vida juntos. No podía entender por qué a Emily y a Shane les importaba tanto ese Dios.

A pesar de ello, no se iba a resistir a la petición de su hija. No era un debate de teología. Permitió que Shane la condujera hasta la cama de Emily. De repente, toda la implicación de lo que estaba sucediendo la golpeó directo en el corazón. Estaba deseándole buenas noches a su hija, ¡la pequeña que ella creía muerta! Estaba sentada al lado de ella en una habitación oscura, viviendo una de las primeras oportunidades de actuar como madre. Se sentó en el borde del colchón y deslizó sus dedos por los flequillos de Emily. A su lado escuchó la voz clara y segura de Shane, llena de una fe que Lauren había perdido muchos años atrás.

—Querido Dios, estamos aquí esta noche porque tú lo has permitido —respiró profundo—. Pensé que viviría el resto de mi vida sin encontrarlas a ninguna de las dos, pero tú, tú nos reuniste. Te pedimos que Emily pueda dormir bien y que mañana todos nos despertemos y nos demos cuenta que de veras está sucediendo, que no es solo un sueño maravilloso. —Vaciló y su tono se volvió más grave—. Ayúdanos a no estar enojados o tristes por todo lo que nos hemos perdido. Más bien, ayúdanos a celebrar todo lo que nos has dado hoy. En el nombre de Jesús, amén.

Shane se inclinó y besó a Emily en la mejilla.

—Buenas noches, Emily. —Le dio unos suaves golpecitos en la nariz con los dedos—. Gracias.

Emily sonrió y la pequeña niña que debió haber sido unos años atrás brilló en sus ojos.

—¿Por qué?

—Por permitir que Dios te usara. —Se puso de pie y caminó hacia la puerta.

Era el turno de Lauren. Miró a Emily y otra vez rozó con el pulgar la frente de su hija.

—Recuerdo la última vez que hice esto.

—¿En el hospital? —Emily se acurrucó a su lado para verla mejor.

—Ajá. Estabas tan enferma, tan caliente. Me senté allí al lado de tu cama e hice esto. Te toqué la frente, rogándole a Dios que te dejara vivir, que te trajera de regreso a casa.

Emily observó sus ojos.

—¿No lo ves, mami?

—¿Ver qué?

—Él contestó tus oraciones. —Se encogió ligeramente de hombros—. Aquí estamos, justo como se lo pediste.

Un nudo se atravesó en la garganta de Lauren, pero sus palabras encontraron un camino para salir.

—Me gusta tu actitud, señorita Emily. Me siento orgullosa de ser tu mamá. —Se inclinó y la besó en la frente. Luego susurró— Buenas noches, querida hija. Te quiero mucho. —Fue maravilloso poder decir aquellas palabras—. No me canso de decírtelo.

—Yo también te quiero.

Shane la estaba esperando afuera, en el pasillo. Sin decir una palabra, entrelazó sus dedos con los de ella y la condujo de regreso a la sala. En la chimenea danzaban las llamas suavemente y a través de la ventana grande se veía la nevada que estaba cayendo. Apagó las luces y cuando llegaron cerca de la chimenea, él se detuvo y la abrazó otra vez.

—Hola. —Rozó su mejilla contra la de ella, sosteniendo su cuerpo con firmeza y suavidad.

—Hola. —El pánico trató de interrumpir el momento. ¿Iban a hablar o asumirían que debían comenzar otra vez donde se quedaron años atrás?

—Aquí estamos. —Shane estudió sus ojos... ¿Debía besarla? ¿Lo quería ella?

Lauren tragó en seco. Sus rodillas estaban débiles y su corazón latía con fuerza. Por supuesto que quería que él la besara. Pero, ¿sería correcto, cuando todavía no habían conversado?

Antes de que Lauren pudiera hallar respuesta a sus propias preguntas, Shane empezó a tararear una canción de James Taylor que había sido favorita de ellos el año que Lauren salió embarazada. Muy despacio, con sus ojos todavía fijos en los de ella, la condujo en un baile que hizo que su cabeza se mareara. Lauren sintió que se sumergía, que la estaba arrastrando a un lugar donde no quería otra cosa que sentir sus brazos alrededor de ella.

Cualquier pequeña resistencia que ella hubiera traído a Chicago se derritió como los copos de nieve afuera de la ventana. Quizá no querían hablar, todavía no. Esto era lo que tanto ella había querido durante todos estos años, ¿cierto? Una oportunidad de estar otra vez en los brazos de Shane Galanter, solos en una habitación oscura, con el único sonido del fuego que ardía en la chimenea.

El baile disminuyó y Shane rodeó el rostro de Lauren con sus manos. Muy despacio, apenas controlado, otra vez metió los dedos en su pelo y rozó sus labios contra la mejilla de ella.

—Nunca dejé de amarte.

—Yo tampoco. —Lauren respiró su perfume, su aliento tibio, su fresco olor a champú y su colonia—. Olía maravilloso. El día había estado tan lleno de emociones y ahora esto. Sostuvieron la mirada y ella lo supo. Iba a suceder.

Los labios de él encontraron los de ella primero y le dio un beso muy pequeño.

—Lauren, no te vayas nunca.

—No me iré. —Ahora era su corazón el que estaba hablando. Esta vez ella encontró sus labios y lo besó de la forma en que se moría por hacerlo. Profundo y despacio y con toda la pasión que llevaba por dentro. Shane la apretó con sus brazos y bailaron una y otra vez y, luego de unos minutos, se recostaron contra la pared que estaba más cerca de la ventana.

La atmósfera entre ellos cambió y Lauren sintió el estremecimiento en el cuerpo de Shane que la estaba cubriendo. Shane retrocedió primero, apretó los labios y exhaló. Sus ojos ardían por el deseo y reflejaban los sentimientos que debían haber aparecido también en el rostro de ella.

—Está bien. —Hizo un chasquido con la lengua y se frotó la nuca. La soltó y atravesó la sala para sentarse en una esquina del sofá—. Parece que algunas cosas no han cambiado.

Lauren dejó caer los brazos al lado del cuerpo y los sacudió. Nadie la hacía sentirse como Shane. Le sonrió a través de la tenue luz del fuego.

—No, definitivamente hay algunas cosas que no han cambiado. —Él la estaba esperando, así que atravesó la habitación y se sentó a unos centímetros de él. En ese momento era mejor mantener una corta distancia.

Algo que él había dicho la hizo vacilar. Tal vez ella no era la única que tenía miedo de rebuscar en los años que estuvieron separados y echar un vistazo más de cerca a las personas en quienes se habían convertido. Lauren deslizó su dedo por la frente de él.

—¿Quieres decir… —su voz era dulce— que algunas cosas han cambiado?

Su expresión lo delató. Miró al piso pero solo un instante. Cuando sus ojos se encontraron otra vez con los de ella, le sonrió con tristeza.

—Sé quién eres, Lauren Gibbs.

—¿Lauren Gibbs? —Bajó la barbilla. ¿Cuánto sabía? Mantuvo su tono suave, no queriendo perder lo que habían encontrado una hora atrás—. ¿Mi piloto de guerra lee la revista *Time*?

El dolor en el rostro de él se hizo más profundo.

—Sí.

Un sentimiento de espanto se paseó en ese momento por la habitación. Hace un año ella había escrito un artículo en el que decía que los habitantes de Irak no respetaban a los pilotos de guerra americanos. Había citado a un hombre que dijo: «Son el modelo del americano asqueroso. Cobardes e incapaces de enfrentar a sus enemigos. Sobrevuelan y destruyen nuestros pueblos y ciudades, nuestras casas y nuestros vecindarios, solo con presionar un botón».

El artículo incluía un breve párrafo donde se detallaba una respuesta de la fuerza aérea y otra del ejército, un discurso retórico acerca de cómo los bombardeos aéreos eran de hecho más humanos, porque los objetivos podían determinarse a una corta distancia. ¿Había leído él esa historia? Lauren tenía el horrible presentimiento de que sí. Suspiró.

—¿Leíste mi artículo acerca de los pilotos de guerra?

Shane frotó sus nudillos contra las mejillas de ella, el amor en sus ojos todavía intenso.

—Estuvo pegada en un mural de la base durante seis meses. —Se rió bajito—. Casi todos los pilotos escribieron su refutación. La última vez que vi tu historia, estaba rodeada de bastantes escritos.

Lauren gimió y dejó caer la cabeza contra el sofá.

—Shane… —Se sentó derecha otra vez y lo miró directo a los ojos—. ¿Cómo terminaste en el lado equivocado de esta guerra?

Él le tomó la mano y, con mucha suavidad, la acercó a sus labios y la besó.

—La pregunta es… —Su tono no era acusatorio; estaba lleno del amor que había mostrado hace un momento—. ¿Cómo lo hiciste tú?

Sus palabras dibujaron una fina línea entre ellos.

—Shane, solo por un minuto, olvídate de todo tu trabajo como entrenador de pilotos de guerra. —Lauren tuvo cuidado de no sonar dura o sarcástica—. Eres cristiano.

—Lo soy. —Su dulzura no disminuyó.

—Y Jesús enseñó acerca de la paz, ¿cierto? Él vino a traernos paz.

—En realidad, él vino a traernos vida. —Shane hablaba

despacio, suave. Sus ojos todavía estaban fijos en los de ella y su tono era relajado—. Vida, en toda la extensión de la palabra.

—Muy bien, así es. —Se mordió el labio—. Si él vino a traernos vida, entonces, ¿cómo puedes ser tú parte de una guerra que mata a la gente?

—Lauren. —Deslizó los dedos por el brazo de ella—. El conflicto ha existido desde Caín y Abel. Durante la mayor parte del tiempo las personas han estado involucradas en guerras, muchas de ellas con la aprobación de Dios.

Lauren podía sentir que le estaba subiendo la presión.

—Muy bien —respiró—. ¿Cómo puedes tú estar del lado de un Dios que quiere la guerra? ¿Que quiere la muerte de personas inocentes? —Se sentó más derecha, separándose un poco más de Shane—. ¿No se supone que el objetivo sea la paz?

—Sí. —Su voz era un poco más intensa—. ¿Crees que no quiero la paz en Irak? ¿La paz en Afganistán? —Dobló una pierna, puso la rodilla en el sofá y se volteó para mirarla—. ¿Solo porque yo manejo aviones de combate?

Ella entendió por dónde venía. Ya había tenido esa clase de charlas con conservadores. Siempre recitaban las causas de la guerra: armas de destrucción masiva, dictadores malvados, torturas a civiles. Pero, sin importar cuánto tiempo hablaran, ella sentía lo mismo. ¿Cómo podía explicarse lo inexplicable? ¿Cómo podía Estados Unidos oponerse al uso de armas peligrosas en Irak y luego llevar allí esas armas peligrosas para lograr sus objetivos? Pero nunca, durante todo su tiempo como reportera en el Medio Oriente, había escuchado decir a un capitán del ejército que quería la paz. Lauren observó los ojos de Shane.

—¿La paz, Shane? —Su voz estaba enmarcada por signos de interrogación, nada más—. Te pasas la vida enseñando a pilotos de guerra cómo descubrir y destruir objetivos enemigos y ¿quieres la paz?

Shane permaneció en silencio durante un minuto. El ligero aumento en la intensidad de su voz se esfumó.

—¿Dónde estabas el 11 de septiembre del 2001?

Ella no quería hablar sobre los ataques terroristas. Le había escuchado la misma historia a la mitad de los partidarios de la guerra que había entrevistado. Le hacía pensar en el ejército norteamericano como un puñado de niños contrariados. *Ellos nos dieron primero...* Pero esta vez estaba hablando con Shane. A pesar de sus diferentes puntos de vista sobre este tema, le debía una respuesta adecuada. Se cruzó de brazos y apoyó su hombro sano en el espaldar del sofá.

—Estaba en Los Ángeles, en la oficina. —El recuerdo apareció, tambaleándose como un borracho maloliente en un bar—. Lo vi por televisión, horrorizada como todos los demás.

—¿Conocías a alguien en esos edificios?

—No. —Dobló ambas piernas frente a ella y abrazó sus rodillas—. Pero fui una de las reporteras que cubrió el suceso. Entrevisté a personas en Los Ángeles que habían perdido amigos o familiares.

Regresó el horrible sentimiento que había experimentado durante todas aquellas semanas.

—Fue espantoso. —Estudió la expresión de Shane. Quizá tenía otras razones para preguntarle sobre eso. Extendió su mano para tocar la de él—. ¿Y tú?

Shane fijó su mirada en las llamas en la chimenea, sus ojos llenos de algo que ella no pudo entender.

—Estaba en Reno, en la base de Top Gun. La noche antes recibí una llamada de un amigo que había conocido durante un entrenamiento de pilotos de guerra del ejército. Benny era el único que no quería hacer una carrera como piloto de guerra. Quería ser bombero. Bombero del cuerpo de Nueva York. —Shane entrecerró los ojos ante lo que debió haber sido el brillo deslumbrante del pasado—. Hablamos de su esposa y de sus hijos, la magnífica temporada que estaban viviendo.

—Shane le sonrió a Lauren—. Le dije que debía venir a Top Gun y dar un paseo en un F-16 conmigo.

Lauren se imaginó lo que venía después. Entrelazó sus dedos con los de Shane.

—¿Estaba de turno la mañana siguiente?

—Así es. —Otra vez Shane miró al fuego—. Su esposa me dijo que había logrado llegar al piso sesenta y uno antes de que cayera la torre sur. —De nuevo miró a Lauren a los ojos—. Nunca encontraron el cuerpo.

Lauren permaneció en silencio durante un minuto, dando tiempo para que la historia se hiciera carne en su corazón.

—Lo siento.

—Gracias. —Apretó ligeramente los dedos de ella entre los suyos—. He pensado mucho en la paz. La estudié en la escuela, aunque no lo creas.

—¿De veras? —El tono de Lauren le indicó que se estaba burlando de él, en una forma muy sutil. Hizo un esfuerzo por imaginárselo entre las personas que ella había conocido en la universidad, estudiantes de periodismo—. ¿Usabas ropa desteñida y sandalias en el colegio, ¿cierto?

—Más o menos. —Se rió—. Las sandalias, por lo menos. —Descansó su brazo encima del espaldar del sofá y acarició el hombro de ella con sus dedos—. No quería lo que mis padres tenían. Materialismo, inversiones en diferentes negocios y una vida de fachadas plásticas. De eso estaba seguro. —Frunció el ceño y la miró, serio—. La universidad me pareció interesante. Hice muchas preguntas, estudié la historia de las civilizaciones y lo que en realidad conducía a la paz.

Lauren estaba impresionada. Un gran número de sus amigos liberales no habían hecho eso. Sí, ella estaba de acuerdo con ellos, pero eso no significaba que sus opiniones estuvieran basadas en hechos. Las de ella sí lo estaban. Entrevistaba a personas todo el día. Si alguien tenía claras las razones para argumentar que las guerras no valían la pena, esa era ella.

Shane debió haberse dado cuenta de que Lauren estaba interesada, porque continuó.

—Una y otra vez me di cuenta de la misma cosa, Lauren. —Sus ojos le imploraban que lo escuchara. Que de veras lo escuchara—. Me di cuenta de que solo podíamos tener paz a través de la fuerza.

Otro lema de los militares, sobre el que había escuchado

bromas con demasiada frecuencia. No obstante, trató de no mostrar ninguna reacción.

—¿Qué significa eso, Shane? ¿La paz a través de la guerra?

Shane pensó un poco en la pregunta.

—Creo que es así. Hemos perdido una horrible cantidad de hombres en esta guerra y eso es una tragedia. Una vida que se pierda es una tragedia. Pero cuando consideramos los planes que los terroristas tenían para este país, me doy cuenta del beneficio de la fuerza. Beneficio que puede mantener la paz. —Deslizó su dedo por la parte superior de la mano de Lauren—. Tenían planes muy detallados, Lauren. Yo los vi. Pensaban que lo ocurrido el 11 de septiembre era solo el comienzo, un pequeño incidente.

A pesar de que había pasado toda su vida al otro lado de esta cerca, Lauren quería entenderlo. Si las cosas hubieran sido diferentes, no estarían teniendo esa conversación. Ella habría estado de su lado, sin lugar a dudas, buscando una forma de justificar las cosas que creía por naturaleza.

—Entonces…

Shane gesticulaba con las manos y tenía el rostro erguido.

—No han vuelto a atacar, Lauren. Sus planes se hundieron en los escombros. En sus propios escombros.

—Se metieron con las personas equivocadas, ¿verdad? —De nuevo Lauren hizo un esfuerzo por sonar abierta, interesada. No condenatoria—. ¿Es eso lo que estás diciendo?

—Más o menos. Quiero decir que tú estás allí, Lauren. Caminas por las calles y vas de compras en las ciudades y ves a las personas. —Hizo una pausa—. ¿Cuándo fue la última vez que viste un ataque aéreo, un ataque aéreo por parte de un piloto de guerra norteamericano? —Una pequeña sonrisa se dibujó en sus labios—. La única razón por la que todavía estamos allí es para ayudar al establecimiento del nuevo gobierno. Y eso contribuye a la paz, ¿cierto? Si nos retiramos, bueno, tú sabes el desastre que se desatará allá.

Lauren pensó en el ataque al orfanato.

—Ya se ha desatado. No inventé el artículo, Shane. —Suspiró—. Las personas con las que hablo viven en temor y permanecen encerrados en sus casas la mayor parte del tiempo.

—Sí. —Un viso de frustración se coló en su voz—. Porque esas son las personas con las que quiere hablar tu revista.

—Está bien. —Lauren volvió a bajar los pies para ponerlos en el piso, con la mirada fija en Shane—. Tú crees que obtenemos la paz a través de la fuerza porque ponemos a trabajar nuestros músculos, ¿cierto? Les mostramos de lo que somos capaces. Si pensaron que podían meterse con nosotros, no sabían lo que les esperaba. ¿Algo así? —Sin darse cuenta estaba alzando un poco la voz. Respiró profundo para volver a bajar el tono—. Pero tal vez eso solo nos convierte en matones.

—Lauren. —Le tomó ambas manos—. ¿De veras quieres hablar de eso esta noche?

—¿De veras quieres evadirlo? —Su respuesta fue rápida y enseguida se arrepintió. Estaba desesperada por ir hacia él, perderse en su abrazo y besarlo toda la noche—. Lo siento.

Shane extendió su brazo en dirección a ella y Lauren se acercó.

—Tú ves las cosas desde tu punto de vista y yo las veo desde el mío. ¿Tal vez podamos conformarnos con eso por el momento?

—Sí. —Lauren lo miró. Sus rostros estaban cerca otra vez—. Por ahora.

—¿Qué quieres decir con eso? —Se inclinó hacia ella, deslizando su dedo por la barbilla de ella.

—Shane, quiero decir que no tenemos que hablar de eso durante esta semana. Podemos discutirlo después, cuando llegue el momento de ir a casa.

Shane la besó y, en el tiempo que le tomó a ella responder, regresó toda la pasión de hacía un rato. Shane se echó un poco hacia atrás y respiró hondo. Entonces ella notó sus ojos, los ojos de un chico de diecisiete años al que ella había prometido amar para siempre.

—Algo se te está olvidando.

—¿Qué? —Ella no quería hablar. Quería perderse en sus

brazos, en una búsqueda desesperada de regresar a lo que antes habían tenido.

—Se te olvida que estamos en casa. Aquí. —La besó una y otra vez—. Justo aquí, conmigo.

Lauren deseaba creerle. Ay, cuánto lo deseaba. Pero no podía. Estaba equivocado. Su casa era el apartamento en Afganistán, donde escribía historias que arrojaban luz sobre las razones por las que la guerra nunca podría conducir a la paz. Su casa era recorrer las carreteras empolvadas con Scanlon a su lado, el gran estuche de lona con la cámara en el asiento en medio de ellos. Pero eso no se lo podía decir.

No cuando pensaba pasar la próxima semana fingiendo que él tenía razón.

VEINTISIETE

Emily se despertó con el sonido entrecortado de una sirena.

Se sentó en la cama y miró el reloj despertador en su tocador. Las seis de la mañana. Por la ventana se veían las primeras luces del día y, de repente, se dio cuenta de lo que estaba sucediendo. Sentía que el corazón le daba saltos mortales dentro de su pecho. Algo tenía que haber sucedido con abu.

Su mamá estaba durmiendo en la oficina; su papá en el sofá de la sala. Enseguida ella y su mamá se encontraron en el vestíbulo y bajaron corriendo las escaleras. Venían por la mitad cuando vieron que por la puerta principal estaban sacando al abuelo en una camilla. Su abuela estaba diciendo:

—Enseguida salgo. Quiero ir con él. —Las miró brevemente—. Tuvo una convulsión. Quieren hospitalizarlo por si acaso hay algo que puedan hacer.

Cerca a la entrada de la sala apareció el papá de Emily y sacudió la cabeza.

—Señora Anderson, ¿puedo ayudarla en algo?

—Trae a las demás. —Su abuela corrió a la puerta principal con las dos colchas de abu. Después sostuvo con firmeza a Shane por la muñeca y miró al resto.

—Está estable. Por ahora estará bien. Vengan más tarde en la mañana.

Emily terminó de bajar las escaleras en silencio, se abalanzó sobre su abuela y la abrazó brevemente. Nunca había sentido tanto miedo en toda su vida.

—Dile que estamos orando por él.

—Lo haré. —Hizo una pausa y Emily pensó que ella estaba a punto de sufrir un colapso nervioso—. El médico me dijo que los ataques significan que está cerca del fin. —Caminó otro paso hacia la puerta—. Pensé que debías saberlo. —Se despidió y luego se marchó.

Los tres se quedaron parados en la puerta escuchando cómo se alejaba la ambulancia. Cada varios segundos hacían sonar las sirenas, probablemente para no perturbar al vecindario más de lo necesario.

Emily tenía la garganta seca.

—No puedo seguir durmiendo.

—Está bien. —Su mamá bajó muy despacio el resto de los peldaños que le faltaban. Tenía puesto un pulóver y como unos pantalones deportivos negros—. Sentémonos en el sofá.

Emily no pudo evitar notar la forma en que su mamá se acercó a su papá y le pasó el brazo por la espalda, debajo del de él. Emily se había preguntado cómo habría sido su tiempo a solas y ahora sabía la respuesta. Estaban felices y enamorados y es probable que estuvieran haciendo planes para casarse. Justo como ella siempre lo había soñado. Pero había un problema. En su sueño, abu no estaba al borde de la muerte precisamente cuando todo volvía a su lugar.

Se sentaron en el sofá, su papá en el medio, y durante las dos horas siguientes conversaron y a veces se quedaron dormidos, con la cabeza recostada en el hombro del otro. A las ocho en punto su papá se puso de pie y se estiró.

—Voy a ducharme. —Miró el reloj que estaba cerca de la puerta de entrada—. Tratemos de estar listos para salir en una hora.

Cuando salió, Emily se sentó más cerca de su mamá. Estaba aterrorizada por lo que estaba sucediendo con su abuelo pero no podía dejar que eso le impidiera disfrutar el tiempo junto a su mamá. Durante unos minutos se reclinó en ella y descansó la cabeza en su hombro sano. Luego se enderezó y miró a su mamá con un destello de esperanza en sus ojos.

—Entonces, ¿es tal como lo recuerdas?

—¿Shane?

La reacción de su mamá no fue muy buena. Sonrió, pero no resplandeció como debía haberlo hecho.

—Es muy apuesto, si eso es a lo que te refieres.

—Lo es. —Emily se rió—. Pero me refiero a lo otro. —Levantó un poco los hombros—. ¿Crees que de nuevo volverán a estar juntos después de todo esto?

Su mamá la miró y luego dejó salir un suspiro de tristeza y frustración.

—Cariño, verlo otra vez... este tiempo juntos es maravilloso. —Su tono se dulcificó—. Pero no te hagas demasiadas ilusiones. —Suspiró y sostuvo la mano de Emily entre las suyas—. En dieciocho años hemos madurado mucho.

Emily hizo un esfuerzo por no tragar en seco. Ya había pensado en eso pero tenía miedo de preguntar. Con sus ocupaciones totalmente opuestas, con toda seguridad su mamá y su papá tenían que estar en lados contrarios.

—Se trata de la guerra, ¿cierto?

—Ese es un aspecto. —Su respuesta fue radical y la seguridad de Emily se tambaleó—. Nos hemos convertido en personas muy diferentes.

—No lo parece. No cuando te miro.

Lauren sonrió.

—Me gusta estar a su lado. Esa parte es fácil.

—Bueno... entonces quizá funcione a pesar de todo.

—Emily —su mamá bajó la barbilla y, en una forma cortés, su mirada le indicó que la conversación había terminado—. Disfrutemos esta semana. —Su sonrisa se esfumó—. Tenemos que pensar en abu. Eso es lo más importante ahora, ¿está bien?

La respuesta no le salió muy fácil.

—Está bien.

Emily tenía deseos de gritar o de correr o de obligarlos a permanecer juntos en esta casa hasta el final de sus días. Pero nada de eso volvería a unir a sus padres de la forma en que lo habían estado antes, de una forma en que sus puntos de vista políticos y sus diferencias no importaran.

Solo Dios podía hacer eso.

∞

Las preguntas de Emily desconcertaron a Lauren todo el día. Pero no pudo pasar mucho tiempo pensando en Shane o en cuánto habían cambiado o si tal vez podrían seguir juntos después que esta semana se terminara. Su papá estaba demasiado enfermo para pensar en algo más que no fuera él y su mamá y cuán rápido se acercaba el final.

Ella, Shane y Emily llegaron al hospital pasadas las nueve. Su mamá se encontró con ellos en el pasillo afuera de la habitación del abuelo. Lauren se adelantó, alcanzó a su mamá en la mitad del pasillo y la tomó de las manos.

—¿Cómo está él?

—Todo está sucediendo tan rápido. Puede ser en cualquier momento. —Inclinó el rostro y las frentes de ambas se juntaron.

Lauren apretó los brazos de su mamá al escuchar la noticia.

—No...

Era demasiado pronto. No había tenido tiempo de conversar con él o de encontrar lo que había perdido durante todos esos años. Durante los días más difíciles en el Medio Oriente siempre creyó que podría regresar a casa si quería hacerlo. Su papito siempre la iba a aceptar de vuelta. Pero ahora se iría y una parte de su corazón nunca sería la misma otra vez.

Su mamá temblaba, de seguro estaba cansada y asustada y hacía un esfuerzo por no derrumbarse. Luego de un momento, Emily y Shane se acercaron y rodearon a ambas con sus brazos.

—¿Está despierto? —La voz de Shane vibraba con compasión—. Me gustaría verlo. Quizá orar con él.

—Sí lo está. —Su mamá se sorbió la nariz y se enderezó un poco—. Todos debemos entrar. Ha estado preguntando por ustedes.

¿Por qué se había ido cuando lo hizo? ¿Por qué al menos no llamó? Tan solo una llamada y habría encontrado a Emily y a sus padres. Juntos podrían haber encontrado incluso a Shane. Tal vez ahora ella estaría escribiendo para el *Tribuna* cubriendo los espacios de entretenimiento, algo menos demoledor que la guerra.

Condujo al resto dentro de la habitación. Tenía la impresión de que le halaban el corazón atado a una cadena. ¿Le había hecho ella esto a su papá? ¿Acaso el dolor, la añoranza y el deseo de verla todos estos años le habían provocado una enfermedad mortal?

No. No podía pensar de esa manera, no ahora que él la necesitaba sonriente a su lado. Estaba saludando a Emily y Lauren observó cómo su hija descansaba la cabeza en el pecho de su abuelo.

—Abu, nos vamos a quedar aquí todo el día, ¿está bien?

—Yo… yo lamento estar enfermo. —En su rostro se dibujó una débil sonrisa y luego miró al resto—. No tiene mucho de fiesta, ¿cierto?

Emily rozó su rostro contra el de él.

—No necesitamos una fiesta, abu. Solo te necesitamos a ti.

Shane miró a Lauren y le hizo señas para que se acercara. Ella lo hizo sin vacilar, pero todavía siguió observando a su papá y a Emily, la relación que tenían. Emily le había dicho que su papá había cambiado, que no era como antes, que ya no era el hombre que le había hecho tanto daño. Al mirarlos a ambos, la manera en que su papá sostenía la mano de Emily y la forma tan dulce como le hablaba, se dio cuenta de la verdad. Su hija tenía razón.

De cierta forma, era otra pérdida. Si hubiera regresado antes a casa, habría tenido tiempo para disfrutar esa misma clase de relación tierna con él. Emily lo abrazó una vez más y luego retrocedió. Después, Shane le puso una mano en el hombro al papá de Lauren.

—Dios tiene un plan con todo esto. —La voz de Shane era firme y compasiva, su tono demostraba cuánto lo quería y que no guardaba ningún resentimiento contra él—. No lo olvide, ¿está bien?

Su papá miró fijamente a Shane.

—Mis niñas te van a necesitar.

—Sí. —La barbilla de Shane le tembló, pero apretó la mandíbula y asintió—. Lo sé.

—No las abandones, ¿está bien? —Miró al resto. Fijó sus ojos en Lauren y ella no supo con seguridad a quién iban dirigidas las próxima palabras—. Ellas te necesitan... incluso aunque piensen que no es así.

Shane retrocedió y tomó la mano de Lauren.

—Lo sé, señor. No las voy a dejar. —Se recostó a la pared y miró a Lauren de una manera que la hizo derretirse.

Era su turno. Se acercó al lado de su papá.

—Hola, papito.

—Hola, pequeña.

Los ojos de Lauren estaban secos, pero un solloz o se le atravesó en la garganta. Recordó los cientos de veces que lo había saludado así, tiempo atrás antes de que estuviera con Shane, cuando él la consideraba como su niña, la niña que era incapaz de hacer algo mal. Hasta cierto punto, ahora era mejor. Porque, sin dudas, él ya sabía la verdad. Ella estaba lejos de ser perfecta, pero a pesar de eso, sus ojos le decían que la amaba igual. De hecho, la quería más que nunca. Su mano se sentía áspera contra la de ella. Áspera, seca y fría, como si la muerte ya lo estuviera reclamando. Lauren se inclinó y le besó los dedos.

—Necesitamos más tiempo.

—Sí. —Su voz era grave, tan baja que era imposible escucharlo sin inclinarse—. Tú sabes... lo que voy a decirte.

Lauren arrugó la nariz, confundida.

—No, papi. —Su corazón dio un brinco. ¿Acaso iba a recordarle que toda la tragedia de sus vidas era culpa de ella, que nunca debió haber tenido relaciones sexuales con Shane en primer lugar? No haría eso ahora, ¿cierto? Lauren se tragó sus temores—. ¿Qué quieres decirme?

—Es sobre Shane. —Tenía que hacer un gran esfuerzo para

hablar—. Ese joven siempre te ha amado. —Descansó un poco y, por un momento, no pudo hacer otra cosa que respirar—. Todavía te ama. —La miró con más intensidad—. Y tú también lo amas. Sé… que lo amas.

Lauren sintió que las lágrimas se asomaban a sus ojos. Todos estos años se había esforzado para no llorar. Pero ahora, llorar era tan familiar como respirar.

—Sí. —No se volteó para mirar a Shane. Ni siquiera estaba segura si los estaba escuchando—. Shane me ama.

—No… no lo dejes ir otra vez. El amor no significa… estar de acuerdo en todo.

¿Estaba su papá tan consciente de lo que sucedía a su alrededor? ¿Se había dado cuenta de que los cambios que habían ocurrido en ellos como adultos podían hacer que ella y Shane se despidieran esta semana y cerraran la puerta a su pasado para siempre? El solo hecho de pensar en esto le dolía pero, ¿qué otra elección tenían? Respiró muy despacio.

—Papi, yo…

—Shh. —Acercó la mano de ella a su mejilla y le guiñó un ojo. Sus ojos bailaron como no lo habían hecho desde que ellos habían entrado—. No lo analices más. Tengo razón con respecto a esto. —Sus pulmones sonaron más roncos que antes—. Has perdido tantas cosas, Lauren. No pierdas lo que Dios quiere darte ahora.

Lauren sintió que su propia sabiduría se hacía añicos. Sí, de verdad tenía razón. Ella había perdido tantas cosas. Todos habían perdido tanto. Perder ahora a Shane sería trágico, aunque todavía ella no pudiera ver cómo podrían quedarse juntos. Se inclinó y puso su mejilla contra la de su papá.

—¡Papito! —Lo abrazó, anhelando que todavía le quedaran otros cientos de veces para hacer esto—. ¿Cómo me sigues conociendo tan bien?

—Porque —rozó su rostro desaliñado y sin afeitar contra el de ella, de la forma en que lo hacía cuando era pequeña—, los papitos nunca olvidan a sus niñas. —La miró, con solo el espacio suficiente entre ellos para ver sus ojos—. Ni siquiera cuando llegue al cielo te olvidaré. Te estaré esperando... te estaré esperando allá, creyendo que llegarás algún día. Así como yo... creí que regresarías un día... durante los últimos dieciocho años.

Lauren no pudo hablar, no pudo colar ni una sola palabra por entre las emociones agolpadas en su garganta. En vez de esto, lo abrazó y deseó con todo su corazón que viviera un poco más. Era amable, sabio y gentil y la quería, siempre la había querido. La amaba a pesar de todo, aunque no se lo demostrara de la mejor manera. Ahora ella deseaba otros treinta años a su lado. Como mínimo.

Por favor... por favor...

Lauren no estaba segura de a quién le estaba rogando, pero eso no importaba. Tenía que intentarlo. Acurrucada contra él le dolían las rodillas por la posición incómoda, pero no se movió hasta que alguien tocó a la puerta. Solo entonces se enderezó y le dijo a su papá, como si no hubieran pasado los años:

—Te quiero, papito.

Él le apretó la mano otra vez.

—Te quiero, cariño.

En ese momento, una pareja que les era familiar, adentrada en los cincuenta o a principios de los sesenta años, atravesó la puerta. Lauren los miró y frunció el ceño. Los conocía de algún lugar. Sus ojos tenían la mirada perturbadora de la culpa y la inquietud, como si tal vez estuvieran entrando en un lugar donde no fueran bienvenidos. Enseguida, Shane fue hacia ellos y, de repente, Lauren entendió.

Sheila y Samuel Galanter. Los padres de Shane. Las personas que una vez fueron los amigos más íntimos de sus padres. Las personas que le arrebataron a Shane de su lado. Lauren sintió que sus rodillas empezaban a temblar y se apoyó en la cama del hospital. ¿Por qué habían venido y qué podrían decir ahora? Durante un segundo no supo si debía disculparse y salir un momento de la habitación o quedarse y escuchar lo que tenían que decir. Miró al piso, con el corazón acelerado y tomó una decisión. Se iba a quedar.

Cualquier cosa que fuera a suceder, quería estar en primera fila para verlo bien.

❦

Ángela hizo un esfuerzo para no desmayarse.

Estaba de pie, al otro lado de Bill, frente a Lauren, cuando se acercaron, primero Samuel y luego Sheila. Al principio, Ángela no podía creer lo que sus ojos estaban viendo. La tensión de la enfermedad de Bill, la maravilla de tener a Lauren y a Shane de vuelta, todo aquello quizá la tenía un poco atontada.

Pero entonces Shane fue hacia ellos.

—Mamá, papá. —Los abrazó a cada uno y luego retrocedió un paso.

Ángela no podía ver el rostro de Shane, pero tenía la impresión de que no estaba sorprendido. ¿Los habría llamado para pedirles que vinieran? Al otro lado de la habitación, Emily se acercó a Lauren y le susurró algo. Lauren asintió, tenía el rostro pálido.

Al lado de Ángela, Bill se acomodó un poco mejor en su almohada.

—No lo puedo creer. —La miró, su voz era un susurro. Los Galanter todavía estaban hablando con Shane cerca de la puerta, así que no lo podían escuchar. Bill cubrió la mano de Ángela con la suya—. ¿Tú sabías acerca de esto?

Ángela negó con la cabeza. El temor y la inquietud la inundaron. ¿Qué dirían ellos cuatro después de tantos años, de tantas heridas? Miró fijo a Bill, su voz temblaba en un murmullo.

—Pensé que estaba viendo visiones.

Los Galanter tomaron la iniciativa. Sheila se adentró un poco en la habitación, sus ojos vulnerables y pesados por… ¿sería posible? ¿Eran remordimientos? Una pizca de esperanza nació en el alma de Ángela. A dos metros de ellos ahora, Sheila miró a Bill y entonces, después de un largo instante, cambió la mirada. Ángela tragó en seco cuando sus ojos se encontraron con los de aquella que había sido su amiga mucho tiempo atrás. La voz de Sheila se quebró a medida que las primeras palabras salieron de sus labios.

—Lo siento, Ángela. Yo estaba… tan equivocada.

Ángela no pudo moverse ni hablar. No se atrevió a respirar ni a pestañear hasta que las palabras entraron a su corazón. ¿Sheila estaba aquí y estaba arrepentida? ¿De verdad estaba sucediendo esto?

—Bill, Sheila tiene razón. —Samuel se acercó un paso más y puso la mano al pie de la cama de Bill—. Nosotros… —Sus ojos quedaron fijos en el piso y Sheila lo tomó de la mano. Cuando levantó la vista, los ojos le brillaban por la emoción—. Estábamos equivocados. Les debemos una disculpa.

La escena completa tuvo lugar en solo unos segundos, pero hasta ahora ella y Bill no habían dicho ni una palabra. Ángela tenía los ojos inundados y veía nublado. ¿Qué podía decir después de tanto tiempo? Shane se alejó y se paró al lado de Emily y de Lauren, haciendo los tres un esfuerzo por notarse lo menos posible.

Samuel se aclaró la garganta y continuó:

—Estuvimos equivocados en la forma en que manejamos la situación con nuestros hijos. —Entrecerró los ojos y movió los músculos de la mandíbula. Luego sacudió con firmeza la cabeza—. Estuvimos equivocados en demasiadas cosas.

—Supimos que Shane estaba aquí. —Sheila se acercó un poco más hacia ellos. Miró a Bill—. Supimos que estabas enfermo y teníamos que venir. Ya hemos dejado pasar tanto tiempo.

Ángela bajó la cabeza durante un instante. Sus rodillas estaban estables, pero el resto del cuerpo le temblaba. Año tras año había creído que vería a Lauren de nuevo y, tal vez, incluso a Shane. Pero nunca pensó ni siquiera una vez que vería esto, a sus viejos amigos en busca de una forma para reconciliarse. Alzó la mirada y sus ojos se encontraron con los de Sheila.

—No… puedo creer que hayas venido.

—Lo lamentamos tanto. —Samuel rodeó la cintura de Sheila con su brazo. Él había sido un prepotente hombre de negocios en su tiempo, un hombre que no sonreía o reía con facilidad. Pero ahora, a juzgar por la sinceridad en sus ojos, era un hombre cambiado.

Sheila extendió la mano.

—Perdóname, Ángela... por favor.

Ángela sintió que se desplomaba, sintió que las palabras de Sheila por fin taladraban su corazón. Las lágrimas rodaron por sus mejillas, calientes y abundantes, mientras le extendía la mano a su amiga perdida.

—Sheila... por supuesto. No fuiste solo tú. Todos nosotros... todos tuvimos la culpa. —Abrazó a Sheila, vencida. No había marcha atrás, no había forma de volver a vivir los años que habían perdido, ni de deshacer el daño que le habían hecho a sus hijos. Pero ahí y ahora, el perdón estaba haciéndose presente y era el sentimiento más maravilloso del mundo. Retrocedió y se le escapó un gemido.

—¿Por qué fuimos tan obstinados?

—No lo sé. —Sheila se sorbió la nariz y sonrió entre las lágrimas. Una sonrisa que mostraba la profunda sinceridad de su disculpa, lo mucho que lamentaba todo lo que había sucedido entre ellos.

Mientras sucedía todo aquello, a Ángela le dolía el corazón. Es verdad que ellos cuatro habían ideado un plan que terminó con su amistad, pero esa no había sido la única consecuencia. Sus acciones le habían costado a Lauren y a Shane toda esperanza de un futuro juntos, de ser una familia con Emily. El precio era demasiado alto.

Samuel caminó hasta la cama de Bill. Con ambas manos envolvió sus delgados dedos.

—Ha pasado mucho tiempo, Bill.

—Sí. —Bill mantuvo sus manos entre las de Samuel durante un buen rato. El tiempo suficiente como para borrar las diferencias que los habían llevado a este punto. La barbilla de Bill le tembló cuando miró hacia arriba.

—Todo lo que importa es que estás aquí ahora. Y que has comprendido algo.

—¿Qué? —La voz de Samuel sonaba grave por la emoción.

—Nosotros lo lamentamos tanto como ustedes. Lo que les hicimos... —miró en otra dirección a Lauren, Shane y Emily. Luego volvió a mirar a Samuel—. Lo que les hicimos a estos chicos estuvo mal.

—Lo estuvo. —Samuel miró a Lauren—. Perdóname. Nosotros... nosotros no sabíamos lo que hacíamos.

Ángela estudió a Lauren, observó la duda en sus ojos y la ligera vacilación en su expresión. Las disculpas estaban bien y eran convenientes, pero las cosas que les habían hecho a Lauren y a Shane habían cambiado sus vidas. El perdón tomaría tiempo.

Lauren asintió mecánicamente a Samuel.

—Lo sé. —Le dio un pequeño abrazo a Emily y descansó su mano en el hombro de Shane—. Si tuviéramos otra oportunidad, todos haríamos las cosas diferentes.

℘

Lauren no podía creer lo que sus ojos estaban viendo. Todavía estaba procesando la escena que estaba teniendo lugar en este cuarto del hospital y ahora el papá de Shane se había disculpado. A su lado, Emily se acercó más a ella.

—Otro milagro —susurró—; también oré por esto.

Pero Lauren no estaba segura. ¿Cómo podía ser un milagro que las personas que los habían separado a ella y a Shane estuvieran aquí ahora? Este era un momento privado, las últimas horas con su papá. Tenía deseos de decirle a los Galanter que se marcharan y que regresaran dentro de un año, o algo así. Cuando ella hubiera tenido tiempo de procesar todo lo que estaba sucediendo.

A su alrededor las disculpas continuaron y, luego de unos minutos, las dos parejas mayores encontraron otra vez su camino, el camino a la amistad que hace mucho tiempo habían perdido. Incluso cuando sus diferencias les habían costado la mitad de la vida, incluso cuando Lauren no estaba segura de que le gustara la idea.

Ella, Emily y Shane permanecieron juntos todo el día, fueron juntos a la cafetería a la hora del almuerzo y les dieron tiempo a los amigos para que conversaran. Durante dos días se quedaron casi permanentemente al lado de la cama de su papá, los dulces y tiernos momentos a su lado solo empañados por las noticias de los médicos que se acercaban de vez en cuando para confirmar que no había nada que pudieran hacer. No le quedaba mucho tiempo. Hablaron de llevarlo a casa, pero decidieron que moverlo sería demasiado doloroso para él.

Él se sentía cómodo en el hospital, el medicamento para el dolor fluía mediante un suero que corría por sus venas en la cantidad suficiente como para permitirle conversar con ella y con Shane y con Emily, con los Galanter y, en especial, con Ángela. En una ocasión, el lunes por la tarde, Lauren y Shane pasaron una hora solos en la cafetería. Sus conversaciones habían estado tan centradas en su papá que no habían hablado mucho de ellos.

—Entonces… —Shane se sentó frente a ella y cubrió sus manos con las de él.

Lauren sabía a lo que se refería, tal como siempre lo había sabido. Sus vuelos estaban reservados para los últimos días de esa semana y todavía no habían encontrado ninguna respuesta. Ninguna que por lo menos tuviera sentido. Lauren sostuvo la mirada.

—¿Nosotros, quieres decir?

Apretó sus dedos en las manos de ella.

—Escuché lo que te dijo tu papá ayer por la mañana.

—Me preguntaba si lo habías escuchado. —El corazón le dolía solo de mirarlo. Sus ojos tenían tal profundidad que la dejaban sin aliento. Él era conservador, un militar que apoyaba cien por ciento la guerra, pero no se parecía a ninguno de los belicistas sobre los que había escrito. ¿Y qué pasaba con él? No se supone que los capitanes del ejército tengan sentimientos como estos, ¿verdad? No obstante, ¿qué se suponía que ella debía decir? ¿Que se iba a mudar a Reno, Nevada? ¿Qué viviría en algún lugar fuera de la base naval de Fallon y se entusiasmaría con la idea de que él estaba entrenando a los pilotos de guerra de la próxima generación? Lauren bajó la mirada hasta el lugar donde sus dedos se unían. Quizá si ella no decía nada, podían estar sentados así para siempre, tomados de la mano y fingiendo que las cosas eran exactamente iguales a cuando eran adolescentes.

Shane lo intentó una vez más.

—¿Me permites decirte que estoy de acuerdo con él? —Su voz era tranquila, pero sus ojos lo delataban.

Lauren no supo qué decir, así que se ayudó de su aliado más cercano: las evasivas.

—¿Sobre qué? ¿Sobre el cielo?

—Está bien. —Asintió pensativo—. Sobre eso también. —La miró a los ojos y sostuvo la mirada—. Pero me refiero a cuando dijo que el amor no significa estar de acuerdo en todo.

Lauren ladeó la cabeza, con el deseo de que él comprendiera a lo que se estaban enfrentando.

—Shane, soy reportera principal de una de las revistas más reconocidas en el mundo entero y estoy en esa posición gracias a mis historias acerca de la guerra en el Medio Oriente. —La tristeza se coló en cada palabra. La tristeza y la añoranza y la resignación—. No hay un solo lector en este país que no sepa de qué lado estoy. —Bajó la barbilla y mantuvo el tono bajo—. Y, allí estás tú, sobresaliendo al lado opuesto del tablero. Capitán del ejército, defensor del Partido Republicano, fanático del presidente.

Los ojos de Shane se derritieron en los de Lauren y rozó su pulgar sobre la mano de ella. Al hacerlo, removió hasta las bases más profundas de su determinación.

—Está bien. Entonces… —Las personas en las otras mesas se veían borrosas, la conversación era demasiado profunda como para permitir cualquier distracción—. Hemos tenido interesantes conversaciones mientras cenamos, ¿cierto? —Le sonrió de la manera infantil que en sus sueños la había perseguido a ella durante una década luego que él se marchó—. ¿Es eso tan malo?

—Shane. —Lauren sintió que se derretía—. De veras te lo digo, piensa en eso. ¿Qué vamos a hacer? ¿Casarnos y vivir en Top Gun? ¿Para que así yo pueda escribir artículos condenando la guerra precisamente desde el comando central?

Shane se encogió de hombros.

—Obtendrías opiniones más rápidas.

—Como quieras. —No podía resistírsele un segundo más. Su ensalada se había terminado, así que echó a un lado la bandeja y movió la silla para sentarse al lado de Shane—. ¿Te gustó tu almuerzo?

—¿Estás cambiando de tema? —Shane deslizó su dedo por la barbilla de ella y se le acercó un poco.

—Eres inteligente, Shane. —Respiró las palabras contra su mejilla, acercando sus labios a los de él—. Siempre me gustó eso de ti.

—Sí. —Sus labios encontraron los de ella y deslizó su dedo por su pómulo. El beso no fue largo, pero de todas formas la hizo sentir mareada. Shane retrocedió—. Pensé que te gustaba esto. —La besó otra vez, sus ojos llenos de luz y amor y sentido del humor. La forma en que ella recordaba sus encuentros en el pasado—. Además, no seríamos la primera pareja con puntos de vista diferentes acerca de la política. Ahí tienes a Schwarzenegger y Shriver… Mary Matalin y James Carville.

—Lo sé. —Lauren exhaló con fuerza. Shane no estaba facilitando las cosas. Si se quedaba sentada allí mucho más tiempo, hasta podría empezar a cobrar sentido lo que él estaba diciendo. Un ligero estremecimiento sacudió su corazón nada más que de pensarlo, pero lo superó—. Sin embargo, esas parejas no vivieron en países diferentes.

Shane lucía como si quisiera devolver el golpe, pero no lo hizo. En vez de esto, apretó los labios y la miró más adentro, al corazón, a los lugares donde hace mucho tiempo dominaron los recuerdos de él—. Siempre hay una vía, Lauren.

Los pensamientos acerca de su papá vagaban en la mente

de Lauren, seguidos por el hecho de que probablemente en una semana más o menos este tiempo junto a Shane no fuera nada más que un maravilloso epílogo a una vida entera de búsqueda. A pesar de que no habían resuelto nada, Lauren le estaba agradecida, feliz de que hubiera mantenido la discusión sencilla y alegre, incluso esperanzadora. Ahora, cuando el tiempo se hacía tan desesperadamente corto, eso era lo que más necesitaban.

En el trayecto de regreso a la habitación de su papá, Shane se le adelantó para abrir una puerta y le cedió el paso.

—Hola. —La palabra fue un murmullo que respiró mientras rozaba su cara contra la de ella. La besó otra vez y cuando terminó dijo—: Solo estaba practicando las relaciones públicas del ejército.

Lauren tenía para eso una respuesta seria, algo acerca de las sensibilidades y de sus marcadas diferencias. Pero no pudo llegar a la superficie. Sin decir una palabra, le devolvió el beso, sin aliento, por la forma en que él la hacía sentir. Cuando por fin respiró no pudo hacer otra cosa que sonreírle.

—¿Sabes algo?

Shane dejó que sus labios se encontraran una vez más con los de ella y luego la miró a los ojos, su voz vibrante por el deseo.

—¿Qué?

—Eres bueno para eso.

          *

Su papá estaba empeorando con rapidez.

Al día siguiente estaba tan débil que no podía hacer otra cosa que mirarlos con ojos muy cansados. En dos ocasiones aquella mañana llegaron algunos amigos cercanos de la iglesia de sus padres para rodear su cama, darse las manos y orar. Las primeras veces Lauren no participó.

—Esperaré en el pasillo. —Les sonrió con amabilidad y aprovechó el momento para ir al baño y tomar un vaso de agua. Pero esa primera vez, mientras salía, la voz del pastor la detuvo. Vaciló, parada en el pasillo, escuchando... sorprendida. Ella una vez había orado así, ¿cierto? ¿Tiempo atrás cuando ella y Shane estaban tan arrepentidos por haber tenido relaciones sexuales? En el transcurso del día recordó otras oraciones que había hecho. Le había rogado a Dios que dejara vivir a Emily y le había suplicado que la ayudara a encontrar a Shane. Ya era mediodía cuando se dio cuenta. Emily tenía razón.

Dios había hecho ambas cosas. Tal vez no en el tiempo de ella, pero ¿acaso no le habían enseñado siempre que Dios tiene sus caminos, que sus caminos son mejores que los de uno, incluso cuando no lo parezca? Dentro de la habitación de su papá estaban orando otra vez, así que se recostó contra la pared de afuera y trató de recordar:

¿Cómo había sucedido? ¿Cómo ella y Dios se habían separado tanto? La respuesta fue fácil. Se imaginó a sí misma de pie al lado de la pequeña cama de hospital, Emily acostada allí luchando por respirar, hirviendo en fiebre. El médico le dijo que Emily casi no tenía ninguna posibilidad de sobrevivir, de modo que Dios era la única opción que les quedaba. Lauren le había rogado que le permitiera vivir.

Recordó cómo se había sentido cuando, unas horas más tarde, la enfermera le dijo que Emily se había ido. Recordó el temblor en su pecho, el terror que había corrido por sus venas. Está bien, cierto, Dios permitió que su hija viviera. Pero, ¿acaso no le había robado la oportunidad de verla crecer, de ser parte de su vida?

¿Y Shane? Dios sabía cuán desesperada estaba por encontrarlo. Si lo hubiera encontrado, entonces habría regresado de nuevo a casa y allí habría encontrado a Emily. Diez años atrás o incluso más. ¿Acaso eso no era también culpa de Dios?

Después de comenzar su nueva vida en Los Ángeles, Dios se convirtió en solo una parte más de su pasado, otra persona de la que se había alejado. Luego, a medida que desarrollaba su carrera como reportera política e iba escalando dentro del personal de la revista *Time*, empezó a creer lo mismo que creían muchos de sus compañeros. Que los cristianos eran unos hipócritas.

Solo tenía que chequear su correo electrónico para darse cuenta de ello. Las cartas más acusadoras y negativas con frecuencia provenían de lectores que se llamaban a sí mismos creyentes. Pero no era solo eso. Lauren no entendía cómo una persona que tuviera fe en Jesucristo podía apoyar la guerra. Bajó la cabeza y escuchó la oración que estaba teniendo lugar en la habitación de su papá. Las oraciones no iban a resolver nada. No salvarían a su papá. Y no responderían las preguntas que se amontonaban dentro de ella.

Precisamente cuando estaba pensando en eso se escuchó una voz y las palabras llegaron a los oídos de Lauren, tan claras como si estuviera dentro de la habitación y no en el pasillo.

«Señor, sabemos que todas las cosas pasan por una razón, pero eso no quiere decir que lo entendamos. Te pedimos que estés con nuestro amigo Bill y que lo guíes con ternura en el paso de este mundo al siguiente. Sé que lo estarás esperando en ese hermoso lugar, el lugar que tú has preparado para él. Te damos gracias por la vida de Bill, por cada día que ha disfrutado con nosotros y con su familia. Por favor, dales la…»

Lauren se abrazó a sí misma. Necesitaba hacer un gran esfuerzo para quedarse allí y no entrar en la habitación para unirse a aquel grupo de personas. Pero, ¿por qué? Sacudió la cabeza. La culpa. Por supuesto. ¿Qué pensaría su papá si pudiera mirar a su alrededor y ver a su mamá, a Shane y a Emily, a los amigos íntimos de la iglesia, e incluso a los padres de Shane?

Pero no a ella.

Su papá había sonado tan seguro en la conversación de ayer. Cuando ella llegara al cielo, él la iba a estar esperando, de la misma forma en que la había esperado todos estos años desde que se marchó. Y, si él tenía razón, si existía el cielo, entonces su mamá iba a estar allí y Shane y Emily. Todos ellos, todos los que amaba. Pero… ¿y ella?

¿Y yo, Dios? Apretó los labios. ¿Acaso condenaba Dios a las personas por ser sarcásticas? Pero, ¿por qué lo haría?

No había respondido sus oraciones al pie de la letra. La

misma integridad que la movía a verificar las fuentes en su trabajo la golpeaba ahora como un martillo.

Dios sí había respondido. Solo que no lo hizo como yo quería. Así que escapé. Algo que sabía hacer muy bien.

Conteniendo la respiración se asomó a la habitación. Todavía estaban orando, con los ojos cerrados y los rostros inclinados. Todos excepto Shane. Tuvo que haberla escuchado y ahora tenía un ojo abierto y asintió brevemente en dirección a ella para que entrara. Entró en silencio y caminó hasta llegar al círculo, para entrar entre él y Emily.

Alguien estaba diciendo: «Más que todo te damos gracias por la paz que le has dado a esta familia. Tu paz va más allá de nuestro entendimiento, porque tiene lugar en nuestro interior, donde está nuestro corazón. No en el exterior, donde la vida puede ser tan difícil. Es esa paz interna la que les has dado. Restauración y sanidad, redención divina, todo eso ha llegado a los Anderson en los últimos días y por ello te damos las gracias. Tu paz debe ser la meta de cada creyente y hoy, bueno, podemos aprender una lección de Bill, de Ángela y de su familia».

Lauren sintió que otra vez se le hinchaba la nariz. ¿Quiénes eran estas personas? Sonaban tan diferentes. Ciertamente no eran como los cristianos que había conocido. Pero eso no importaba. Porque algo que dijo el hombre que estaba orando la atrapó. Había mencionado la paz, pero no la paz en la que ella pensaba cada día, no la clase de paz que pondría fin a la guerra en Irak y en Afganistán. ¿Qué había dicho? La paz de Dios tiene lugar en el interior, donde está el corazón, ¿era eso? Y, aunque ella todavía no estaba segura de cómo encontrarla o cómo hacerla nacer en su interior, le pareció que podía ser posible. Mientras estaba en el círculo de oración sintió una lluvia de amor y aceptación que descendía sobre ella, llenándola de un sentimiento que nunca antes había conocido. Fue un sentimiento que perduró incluso después que ese momento terminó y los amigos de la iglesia se marcharon.

Y todo tenía que ver con la oración.

Las horas trascurrieron lentamente, su papá apenas respondía y a altas horas de esa noche cayó en coma. La pérdida era enorme. Incluso con Shane y Emily y su mamá cerca de ella, Lauren sintió como si estuviera cayendo de un avión sin paracaídas. Todos estos años se había convencido a sí misma de que sus padres estaban equivocados, de que sus actos la habían privado de disfrutar la vida al lado de Shane y de Emily. Pero se le había olvidado las personas que eran en realidad. El papá que había corrido junto a ella cuando estaba aprendiendo a montar bicicleta, el que corría con ella los fines de semana por la mañana mientras estaba en la secundaria y el que, de vez en cuando, se detenía para arrancar un mazo de flores silvestres camino a casa. La amó con tanta seguridad como el verano sigue a la primavera. De hecho, había sido el amor el que lo había llevado a hacer las cosas que hizo cuando ella estaba embarazada de Emily.

Una especie de amor puro y desacertado.

Ahora que ella estaba en casa, volvía a ver con claridad los buenos tiempos. Su papá era un hombre tierno y amable cuyo sentido del humor y compasión eran como un bálsamo en una herida sangrante que nunca se había llegado a curar. Esta vez, cuando ellos cuatro se reunieron para orar, Lauren hizo algo que no había hecho desde que se había ido de la casa; en silencio unió su voz a las de ellos.

—No falta mucho —les dijo el médico—. No sobrevivirá la noche.

El hombre tenía razón.

A la una de la mañana la respiración de su papá disminuyó. Lauren observaba los monitores, contando mientras decrecían los números que mostraban cuánto oxígeno recibía su padre. 80… 70… 55.. 40…

Media hora más tarde todo había terminado. La respiración de su papá se detuvo. Lauren miraba, sin poder creerlo, al cuerpo sin vida acostado en la cama. Después se volteó para abrazar a Shane y a Emily. Se agarró de ellos, enterrando su rostro contra ellos, sin estar segura si los sollozos que escuchaba eran de ella o de ellos. Se zafó y se dirigió a su mamá, abriendo sus brazos y envolviéndola mientras lloraban la pérdida.

Los Galanter también estaban allí, abrazados y llorando en voz baja.

¿Cómo podía estar sucediendo algo así? ¿Cómo era posible que se hubiera ido? Hace solo unos días había estado lo suficientemente bien como para sentarse con ellos, conversar y tomarlos de la mano. Todo había ocurrido terriblemente rápido, no como Lauren pensaba que el cáncer progresaba. Pero, al mismo tiempo, fue mejor porque había sufrido poco, no había tenido que pasar por las cirugías, las horrendas quimioterapias o las radiaciones. Si tan solo pudiera encontrar un poco de alivio en esa forma de pensar. Pero no podía. Porque todo lo que sabía era que su papito había muerto y ella había perdido demasiados años de estar a su lado.

Antes de salir del hospital, su mamá los miró a cada uno, todavía con lágrimas en sus mejillas.

—Durante varias semanas estuve orando para que tu papá se sanara. —Cruzó los brazos, abrazándose fuerte—. No pude entender por qué Dios no me contestó, por qué no lo sanó del cáncer. Dios es el sanador y nosotros necesitábamos su ayuda. —Miró fijamente a Lauren, a Shane y a Emily, uno por uno—. Hoy, mientras estábamos orando, Dios me hizo ver claramente que había contestado mis oraciones. Dios sanó a tu papá, a tu abu, de algo mucho peor que el cáncer. —Sonrió entre lágrimas—. Cuando te encontramos, Lauren, y a ti, Shane... al verlos cómo descubrían a Emily... bueno, Dios sanó a Bill de un corazón quebrantado.

El sufrimiento y la paz la envolvían en medio de su dolor. Lauren se sostuvo con firmeza del brazo de Shane. Si tan solo pudiera tener unas cuantas semanas más con él, un día más. Tal vez habrían hablado de esta sanidad de la que su mamá estaba hablando ahora. Apretó los ojos cerrados y reclinó la cabeza en el hombro de Shane. *Papi... no puedo creer que te hayas ido... justo cuando nos encontramos otra vez.* El dolor era tan abrumador que estaba a punto de caerse de rodillas. Pero, si su mamá tenía razón, entonces no todo era triste. No podía serlo.

Dios había sanado a su papá en una forma que todavía parecía increíble. Y eso hizo que naciera dentro de ella una clase de esperanza que la sostuvo, que no la dejó caer. A su lado, Emily había pasado sus brazos alrededor de ella y de Shane. Su hija estaba llorando más ahora, pero algo era diferente. Ahora sus sollozos eran casi de alegría. Alzó la vista para mirar a su mamá y la relación que Lauren sintió con su hija fue más fuerte que nunca. Y, de repente, Lauren comprendió la alegría en las lágrimas de Emily. Sonrió a su hija y sintió la mezcla de dolor y triunfo en su propia expresión. Porque en esa semana su papá no había sido el único sanado de un corazón quebrantado.

Dios los había sanado a todos ellos.

VEINTIOCHO

Luego de tener en cuenta todo lo que habían perdido y todo lo que habían encontrado, al final llegaron al punto de partida.

Shane no podía recuperarse de eso, no mediante el conmovedor funeral de Bill Anderson ni en los días que siguieron. Ahora era sábado y mientras estaba parado junto al mostrador en el aeropuerto O'Hare de Chicago, Emily y Lauren a su lado, la madre de Lauren y los padres de él junto a ellas, resplandecía la triste verdad. Estaban justo donde se habían quedado hace diecinueve años, parados al borde de un adiós.

El avión de los padres de Shane sería el primero en salir. Luego el de Lauren, y el suyo unas horas después. Caminaron tan cerca como pudieron del chequeo de seguridad y luego su madre se volvió hacia Ángela. La dos se abrazaron durante un largo rato. Cuando se separaron su madre dijo:

—Piénsalo, ¿lo harás, Ángela? No puedo creer que Dios nos diera otra oportunidad de ser vecinas.

—Definitivamente. —La madre de Lauren tenía ojeras y lucía demacrada por la tristeza. Pero a pesar de todo eso, su expresión tenía una paz sobrenatural—. Tendremos que arreglar las cosas y vender la casa. —Miró a Emily y las dos compartieron una triste sonrisa—. Estamos listas para mudarnos. De todas maneras, Emily quiere terminar la universidad en la costa oeste. Ahora no tenemos nada que nos retenga en Illinois.

Emily miró a Lauren, y el corazón de Shane se deshizo por ella. Su hija parecía una niñita perdida, atrapada entre más emociones y cambios de los que cualquiera debiera atravesar en el lapso de una semana. Emily le sonrió a Lauren con tristeza.

—¿Tú puedes dar una buena referencia mía en USC, verdad?

—Claro. —Hasta ahora Lauren no les había hecho promesa a ninguno de ellos, además de lo obvio: que se mantendría en contacto regular con Emily. Ahora lucía cansada, cargada bajo el peso de las despedidas que tenían por delante. Rodeó a Emily con su brazo y la acercó hacia sí—. Serán afortunados de tenerte.

Shane se paró al otro lado de Emily y le sonrió.

—Una vez que te mudes al oeste, nos veremos constantemente. Los Ángeles está a un día manejando desde Reno, y solo a una hora en avión. —Acarició su cabeza por detrás, su sedoso cabello oscuro. Perder a Bill había sido muy duro para ella. Shane sentía cuánto ella necesitaba a su papá ahora que el hombre más importante de su vida había partido.

Los padres de él añadieron su aprobación.

—Nos hemos perdido tantos años sin ti. —El papá de Shane extendió sus brazos y Emily fue hacia él—. Lo único que podemos hacer ahora es ponernos al día.

—Sí. —Emily también rodeó con sus brazos a la madre de Shane y se adueñó de ellos una especie de silencio triste. El papá de Shane miró el reloj.

—Mejor vamos andando.

Shane dio un paso y abrazó a cada uno de ellos. Aunque los errores que sus padres cometieron no habían cercenado su relación con ellos, como sucedió con Lauren y sus padres, no obstante, debajo de la superficie había una sensación de pérdida. Era algo de lo que nunca hablaban. Pero eso iba a cambiar. Shane lo sabía. Él podía sentir una nueva profundidad en su relación. Una prueba más de que la sanidad realmente había llegado para todos ellos. Regresó junto a Emily y levantó su mano.

—Nos vemos la semana que viene en algún momento.

Se dijo otra ronda de adioses y ellos cuatro vieron a los padres de él atravesar la puerta y ponerse en fila para el chequeo de seguridad. Cuando ya no se veían Shane sintió un dolor en su interior. La parte más difícil estaba por delante.

Emily todavía estaba aferrada a Lauren, pero miraba al piso, como si todavía no pudiera enfrentar el momento. Lauren le extendió su mano a su madre. Ángela no dudó. Vino y las tres generaciones de las mujeres Anderson formaron un estrecho nudo de lágrimas. Shane quería unírseles, pero ellas necesitaban este tiempo, solo las tres, un cuadro de lo que debe ser la unión entre una madre y una hija. Él podía escuchar sus voces y dejó que sus palabras se impregnaran en su alma.

—¿Me perdonas? —Ángela descansó su cabeza en la de Lauren—. Lo siento tanto, cariño. Nunca sabrás…

—Claro que te perdono, pero yo también tuve culpa. —La voz de Lauren era áspera. Le temblaban los hombros mientras hablaba—. Ojalá hubiera regresado antes a casa.

—Siempre recordaré cuando estuvimos todos esa noche en la sala de estar. —Emily sonrió a través de sus lágrimas—. Abu sentando allí con su gran sonrisa y todos juntos por primera vez. —Ella emitió un sonido que era mayormente risa—. Tengo padres y abuelos, ¡y un legado de amor sobre el que alguien debiera escribir un libro! Hasta tengo a mi abuelo especial esperándome en el cielo. ¿Qué podría ser mejor?

Solo una cosa, por supuesto, pero Emily parecía decidida a no sacarlo a relucir. Anoche ella se había encontrado a Shane y a Lauren sentados en el sofá de la sala, conversando. Ella se dejó caer entre ellos y anunció:

—Yo creo que ustedes deberían casarse.

—¿Verdad? —Lauren parecía sorprendida, pero guardó para sí sus sentimientos más profundos.

—Sí, quiero decir… —Lo miró a él—. Ya tú se lo propusiste.

Shane abrió los ojos.

—¿Lo hice?

Emily lo empujó con el codo.

—Hace dieciocho años, tonto.

—Oh. —Shane le sonrió rápido a Lauren—. Ella tiene razón.

Luego los ojos de Emily se encontraron con los de Lauren.

—Y tú ya dijiste que sí.

Shane apenas había frenado una sonrisa mientras alzaba su dedo.

—De nuevo tiene razón.

Pero Lauren solo los miró nostálgica.

—Si fuera tan fácil.

Emily no había forzado el asunto, pero antes de irse a acostar, llevó a Shane aparte.

—Nunca dejaré de orar por eso.

Él le guiñó el ojo.

—Yo tampoco.

Así que no era por gusto que aquí, en medio de las despedidas, Emily estuviera callada con respecto al tema. Ella había hecho todo lo que se podía hacer. Ahora dependía de Lauren y de Dios. Sobre todo, de Dios.

El abrazo de grupo entre las tres mujeres terminó y se separaron. Lauren lo miró por encima de su hombro y extendió su mano. Shane la tomó saboreando la sensación de su piel contra la suya.

Ángela le preguntaba:

—¿Te quedarás en Afganistán?

—Por ahora. —La respuesta de Lauren fue rápida, pero le llegó muy adentro a Shane. Él trató de captar la mirada de Lauren pero ella evitaba mirarlo a él o a Emily—. Me encanta lo que hago allá. —Por fin miró a Emily, con una tierna expresión—. Puedo regresar a menudo.

Shane quería gritar «¿Y yo qué? ¿Y nosotros qué?» Pero eso esperaría hasta que estuvieran solos. En cambio, respiró profundamente y miró los rostros que le rodeaban.

—Tengo que irme.

—Yo también. —Lauren tomó su bolso y se lo puso en el hombro.

—Muy bien. —Ángela extendió sus brazos y abrazó primero a Shane y luego a Lauren. Se demoró un poco con su hija—. Ten cuidado, Lauren. Por favor.

—Lo tendré. —Lauren se frotó el hombro izquierdo, que todavía estaba sanando—. Especialmente ahora.

Era el turno de Shane. Abrazó a la madre de Lauren y luego a Emily. Durante un instante dejó su mano junto al rostro de su hija. Miró a aquellos ojos oscuros, maravillado.

—Estoy tan orgulloso de la joven que eres. —El tiempo nunca volvería a interponerse entre ellos, no como lo había hecho antes. Tan pronto como la vio y la abrazó, ella se volvió parte de él. Tanto así que le desgarraba tener que dejarla—. Siento mucho no haber estado contigo cuando estabas creciendo.

Ella cubrió su mano con la suya y la apretó duro.

—No lo sabías.

—Pero ahora lo sé. —La besó en la mejilla y dejó caer su mano en el hombro de ella—. Mi amor, tenemos muchos buenos tiempos por delante.

—Así es. —Ella lo abrazó otra vez y se miraron hasta que ella se separó. Ella entonces miró a Lauren—. Mamá…

Se unieron en un último abrazo que hizo que a Shane se le apretara la garganta. Dios mediante, habría llamadas telefónicas, correos electrónicos y visitas; pero con Lauren en el Medio Oriente cualquier despedida sería la última.

Él las observó, sabiendo que estaban demasiado desgarradas como para decir más. Por fin Ángela puso su brazo alrededor de Emily y las dos dijeron adiós con la mano. Entonces se volvieron en busca de la salida. Shane y Lauren las observaron hasta que se fueron. Entonces, sin decir una palabra, Lauren cayó en sus brazos.

—Yo no quería que la semana se acabara. —Balbuceó las palabras contra su pecho.

—No tiene que acabarse. —Él la besó en la cabeza.

Ella no dijo nada y luego de unos segundos él tomó su maleta y ambos atravesaron la puerta y fueron al chequeo de seguridad. Iban de mano mientras caminaban hacia la puerta. El avión de Lauren ya estaba abordando.

Él la miró y le levantó la barbilla con los dedos.

—¿Escuchaste lo que dije antes? ¿Lo que he estado diciendo toda la semana?

En los ojos de ella había una especie de tormento que él no había visto antes, como si la batalla dentro de ella fuera mucho más terrible que la batalla a la que regresaba y sobre la cual escribiría. Ella se acercó un poco más para que sus piernas se tocaran.

—Sí. —La palabra sonó tensa—. Sí, lo escuché.

—Entonces… —Él mantuvo su tono natural, las palabras lentas. Aunque lo matara decirle adiós luego de encontrarla otra vez, no habría argumentos de último minuto para convencerla de que se quedara con él. Su corazón le dolía y quería llorar pero ahora no era el momento. En cambio, él buscó muy adentro y encontró un rastro de humor.

—¿Quiere decir que estás rompiendo nuestro compromiso?

Ella irrumpió en una carcajada y dejó caer su frente en el pecho de él.

—Shane. —Ella volvió a levantar sus ojos hasta los de él—. Habla en serio.

Él dudó.

—¿Por qué, Lauren? —Él sintió que la sonrisa desaparecía de su rostro. Con sus ojos sosteniendo los de ella, él recorrió su mandíbula, su cuello—. ¿Te convencería eso para quedarte conmigo?

Ella puso sus manos sobre el rostro de él y con lágrimas frescas que desbordaban sus ojos, lo besó. Era un beso con carácter definitivo y cuando se separó estaba sin aliento, sus emociones se aflojaron.

—Lo voy a pensar, Shane. —Movió la cabeza—. Solo que no veo cómo podría funcionar.

Él comprendía. Oró mientras examinaba los ojos de ella, oró como había estado orando desde su primera conversación esa semana. *Dios, te ruego… muéstranos cómo hacer que esto funcione.* Y en ese instante se dio cuenta de algo. Su diferencia no solo estaba en la política. Estaba en su fe. Sin eso en común, Lauren podría tener razón. *Dios te necesitamos... ella te necesita.*

—¿En qué estás pensando? —Su voz era queda, sus ojos fijos en los de él.

Él le pasó los dedos por el cabello y la besó una vez más.

—Estoy tratando de no pensar.

«Su atención por favor», una voz metálica se escuchó por los altavoces, «esta es la última llamada para el vuelo 92 a Nueva York. Todos los pasajeros con boletos, por favor pasen directamente a la puerta C20 para abordar de inmediato».

Él dio un paso atrás y el dolor lo atravesó, como si su corazón se hubiera partido a la mitad. Aguantó la respiración, se obligó a sonreír, a hablar.

—Más vale que vayas.

Ella asintió, demasiado ahogada como para hablar. Pronunció las palabras: «Adiós, Shane». Y entonces, mirándolo por última vez, se dio la vuelta y caminó hacia el pasillo del avión.

No hubo comentarios desesperados, ni promesas de que llamaría, escribiría o que seguirían comunicándose. Solo se dio la vuelta... y se fue.

Con un nudo en la garganta él miró alrededor de la terminal, sin ver nada. Montones de personas se abrían paso, pero él ni lo notaba. Solo se quedó parado allí, incapaz de dar un paso que lo alejara de la puerta, de ser quien pusiera más espacio entre ellos.

Por fin sus pies se hicieron cargo. Caminó hasta la ventana y miró al avión retirarse, cambiar de velocidad y comenzar a buscar posición en la pista. Todavía podía ver su rostro, su cabello rubio y sus ojos azules. ¿Podía ella verlo también? ¿Sentía ella lo mismo que él? ¿Que a pesar de que ella se marchaba, sus corazones todavía estaban conectados? ¿Estarían siempre conectados?

Padre Dios... ayuda.

Durante esa semana las cosas habían resultado para todo el mundo. Emily tenía sus padres y Bill tenía un lugar en el cielo.

Sus padres y los de Lauren habían encontrado amistad y sanidad y debido a esto ninguno de ellos sería igual en lo adelante. Sí, las cosas habían funcionado para todo el mundo.

Menos para Lauren y para él.

Él mantuvo sus ojos en el avión, observando la misma ventana, la misma por la que él estaba seguro que podría verla, sin importar cuán lejos estuviera el avión. Por fin este hizo un círculo y luego de una breve pausa, salió disparado por la pista, elevándose a través de un orificio en el cielo. Llevándose consigo a Lauren.

Solo entonces Shane se dejó caer en la silla más cercana, se cubrió el rostro con las manos y dejó salir las lágrimas.

VEINTINUEVE

Lauren fue la primera en salir del avión. Recogió sus cosas y se dirigió a la explanada, sin estar realmente consciente de alguna cosa a su alrededor. Su mente estaba concentrada en Shane, en su tiempo juntos, en todo a lo que le había dado la espalda. ¿Cómo fue que dejó que las cosas salieran tan mal?

Durante las últimas seis horas no había hecho otra cosa que revivir cada momento maravilloso con él, comparándolo con la realidad de la vida que ella llevaba en Afganistán. De Chicago a Nueva York, donde tenía que cambiar de avión, ella se hizo la misma pregunta una y otra vez, ¿no podría funcionar, o sí?

No. ¿Cómo podría? ¿Cómo podría ella pensar como pensaba o cubrir la guerra como siempre lo había hecho y pasar sus horas fuera del trabajo compartiendo la vida con un instructor de vuelo de la marina en la instalación de Top Gun? ¿Y qué de sus creencias? Él hablaba de Dios a cada instante y ella... bueno, ella todavía estaba tratando de perdonarlo.

¿Ella y Shane juntos? La idea era ridícula. Cuando llegó a Nueva York no podía seguir negando una verdad muy evidente. Más ridículo aún sería dejar ir a Shane.

Cuando el avión rodó por la pista de aterrizaje, ella se apresuró y habló con la mujer en el mostrador. Sí, le dijo la mujer. Ella podía hacer eso y sí, ellos podían encargarse de que su equipaje le siguiera. Pero si quería tomar el vuelo, solo tenía treinta minutos.

Lauren pagó el precio, luego sacó su teléfono celular del bolsillo y marcó el número de la oficina de la revista *Time* en Los Ángeles. Cuando su editor estuvo en la línea ella tuvo que ahogar un ataque de risa.

—Escucha, necesito pedirte un favor.

—Lo que quieras, Gibbs. —Había trabajado tres años con este editor—. Esperamos que estés lista para regresar al trabajo. La revista te necesita.

—Estoy lista. —Tragó, sin creer del todo que estuviera haciendo esto—. Pero necesito tiempo fuera de Afganistán. Quiero una nueva encomienda temporal, si no hay problema.

—Claro. —Su editor no dudó—. Te lo mereces. —Él dudó—. ¿Adónde quieres ir?

Ella cerró los ojos y levantó el rostro.

—Reno, Nevada.

—¿Reno? —Una pausa—. ¿Estás loca?

Ella sonrió.

—Sí. —Otra risita—. ¿Sabes qué? ¡Es maravilloso!

Con la promesa de su editor que haría los ajustes, Lauren corrió de una explanada a la otra, para apenas alcanzar el vuelo. Ahora bien, si los horarios se mantenían, su avión aterrizaría quince minutos antes que el de él.

Su vuelo fue rápido y antes de ella saberlo, estaba saliendo y entrando al aeropuerto de Reno. A cada paso ella aceleraba la marcha, y en cinco minutos encontró un asiento en la salida, la salida de él. Un asiento que daba directamente al pasillo del avión. Cuando estuvo segura de que tenía tiempo suficiente, registró en su bolso hasta que la encontró. La caja de cartón que nunca estaba a más de un metro de ella.

Toda la semana, cada vez que ella y Shane estaban juntos, ella quería sacarla de su bolsa y compartirlo con él. Porque en cuanto ella lo hiciera, él sabría. Ella nunca la había olvidado, ni en los años de la universidad, no importaba adónde la llevara su trabajo de reportera. Pero el momento nunca pareció propicio.

Ahora ella miraba las fotografías desteñidas y arrugadas, sacó el anillo con cuidado de no dañarlas de ninguna manera. Todavía agitaba emociones en ella, recuerdos de un amor que nada en su vida había igualado. Con mucho cuidado deslizó el anillo en su dedo meñique, cerró la cajita y la colocó nuevamente en su bolsa. No, ella no podía haber sacado estas cosas antes. De esta manera tuvo tiempo para pensarlo bien. Era verdad, no lo tenían todo en común, pero por ahora compartían lo que más importaba y con el tiempo solucionarían si el resto funcionaba o no.

El rostro de Emily danzaba en su mente y las lágrimas quemaban los ojos de Lauren. Tenían una hija, su preciosa niña, toda una adulta y con deseos de ser amada, y compartían un pasado y un romance que no sabía nada de luchas con la fe o de diferencias políticas. Estaba bastante segura de que al fin y al cabo ella creía en Dios. Y si él era real, bueno, entonces ella y Dios tenían algunas montañas que escalar, pero las montañas eran para escalarlas, ¿no? Y en cuanto a la política, bueno, Shane tenía razón. Si otros podían tener éxito con un matrimonio de dos partidos diferentes, quizá ellos pudieran hacer lo mismo.

Se escuchó un movimiento tras el mostrador de la salida y apareció un avión. El corazón de Lauren latía tan fuerte que pensó que le iba a explotar en el pecho. Pero al menos ya no estaba destrozado.

Se puso en pie con el bolso en el hombro y observó a las personas desfilar por la puerta. Una madre con dos bebés, un grupo de hombres de negocio, dos parejas bronceadas que se movían despacio y hablando con las manos...

Y entonces apareció él. En la puerta.

Lauren comenzó a temblar. La emoción la invadía, corría por sus venas haciendo que sus manos y pies sintieran un hormigueo. Ella sentía frío y calor al mismo tiempo. ¿Caería de rodillas, desmayada por todo lo que estaba sintiendo? *Señor, si eres real... no puedo creer esto. ¿Qué es esto que estoy sintiendo?* No estaba segura de qué la sorprendía más: su reacción al ver a Shane o que le hubiera hablado a Dios al respecto.

Tragó aire, dio un paso más y luego otro. Shane seguía a los que estaban delante de él a través de la puerta, miraba al piso mientras caminaba. Se veía tan... desconsolado. Derrotado.

Ay, Dios, yo lo puse así. Lo siento... ¡Lo amo tanto!

Shane vaciló y luego alzó la vista, como si pudiera escuchar el clamor interno de Lauren. Sus miradas se cruzaron y ella vio que la realidad lo golpeaba como una fuerza física, vio las emociones iluminar sus ojos. Incredulidad, susto y asombro. Y entonces, resplandeciendo con una intensidad que la absorbía, amor. Un amor que hacía que ella sintiera que podía volar.

Él se movió, lentamente primero y luego con un apuro que acortó la distancia entre ellos. Antes de que ella pudiera respirar, sus brazos la rodeaban, aprisionándola, y se mecían, abrazados el uno al otro como ella siempre había ansiado abrazarlo durante cada hora que estuvieron separados. Lauren no estaba segura de cuánto tiempo estuvieron parados allí, pero finalmente se hicieron a un lado, fuera del camino de los demás pasajeros. Shane examinó sus ojos.

—¿Qué... cómo...?

Ella sonrió.

—Llamé a mi editor. —Los ojos de ella danzaban y la sensación de su alegría corría por su alma—. Le dije que quizá era mejor que yo me quedara en Reno durante un tiempo.

—¿De veras? —Él estrechó sus manos en la región baja de la espalda de ella, aferrándose a ella. El conocido tono burlón permeaba su voz—. ¿Cómo es posible?

Ella subió un hombro.

—Supuse que tenías razón. —Una risita se escapó de su alborozado corazón.

—¿Razón?

—Sí. —Ella se inclinó y lo besó, lo besó de una manera que no dejaba espacio a la duda con respecto a sus sentimientos—. Se espera que los reporteros de revistas sean imparciales, ¿no es así?

—Exacto. —Él volvió a unir sus labios a los ella, acunando su rostro entre sus manos—. ¿Entonces?

—Entonces, tal vez ya sea hora de pasar un poco de tiempo en relaciones públicas del ejército.

Él se rió entre dientes y luego se convirtió en un ataque de risa. Todo el tiempo permaneció abrazado a ella, con la cabeza inclinada hacia atrás, disfrutando del momento.

Cuando se acabó la risa, ella se quitó el anillo del dedo meñique.

—Toma. —Se lo entregó, esperando que él reconociera lo que era—. ¿Todavía piensas así?

Él la miró, perdido en sus ojos. Entonces tomó su mano izquierda y con una ternura que partía el corazón se lo puso en su dedo anular.

—Te amo, Lauren Anderson.

—Yo también te amo.

Ella contuvo la respiración. Él estuvo a punto de pedirle que se casara con él, pero mejor sería así. Quizá, si la próxima etapa de sus vidas iba como ella quería, entonces llegaría la pregunta. Pero, por ahora, por lo menos podían intentarlo porque tenían tiempo. Un tiempo precioso.

Todavía tenía su mano en la de él.

—Dios nos unió y ahora nada nos podrá separar. Nunca amaré a nadie como te amo a ti, de la manera en que yo te amo. Aun ahora.

Ella lo abrazó y de repente él la levantó y le dio vueltas en círculo. Cuando la puso en el piso, levantó el puño en el aire y gritó. «¡Gracias, Dios!»

La gente que pasaba por su lado los miraba y unos pocos sonreían. En ese momento Lauren reconoció el sentimiento dentro de ella, el que todavía la desbordaba de calidez. Paz. Y no la paz en la que había pasado tanto tiempo pensando todos esos años, sino una paz que era más profunda, más duradera. Una paz que ella quería sentir por el resto de sus días.

Shane estaba sacando su teléfono celular del bolsillo, lo abría y le sonreía.

—¿Qué estás haciendo? —Ella se agarró del codo de él, observándolo y con una sonrisa tan grande que dolía.

—Lo que he estado anhelando hacer desde que te vi parada aquí. —Marcó una serie de números en el teléfono—. Voy a llamar a nuestra hija.

Emily colgó con su papá y corrió por la casa a darle las noticias a su abuela. ¡Su mamá y su papá estaban juntos otra vez! Sí, tenían muchas cosas que resolver, le dijo su papá, pero estaban juntos. Eso era todo lo que importaba.

Su mamá estaba tan emocionada como ella, pero Emily no podía hablar mucho de eso. Ella tenía algo importante que hacer primero. Regresó a la cocina, agarró la guía telefónica y buscó el número de Wheaton College. Era hora de cumplir una promesa muy especial.

Dios le dio el milagro por el que ella había orado, en cada detalle. Siempre extrañarían a abu, pero de repente el futuro parecía ser todo lo que ella había soñado. Ella le había pedido a Dios que hiciera de ella un instrumento de paz. Su nacimiento había desgarrado a todos, pero en las últimas semanas Dios la usó para reunir a la familia nuevamente. No, el capítulo final todavía no se había escrito. Pero ella creía que se produciría, que el Dios que se había ocupado hasta del último detalle de este milagro, también llevaría a sus padres a esta nueva etapa de sus vidas.

Ahora ella cumpliría lo que le había prometido a él.

Encontró el número telefónico de la universidad, lo marcó y pidió hablar con la profesora de periodismo. La recepcionista la dejó en espera durante un instante, pero entonces una voz familiar tomó la línea.

—¿Hola?

El corazón de Emily cobró ánimo.

—¿Señorita Parker?

—¿Sí?

—Le habla Emily Anderson. Yo, bueno, he tenido algunos problemas personales en casa, pero quería decirle que regresaré a la escuela cuando comience el curso.

—Supe que tu abuelo murió. —Su voz era cálida, compasiva—. Tu abuela llamó y dejó un mensaje. —Vaciló—. Lo siento mucho, Emily.

—Sí —ella tragó—. Yo también. —Un petirrojo se posó

en un pedacito de césped donde la nieve se había derretido. Dio unos saltitos, encontró un gusano y voló otra vez. La vida nueva era así, siempre estaba justo bajo la superficie helada. Emily parpadeó y apretó el teléfono.

—¿Puedo pedirle un favor?

—Por supuesto. Cualquier cosa.

—¿Me podría guardar un espacio para un cuento corto en la revista creativa? Sé que usted está asignando artículos esta semana y yo tengo uno especial. Es una historia que quiero que todo el mundo conozca.

—¿De veras? —Ella sonó interesada—. ¿De qué trata?

—De la vida y el amor. Y de milagros. —Sonrió y el gozo dentro de sí era absolutamente maravilloso—. Le voy a poner «Aun Ahora».

DE LA AUTORA

Queridos lectores:

Hace algún tiempo sentí que el Señor unía en mi corazón una historia sobre la paz. Es obvio que en este momento de la historia de nuestro país, la paz es un tema volátil, algo de lo que se bromea en las conversaciones informales y que debaten los expertos de un lado al otro del país. Donde una vez la línea entre los partidos era una cerca, en muchos casos ahora es una sólida pared de ladrillos y alambre de cuchillas.

La guerra en el Medio Oriente ha contribuido a esto y también la fortaleza del apoyo y la hostilidad hacia nuestro líder actual, el presidente George Bush. Hace poco apareció una mujer en las noticias a quien persiguieron y amenazaron de muerte por tener una calcomanía en su auto que apoyaba al presidente.

Los temas relacionados con la Operación para Mantener la Libertad son complejos. Uno de los beneficios de escribir sobre un personaje como Lauren Anderson fue que yo sentí compasión por las personas de su bando. Lauren no tenía nada en contra de los soldados norteamericanos. Sencillamente ella creía que la paz solo se encontraría con una conducta pacífica. Shane también era comprensivo. No era alguien loco por la guerra, y sin duda no tenía sed de venganza. Más bien creía que la paz llegaba mediante la fuerza. No quería ver niños huérfanos ni soldados muertos. Solo quería ayudar a proteger y defender.

Gracias a estas dos personas aprendí algo mientras escribía Aun ahora. Aprendí que de vez en cuando los dos lados están más cerca de lo que creen. Especialmente cuando la fe es un factor común. Los asuntos son complejos y por tanto creo que en ocasiones la mejor manera de solucionar las cosas es, bueno, no solucionarlas. Si tú y alguien a quien amas tienen diferencias de opinión con respecto a algo, quizá lo mejor sea dejarlo así. Respeten el derecho mutuo de creer lo que crean. Respétense mutuamente. Acuerden no estar de acuerdo, solía decir mi papá.

Cuando las personas hacen eso, yo he visto el resultado más sorprendente: se produce el amor. Las personas comienzan a encontrar las cosas que tienen en común y comienzan a amar a la persona por el simple hecho de que es un hermano, un padre, una tía o un primo. Es obvio que hay ciertas diferencias de opiniones que se producen porque una persona está apoyada en las Escrituras y la otra persona no lo está. En este caso, por favor, sigue adelante y ponte a favor de la verdad. Eso es lo que Jesús quiere que hagamos. Pero al mismo tiempo, defiende tu posición con amor.

A veces necesitamos decir: «No estoy de acuerdo con eso y he aquí por qué. Pero te amo mucho, así que vayamos a almorzar».

Las conversaciones así construirán puentes entre las personas con quienes tienes diferencias y tú. Y a menudo, cuando amamos a las personas a pesar de nuestras diferencias, les damos la oportunidad de cruzar ese mismo puente. Es posible que en el proceso encontremos más puntos comunes que nunca antes.

Por último, me encantó escribir sobre Lauren y Shane, porque la verdadera paz no se encuentra mediante ninguno de sus métodos. No se encuentra en las protestas en contra de la guerra ni se encuentra lanzando bombas, aunque hay ocasiones en que ambos sucesos pudieran ser apropiados, siempre y cuando nuestras tropas tengan apoyo. Esto fue lo que Emily comprendió tan bien: la paz real y duradera solo se encuentra mediante una relación con Jesucristo que salva vidas.

Punto.

Conocer a Cristo significa que el mundo entero puede estar derrumbándose frente a nuestra puerta, o quizá tras esta, sin embargo, esa paz interior, ese conocimiento interior, permanece inconmovible. Una fórmula rápida para todos nosotros sería esta: ¿Sientes que tu mundo está fuera de control? ¿Careces de paz en tu matrimonio, tus finanzas o tus relaciones?

Añade a Cristo.

Añade la oración y el estudio de la Biblia y conversaciones con otras personas que compartan tu fe.

El tamaño de tu mente es limitado. Hasta el punto en que esté ocupada por Cristo, no tendrás más espacio para el desasosiego y la preocupación, la frustración y la desesperación.

Si por primera vez estás leyendo acerca de Jesús, entonces, por favor, toma unos minutos y en silencio, con tus propias palabras, pídele que venga a tu vida y te limpie. Pídele que se haga cargo de ti a partir de ahora y déjale ser no solo tu Salvador, sino tu Señor, tu Amo.

Si tomas esa decisión por primera vez, aquí y ahora, ponte en contacto con una iglesia en tu zona que crea en la Biblia. Habla con un pastor, involúcrate en un grupo para recién llegados y comienza la mayor aventura de tu vida. Si no puedes hacerlo, entonces mándame un correo electrónico y escribe «NEW LIFE» [Vida nueva] en el título. Mi dirección de correo es *rtnbykk@aol.com*.

Me encanta recibir cartas de muchos de ustedes, y hace poco recibí una carta muy triste. Una mujer se quedó sola después de que su esposo la abandonó y quería suicidarse. Envidiaba a las personas que morían porque al menos tenían paz. Yo me sentí agradecida por la oportunidad de decirle que la vida siempre vale la pena vivirla. No importa cuál sea tu situación, Dios tiene un plan con ella, un propósito, una razón por la cual tu vida puede marcar una diferencia. Muchas veces las personas que se sienten así necesitan ayuda profesional y consejo médico, pero muchas otras personas que luchan con tales pensamientos necesitan añadir mucho más de Dios a sus programas. Tiempo de trabajo voluntario, Escuela Dominical, diversos ministerios en la iglesia. La mayoría de las iglesias claman a Dios en oración, en estudios bíblicos y en los servicios. Recuerda, más de Dios equivale a más paz. O como dicen muchas personas: Sin Dios, no hay paz. Conoce a Dios, conoce la paz.

Las cosas van muy bien, y muy ocupadas, en nuestra familia feliz. Mi esposo está considerando quedarse en casa y dejar su trabajo de maestro durante el próximo año para enseñar en la casa a nuestros hijos. Es una situación rara porque nos encantan nuestras escuelas públicas. Son maravillosas, con muchos de los beneficios antiguos que demasiadas escuelas han dejado perder. Pero nos emociona ver lo que producirá «Un año con papá». Además, nos dará mucho más tiempo juntos como familia, ya que puedo escribir los libros que Dios me da mientras ellos están aprendiendo.

Por favor, sigan orando por nosotros. Agradecemos mucho su amor y su interés, y sentimos sus oraciones una y otra vez. Si ya recibes mi boletín electrónico, ¡espera el próximo pronto! Si te gustaría recibirlo, visita mi sitio web *www.KarenKingsbury.com* e introduce tu dirección de correo electrónico.

Como siempre, me encanta tener noticias de ustedes. Oro para que disfruten la época de la Navidad y recuerden a través de ella el llamado a amarse los unos a los otros, incluso a las personas que estén sentadas en el otro bando.

Hasta la próxima vez... en su luz y su amor, Karen Kingsbury.

PREGUNTAS PARA GRUPOS DE LECTURA

Explica cómo reaccionaron los padres de Shane ante la noticia de que la novia de su hijo estaba embarazada. ¿Por qué crees que reaccionaron así?

¿Y cómo reaccionaron los padres de Lauren ante la noticia? ¿Por qué?

«¿Qué haría Jesús?» es una pregunta común por estos tiempos. Analiza las dos situaciones anteriores y debátelas a la luz de esta pregunta: ¿Qué habría hecho Jesús en la situación de los padres de Shane? ¿Y de los padres de Lauren?

¿Cuáles fueron los primeros indicios de que había problemas en la amistad de las dos parejas? ¿Por qué la amistad entre ambas parejas se desmoronó tan rápidamente?

Cuenta acerca de alguna época en la que te sentiste tentado a manipular la situación para tu propio provecho.

¿Cómo manipularon ambas parejas a sus hijos y qué señales de alerta ignoraron a lo largo del camino?

Explica cómo el engaño jugó un papel en la ruptura que se produjo entre Lauren y sus padres.

Habla de alguna situación en la que tú o alguna persona en tu vida ha salido bien luego de un comienzo difícil o luego de circunstancias difíciles.

¿Cuáles fueron las señales de que Shane no estaba listo para casarse con la hija del político?

A Lauren le gustaba verse a sí misma como una reportera atrevida. ¿Cuáles eran las señales de que también tenía un corazón tierno?

¿Qué crees que es importante para que un matrimonio funcione? ¿Es importante compartir creencias políticas?

Emily oró por un milagro y Dios se lo concedió. ¿Cómo has visto que él hace milagros en tu vida?

Durante muchos años Emily anheló a sus padres. ¿Cómo actúa Dios de padre para aquellos que no los tienen?

Dios siempre responde las oraciones, pero no siempre en el tiempo que queremos o como habíamos esperado. Explica cómo se demuestra esta verdad en el libro y cómo se ha puesto en práctica en tu vida.

Debate la provisión de Dios en las vidas de Emily y los miembros de su familia. ¿Cómo ha provisto Dios para ti en tiempos difíciles?

Nos agradaría recibir noticias suyas.
Por favor, envíe sus comentarios sobre este libro
a la dirección que aparece a continuación.
Muchas gracias.

Editorial Vida
8410 N.W. 53rd Terrace, Suite 103
Miami, Fl. 33166

Vida@zondervan.com
www.editorialvida.com